Si tu m'abandonnes

Nora Roberts

Si tu m'abandonnes

Traduit de l'anglais (États-Unis)
par Isabelle St. Martin

Michel LAFON

Titre original : *High Noon*

7-13, boulevard Paul-Émile-Victor – Ile de la Jatte
92521 Neuilly-sur-Seine Cedex
www.michel-lafon.com

Pour Amy Berkower
la négociatrice.

PHASE INITIALE

« Si toi aussi tu m'abandonnes… »

LE TRAIN SIFFLERA TROIS FOIS

1

Dommage de se mettre en danger de mort le jour de la Saint-Patrick. Rien de très réjouissant non plus à se voir rappelée en plein congé pour convaincre quelqu'un de ne pas se suicider ce jour-là.

Phoebe se faufilait à travers la foule de promeneurs et de touristes qui déambulaient dans Savannah. Le capitaine David McVee avait vu juste : même avec un gyrophare, sa collaboratrice aurait perdu un temps précieux à traverser en voiture les barricades et la cohue, tandis qu'à deux rues de Jones Street, où elle habitait, les festivités s'apaisaient et la musique semblait jouer en arrière-plan.

Un agent en uniforme attendait devant le véhicule comme prévu. Son regard descendit du visage de la jeune femme au badge accroché à sa poche de poitrine. En pantacourt kaki, tee-shirt vert sous une veste de lin, et sandales, elle n'arborait certes pas sa tenue de travail habituelle. Le jour de la Saint-Patrick, c'était la fête du vert, la fête de l'Irlande, pays d'origine de tant d'Américains.

En principe, elle aurait dû admirer le défilé depuis la terrasse familiale en buvant de la limonade.

– Lieutenant MacNamara ?

– C'est moi. Allons-y.

Elle se glissa dans la voiture, son téléphone mobile dans une main tandis que, de l'autre, elle bouclait sa ceinture.

– Capitaine, lança-t-elle dans l'appareil. Je suis en route. Dites-moi tout.

Son chauffeur démarra et la sirène se mit à hurler. Phoebe sortit son carnet pour y prendre des notes.

Joseph (Joe) Ryder, suicidaire. Prêt à sauter, armé. Vingt-sept ans, blanc, marié, séparé. Vient de perdre son emploi de barman. Pas de religion déclarée. Sans attaches familiales.

POURQUOI ? Épouse partie, viré de son boulot (bar de sports), dettes de jeu.

Pas de casier, pas de précédente tentative de suicide répertoriée.

Sujet alternativement pleurnichard/agressif. N'a encore tiré aucun coup de feu.

– D'accord, soupira-t-elle. Quelqu'un lui parle en ce moment ?

– Il a son portable sur lui, mais son premier interlocuteur n'a pas pu engager le dialogue. Il raccrochait tout le temps. Nous avons son employeur ici, enfin, son ex-employeur, qui se trouve être également son propriétaire. Le sujet lui adresse parfois la parole, mais on n'a pas progressé.

– Et vous ?

– Je viens d'arriver. Je ne veux pas qu'il ait affaire à trop de gens.

– Très bien. Je serai sur place dans à peu près cinq minutes. Gardez-le-moi vivant.

Dans le studio de Joe Ryder, Duncan Swift sentait la sueur lui couler le long du dos. Ce type qu'il connaissait, avec qui il avait bu d'innombrables bières, avec qui il avait plaisanté ou s'était pris le chou, se tenait maintenant au bord du toit, un pistolet à la main.

Tout ça parce que je l'ai viré, songea-t-il. *Parce que je lui ai donné trente jours pour se trouver un autre logement. Parce que je n'ai pas assez fait attention.*

Maintenant, il y avait une importante probabilité pour que Joe se loge une balle dans la tête, à moins qu'il ne plonge sans parachute. Ou les deux.

Pas vraiment le genre de distraction à laquelle on pouvait s'attendre un jour de la Saint-Patrick. Pourtant les spectateurs ne manquaient pas, canalisés par la police ; depuis la fenêtre, Duncan les voyait se presser contre les barrières, la tête levée vers le ciel.

Il se demanda si Joe portait du vert.

– Viens, Joe, on va trouver une solution. Jette ton arme par terre et rentre à l'intérieur.

Combien de fois allait-il devoir répéter cette phrase que le flic avait encerclée dans son agenda ?

– Tu m'as foutu dehors !

– Ouais, ouais, je sais. Excuse-moi, j'étais furax.

Tu m'avais volé, espèce d'enfoiré ! songea-t-il. *Tu m'avais boxé...*

– Je ne me rendais pas compte à quel point tu étais perdu, je ne comprenais pas ce qui se passait. Mais rentre et on va régler ça.

– Tu sais que Lori m'a quitté.

– Je...

Non, pas de « je ». Malgré une mégamigraine, il s'efforçait de se rappeler les instructions du capitaine McVee.

– Ça a dû te rendre fou...

Pour toute réponse, les sanglots redoublèrent.

– N'arrêtez pas de parler, murmura David.

Duncan écouta un instant les plaintes de Joe puis répéta la phrase clé.

C'est alors qu'il vit surgir la fille rousse ; sans crier gare, elle se débarrassa de sa veste tout en parlant au capitaine et enfila un gilet pare-balles à la vitesse de l'éclair.

Il n'entendait pas ce qu'elle disait, mais ne pouvait la quitter des yeux.

À la voir ainsi, une évidence lui sautait à l'esprit : elle savait ce qu'elle voulait. Efficace, énergique. Et plutôt attirante. Elle jeta un regard dans sa direction : elle possédait des yeux de chat aux prunelles vertes.

– Je tiens au face-à-face, capitaine. Vous le saviez très bien quand vous m'avez fait venir.

– Essayez d'abord de le faire rentrer avec le téléphone.

– C'est déjà fait, non ?

Elle désigna du menton l'homme qui tentait d'apaiser le sujet en pleurs. L'ancien employeur et propriétaire, sans doute.

Plutôt jeune pour la fonction, estima-t-elle. Assez mignon. Il faisait son possible pour ne pas céder à l'affolement.

– Le sujet a besoin de voir un visage, d'entretenir un contact personnel. C'est lui, l'employeur ?

– Duncan Swift, propriétaire du bar en bas de l'immeuble. Il a appelé les urgences lorsque le sujet lui a fait savoir qu'il montait sur le toit. Il... Swift est là depuis le début.

– Très bien. C'est vous le patron sur cette affaire, mais c'est moi la négociatrice. Il faut que je monte. On va voir comment réagira le sujet.

Elle se dirigea vers Duncan, lui demanda le téléphone d'un signe.

– Joe ? Ici Phoebe. Je travaille avec la police. Comment vous sentez-vous ?

– Pourquoi ?

– Je tiens à m'assurer que vous allez bien. Vous n'avez pas trop chaud ? Le soleil tape aujourd'hui. Je vais commander à Duncan deux bouteilles d'eau que je vais monter pour qu'on puisse discuter.

Joe laissa passer un long moment avant de répondre :

– Non. Merde ! Pour quoi faire ? Je ne vous connais pas.

– Je vous apporte une bouteille d'eau. Moi toute seule. Promettez-moi de ne pas me tirer dessus ni sauter du toit à mon arrivée. Vous voulez bien que je vous apporte cette bouteille d'eau ?

– Je préférerais une bière.

Il semblait au bord des larmes et elle en profita :

– Quelle marque ?

– Il y a de la Harp au frigo.

– Ça marche ! lança-t-elle en se dirigeant vers le réfrigérateur.

Elle n'y trouva pour ainsi dire rien d'autre que de la bière. Alors qu'elle en sortait une, Duncan la lui prit pour l'ouvrir. Elle le laissa faire et s'empara aussi de l'unique canette de Coca.

– Je monte avec la bière, ça va ? annonça-t-elle dans le téléphone.

– D'accord, je veux bien.

– Joe ? reprit-elle alors qu'un flic l'équipait d'un micro et lui ôtait son arme. Vous n'allez pas vous suicider ?

– C'est prévu au programme.

– Je connais de meilleurs programmes que ça.

Elle suivit un agent dans l'escalier.

– Je ne vois pas quoi faire d'autre.

– Vraiment ? Vous m'avez l'air plutôt déprimé. J'arrive à la porte du toit, Joe. Je vais entrer, d'accord ?

– Ouais, je vous ai dit que vous pouviez.

Elle ne s'était pas trompée pour le soleil. À cette heure, il tapait sur le toit comme sur une enclume. Elle jeta un coup d'œil sur la gauche et aperçut l'homme assis sur le rebord brûlant.

Il ne portait rien d'autre qu'un short noir. Blond à la peau claire, il avait déjà viré au rouge brique. Il la regarda de ses yeux gonflés par les pleurs.

– J'aurais peut-être dû vous apporter aussi de la crème solaire, commença-t-elle en lui montrant la bouteille. Vous allez complètement griller si vous restez ici.

– Je m'en fiche.

– J'aimerais mieux que vous abaissiez votre arme, que je puisse vous donner cette bière.

– C'est ça ! Pour mieux me piéger.

– Je vous assure que non. Je ne ferai rien d'autre que vous donner votre bière. Et parler. Mais ça n'a rien de génial de parler quand on meurt de soif.

Les pieds dans le vide, il plaça son pistolet sur ses genoux.

– Laissez-la près de moi et reculez.

– D'accord.

Elle s'approcha sans le quitter des yeux. Elle sentait l'odeur de son désespoir, lisait la tristesse dans ses yeux injectés de sang. Elle déposa lentement la bouteille sur le rebord du toit, recula.

– C'est bon ?

– Si vous essayez quoi que ce soit, je saute.

– Vu. Qu'est-ce qui vous est arrivé pour que vous en soyez là ?

Il prit la bouteille et, la main droite refermée sur le pistolet, but une longue rasade.

– Pourquoi on vous a envoyée ici ?

– Personne ne m'a envoyée, je suis venue de mon plein gré. C'est mon métier.

– Quoi ? Vous êtes psy ?

Il se mit à ricaner et but une autre gorgée.

– Pas exactement. Je parle avec les gens, surtout ceux qui ont des ennuis. Que vous est-il arrivé pour vous mettre dans cet état ?

– Je suis dans la merde, voilà tout.

– Qu'est-ce qui vous fait croire ça ?

– Ma femme m'a quitté. On n'était pas mariés depuis six mois et elle se barre. Elle me l'avait dit et répété : si je me remettais à jouer, elle se casserait. Je ne l'ai pas écoutée, je ne l'ai pas crue.

– On dirait que ça vous fait une peine énorme.

– C'était la meilleure chose qui me soit arrivée dans la vie, et j'ai tout gâché. Je croyais pouvoir gagner… juste une ou deux fois, me refaire… et on n'en parlerait plus. Ça n'a pas marché. Ça ne marche jamais.

– Pas la peine de mourir pour ça non plus ! C'est dur, c'est douloureux lorsque quelqu'un vous quitte, mais vous ne résoudrez rien en vous tuant. Comme s'appelle votre femme ?

– Lori, murmura-t-il les yeux pleins de larmes.

– Ne me dites pas que vous voulez faire souffrir Lori. D'après vous, comment réagira-t-elle si elle apprend que vous avez fait ça ?

– Qu'est-ce qu'elle en aura à fiche ?

– Elle vous a épousé, non ? Vous permettez que je m'assoie ici ?

Comme il ne réagissait pas, elle se posa à moins d'un mètre de lui, but une gorgée de soda.

– Je suis sûre que nous allons trouver une solution, Joe, pour vous et aussi pour votre couple avec Lori. Vous semblez avoir envie de tout voir s'arranger

– J'ai perdu mon boulot.

– C'est un sale coup. Quel était votre emploi ?

– Barman. Au Bar des Sports d'en bas. Lori n'aimait pas beaucoup que je travaille dans un endroit où on prenait des paris mais je lui avais promis que je tiendrais le coup. Seulement je n'ai pas tenu. Je n'ai pas pu. J'ai joué en douce. Comme je perdais et que je ne voulais pas qu'elle le sache, j'ai pioché dans la caisse. Plus je perdais, plus je piochais. Je me suis fait prendre et j'ai été viré. Y compris de mon studio.

Il reprit le pistolet, le retourna dans sa main. Phoebe se figea, luttant contre l'envie instinctive de courir se mettre à l'abri.

– Que voulez-vous que je fasse, maintenant ? J'ai tout perdu.

– Je comprends que vous ayez cette impression, expliqua-t-elle calmement. Le fait est, pourtant, qu'il vous reste une quantité d'opportunités. Tout le monde a droit à plus d'une chance. Si vous vous tuez, c'en est fini, sans retour possible, sans réconciliation avec Lori. Comment vous y prendriez-vous avec elle, si elle vous offrait une seconde chance ?

– Je n'en sais rien.

Il regardait la ville à ses pieds.

– J'entends de la musique. Ça doit être le défilé.

– Il y a toujours quelque chose qui donne un sens à la vie. Quel genre de musique aimez-vous ?

Dans le studio, Duncan se tourna vers David :

– De la musique ? Quel genre de musique il aime ? Qu'est-ce qu'elle fiche ?

– Elle le fait parler ; plus il s'épanchera, plus il se calmera. Il répond. Tant qu'il parlera de Coldplay, il ne sautera pas du toit.

Les dix minutes qui suivirent, Duncan les écouta discuter musique comme il aurait pu l'entendre dans n'importe quel bar ou restaurant de la ville. Voir la fille rousse avec ses yeux de chat et ses muscles d'athlète faire ainsi la conversation à un barman suicidaire en caleçon noir, cela paraissait aux limites de l'absurde.

– Vous croyez que je devrais appeler Lori ? interrogea Joe d'un ton anxieux.

– Vous en avez envie ?

Elle savait déjà qu'on avait tenté sans succès de joindre l'épouse inconstante.

– Je voudrais m'excuser auprès d'elle.

– Ce serait un bon début. Mais vous savez ce qui marche le mieux avec les femmes… Je le sais puisque j'en suis une : c'est de prouver votre bonne foi. Nous croyons ce que nous voyons. À vous de me le prouver en me remettant votre arme.

– J'avais l'intention de me tirer une balle dans la tête avant de sauter. Ou pendant.

– Joe, regardez-moi. C'est comme ça que vous comptez vous excuser auprès d'elle ? En l'obligeant à vous mettre en terre, pour qu'elle soit obligée de vous pleurer ? Vous tenez tant à la punir ?

– Non ! C'est ma faute ! À moi seul.

– À vous seul ? Je n'ai jamais dit qu'une seule personne devait être tenue pour responsable de tout. Mais on va arranger ça. On va trouver un moyen de vous amender auprès d'elle.

– J'ai près de cinq mille dollars de dettes de jeu.

– C'est beaucoup. Je vois que ça vous fait peur. Je sais ce que c'est que d'avoir des problèmes d'argent. Voulez-vous que ce soit Lori qui paie vos dettes ?

– Non. Si je suis mort, personne ne paiera.

– Personne ? Mais si : votre épouse.

Phoebe ignorait totalement s'il y avait moyen de se retourner contre celle-ci mais elle avait touché juste.

– Oh, mon Dieu !

– Je crois savoir comment vous aider à débrouiller ça, Joe. Joe ? Vous savez que votre patron est là, en bas. Parce qu'il se fait du souci pour vous.

– C'est un type bien. Je l'ai trahi. Je lui ai volé son fric. Il avait le droit de me virer.

– En disant cela, vous prouvez à quel point vous assumez vos erreurs. Vous prenez vos responsabilités, vous tenez à réparer. Vous estimez que Duncan est un type bien, donc il doit ressentir la même chose à votre égard. Si vous voulez, je pourrai lui parler pour vous. Je me débrouille assez bien dans ce domaine. S'il vous accorde un délai pour régler votre dette, ça pourrait vous aider, non ?

– Je… je ne sais pas.

– Je lui parlerai.

– C'est un type bien. Je l'ai trahi.

– Vous êtes désespéré, vous avez peur, vous avez commis une faute. Je vois combien vous regrettez.

– Je regrette.

– Je lui parlerai. Maintenant, il faut me remettre votre arme et quitter ce toit si vous ne voulez pas faire souffrir Lori.

– Non, mais…

– Si vous pouviez parler à votre femme en ce moment, qu'est-ce que vous lui diriez ?

– Je… sans doute que je ne sais pas comment c'est allé si loin, que je regrette. Que je l'aime. Que je ne veux pas qu'elle s'en aille.

– Si vous ne voulez pas qu'elle s'en aille, si vous l'aimez, il faut me remettre votre arme et quitter ce toit. Sinon, Joe, vous lui ferez porter le poids énorme du chagrin et de la culpabilité.

– Elle n'y est pour rien.

Phoebe se leva, lui tendit la main :

– Exactement, Joe. Vous avez raison. Alors prouvez-le-lui.

Il regarda le pistolet, la laissa le lui prendre doucement. Mouillée par la transpiration de sa paume, l'arme était un peu glissante. Phoebe se hâta de la coincer dans sa ceinture, en sécurité.

– Venez vers moi, Joe.

– Qu'est-ce qui va m'arriver ?

– Venez et je vais tout vous expliquer. Je ne vous mentirai pas.

De nouveau, elle lui tendit la main. Elle n'aurait pas dû, elle le savait. Un négociateur pouvait ainsi se laisser entraîner dans la chute du suicidaire. Cependant, elle ne le quitta pas des yeux quand ses doigts se refermèrent sur les siens.

En posant le pied sur le sol de ciment, il se laissa glisser à terre pour éclater encore en sanglots. Elle s'accroupit près de lui, lui passa un bras autour des épaules et secoua violemment la tête lorsqu'elle vit les flics émerger de l'escalier.

– Tout va bien se passer, Joe, il va falloir suivre la police. Vous allez discuter avec eux. Mais tout se passera bien.

– Je regrette...

– Je sais. Venez avec moi, maintenant. Venez.

Elle l'aida à se lever, le soutint jusqu'à la porte.

– Vous allez enfiler quelques vêtements. Pas de menottes ! ordonna-t-elle aux agents. Joe, on va vous mettre une chemise, un pantalon et des chaussures. D'accord ?

Comme il hochait la tête, elle fit signe à un flic de les précéder jusqu'au studio.

– On va me mettre en prison ? reprit Joe en descendant l'escalier.

– Pas pour longtemps. Mais il faut voir un psy tout de suite.

– Est-ce que vous appellerez Lori ? Si elle venait, je pourrais... lui montrer combien je regrette.

– Je n'y manquerai pas.

Elle se tourna vers les policiers :

– Il faut traiter ces coups de soleil et le réhydrater.

Les yeux baissés, Joe se laissait habiller au milieu du studio.

– Pardon, mon vieux, murmura-t-il à l'adresse de Duncan.

– Pas de souci, répondit celui-ci. Je vais te trouver un avocat...

Phoebe serra le bras de Joe avant que les policiers ne l'emmènent.

– Bien joué, lieutenant ! lança le capitaine McVee.

Phoebe sortit le pistolet, ouvrit le chargeur :

– Une seule balle. Il n'avait l'intention de tirer que sur lui-même, et je ne suis pas sûre à cent pour cent qu'il l'aurait fait. Vous aviez compris qu'il avait surtout besoin de se confier à une femme ?

– Ça m'a semblé aller de soi.

– On dirait que vous aviez raison. Il faudrait qu'on retrouve son épouse. Si elle rechigne à le revoir, je lui parlerai.

Elle passa une main sur son front dégoulinant.

– Il y a de l'eau par ici ?

Duncan lui tendit une bouteille.

– J'en ai fait monter.

– Merci.

Elle but tout en l'étudiant du regard. D'épais cheveux noirs en bataille autour d'un visage triangulaire à la belle bouche épaisse et aux yeux clairs plissés par l'inquiétude.

– Vous allez porter plainte ?

– Pour quoi ?

– Il s'est servi dans la caisse.

– Non, souffla Duncan en s'asseyant sur le bras d'un fauteuil. Sûrement pas !

– Combien a-t-il pris ?

– Deux mille, peut-être un peu plus. Ça n'a pas d'importance.

– Si. Il va devoir vous rembourser, pour retrouver sa propre estime. Si vous voulez l'aider, c'est par là qu'il faut commencer.

– Bon. Très bien.

– Vous êtes également son propriétaire ?

– Oui. Si on veut.

Phoebe haussa un sourcil :

– C'est vous, oui ou non ? Vous pouvez lui assurer un mois supplémentaire de loyer ?

– Oui, oui, oui.

– Bon.

– Écoutez, vous... Pardon, je ne connais que votre prénom, Phoebe...

– MacNamara. Lieutenant MacNamara.

– J'aime bien Joe. Je ne veux pas qu'il aille en prison.

Un type bien, avait dit Joe. Il avait sans doute raison.

– C'est bon, mais il faut savoir assumer les conséquences de ses actes. Il a besoin d'un suivi psychologique, il l'aura. Si vous savez à qui il doit cinq mille dollars, mieux vaudrait qu'il s'en acquitte également.

– Je ne savais pas qu'il jouait.

Cette fois, elle laissa échapper un petit rire.

– Vous possédez un bar des sports et vous ne savez pas qu'on y prend des paris ?

Comme secoué d'un haut-le-corps, il se redressa.

– Attendez, chez Slam Dunc' on est entre amis, pas dans un repaire mafieux. J'ignorais qu'il avait ce genre de problème, sinon je ne l'aurais pas engagé. Je veux bien y avoir été un peu pour quelque chose, mais...

– Non, non !

Elle leva une main, se rafraîchit le front à l'aide de la bouteille glacée.

– J'ai chaud, je suis énervée. Vous n'êtes pour rien dans ce qui est arrivé, excusez-moi. C'est un concours de circonstances qui l'a mené jusqu'à ce toit, il est seul responsable de ses choix. Savez-vous où se trouve sa femme ?

– Elle doit assister au défilé comme tout le monde à Savannah, sauf nous.

– Savez-vous où elle habite ?

– Pas vraiment, mais j'ai donné quelques numéros à votre capitaine. Ceux des amis du couple.

– Nous la trouverons. Ça ira pour vous, maintenant ?

– Disons que je ne vais pas me jeter du toit, soupira-t-il. Je peux vous offrir un verre, Phoebe ?

Elle lui montra la bouteille d'eau :

– C'est fait.

– J'ai tout de même mieux à vous proposer.

N'était-il pas en train de la draguer, là ?

– Ce sera pour une autre fois. Vous devriez rentrer chez vous, monsieur Swift.

– Duncan.

Elle lui décocha un léger sourire, récupéra sa veste. Alors qu'elle se dirigeait vers la porte, il la rejoignit :

– Je pourrais vous appeler si j'ai envie de me suicider ?

– Essayez plutôt un numéro SOS, ils sauront vous en dissuader.

Il se pencha sur la rampe pour la regarder descendre. Décidément, elle savait ce qu'elle voulait. Et il aimait cela.

Alors il s'assit sur une marche, sortit son téléphone, appela son meilleur ami, qui était aussi son avocat, pour le prier de représenter un barman suicidaire et accro au jeu.

Depuis le balcon du premier, Phoebe regardait caracoler le chien de berger vert ; il semblait bien fier de lui en suivant le rythme des tambours et des fifres tenus par des farfadets.

Joe était vivant et, si elle avait manqué le lever de rideau, elle allait pouvoir assister au deuxième acte comme prévu.

En fin de compte, ce jour de la Saint-Patrick avait bien commencé.

À côté de Phoebe, sa fille de sept ans sautillait dans ses tennis vertes. Carly avait mené campagne pour obtenir ces chaussures, se battant chaque fois qu'une objection s'élevait sur leur prix ou sur leur inconfort.

Elle avait revêtu son short vert à pois roses et une chemise verte à passepoil rose, autre victoire remportée par cette petite princesse des élégances. Et Phoebe devait reconnaître qu'elle était adorable dans cette tenue.

La fillette avait hérité de sa mère et de sa grand-mère ses cheveux d'un roux flamboyant ; les boucles venaient également de cette dernière, en sautant une génération car les mèches de Phoebe étaient raides comme des baguettes. Essie lui avait aussi transmis ses yeux bleus, tandis que la lignée intermédiaire, ainsi que Phoebe se désignait souvent, avait opté pour le vert.

Toutes trois avaient le teint clair, mais Carly arborait en outre les fossettes qui avaient tant manqué à Phoebe durant son enfance, ainsi qu'une charmante bouche aux lèvres joliment incurvées.

Phoebe posa une main sur l'épaule de sa fille, embrassa ses boucles, à quoi l'enfant répondit par un immense sourire qui découvrit ses dents dont deux manquaient sur le devant.

– La meilleure place de la maison ! s'exclama Essie, qui venait d'apparaître derrière elles.

Elle se tenait sur le pas de la porte, et semblait ravie.

– Tu as vu le chien, mamie ?

– Bien sûr !

Carter, le frère de Phoebe, se tourna vers leur mère :

– Tu veux t'asseoir, maman ?

– Non, mon chéri, je suis très bien comme ça.

– Tu peux revenir devant, mamie. Je te tiendrai la main pour que tu n'aies pas peur.

– Ça va comme ça.

Pourtant, l'expression d'Essie s'était quelque peu figée alors qu'elle s'approchait de la balustrade.

– Tu verras mieux d'ici, assura Carly. Tiens, voilà une autre fanfare ! Regarde comme ils lèvent le genou !

La pauvre petite qui parvient à si bien calmer sa grand-mère ! pensa Phoebe, *qui la caresse de sa petite main. Et Carter, regardez-le se porter de l'autre côté, lui frotter le dos tout en lui montrant la foule.*

Phoebe savait ce que sa mère voyait lorsqu'elle regardait Carter. Il devait suffire de contempler ses cheveux bruns, ses yeux noisette au regard si tendre, la forme de son menton, de son nez, de sa bouche, pour voir l'époux qu'Essie avait perdu depuis si longtemps. Et tant de rêves morts avec lui.

– Limonade fraîche ! annonça Ava en poussant une table roulante sur le balcon. Avec plein de menthe pour la colorer en vert.

– Ava ! Il ne fallait pas te donner tout ce mal.

– Bien sûr que si ! s'écria celle-ci en agitant son insolente chevelure blonde.

Âgée de quarante-trois ans, Ava Vestry Dover restait la plus belle femme de l'entourage de Phoebe, et sans doute la plus gentille.

Comme elle soulevait le pichet, cette dernière se précipita :

– Non, je m'occupe du service. Va profiter un peu du spectacle. Maman se sentira mieux avec toi.

Hochant la tête, Ava alla s'installer à côté de Carly.

Telle était la famille de Phoebe. Certes, le fils d'Ava était parti pour l'université de New York et la jolie épouse de Carter travaillait, mais c'était là le noyau dur.

Elle servit la limonade, distribua les verres puis rejoignit Carter, posa la tête sur son épaule.

– Dommage que Josie ne soit pas là.

– Oui, dommage. Elle tâchera de nous rejoindre pour le dîner.

Dire que son petit frère était marié !

– Vous devriez passer la nuit ici, ça vous éviterait de rentrer dans les embouteillages.

– Je lui poserai la question. Tu te rappelles la première fois qu'on a regardé le défilé d'ici ? Ce premier printemps après Reuben.

– Oui.

– Tout ça nous avait paru tellement bigarré, tellement bruyant, tellement fou ! Tout le monde était si heureux ! Je crois que même la cousine Bess avait daigné sourire.

Sans doute une grimace due à l'indigestion, se dit Phoebe.

– J'avais l'impression que tout ne pourrait que se passer pour le mieux. Qu'il n'allait pas venir jusqu'ici, qu'il n'allait pas nous tuer dans notre sommeil. À Noël, je n'avais pas eu cette impression, pas cette première année, ni à mon anniversaire. Mais arrivé ici, à l'époque, je croyais que tout finirait par s'arranger.

– Et ce fut le cas.

Elle lui prit la main et ils se tinrent ainsi, derrière la balustrade.

2

Après sa douche, Duncan s'était assis au comptoir de sa cuisine, devant son ordinateur portable avec un café pour soigner sa gueule de bois. Au départ, il avait juste voulu s'en tenir à une ou deux bières parmi les habitués du Slam Dunc', avant de continuer au Swifty's, son pub irlandais.

Il avait alterné un peu trop de Jameson et un peu trop de Harp, tellement il était soulagé. Joe n'était finalement pas le pourri qu'il avait cru.

Cela s'arrosait.

Mieux valait avoir la gueule de bois à la suite d'une bonne plutôt que d'une mauvaise nouvelle. Même si on se sentait tout aussi mal, même si les cornemuses vous vrillaient la tête avec la même intensité. Tout ça finirait par s'apaiser.

Il devait sortir de la maison, marcher un peu, ou s'offrir une sieste dans un hamac. Ensuite, il aviserait. Voilà sept ans qu'il décidait au jour le jour ce qu'il allait faire le lendemain. Et il aimait cela.

Impossible de se mettre au travail maintenant, sinon sa tête allait exploser. Mieux valait terminer son café dans la véranda.

La nature était en pleine floraison et il n'était pas peu fier d'avoir consacré du temps et de la sueur à l'éclosion de son jardin. Il se serait bien offert une balade à l'ombre des grands chênes aux lianes de mousse espagnole, jusqu'au débarcadère ; il irait même jusqu'à prendre le bateau pour remonter un peu le fleuve.

Le temps s'y prêtait à merveille, ce matin, avec sa lumière éclatante digne d'une journée de juillet, tempérée par une brise exquise.

Il pourrait se contenter de s'asseoir sur les planches au bord des marais salants et regarder le soleil jouer sur l'eau. Emporter son café qu'il siroterait sans rien faire d'autre, juste pour profiter de l'instant.

Où en était donc Joe par ce joli début de journée ? Assis quelque part en prison ? Ou dans une cellule capitonnée ? Et la fille rousse, que fabriquait-elle ?

Comment faire comme si cette journée ne différait pas des autres alors qu'il ne cessait de penser à ce qui s'était passé la veille ? Comment croire qu'il voulait juste s'asseoir sur le débarcadère pour y soigner une gueule de bois et que tout allait pour le mieux dans le meilleur des mondes ?

Finalement, il descendit dans sa chambre, enfila un jean propre et chercha une chemise dans laquelle il n'ait pas l'air d'avoir dormi. Puis il prit son portefeuille, ses clés et le contenu des poches du jean dans lequel il avait dormi après s'être jeté à moitié ivre sur son lit.

Au moins avait-il eu la présence d'esprit de rentrer en taxi.

Et s'il mettait plutôt un costume ? N'était-ce pas plus indiqué ?

Non, ce serait trop voyant pour rendre visite à un ancien employé, surtout dans la situation de Joe en ce moment. De toute façon, il n'avait aucune envie d'en porter un.

Et si la fille rousse aimait les costumes ? Et s'il voulait la draguer ? Un costume ne serait-il pas plus indiqué ?

La barbe !

Il dévala l'escalier en colimaçon qui donnait sur le grand hall d'entrée à dalles blanches, ouvrit l'un des battants de la double porte en arche pour voir la petite Jaguar rouge franchir en trombe le dernier tournant de l'allée.

L'homme qui s'en extirpa portait un costume de facture italienne, tout comme ses chaussures sans doute. Phineas T. Hector aurait encore eu l'air tiré à quatre épingles après un combat de catch dans la boue en plein ouragan.

Les pouces coincés dans ses poches, Duncan le regarda venir à lui. Jamais son ami ne se pressait, pourtant son esprit tournait toujours à pleine vitesse.

Il avait bien l'air de celui qu'il était : un avocat recherché aux tarifs exorbitants. Quand ils s'étaient connus – dire que cela remontait à dix ans ! –, Phin pouvait à peine se payer le taxi pour se rendre au tribunal. Quant aux costumes Armani…

Aujourd'hui, il les portait comme s'il était né dedans, gris pâle en contraste avec sa peau noire et son corps d'athlète. Le soleil lança un reflet aveuglant sur ses verres sombres lorsqu'il s'arrêta au pied de la véranda.

– Tu as une tête épouvantable, mon ami.

– Elle reflète mon état.

– J'imagine que tu y as mis du tien en ingurgitant une quantité respectable de boisson d'homme.

– J'ai cédé à une impulsion. Qu'est-ce qui t'amène ici ?

– J'honore notre rendez-vous.

– Parce qu'on avait rendez-vous ?

Phin grimpa l'escalier.

– J'aurais dû me douter que tu allais oublier. Tu t'appliquais si bien à boire de l'Irlandaise et à chanter *Danny Boy* !

– Ne me dis pas que j'ai chanté *Danny Boy*. Ce n'est pas vrai !

– Je n'en mettrais pas ma main au feu. Pour moi, ces chansons irlandaises se ressemblent toutes. Tu partais ?

– Oui. On rentre ?

– On est aussi bien là, dit l'avocat en se posant sur la balancelle blanche. Tu veux toujours vendre cette maison ?

– Je ne sais pas. Peut-être.

Duncan regarda autour de lui, jardin, arbres, tonnelles, pelouses. Tous les jours il changeait d'avis.

– Un de ces quatre, sans doute.

– Bel endroit, tranquille, mais loin de tout.

– Justement, j'en avais soupé du monde. C'est moi qui t'ai demandé de venir, Phin ? Je suis encore dans le coltar.

– Tu m'as demandé d'aller voir Suicide Joe puis de passer te dire mes impressions. Ensuite, tu m'as roulé une pelle bien mouillée ; heureusement que ma femme était là, sinon ça aurait fait jaser sur notre relation.

Duncan réfléchit un instant.

– Et elle, je l'ai aussi embrassée, j'espère ?

– Sur la joue. Tu veux mon rapport pour Joe ?

Duncan jouait avec les clés dans sa poche.

– J'avais l'intention de descendre en ville pour le voir.

– Pas la peine de te déranger. Il s'en tire mieux que je ne l'avais craint hier au vu de son état lors de ma première visite.

– Et sa femme…

– Elle était là. Plutôt furax, mais elle est venue. Il a pris un énorme coup de soleil qu'on est en train de soigner et j'ai approuvé, en tant qu'avocat, le psychiatre nommé par le tribunal. Comme tu n'as pas porté plainte, il ne restera pas longtemps sous les verrous. Il aura juste droit à un suivi psychologique, ce que tu souhaitais.

– Bon.

Alors pourquoi se sentait-il coupable ?

– Si tu le rengages, Dunc, je te botte les fesses.

– Essaie donc. Tu n'y connais rien au combat des rues, petit Noir.

– C'est ce qu'on verra. Il va se faire suivre. Sa femme va le reprendre, ou pas. Mais tu as déjà fait plus que n'importe qui d'autre à ta place et tu lui as offert le meilleur défenseur de Savannah.

– Ça vaudrait mieux, vu le prix de tes services.

Phin daigna sourire :

– Ne t'en prends qu'à toi-même. Là-dessus, je vais rentrer surfacturer quelques autres clients.

– Et la fille rousse ?

– Quelle fille rousse ? s'étonna Phin en jouant avec ses lunettes. Il y avait quelques blondes et une ravissante brune qui te faisaient du gringue hier soir, mais tu étais trop occupé à te pinter pour t'en apercevoir.

– Non, pas hier soir. La fille rousse. Phoebe MacNamara. Le lieutenant Phoebe MacNamara, bon sang ! Rien que de prononcer son nom, ça me fait vibrer de partout. Alors je vais répéter : le lieutenant Phoebe MacNamara.

Phin leva les yeux vers le plafond blanc de la véranda.

– Tu es unique dans ton genre, Swift ! Qu'est-ce que tu as à fiche d'une fliquette ?

– Beaucoup de choses. Elle a les yeux verts, elle est bien roulée, et si tu l'avais vue sur le toit, hier matin… elle a en face d'elle un mec armé qu'elle n'avait jamais vu de sa vie, pourtant elle y va.

– Et tu trouves ça sexy ?

– Elle m'obsède. Il faudrait que je la revoie pour comprendre ce qui se passe. Tu peux me déposer ? De toute façon, je dois récupérer ma voiture.

Après une séance de deux heures de stage de formation, Phoebe revint s'asseoir à son bureau. Elle avait roulé ses cheveux en chignon dans la nuque, d'abord pour s'en débarrasser, ensuite pour se donner davantage d'autorité. Nombre des agents qu'elle instruisait, surtout les hommes, avaient tendance à ne pas prendre une femme au sérieux.

Elle avait un monceau de paperasses à remplir quotidiennement, sans compter qu'elle devait encore passer l'après-midi au tribunal pour déposer son témoignage sur les circonstances d'un conflit domestique qui avait viré à la prise d'otages.

Après quoi elle reviendrait pour avancer le maximum de dossiers. Ensuite, il lui resterait encore à passer au supermarché.

Quand elle en aurait fini à la maison avec les tâches ménagères, elle pourrait enfin se plonger dans ses livres pour préparer le cours qu'elle devait donner sur la négociation en cas de crise.

Où trouver encore le temps de faire ses comptes, déjà tellement en retard, pour vérifier si elle pouvait s'offrir une nouvelle voiture sans avoir besoin d'attaquer une banque ?

Ouvrant le premier dossier, elle se lança dans la gestion de son petit coin de police du comté de Savannah-Chatham.

– Lieutenant ?

– Oui ?

Inutile de le regarder pour identifier Sykes, l'un des négociateurs de son groupe.

– Il y a un type qui veut vous voir. Duncan Swift.

– Pardon ?

Cette fois, elle leva la tête, fronça les sourcils, jeta un coup d'œil par la vitre de son bureau, aperçut Duncan qui observait le local de l'unité comme s'il se trouvait sur Mars.

Songeant à sa charge de travail, elle faillit faire dire qu'elle n'était pas là, malheureusement leurs regards se croisèrent. Il sourit.

– C'est bon, soupira-t-elle en allant ouvrir la porte. Monsieur Swift ?

Il avait un sourire diablement séduisant et ne se privait pas d'en user ; outre ses prunelles si douces, d'un beau bleu sombre, qui vous fixaient sans crainte... Rares étaient ceux qui osaient établir ainsi un contact visuel. Avec lui, on avait l'impression qu'il ne faisait pas que vous dévisager, mais qu'il pensait également à vous.

– Vous avez du travail, s'excusa-t-il en venant à elle. Voulez-vous que je repasse quand vous aurez du temps ?

– Si vous pouvez attendre dix ans...

– Peut-être pas.

– Alors entrez.

– On se croirait presque dans une série télé. Ça ne vous dérange pas de vous trouver dans ce bocal où tout le monde vous voit toute la journée ?

– Je peux toujours baisser les stores.

Elle ne put s'empêcher de remarquer ses longues jambes dans le jean usé.

– Mais vous le faites rarement.

– J'ai parlé avec l'avocat que vous avez engagé pour Joe. Il a l'air très compétent.

– Et plus encore. Voilà... je voulais vous demander si je devais rendre visite à Suicide Joe...

– Pardon ? Suicide Joe ?

– Excusez-moi. On lui a collé ce sobriquet hier soir et ça m'est resté dans la tête. Est-ce qu'il faut que je lui rende visite, ou est-ce que je dois le laisser tranquille ?

– Qu'en pensez-vous ?

– Je ne sais pas. On n'est pas non plus des copains d'enfance. Mais l'histoire d'hier me trotte sans cesse dans la cervelle.

– J'aimerais plutôt savoir ce qui trotte dans sa cervelle à lui.

– Oui, bien sûr. J'ai fait un drôle de rêve.

– Vraiment ?

– C'était moi qui m'étais assis sur le rebord du toit en sous-vêtements.

– En caleçon ou en slip ?

Il se mit à rire.

– En caleçon. Donc j'étais assis sur ce rebord, et vous à côté de moi.

– Seriez-vous suicidaire ?

– Pas du tout.

– On appelle ça un transfert. Vous vous mettez à sa place. L'expérience a été traumatisante, pour vous autant que pour Joe, même si ça s'est bien terminé.

– Vous avez déjà eu des cas qui se sont mal terminés ?

– Oui.

Hochant la tête, il préféra ne pas insister.

– Comment se fait-il que je pense sans arrêt à vous ? Je prends mes désirs pour des réalités ?

– Tout dépend des désirs en question.

– J'ai tapé votre nom sur Google.

Elle haussa un sourcil.

– Voilà un bon moyen de satisfaire sa curiosité immédiate, poursuivit-il, mais, si on veut approfondir, il vaut mieux prendre ses renseignements à la source, par exemple devant un repas ou un verre. Et, pour le cas où vous vous poseriez la question, oui, je suis en train de vous draguer.

– J'avais cru remarquer. Merci pour votre franchise et votre intérêt, mais…

– Ne dites pas « mais » de but en blanc.

Il se pencha, ramassa une épingle à cheveux qu'elle avait dû perdre auparavant, la lui tendit.

– Vous n'avez qu'à vous dire que ça fait partie du service public. C'est moi, le public. On pourrait se raconter nos vies devant ce repas ou ce verre. Choisissez l'heure et l'endroit, et si l'expérience n'est pas concluante, on s'en tiendra là, voilà tout.

Elle déposa l'épingle parmi ses trombones et ses clips.

– C'est vous qui êtes en train de négocier.

– Oui, et je suis assez fort en la matière. Si vous préférez, je vous offre juste un verre. Ça nous prendra quoi… une demi-heure ? Il y a beaucoup de gens qui passent davantage de temps rien qu'à choisir des chaussures. Disons après votre travail, ou votre service, je ne sais pas comment vous dites…

– Je ne peux pas ce soir, je suis déjà prise.

– Vous arriverez bien à vous libérer un de ces soirs, non ?

– Si.

Elle se balançait sur son fauteuil en dévisageant ce bel homme si attirant. Pourquoi était-elle tombée sur lui ? Elle n'avait vraiment pas le temps…

– Demain soir, à 21 heures. Je passerai à votre bar.

– Parfait. Lequel ?

– Pardon ?

– Vous n'allez pas vous rendre au Slam Dunc', ça ferait un peu bizarre après ce qui s'est passé hier. Et puis ça braille avec toutes ces télés allumées sur les chaînes sport. Venez plutôt au Swifty's.

– C'est à vous ?

– Si on veut. Vous y êtes déjà allée ?

– Une fois.

Il se rembrunit.

– Vous n'avez pas aimé.

– Si. C'est le mec qui m'accompagnait que je n'aimais pas.

– Si vous préférez un autre endroit…

– Le Swifty's me va très bien. À 21 heures. Vous m'expliquerez comment vous possédez, « si on veut », deux bars et un immeuble.

Comme elle se levait pour signaler que l'entretien était terminé, il lui décocha de nouveau son sourire ravageur.

– Ne vous décommandez pas.

– Ce n'est pas dans mes habitudes.

– Tant mieux. À demain, Phoebe.

Quelle erreur ! se dit-elle en le regardant s'éloigner. À quoi pensait-elle en acceptant le rendez-vous de ce beau cow-boy aux yeux bleus ?

Enfin, il ne s'agissait jamais que d'un verre, que d'une demi-heure.

Et puis il y avait un moment qu'elle ne s'était pas accordé une demi-heure pour commettre une erreur en compagnie d'un homme.

Phoebe rentra chez elle, les bras chargés de paquets qui venaient s'ajouter à son attaché-case plein à ras bord, et les nerfs en pelote. La voiture qu'elle n'était pas sûre de pouvoir remplacer l'avait lâchée à une centaine de mètres du commissariat.

Le seul prix d'un remorquage risquait d'écorner son budget mensuel. Quant à la faire réparer, autant planifier tout de suite cette attaque de banque.

À peine la porte franchie, elle laissa tomber son attaché-case puis contempla un instant l'élégant vestibule. Malgré sa splendeur, cette maison ne lui coûtait rien. N'était-il pas ridicule de vivre dans une telle demeure et de ne pouvoir faire réparer une Ford Taurus de huit ans ?

Être entourée d'antiquités, d'œuvres d'art, d'argenterie et de lustres en cristal, de beauté et de grâce – et ne rien pouvoir vendre, mettre au clou ou échanger. Vivre au milieu d'un tel luxe et attraper la migraine à cause d'une fichue bagnole…

Adossée à la porte, elle ferma les yeux le temps de remercier quand même le ciel de ce qu'elle avait déjà : un toit sur la tête, pour elle et pour sa famille. Après quoi elle emporta les paquets dans la cuisine.

Les filles étaient là. Carly devant la table, en train de faire ses devoirs en tirant la langue, maman et Ava devant le four, qui mettaient une dernière touche au repas. Phoebe savait qu'en principe deux femmes ne devaient pas partager la même cuisine, mais ces deux-là s'en tiraient à merveille.

La pièce embaumait les légumes et les épices.

– Je vous avais dit de ne pas m'attendre pour le dîner ! s'écria-t-elle en entrant.

Tous les visages se tournèrent en même temps.

– Maman ! J'ai presque fini mon orthographe !

– C'est bien, ma fille ! Tu dois avoir faim.

– On voulait t'attendre.

– Ça va de soi, renchérit Essie en lui caressant le bras. Ça va, ma chérie ? Tu dois être fatiguée avec cette histoire de voiture.

– Pour un peu, je l'aurais achevée à coups de revolver. Mais c'est passé maintenant.

– Comment es-tu rentrée ?

– J'ai pris le tram, et c'est ce qui m'attend jusqu'à ce qu'elle soit réparée.

– Tu n'as qu'à utiliser la mienne, proposa Ava.

Phoebe déclina :

– Non, je préfère savoir que vous avez une voiture ici. Ne vous inquiétez pas. Qu'est-ce qu'il y a à manger ? Je meurs de faim.

– Va d'abord te rafraîchir. Ensuite tu iras te mettre les pieds sous la table. Tout est prêt.

– Alors je ne me ferai pas prier.

Elle adressa un clin d'œil à Carly avant de filer dans le cabinet de toilette.

Encore une bénédiction du ciel, toutes ces tâches domestiques dont elle était dispensée grâce à sa mère et à Ava, mille petits soucis qu'elle pouvait oublier. Elle n'allait pas se laisser désarçonner par une histoire de transports.

En se lavant les mains, elle se regarda dans la glace. Bon, elle avait l'air fatiguée, tendue ; demain, elle aurait une ride de plus si elle ne se reposait pas un peu.

À trente-trois ans, on voyait de toute façon arriver des ridules. C'était la vie.

Néanmoins, elle allait s'offrir un grand verre de vin au dîner. Ce qui la reposa, autant que les bons petits plats préparés par d'autres mains que les siennes, la lumière douce, les voix paisibles des femmes.

Elle laissa Carly raconter sa journée à l'école, sa mère parler du livre qu'elle lisait.

– Tu ne dis rien, Phoebe. Tu es à ce point épuisée ?

– Un peu, Ava, oui. Mais je vous écoute.

– C'est qu'on ne peut pas se taire cinq minutes. Dis-nous ce qui t'est arrivé de bien aujourd'hui.

C'était un de leurs jeux préférés, que sa mère avait toujours joué avec elles, aussi loin qu'elle s'en souvienne. Dès qu'une parole un peu dure ou un peu triste était prononcée, Essie les priait de raconter « quelque chose de bien ».

– Je ne sais pas si c'est bien, mais c'est nouveau. J'ai reçu un bel homme dans mon bureau.

– Ça ne compte que s'il t'a invitée à dîner, décréta Ava.

Devant l'expression de Phoebe, elle écarquilla les yeux :

– Il *t'a* invitée ?

– Quoi ? On dirait que j'annonce l'arrivée d'extraterrestres.

– C'est presque aussi extraordinaire. Qui…

– Attends, ça n'a rien d'extraordinaire ! Tu sais, la tentative de suicide dont je t'ai parlé hier ? C'était le patron du désespéré. Il m'a invitée à prendre un verre.

– Ava a dit que c'était l'invitation à dîner qui comptait, pointa Carly.

– Il me l'a proposé mais on a fini par se mettre d'accord sur un verre.

Phoebe lui tapota le bout du nez en ajoutant :

– Quand tu seras couchée.

– Il est mignon ? demanda Ava.

Le vin et l'ambiance avaient fait leur effet. Phoebe sourit.

– Super mignon. Mais il ne s'agit que d'un verre et puis chacun s'en va.

Chaque fois qu'elle était à la maison, Phoebe aimait border Carly. La fillette avait sept ans, ce rituel ne durerait plus longtemps, aussi en profitait-elle.

– Il est grand temps de dormir, mon trésor.

– Juste *petit temps*, plaisanta l'enfant. Je pourrai me coucher à *énorme temps* vendredi ?

– On verra ça, si tu réussis ta dictée.

Les yeux brillants, Carly se redressa sur son oreiller.

– Si j'ai un A, on pourra louer un DVD, faire du pop-corn et rester très tard ?

– Ça fait beaucoup de récompenses à la fois.

Doucement mais fermement, Phoebe lui posa la main sur le front pour la pousser à s'allonger.

– Tu as aussi un test de maths vendredi, je crois ?

Carly détourna les yeux vers ses draps Barbie.

– Oui, seulement c'est plus dur que l'orthographe.

– À ton âge, j'étais de cet avis. Mais si tu réussis tes deux tests, ça marchera pour le DVD, le pop-corn et l'*énorme temps*. Dors, maintenant, pour reposer ton cerveau.

Comme Phoebe éteignait la lampe, Carly reprit :

– Maman ?

– Oui, ma chérie.

– Il te manque, Roy ?

Et non « papa », remarqua Phoebe. Ni « papa », ni « mon père ». Lamentable observation. Elle se rassit au bord du lit, caressa la joue de sa fille.

– Et toi ?

– C'est à toi que j'ai demandé.

Comme elle avait fondé sur la franchise ses relations avec sa fille, Phoebe fut bien obligée de répondre :

– Non, mon trésor, pas du tout.

– Bon.

– Carly…

– Il ne me manque pas à moi non plus. Seulement, je me demandais pourquoi mamie a dit ça tout à l'heure sur les gens qui devraient t'emmener à dîner ou en promenade ou autre chose.

– Je peux t'emmener en promenade.

Carly saisit la balle au bond :

– On pourrait se promener samedi, jusqu'à River Street ?

– J'ai parlé de promenade, pas de faire des courses.

– Juste pour regarder ! On n'achètera rien.

– Tu dis toujours ça. Et puis le samedi, il y a une foule de touristes sur River Street.

– Alors on pourrait aller au centre commercial.

– Tu ne me prendras pas au piège, mignonne ! Pas de courses ce week-end. Et pas question de demander à ta grand-mère de te commander quelque chose sur Internet.

Cette fois, Carly leva les yeux au ciel.

– Bon, ça va !

Phoebe la serra dans ses bras en riant.

– Tu es à croquer, ma chérie !

– Et si j'ai des A pour mes trois prochaines dictées, est-ce que… ?

– L'heure des négociations est passée, Carly Anne MacNamara. Maintenant, on dort !

Elle lui effleura la bouche de l'index et se leva. En sortant, elle laissa la porte entrouverte de quelques centimètres pour laisser passer un rai de lumière du couloir.

Il était temps de se remettre au travail. Elle en avait encore pour deux bonnes heures. Pourtant, au lieu de se rendre dans le bureau, elle se dirigea vers le salon.

Comme tous les soirs, Essie faisait du crochet.

– J'ai une commande pour une robe de baptême, expliqua-t-elle en levant les yeux de son ouvrage.

Phoebe vint s'asseoir dans un petit fauteuil déjà tapissé par sa mère.

– Tu fais un si beau travail !

– J'aime bien. Ça ne rapporte pas beaucoup d'argent, mais...

– L'important, c'est que ça te plaise. Les gens qui te passent commande se rendent compte qu'ils acquièrent une œuvre d'art. Maman, tu sais que Carly m'a parlé de Roy ?

– Ah bon ? Elle s'ennuie de lui ?

– Non, pas du tout. Elle voulait savoir s'il me manquait. Je lui ai dit la vérité, j'espère que je n'ai pas eu tort.

– À mon avis non. Nous n'avons décidément pas de chance avec les hommes, n'est-ce pas, ma fille ?

– Oh non !

S'adossant au siège, Phoebe laissa errer son regard sur le plafond aux belles moulures.

– Je me demande si je ne devrais pas annuler ce rendez-vous, demain soir.

– Pourquoi ?

– On n'est pas bien comme ça ? Carly est heureuse. Tu aimes ton travail, moi le mien, Ava est contente. J'aimerais juste qu'ils arrêtent de faire semblant avec David, puisqu'ils sont maintenant tous les deux célibataires, de ne pas être attirés l'un par l'autre. Alors pourquoi risquer de tout gâcher pour aller boire un verre dans un pub avec un homme que je ne connais pas ?

– Parce que tu es une jeune femme seule qui a encore toute la vie devant elle. Il va bien falloir que tu quittes ce poulailler un de ces jours, même si c'est une remarque qui peut te paraître bizarre venant de ma part.

Essie se remit au travail tout en continuant de développer sa théorie :

– Je ne veux surtout pas que tu t'accroches à cet endroit, que tu te renfermes sur toi-même. Alors tu vas prendre ce verre avec cet apollon. C'est un ordre.

– Bon, je n'ai plus qu'à m'exécuter.

3

Phoebe prit place au milieu de la pièce, face à vingt-cinq policiers en stage de formation, certains en uniforme, d'autres en tenue civile.

Elle savait que nombre d'entre eux se trouvaient là à contrecœur.

– Aujourd'hui, je vais aborder le rôle tactique du négociateur dans une situation de prise d'otages. Mais, d'abord, y a-t-il des questions sur le cours d'hier ?

Une main se leva. Contrariée, Phoebe avisa le gardien de la paix Arnold Meeks, flic de la troisième génération. Elle lui trouvait une attitude agressive et sectaire, sans compter une nette propension au machisme.

– Je vous écoute.

– Madame, commença-t-il avec un sourire railleur, vous avez empêché un suicidaire de sauter, le jour de la Saint-Patrick, je crois ?

– En effet.

– Alors je voudrais soulever quelques détails en rapport avec ce stage. Il semblerait que vous ayez enfreint plusieurs règles de la négociation durant cet incident, à moins que vous ne veniez tout droit du FBI. C'est ça ?

Son passé remonterait donc toujours à la surface ? À croire qu'il chiffonnait encore quelques-uns de ses subalternes, mais qu'y faire ?

– Quelles règles aurais-je enfreintes selon vous, brigadier Meeks ?

– Voilà, madame…

– Vous pouvez mentionner mon grade, brigadier, comme je le fais avec vous.

Il en parut fort contrarié.

– Le sujet était armé, pourtant vous l'avez abordé sans couverture.

– C'est exact. Tout comme il est exact qu'un négociateur devrait éviter, si possible, tout face-à-face avec un sujet armé. Néanmoins, il peut arriver que les circonstances l'exigent ; nous couvrirons le domaine de cette situation de crise durant les cours de la deuxième partie de ce stage.

– Pourquoi… ?

– J'y arrive. À mon avis, l'incident de la Saint-Patrick exigeait un face-à-face. En fait, un homme sur le point de se jeter du haut d'un immeuble répond assez bien à cette méthode. Ce sujet-ci n'avait pas d'antécédents de violence et n'avait pas fait usage de son arme. En tant que négociatrice, il me revenait de peser le pour et le contre d'un tel face-à-face. À mon avis, le pour dépassait largement le contre. Étant donné que nous avons déjà couvert les autres considérations portant sur le face-à-face dans un précédent cours…

– Madame… lieutenant, insista Meeks en marquant juste assez son hésitation pour laisser entendre qu'elle était délibérée, est-il vrai que vous avez aussi fourni de l'alcool au sujet ?

– Effectivement, je lui ai donné la bière qu'il réclamait. S'il n'est pas recommandé de fournir de l'alcool à un sujet suicidaire, ce n'est pas non plus interdit. C'est une décision qui revient au négociateur, en fonction de son évaluation de la situation et du sujet.

– On le soûle un bon coup et il tombe tout seul du toit !

Le commentaire du policier suscita quelques ricanements. Phoebe inclina la tête en attendant que ça passe.

– La prochaine fois que vous vous trouverez au bord d'un toit, brigadier, je me souviendrai qu'il suffit d'une bière pour vous soûler et je ne vous donnerai qu'un Coca.

Ce qui souleva encore plus de ricanements, que Phoebe se hâta d'interrompre devant un Meeks écarlate :

– Comme je vous l'ai dit et répété, s'il existe des directives pour mener à bien une négociation, le négociateur doit savoir faire preuve de souplesse, se montrer capable d'évaluer, de se remettre en question.

– Vous êtes tout de même d'accord qu'il est risqué de fournir de l'alcool ou de la drogue ?

– Certainement. J'ai juste estimé, en l'occurrence, que le risque demeurait minime.

Voyant que Meeks s'apprêtait à lancer une nouvelle remarque finaude, elle l'interrompit d'avance :

– Une seconde !

Elle marqua une pause pour l'obliger à la boucler, puis :

– La préservation de la vie est et restera le but primordial de toute négociation. Tout le reste vient en second. Si en cette circonstance, et je vous accorde que chaque circonstance est particulière, j'avais choisi le face-à-face et décidé de donner une bière au sujet, j'estimais que ces choix me permettraient de le décider à me suivre. Étant donné qu'il est vivant, que personne n'est blessé, qu'il n'a jamais fait usage de son arme et a fini par me la remettre, j'en conclus, et dans cette circonstance précise, que mes choix étaient les bons.

– Vous avez aussi fait appel à une tierce personne.

Cette fois, Phoebe lui décocha un sourire tout sucre, tout miel :

– Brigadier, il semblerait que vous ayez décidément plus d'une interrogation sur cette affaire et sur ma façon de la résoudre. Est-ce que, par hasard, vous n'auriez pas préféré que le sujet ait sauté ?

– Bof, il n'était jamais qu'au troisième étage, il s'en serait tiré avec une ou deux fractures. Sauf s'il avait préféré se suicider après vous avoir abattue.

– Intéressant enchaînement d'idées. En refusant de croire qu'un suicidaire va vraiment passer à l'acte, on peut causer sa mort.

D'un geste désinvolte, elle ramena une mèche rebelle dans son chignon tout en poursuivant :

– J'ai connu un négociateur qui a tenu ce raisonnement à propos d'un sujet suspendu à trois mètres au-dessus du sol, sans arme. Mon camarade avait plutôt tendance à le considérer comme un casse-pieds qui l'empêchait de vaquer à des occupations plus importantes et il l'a peut-être un peu trop montré. Le sujet a sauté, la tête la première, pour aller s'écraser le crâne sur le trottoir. On l'a ramassé tout ce qu'il y avait de plus mort, brigadier.

– On sait pour quelle raison il a fini à la morgue ?

– Parce que le négociateur a tout gâché, répondit quelqu'un.

– C'est exact. Le négociateur a tout gâché en oubliant la règle primordiale : préserver la vie humaine. Si vous avez d'autres questions ou commentaires, n'hésitez pas à m'en faire part. En attendant, nous poursuivons le programme.

– Je voudrais…

– Brigadier, coupa Phoebe, on dirait que vous n'avez pas encore compris qui dirigeait ce stage. C'est moi. Alors, si vous avez des problèmes avec l'identification des grades, je suis votre supérieur.

– J'ai l'impression, *madame*, que vous refusez de voir remettre vos décisions en question pendant les négociations de crise.

– J'ai l'impression, *jeune homme*, que vous ne savez pas reconnaître quand la partie est finie, remportée par une femme qui se trouve avoir un grade supérieur au vôtre, et que vous êtes du genre psychorigide et ergoteur. Défauts rédhibitoires pour un négociateur. Je le signalerai donc à votre capitaine et j'espère que nous serons bientôt débarrassés l'un de l'autre. En attendant, je vous prie de la boucler et d'ouvrir grand les oreilles. C'est un ordre, brigadier Meeks. Si vous n'obtempérez pas, je signalerai votre insubordination. Compris ?

Cette fois, il était rouge de colère et roulait des yeux furieux. Pourtant, il hocha piteusement la tête.

– Parfait, acheva-t-elle. Maintenant, nous allons aborder les tactiques, le travail d'équipe et le rôle du négociateur.

Le cours n'était pas terminé depuis une minute que Phoebe se précipitait aux toilettes. Si elle n'alla pas se cogner la tête contre les murs, ce fut juste parce qu'elle se rattrapa au vol en agrippant le lavabo pour se regarder dans la glace.

– Arnold Meeks a une queue de la taille d'une carotte naine et son attitude suffisante, injurieuse et infantile constitue une lamentable tentative de compensation de son insuffisance physiologique !

Dans un énorme soupir de soulagement, elle laissait enfin retomber ses épaules lorsqu'elle entendit retentir une chasse d'eau. Comment avait-elle pu être assez débile pour lâcher sa hargne devant la glace sans s'assurer d'abord qu'il n'y avait personne dans les toilettes ?

Elle connaissait la femme qui sortit mais n'en fut pas moins mortifiée. L'inspecteur Liz Alberta était une personne solide, une brune qui travaillait au bureau des crimes sexuels.

– Bonjour, lieutenant.

– Bonjour, inspecteur.

Liz ouvrit le robinet, vérifia son reflet dans la glace.

– Arnold Meeks est une tête de nœud, énonça-t-elle d'un ton tranquille.

– Oh oui ! soupira Phoebe.

– Il raconte des histoires de cul et de nichons dans la salle de repos. J'aime bien entendre une plaisanterie de temps en temps et on ne refera pas les garçons, d'accord. Mais j'ai vu rouge quand il a prétendu que la plupart des viols étaient bidons et qu'il a voulu me le prouver grâce à la boutade éculée selon laquelle une femme court plus vite la jupe relevée qu'un homme le pantalon baissé.

– Il a dit ça, cet abruti ?

– Eh oui ! Alors j'ai porté plainte contre lui. Maintenant, il ne m'aime plus beaucoup.

Liz fit bouffer ses courts cheveux bruns.

– Et je peux vous dire que c'est réciproque, ajouta-t-elle avec un large sourire. Au revoir, lieutenant.

– Bonne soirée, inspecteur.

Cela ne l'emballait pas mais Phoebe alla trouver David, grimpant comme d'habitude l'escalier quatre à quatre, depuis la salle de réunion jusqu'au second où était son service. Elle parvint au palier alors que le capitaine sortait de son bureau en enfilant sa veste.

– Oh, s'écria-t-elle, déçue, vous partez ?

– J'ai une réunion. Il y a un problème ?

– Peut-être. Je reviendrai.

Il jeta un coup d'œil à sa montre.

– Je vous accorde deux minutes.

Là-dessus, il rouvrit sa porte et fit entrer la jeune femme sans mot dire.

Il n'avait pas changé depuis le jour où elle l'avait rencontré, les tempes grisonnantes, quelques rides qu'on disait d'expression chez les hommes et de vieillesse chez les femmes. Cependant, il gardait ses yeux clairs, toujours illuminés d'une sagesse tranquille.

– Je n'aime pas ça parce que, pour commencer, ça veut dire que j'ai commis une erreur. Pourtant, je viens vous demander d'exclure le brigadier Arnold Meeks de mon stage de formation.

– Parce que… ?

– Je n'ai rien à lui apporter. Au contraire, je pourrais le détourner des tactiques de base et des directives officielles applicables sur le terrain.

David s'assit au bord de sa table, mouvement qui laissait entendre qu'elle avait finalement plus de deux minutes pour s'expliquer.

– Il est trop bête ?

– Non, disons plutôt mesquin. À mon avis.

– Son père est toujours en exercice. C'est un enfant de salaud.

Phoebe se détendit quelque peu :

– J'avoue que là vous me choquez.

– Il n'empêche : je tiens à ce que tous les agents affectés aux stages de formation les suivent en entier. Vous pourrez exprimer votre opinion sur le brigadier Meeks dans l'évaluation qui suivra. Mais je veux qu'ils y assistent tous, Phoebe. Vous savez aussi bien que moi qu'au moins une partie de votre enseignement finit par pénétrer les esprits, même les plus obtus.

– Je lui ai passé un savon pendant le cours.

– Il le méritait ?

– Pas qu'un peu ! Mais maintenant il va me faire la gueule et ne risque pas d'écouter.

– Minimisez le préjudice et continuez, dit-il en lui tapotant l'épaule. Je vais être en retard.

– Minimisez le préjudice, répéta-t-elle à mi-voix.

Néanmoins, elle lui redressa sa cravate.

Il sourit :

– Vous êtes la meilleure collaboratrice que j'aie jamais eue. N'oubliez pas ça et gérez cet abruti de Meeks.

– Oui, capitaine.

Elle sortit avec lui et, en s'éloignant, repéra Arnold qui traînait parmi d'autres flics devant le local de l'unité. Si son cœur se serra, elle s'approcha, l'air parfaitement serein.

– Brigadier Meeks, le capitaine tient à ce que tous les agents assignés terminent le stage de négociation. Aussi je compte sur vous lundi matin, comme prévu. C'est bien compris ?

– Oui, madame.

– Maintenant, je suis sûre que vous avez mieux à faire que de traîner ici. Alors, allez-y.

– Oui, madame, répéta-t-il sur un ton qui la hérissa. J'espère qu'on tirera tous les deux quelque chose de ce stage.

En entrant dans son bureau, elle vit le message du garagiste et comprit qu'elle avait des problèmes autrement pressants qu'un flic à la langue bien pendue et aux yeux baladeurs.

– Ce n'est pas vrai !

Écrasée, elle s'effondra un instant sur sa table en se disant qu'elle était la femme la plus malchanceuse du monde.

Comme elle grimpait dans le bus, elle se prit à regretter sa décision de ressortir. Aussi, quelle idée de remonter dans le bus pour aller prendre un verre dans un bar et, ensuite, rentrer en bus au beau milieu de la nuit !

Elle pourrait toujours trouver le numéro de Duncan et annuler. De toute façon, elle avait eu tort d'accepter ce rendez-vous d'une demi-heure… tout cela à cause d'un sourire… Comme si elle n'avait pas mille autres choses à faire.

Un bain moussant. Du yoga. Un masque. Trier le contenu de son bureau.

Toutes options plus utiles que celle qui l'attendait. Cependant, elle avait promis.

À son entrée, Carly se précipita dans ses bras. Toute contrariété oubliée, Phoebe étreignit sa fille.

– Tu as mis le parfum de mamie ? dit-elle en reniflant ostensiblement.

– Elle m'a aspergée une fois. Le dîner est prêt et j'ai fini mes devoirs. Tu sais que tu n'auras pas besoin de faire la vaisselle ce soir ?

– Ah bon ? Qu'est-ce que je dois faire pour mériter ça ?

– C'est juste pour que tu sois prête pour ton rendez-vous.

Comme sa mère la reposait à terre, Carly la prit par la main pour l'entraîner vers la salle à manger.

– Mamie dit que tu devrais mettre ton pull bleu mais Ava préfère le corsage blanc qui se ferme par-derrière. *Moi*, je préfère ta robe verte.

– Elle est un peu trop habillée pour une entrevue de début de soirée.

– Mais elle te va si bien !

– Il vaudrait mieux la garder pour un vrai dîner, intervint Ava, qui venait de les rejoindre. Asseyez-vous. Tout est prêt. Comme ça, tu auras le temps de te pomponner.

– C'est juste un verre dans un pub irlandais.

Ava posa les mains sur ses hanches :

– Pardon ? Ce soir tu représentes toutes les femmes seules de cette ville, toutes les femmes qui s'apprêtent à s'asseoir devant un repas solitaire basses calories qu'elles viennent de passer au micro-ondes. Toutes les femmes qui se coucheront seules ce soir avec un bouquin ou devant une rediffusion de *Sex and the City*. Tandis que toi, tu représentes notre espoir.

– Mon Dieu…

Essie lui tapota l'épaule avant de s'asseoir près d'elle :

– Ne te mets surtout pas la pression.

Elle n'avait aucune envie de représenter un espoir. Pourtant, elle prit le bus. Trois fois, elle avait refusé qu'Ava l'accompagne en voiture ; elle avait également déçu Carly en choisissant un pull noir et un jean plutôt que la robe verte. En revanche, elle avait mis les boucles d'oreille que sa fille avait choisies, et rafraîchi son maquillage.

La vie n'était qu'une suite de compromis.

Arrivée à East River Street, elle put constater qu'il faisait juste assez frais pour qu'elle supporte son pull. Nombre de gens déambulaient le long des quais, parmi les restaurants et les boîtes, s'attardant parfois devant les vitrines.

Tant de couples main dans la main, qui profitaient de la douce atmosphère du soir. Sa mère avait raison : ce devait être agréable de se promener au bras d'un homme par une belle soirée de printemps.

Profite de l'instant, se dit-elle en ralentissant le pas. Elle était un peu en avance, elle pouvait se permettre de s'arrêter au bord de l'eau.

Cela lui permit de constater, non sans étonnement, qu'elle n'était pas la seule dans son cas. Elle aperçut un homme, aussi solitaire qu'elle, dans un coin d'ombre, et qui contemplait aussi la rivière Savannah. La visière de sa casquette lui descendait assez bas sur le front et il portait deux appareils photo croisés en bandoulière sur son anorak.

Tout le monde n'était pas en couple.

Et si elle emmenait Carly se promener par ici samedi ? Offrant son visage à la brise, elle songea combien la fillette aurait envie de tout voir.

Elle allait devoir fixer des limites : d'accord pour déjeuner mais pas à des prix exorbitants, alors que la voiture restait en otage chez le garagiste.

Finalement, elle ferait mieux de l'emmener dans un parc, loin de tout magasin.

Vérifiant l'heure, elle reprit son chemin sans remarquer l'homme solitaire qui levait un de ses appareils photo dans sa direction.

Sur l'enseigne du Swifty's, un trèfle marquait le point du i. Les murs externes enduits de jaune, les pots de fleurs aux fenêtres rappelaient certains villages irlandais tels qu'on les voyait sur des cartes postales. Le vitrail de la porte formait un motif celte et il fallait tourner une poignée de cuivre pour entrer.

Une fois à l'intérieur, elle se rappela sa précédente visite. Un énorme bar donnait le ton et ce n'était pas le genre d'endroit où l'on songeait à commander des cocktails exotiques. En revanche, ceux qui voulaient faire la conversation devant une bonne bière étaient les bienvenus.

Les box offraient de profonds sièges de cuir, des tables de bois sombre, des parois de bois poli. L'éclairage indirect et les verres colorés autour des lampes, jusqu'au feu de cheminée qui rougissait tranquillement ses braises dans un coin de la salle, ajoutaient à cette impression d'intimité.

Dans l'un des box se tenaient les musiciens, devant une table couverte de bouteilles. Une fille à la tignasse noire aux mèches rouges jouait du violon avec une énergie qui rendait ses mouvements à peine perceptibles mais n'altérait pas la clarté du son. Un homme âgé, qui aurait pu être son grand-père, marquait la cadence sur un petit accordéon. Un jeune homme aux cheveux tellement clairs qu'il avait l'air d'un ange les accompagnait à la cornemuse tandis qu'un autre reposait sa chope pour reprendre son violon et se mêler à la musique.

Tout cela respirait la gaieté, la joie de vivre ; les conversations allaient bon train.

– Vous voilà, et juste à l'heure !

Alors qu'elle se retournait, Duncan lui avait déjà pris la main. Il arborait toujours ce sourire qui lui fit presque oublier qu'elle n'était pas venue ici de bon gré.

– J'aime bien ce coin, dit-elle. La musique…

– C'est comme ça tous les soirs. Je nous ai réservé une table.

Il la conduisit devant la cheminée et elle put se lover dans une causeuse.

Profite de l'instant, se répéta-t-elle.

– C'est la meilleure place, observa-t-elle.

– Que voulez-vous boire ?

– Une Harp, merci.

– Tout de suite.

Il alla glisser un mot à la fille derrière le bar puis revint avec un verre de bière dorée.

– Vous ne prenez rien ? s'enquit-elle, inquiète.

– On va m'apporter une Guinness.

Les beaux yeux bleus se posèrent sur elle :

– Alors, comment allez-vous ?

– Pas mal. Et vous ?

– Si vous permettez, je vais d'abord vous demander si votre temps est compté.

– Désolée, j'ai laissé ma calculette dans mon autre sac.

– Bon, tant mieux. Je voulais m'en assurer pour passer à autre chose. Je vous trouve très jolie.

– Merci. Je ne me pose en général pas trop de questions sur ce point.

– Je n'arrête pas de penser à vous.

Ce disant, il levait la tête vers la serveuse qui lui présentait sa Guinness.

– Merci, P.J.

– De rien.

Déposant également un bol de bretzels, elle décocha un clin d'œil à Duncan, jaugea Phoebe d'un regard puis emporta son plateau vers une autre table.

– Eh bien, *sláinte* !

Il cogna son verre contre celui de Phoebe, but une gorgée.

– Voyez-vous, poursuivit-il, je n'ai pas arrêté de me demander si vous m'occupiez la cervelle à cause de Suicide Joe ou parce que je vous trouvais à mon goût. C'est la deuxième chose à laquelle j'ai pensé en vous voyant, même si, sur le moment, ça ne me paraissait pas de mise.

Elle but plus lentement, sans le quitter des yeux. La petite fossette qui flottait au coin de sa bouche quand il souriait captivait son attention comme un aimant.

– La deuxième chose ?

– Oui. La première étant en quelque sorte : Dieu merci, elle va régler tout ça.

– Vous faites toujours autant confiance aux gens que vous ne connaissez pas ?

– Il faut que j'y réfléchisse.

En s'enfonçant dans son siège, il heurta brièvement du genou la jambe de Phoebe, occasionnant un frottement toile de jean contre toile de jean.

– En fait, je voyais en vous une personne qui savait ce qu'elle faisait, une jolie femme qui savait ce qu'elle faisait. Ça m'a donné envie de vous revoir, ne serait-ce que pour comprendre comment vous avez pu me frapper à ce point. Je sais que vous êtes intelligente, c'est obligatoire dans votre métier, mais vous paraissez bien jeune pour exercer de telles responsabilités…

– J'ai trente-trois ans. Ce n'est pas si jeune que ça.

– Trente-trois ? Moi aussi. Quand tombe votre anniversaire ?

– En août.

– Moi en novembre. Vous êtes plus âgée que moi ! Aïe ! Je gaffe. Mais les femmes mûres sont si séduisantes…

Elle éclata de rire et se pencha vers lui en décroisant les jambes :

– Vous êtes amusant !

– Ça m'arrive. Mais j'ai mon côté sérieux et sensible, si vous comptez les points.

– Les points ?

– Il existe toujours un système de points dans ce genre de situation. Il est propre, elle a de la poitrine. Ça donne des points. Il a un rire idiot, elle déteste le sport. Ça ôte des points.

– J'en suis à combien ?

– Il va me falloir une calculette pour additionner tout ça.

– Bien vu. Quelques points en plus pour vous.

Elle but de nouveau, sans cesser de le détailler. Il avait une petite cicatrice fine, en diagonale sur le sourcil gauche.

– Cela dit, vous ne pouvez affirmer que je suis intelligente et compétente avec si peu d'éléments.

– En général, j'ai une bonne perception des gens. La déformation professionnelle.

– Propriétaire de bar ?

– Avant, j'étais chauffeur de taxi et je tenais un pub. Deux boulots où on est certain de rencontrer le maximum de gens, et où on a intérêt à savoir les cataloguer vite fait.

– Un barman chauffeur de taxi.

– Ou un chauffeur de taxi barman, ça dépend.

Tendant le bras, il lui glissa une mèche derrière l'oreille, tapotant au passage le pendentif argenté de son oreille, geste empreint d'une telle douceur qu'elle s'en étonna.

– Les horaires sont en tout cas faciles à concilier, continua-t-il. J'ai fini par mettre assez d'argent de côté pour ouvrir mon propre bar des sports.

– Et vous avez réalisé le rêve américain.

– Loin de là… du moins pour ce qui est du côté américain. Mais ce n'est pas en maniant le balai ou en conduisant un taxi que j'ai pu ouvrir le Slam Dunc'.

– Comment alors ? En attaquant des banques ou en dealant de la drogue, ou en vendant votre corps ?

– Toutes options valables. Mais non, j'ai gagné au Loto.

– C'est vrai ?

Ravie, fascinée, elle leva son verre avant de se servir un bretzel.

– Oui. Un sacré coup de chance. Il y en a qui appellent ça la destinée. Je ne prenais même pas régulièrement de billets. Ce jour-là, j'étais juste sorti chercher un pack de bières et j'ai joué en pensant à autre chose.

– Vous avez choisi les numéros ou vous avez pris un flash ?

– Je les ai choisis. Mon âge, le numéro du taxi – déprimant parce que je croyais devoir encore le conduire longtemps – six, pour le pack. Un peu au hasard et… le gros lot ! Vous savez ce que disent les gens qui espèrent gagner, ou même ceux qui ont gagné : qu'ils comptent continuer à travailler quand même, sans vraiment changer de vie ?

– Oui.

– Ils déraillent ou quoi ?

Elle se remit à rire, prit un autre bretzel.

– Si je comprends bien, vous ne conduisez plus de taxi et vous ne tenez plus le bar.

– Comme vous dites. Au début, je trouvais amusant de tenir mon propre bar des sports. Ça va peut-être me faire perdre des points mais je me suis dit, au bout d'un certain temps, que je n'avais aucune envie de passer toutes mes soirées dans un bar.

Elle parcourut du regard le pub où la musique avait baissé.

– Alors maintenant vous en avez deux et pourtant vous êtes encore là.

– Oui. J'ai vendu la moitié de mes parts du Dunc's à un gars que je connaissais. Enfin presque la moitié. Et j'ai ouvert ce pub irlandais.

– Pas de voyage, pas de voiture de luxe ?

– Quelques voyages, quelques luxes. Mais comment avez-vous… ?

– Attendez ! J'ai encore une question importante à vous poser. Et tant pis si vous me trouvez mal élevée. Combien ?

– Cent trente-huit millions.

Elle faillit en avaler son bretzel de travers, au point qu'il dut lui tapoter le dos.

– Mon Dieu !

– Oui, c'est ce que j'ai dit moi aussi. Vous voulez une autre bière ?

Les yeux encore écarquillés, elle secoua la tête :

– Vous avez gagné cent trente-huit *millions* de dollars avec un billet de Loto ?

– Oui. J'ai bien fait de sortir acheter ce pack de bières, non ? On en a pas mal parlé à l'époque. Ça ne vous dit rien ?

– Je… je ne sais pas. Quand ?

– Il y a sept ans, en février.

– Ah bon.

Des *millions*. Elle poussa un soupir pour rééquilibrer sa respiration, se passa une main dans les cheveux.

– Il y a sept ans, en février, moi j'accouchais.

– C'est vrai que dans ces moments-là on ne doit pas trop regarder les infos. Vous avez un enfant ? Quel genre ?

– Une fille. Carly.

Elle vit son regard lui effleurer la main gauche.

– Divorcée.

– Je vois. Deux vies à concilier, parent unique, une carrière de haute volée. Il faut avoir le sens de l'équilibre.

– Ça demande de l'entraînement.

Des millions, entassés les uns sur les autres. Pourtant, il se contentait de boire une bière dans un pub de Savannah comme n'importe quel type, enfin, un type avec une adorable fossette et une petite cicatrice virile, un sourire irrésistible.

– Pourquoi n'habitez-vous pas dans une île du Pacifique sud ?

– Parce que j'aime bien Savannah. Pas la peine d'être riche si on ne peut pas habiter où on veut. Depuis combien de temps êtes-vous flic ?

Elle dut se concentrer pour répondre :

– J'ai… euh… je suis entrée au FBI dès la fin de la fac, et…

– Le FBI ? Comme Clarice Starling dans *Le Silence des agneaux* ? Ou Dana Scully, une autre superbe rousse, d'ailleurs. Agent spécial MacNamara ?

Il poussa un soupir exagérément profond.

– Vous êtes vraiment quelqu'un !

– Pour diverses raisons, j'ai décidé d'entrer dans la police de Savannah. Comme négociatrice en situation de crise ou de prise d'otage.

– De prise d'otage ? Comme quand un type se barricade dans un bureau avec quelques passants innocents et qu'il exige dix mille dollars ou la libération de tous les prisonniers aux yeux marron ? C'est vous qui allez parler avec eux ?

– Si ça se passe à Savannah, il y a des chances.

– Comment savez-vous ce qu'il faut dire ? Ou ne pas dire ?

– Les négociateurs sont entraînés, ils ont l'expérience du fonctionnement de la police. Pourquoi ?

– Non, il y a autre chose. Vous sentez ce qu'il faut faire. L'entraînement, l'expérience, ça compte, mais il n'y a pas que ça.

Bizarre qu'il le comprenne alors que cela passait au-dessus de la tête de certains flics, à commencer par Arnold Meeks.

– On espère le sentir. Mais on doit écouter, pas seulement entendre. Tenez, à vous écouter, j'ai appris certaines choses. Par exemple que vous vivez à Savannah parce que vous auriez l'impression de n'avoir rien à faire dans votre île du Pacifique, pas assez de gens à voir. Sans écarter la possibilité d'acheter un billet gagnant en même temps qu'un pack de bières, vous savez également que, parfois, certaines choses doivent arriver. En me parlant de votre argent, vous ne cherchiez pas à vous vanter, vous ne faisiez que rapporter un fait amusant. Toutefois, vous accordiez de l'importance à la façon dont je réagirais car, dans la mesure où je vous ferais des avances, on terminerait la soirée au lit, ce qui serait également très amusant. Par la même occasion, je cesserais de vous occuper l'esprit.

– Encore une chose qui me plaît en vous : vous connaissez votre boulot et vous le faites bien. Si Suicide Joe travaillait encore pour moi, je l'augmenterais.

Elle ne se priva pas de sourire, déjà séduite. Mais…

– Ça fait long pour un simple verre, conclut-elle. Il faut que j'y aille, maintenant.

– Vous aimez votre enfant avant toute chose. Votre regard s'est illuminé quand vous avez prononcé son nom. Le divorce vous tourmente encore un peu quelque part. Je ne sais pas à quel point. Vous ne considérez pas votre boulot comme une carrière mais comme une vocation. Chauffeur de taxi, barman… moi aussi je sais écouter !

– En effet. Ça fait vraiment long pour un simple verre.

Il se leva en même temps qu'elle.

– Je vous accompagne à votre voiture.

– En fait, je prends le bus.

– Ouh là ! Je vous raccompagne. Et ne commettez pas la bêtise de dire non.

Il la prit par le bras, adressa au bar un au revoir de la main en s'éloignant.

– Je n'habite pas loin, Jones Street.

– Une de mes rues préférées.

Il marchait lentement, comme s'il se promenait.

– Ainsi que celle-ci, ajouta-t-il.

Voilà qu'elle se retrouvait à déambuler parmi d'autres couples sur River Street, main dans la main avec un homme. Il avait la paume solide et tiède, le genre de paume qui attrapait une balle de base-ball ou vous caressait le visage avec le même bonheur.

Il marchait à grandes enjambées souples. Un homme qui savait prendre son temps.

– Une belle nuit pour se promener, ajouta-t-il. Pas forcément au bord du fleuve.

– Il faut que je rentre.

– Je sais. Vous n'avez pas froid, au moins ?

– Non.

Il entra dans le parking, fit signe au gardien.

– Tout va bien, Lester ?

– Tout va comme il faut, patron. Bonsoir, madame.

Un billet changea si vite de main qu'elle faillit ne pas le voir. Bientôt arriva une Porsche blanche rutilante.

– Vous aimez les voitures ?

– Si vous m'aviez posé cette question il y a quelques années, je vous aurais exposé plusieurs raisons pour lesquelles les voitures et moi ne sommes pas dans les meilleurs termes.

Elle passa une main sur le siège de cuir ocre.

– Mais j'aime bien celle-ci, ajouta-t-elle.

– Moi aussi.

Ainsi qu'elle s'y attendait plus ou moins, il ne conduisait pas comme un malade. Cependant, il se faufilait à travers les rues de la ville, qu'il semblait connaître dans ses moindres recoins.

Elle lui indiqua son adresse et décida de profiter d'un voyage qu'elle n'aurait jamais espéré faire de sa vie. Lorsqu'il se gara devant chez elle, Phoebe poussa un soupir :

– Super ! Merci.

– De rien, dit-il en venant lui ouvrir. Belle maison que vous avez là.

– N'est-ce pas ?

On ne pouvait dire le contraire, devant cette demeure de brique rose aux fenêtres encadrées de blanc et aux gracieux balcons.

La sienne, qu'elle le veuille ou non.

– Une maison, une famille à charge. C'est toute une histoire.

– Si vous me la racontiez demain devant un dîner ?

Une petite voix en elle criait « oui ! oui ! » quand elle se retourna :

– Oh, Duncan ! Vous êtes trop gentil, vous êtes riche et vous avez une ravissante voiture, mais je ne peux pas me permettre d'entamer une liaison maintenant.

– Vous pouvez vous permettre de dîner ?

Elle rit, secoua la tête comme il la suivait vers le vestibule.

– Plusieurs fois par semaine, en principe.

– Vous êtes dans la fonction publique, or le public, c'est moi. Acceptez de dîner avec moi demain. Ou choisissez quelque chose qui vous plaise, dans le courant de la semaine. Je m'arrangerai.

– Je dois sortir avec ma fille demain soir. Alors disons samedi, pour le dîner, étant entendu que ça n'ira pas plus loin.

– Samedi.

Il se pencha. Elle le vit venir, mais à quoi bon l'arrêter ? Alors elle le laissa lui effleurer la bouche de ses lèvres douces.

Il l'étreignit et, encore une fois, elle le laissa faire. Prise de vertige, elle demeura un instant à le regarder dans les yeux, subjuguée.

– Et zut ! finit-elle par lâcher.

Il lui décocha un large sourire :

– Je passe vous prendre à 19 heures. Bonsoir, Phoebe.

– Bonsoir, répéta-t-elle.

Une fois à l'intérieur, elle referma, éteignit la lumière du perron tout en se demandant dans quoi elle s'embarquait.

4

À peine avait-elle atteint le premier étage que sa mère et Ava passaient une tête par la porte du salon, un sourire interrogateur aux lèvres.

– Alors ? commença Essie. Comment était-ce ?

– Bien. On a bu un verre, c'est tout.

Les deux femmes échangèrent un regard entendu et la suivirent jusqu'à sa chambre.

– Mais encore ? insista Ava en joignant les mains. De quoi avez-vous parlé ? Allez, Phoebe ! Donne-nous quelques détails.

– On a pris une bière dans un très beau pub. J'ai passé un bon moment. Maintenant, je vais faire ma gym.

Elles échangèrent un nouveau regard comme Phoebe sortait sa tenue de yoga.

– De quoi avez-vous parlé ?

Tout en se changeant, elle regarda sa mère dans la glace de son armoire.

– De choses et d'autres. Il a été barman, chauffeur de taxi.

– Ah ! Au moins c'est un travailleur.

– Comme tu dis.

– Où est-ce qu'il habite ? reprit Ava. En ville ?

– Je ne lui ai pas posé la question.

– Enfin, pourquoi ? s'écria Essie en levant les yeux au ciel.

– Ça ne m'est pas venu à l'esprit, dit Phoebe en s'attachant les cheveux.

– Et sa famille ?

– Je n'y ai pas songé non plus. Je pensais à autre chose.

– Il était trop charmant !

– Il était... très charmant. Mais je me suis laissé distraire quand il a dit avoir gagné au Loto, il y a quelques années, cent trente-huit millions.

Là-dessus, elle sortit pour monter au second étage où dormait Carly.

Elle avait fait transformer une chambre de bonne en salle de gym. Un caprice d'enfant gâtée, soit, mais qu'elle amortissait en ne payant pas d'abonnement à un club et en économisant une heure quotidienne de transports divers.

Carly venait souvent la rejoindre, ce qui leur permettait de passer un peu plus de temps ensemble. Quant à sa mère et à Ava, elles s'en servaient en son absence.

Phoebe grimpait sur le vélo d'appartement quand elle fut rejointe par sa mère et Ava.

– Tu as parlé de *millions*, balbutia Essie.

– Oui.

– Ça me dit quelque chose, commenta Ava une main sur le cœur. Un chauffeur de taxi millionnaire. C'est comme ça qu'ils l'appelaient. Un garçon du coin. Il avait pris son billet tout seul. Mon Dieu ! C'est donc *lui* ?

– En personne.

– Seigneur ! Il faut que je m'asseye, souffla Essie en se laissant tomber à même le sol. On ne peut pas dire qu'il soit riche, ni fortuné. C'est autre chose.

– Un veinard ? suggéra Phoebe.

– Pour le moins, commenta Ava en rejoignant Essie par terre. Et il t'a offert une bière, c'est tout ?

Amusée, Phoebe augmenta le niveau du trainer.

– Oui. Et des bretzels. Et puis il m'a ramenée en Porsche.

– C'est tout ? s'emballa Essie. Il ne serait pas pingre ?

– Mais non. Il est cool et ça a l'air inné chez lui. Il m'a proposé de dîner avec lui samedi.

– Tu sors avec un millionnaire ! s'écria Ava en donnant un coup de coude à Essie. Notre fille sort avec un millionnaire !

Cette idée effraya Phoebe, qui tenta d'évacuer sa peur en augmentant encore le niveau de la machine.

– Je n'ai jamais dit que je sortais avec lui ! Je n'y tiens pas du tout. Ça n'apporte que des ennuis. Quels vêtements va-t-on porter, de quoi va-t-on parler ? Est-ce qu'il va vouloir faire l'amour ? Franchement, là, je me pose la question : ai-je envie de faire l'amour ? Ça demande réflexion et tout…

– Il s'agit d'un dîner, rappela Ava. Samedi.

– Oui, c'est ça, il est cool, marmonna Phoebe. Hyper cool.

L'incident se déroulait dans un petit cabinet juridique. Jasper C. Hugues, avocat. D'après les renseignements en possession de Phoebe, Hugues, une certaine Tracey Percell et un individu nommé William Gradey étaient barricadés à l'intérieur.

L'équipe stratégique continuait de se mettre en place autour du périmètre de sécurité. Phoebe attrapa sa mallette d'opération et se dirigea vers le premier flic arrivé sur les lieux : Arnold Meeks.

– Rapport ?

Il portait des lunettes noires mais elle devina son air narquois lorsqu'il baissa les yeux sur elle.

– Le type a deux otages. Les témoins ont entendu un coup de feu. Quand je suis arrivé, le sujet criait que, si on essayait d'entrer, il les tuerait tous les deux.

Phoebe marqua une pause, puis :

– C'est tout ?

– Le sujet prétend que l'avocat l'a lésé de six mille dollars et qu'il doit les lui rembourser.

– Où est le compte rendu, brigadier ?

À la façon dont il tordit ses lèvres, elle se demanda s'il ne s'entraînait pas devant une glace.

– J'essayais d'empêcher ce connard de tuer deux personnes. Je n'ai pas eu le temps de remplir un compte rendu.

– À quelle heure a-t-on entendu ce coup de feu ?

– Vers 9 heures.

– Neuf heures ?

Une onde de peur et de colère la traversa :

– Ça fait deux bonnes heures que ça dure, et c'est maintenant que vous appelez un négociateur ?

– Je contrôle la situation.

– Vous êtes relevé. Vous…

Elle désignait un autre brigadier tout en sortant un carnet de sa mallette :

– Tout doit être noté par écrit. L'heure, les événements, qui dit quoi et quand.

Arnold Meeks la saisit par le bras :

– Vous n'êtes pas habilitée à me donner des ordres !

– Oh, si ! dit-elle en se dégageant. Le capitaine arrive, accompagné du commandant Harrison, responsable du groupe d'intervention.

En attendant, c'est moi qui prends les opérations en main, en tant que négociatrice.

Et de se tourner vers l'autre brigadier :

– Tâchez de joindre le preneur d'otages par téléphone.

– C'est moi qui ai empêché les choses de péter, insista Meeks.

– Vous croyez ? Avez-vous parlé aux otages ? Vous êtes-vous seulement assuré qu'ils étaient encore vivants ? Qu'ils n'étaient pas blessés ? Qu'ils n'avaient pas besoin de soins médicaux ? Où est votre tableau de bord ? Votre rapport ? Quels sont les progrès effectués dans le sens d'une solution sans effusion de sang depuis deux heures, avant que vous daigniez m'appeler ?

Elle prit le téléphone, vérifia son agenda, où elle avait déjà noté quelques noms.

– Je ne veux pas vous parler ! répondit la voix avec une émotion mêlée de fureur. Je n'ai plus rien à vous dire !

– Monsieur Gradey ? Ici Phoebe MacNamara. Je suis négociatrice, je travaille avec la police de Savannah. Vous semblez bouleversé. Est-ce que tout le monde va bien autour de vous, monsieur Gradey ? Personne n'a besoin de médecin ?

– Tout va mal. Tout a mal tourné.

– Voyons ce qu'on peut faire. Tout d'abord, vous permettez que je vous appelle William ? Comme vos amis ?

– J'en ai marre de parler !

Elle le crut sur parole et comprit qu'il allait passer à l'acte.

– Je ne demande qu'à vous aider, insista-t-elle. Avez-vous besoin de quoi que ce soit ? Vous ou ceux qui vous entourent ? D'un médecin ? D'eau ? De nourriture ?

– Je voulais mon argent.

– Vous voulez votre argent. Racontez-moi ça, monsieur Gradey. Voyons ce que je pourrais faire pour vous aider à le récupérer.

En même temps, elle notait : *a utilisé le passé.*

– Je l'ai dit, personne ne m'a écouté.

– Personne ne vous a écouté. Ça vous a mis en colère. Je comprends et je vous prie de nous excuser si vous avez l'impression que personne n'a prêté attention à votre problème. Mais je vous écoute, monsieur Gradey. Je veux vous aider à résoudre la situation.

– C'est trop tard. C'est fini.

Elle perçut le coup de feu comme s'il claquait dans sa tête avant qu'il retentisse dans l'atmosphère. Elle l'avait perçu dans sa voix.

L'avocat souffrait d'une légère commotion, de quelques plaies et bosses. La secrétaire était hystérique mais saine et sauve. Quant à William Gradey, il s'était tiré une balle dans la tête.

– Bravo pour la négociation ! ricana la voix d'Arnold Meeks derrière Phoebe.

Elle se retourna lentement, le fusilla du regard.

– Espèce d'enfoiré !

– Il s'est suicidé pendant que vous lui parliez au téléphone, pas moi.

Un sourire satisfait aux lèvres, il s'éloigna.

Elle se promit que, plus tard, elle remettrait les pendules à l'heure avec Arnold Meeks. En attendant, elle regardait médecins et policiers s'activer sur les lieux. Une main se posa sur son épaule.

– Vous n'avez plus rien à faire ici, lui dit David.

– Je n'ai pour ainsi dire pas pu lui parler. Une minute, deux peut-être. C'était fini avant mon arrivée. Je n'ai rien pu faire.

– Phoebe…

– Pas maintenant, s'il vous plaît. J'aimerais débriefer les otages et prendre les dépositions des témoins. Il me faudra l'enregistrement de toutes leurs déclarations, et je voudrais que vous les écoutiez.

– Vous savez aussi bien que moi que les choses ne se terminent pas toujours comme on le voudrait.

– Ça ne veut pas dire que celle-ci devait mal tourner, dit-elle en luttant pour empêcher sa voix de trembler. Je tiens à savoir ce qui s'est passé. Les otages sont en route pour l'hôpital bien que la femme ne m'ait pas paru blessée. Elle peut parler. J'aimerais que vous veniez avec moi pour que nous l'interrogions ensemble.

– Très bien. N'hésitez pas à vous entretenir avec notre conseiller psychologique. Quand on perd un…

Elle faillit exploser :

– Je n'ai rien perdu du tout ! Je n'ai pas eu l'occasion de lancer une action.

Durant le trajet qui les mena vers l'hôpital, elle n'ouvrit pas la bouche et David n'insista pas, la laissant regarder par la vitre et préparer les questions qu'elle allait poser afin de mettre au point son acte d'accusation.

Tracey Percell reposait sur un brancard au service des urgences. Elle était jeune, à peine majeure, semblait-il. Une jolie blonde à la belle poitrine.

Les yeux rouges et gonflés, elle se mordillait le pouce.

– Il s'est suicidé devant nous ! hoquetait-elle.

– Vous avez vécu de terribles moments. Cela vous ferait du bien d'en parler et nous, cela nous aiderait. Pensez-vous pouvoir le faire, Tracey ?

– D'accord. Ils disent que j'ai hyperventilé. Que je suis tombée dans les pommes, quoi. Ils me disent de rester allongée, mais le type ne m'a pas touchée. Il a boxé Jasper, il lui a posé le pistolet devant la figure mais…

– Vous devez avoir eu peur.

Phoebe s'assit au bord du lit et tapota les mains de Tracey avant de sortir son magnétophone.

– Ça ne vous ennuie pas si j'enregistre notre conversation ?

– Non. Ils ont dit qu'ils allaient appeler mon copain, Brad. Il va venir me voir.

– Tant mieux. S'il n'arrive pas avant notre départ, je m'assurerai personnellement qu'il a bien été prévenu. Ça vous va ?

– Très bien. Merci.

Tracey cessa de se mordiller l'ongle, à croire que la perspective de voir arriver son copain suffisait à la rétablir.

– Je me sens toute drôle. Comme si je venais de voir un film d'horreur, sauf que c'était moi qui jouais dedans.

– Je sais, mais c'est fini maintenant. Vous travaillez pour M. Hugues ?

– Oui. Je suis secrétaire juridique. Ce n'est pas terrible mais ça va.

– Et vous êtes allée travailler aujourd'hui comme d'habitude.

– J'ouvre le cabinet vers 9 heures moins dix. Jasper est arrivé en même temps que moi. Il est souvent en retard, mais pas cette fois. On a à peine ouvert que voilà M. Gradey qui rapplique. Il pousse la porte et boxe Jasper dans la figure. Il le fait tomber par terre. Je crie quand je vois qu'il a une arme. Il avait l'air d'un fou.

– Que s'est-il passé ensuite ?

– Il m'a dit d'aller fermer la porte à clé et qu'il tuerait Jasper si je tentais de m'enfuir. Il tenait le pistolet contre la tempe de mon patron, j'ai eu peur, alors j'ai fait ce qu'il demandait. Il nous a dit de pousser le bureau devant la porte et, comme on n'allait pas assez vite, il a tiré.

– Sur vous ?

– Non, par terre. Ça a fait un trou dans la moquette. J'ai crié, j'ai pleuré. Il m'a dit de la boucler et de faire ce qu'il ordonnait. Alors on a obéi. Et puis il a encore tapé Jasper en hurlant qu'il voulait son argent. Ses six mille cinq cent vingt-huit dollars et trente-six cents. Pour commencer, Jasper a dit que c'étaient des frais pour la plainte qu'il avait déposée, même si elle n'avait pas abouti.

– C'était un client ?

– Je dirais que Jasper ne l'avait pas vraiment mis dans ses petits papiers. Mais je ne connais pas tous les détails.

– Nous verrons ça plus tard.

– D'accord, mais je préférerais quand même que vous voyiez tout ça avec Jasper. Il lui a dit qu'il n'avait pas cet argent et M. Gradey a répondu qu'il ferait mieux de le trouver, parce que sinon… Ils allaient partir pour la banque quand le flic s'est pointé.

– Le premier agent arrivé sur les lieux.

– Ouais, si on veut. On entendait les sirènes et M. Gradey m'a entraînée avec lui à la fenêtre pour regarder à travers les stores. Il a crié quelque chose comme : « Foutez le camp ! Si vous essayez d'entrer, je tue tout le monde ! » Il a dit qu'il tenait deux personnes sous son arme et qu'il n'hésiterait pas à s'en servir. Gradey m'a ordonné de hurler, et je ne me suis pas fait prier.

Elle se frotta les yeux.

– Mon Dieu !

– Vous deviez avoir peur… Gradey ne vous a pas frappée à ce moment-là ?

– Non. Non. Il m'a fait allonger au sol, sur le ventre. Jasper aussi. Et là, le flic, il devait avoir un de ces machins, un Mégaphone… Il a crié qu'il était le brigadier Arnold Meeks et que M. Gradey devait déposer son arme et sortir les mains en l'air. Tout de suite. M. Gradey a crié qu'il s'appelait William Gradey et qu'on pouvait tous aller se faire voir sauf s'il récupérait ses six mille cinq cent vingt-huit dollars et trente-six cents. Et là ils se sont engueulés.

– Ils se sont engueulés ?

– Ouais, pendant un moment. M. Gradey voulait savoir où était le flic, où était la justice quand Jasper lui a volé son argent. Et le flic qui répond : « Je me fiche de ton argent, maintenant tu ramènes tes fesses les bras en l'air. »

Phoebe leva les yeux vers David :

– Comment M. Gradey a-t-il réagi ?

– Il était furieux, surtout quand le policier a dit que M. Gradey n'avait pas les couilles pour nous tuer. Juré ! Là j'ai cru qu'on allait y passer, juste pour prouver au flic qu'il avait tort. Je n'arrêtais pas de pleurer.

– Vous avez entendu le policier dire ça ?

– Oui, madame. En fait il a pas dit que M. Gradey n'avait pas les couilles, il a dit « espèce de connard ».

Phoebe regarda de nouveau David tandis que Tracey sortait un mouchoir.

– Et M. Gradey a dit au flic de venir le chercher, qu'il le tuerait et nous aussi. Il avait trop besoin de cet argent. Il avait dû vendre sa voiture, il n'avait plus de maison. Le flic a dit qu'il serait bientôt logé dans une cellule et qu'il n'aurait plus besoin de voiture. À la fin, d'autres flics sont arrivés. Vous croyez que Brad est là, maintenant ?

– Je vais voir ça dans une minute. Qu'est-ce qui s'est passé ensuite, Tracey ?

– Eh bien, M. Gradey, il était très énervé... J'étais sûre qu'il allait tous nous tuer, en finir, quoi... Alors je me suis remise à pleurer, encore plus fort je crois. Il m'a dit de ne pas m'inquiéter, que je n'y étais pour rien. C'étaient les flics et les avocats, pas moi. C'étaient eux qui baisaient les braves gens. Je crois...

– Que croyez-vous ? la pressa Phoebe.

– Je crois qu'il allait me laisser partir. J'avais cette impression. Pour moi, pas pour Jasper. Parce qu'il m'a demandé, s'il me laissait partir, de parler de l'argent aux flics. J'ai promis. Alors le téléphone a sonné. Le flic Meeks a hurlé que Jasper lui réponde : « Décroche, connard ! ».

Tracey poussa un soupir.

– Je sais que ça peut paraître nul, mais ce policier m'a fait aussi peur que M. Gradey et son pistolet.

Elle s'essuya les yeux.

– Je voulais juste qu'il se taise. Parce que, plus il parlait, moins M. Gradey risquait de me lâcher ; peut-être que sans lui il ne se serait pas tiré une balle dans la tête devant moi. Je ne sais pas.

– D'accord, Tracey. C'est bon, souffla Phoebe d'un ton apaisant.

– C'était tellement affreux à voir ! Il m'avait fait asseoir pour me demander de parler de l'argent à la police, alors j'étais là, par terre, quand le téléphone a sonné et tout. Je n'entendais pas ce que l'autre type disait mais je regardais M. Gradey, je me disais que s'il me laissait partir je ne reviendrais jamais au cabinet, que je reprendrais des cours pour me faire un meilleur job. Monsieur Gradey ne parlait pas beaucoup, mais il avait l'air triste. Il avait peur. Comme moi. Il a raccroché. Je me suis dit que, si ça sonnait de nouveau, il ne décrocherait pas. Là, il m'a expliqué qu'il allait mettre le haut-parleur pour que j'entende comment vous traitez les gens comme nous, et qu'on n'avait pas une chance de s'en tirer. Cette fois c'était une femme. C'était vous. Alors vous savez ce qui s'est passé ensuite.

– Oui, je sais ce qui s'est passé ensuite.

Phoebe attendit qu'ils se retrouvent dehors, loin de tout témoin, dans la douceur de l'air printanier.

– Il l'a poussé au suicide. Avec son attitude, il a mis en danger la vie de deux otages. Il a complètement ignoré la procédure, bafoué tous les codes de la négociation !

– Tous les policiers ne sont pas doués pour la négociation et ne savent pas conduire une situation de prise d'otages.

Cette fois, elle ne put contenir son indignation :

– Enfin, bon sang, David ! Vous prenez sa défense, maintenant ?

– Non. Et je n'ai pas l'intention de vous contredire. Nous allons interroger le brigadier Meeks.

– Je m'en charge, c'est à moi de le faire !

– Non, vous êtes déjà en conflit avec lui. Vous étiez en ligne avec le sujet quand il s'est donné la mort.

– Si je ne débriefe pas Meeks, mon autorité en sera affectée. Il lui a fallu près de deux heures pour alerter ses supérieurs. Déjà, là, il mériterait un blâme. Le problème, ce ne sont pas ses relations avec moi, c'est lui qui ne devrait pas porter de plaque.

– Méfiez-vous : que ça ne ressemble pas à une revanche.

– Un homme est mort. On est au-dessus de ce genre de considération.

Phoebe prit son temps ; il lui fallut tout le reste de cette longue journée pour recueillir informations et dépositions, pour rédiger ses notes et terminer son rapport.

Ensuite, elle convoqua Arnold dans son bureau.

– J'ai terminé ma journée, annonça-t-il.

– Fermez la porte. Asseyez-vous.

– Je suis de service de 8 heures à 16 heures. Au-delà, je passe en heures sup.

Néanmoins, il s'assit, jeta un regard interrogateur sur le magnétophone qu'elle avait déposé sur sa table.

– C'est quoi, ça ?

– Cette conversation est enregistrée, pour votre bien autant que le mien.

– Alors j'avertis mon délégué syndical.

– Libre à vous, dit-elle en tournant le téléphone vers lui. Allez-y.

Il haussa les épaules.

– Vous avez encore cinq minutes avant que je passe en heures sup.

– À 9 h 11, ce matin, vous avez été prévenu qu'un coup de feu avait été tiré au cabinet de Jasper C. Hugues. C'est exact ?

– Tout à fait.

– Vous vous y êtes rendu, avez approché le bâtiment en question. À cet instant, un individu, depuis l'intérieur des locaux, vous a prévenu qu'il était armé et tenait deux otages en joue. C'est toujours exact ?

– Si vous avez l'intention de reprendre tout le rapport, on n'est pas rendus.

– Avez-vous appelé des renforts ou une unité de négociateurs à ce moment-là ?

– Non. Je gérais la situation. Jusqu'à ce que vous arriviez.

– Vous vous êtes présenté comme un agent de police, à l'aide d'un porte-voix.

– Je me suis mis à l'abri, selon la procédure, et je me suis identifié. J'ai dit au gars de déposer son arme et de sortir. Il a refusé.

Phoebe s'adossa à son siège.

– Comme vous dites, on n'est pas rendus. Les rapports sont là, y compris les déclarations des témoins, ainsi que ceux des deux otages et des agents qui sont ensuite arrivés sur les lieux. Cela inclut le fait que vous n'avez pas suivi la procédure en n'appelant pas d'unité de négociateurs, que non seulement vous n'avez appliqué aucune directive des techniques de négociation mais que vous avez menacé et réprimandé le preneur d'otages, le mettant dans un état de grande nervosité.

– Un type qui tire sur tout ce qui bouge dans un bureau est déjà dans un état de grande nervosité.

– Là, vous n'avez pas tort. Vous n'avez jamais cherché à l'apaiser.

Malgré son regard qui lançait des étincelles, elle conservait une voix calme, d'un calme inquiétant.

– Vous lui avez dit que vous vous en moquiez et qu'il irait en prison.

Il lui balança son sourire narquois.

– On n'est pas censé mentir au cours d'une négociation.

– Vous n'allez pas conserver longtemps ce sourire, brigadier. Vous êtes allé trop loin.

Elle lut directement une page de son rapport :

– « Le brigadier Meeks a engagé la conversation au téléphone avec le sujet pour lui dire qu'il aurait mieux fait de se tirer tout de suite une balle dans la tête. »

– Psychologie à l'envers. Tout se passait bien jusqu'à ce que vous preniez la ligne. Les otages s'en sont sortis, oui ou non ? Pas de perte de vie humaine.

– Il y avait trois personnes dans ce cabinet. Deux seulement en sont sorties vivantes.

– Il n'y en avait que deux qui comptaient.

– Ça, c'est votre opinion, et je suppose que c'est la raison pour laquelle vous vous êtes cru habilité à traiter le preneur d'otage d'enfoiré, de bon à rien, bien que je ne voie rien dans le rapport qui laisse entendre que vous avez accordé la moindre importance aux otages. Pas une fois vous ne vous êtes assuré de leur état ; vous avez engagé des actions qui mettaient leur sécurité en jeu, par exemple en disant à leur agresseur armé qu'il n'avait pas les *couilles* de tuer les otages.

– Vous avez merdé et vous accusez les autres, *madame*...

– Mes initiatives tiennent la route, brigadier, je vous le garantis. Ce n'est pas le cas des vôtres. Vous êtes suspendu pour trente jours.

Il se leva d'un bond :

– C'est quoi, ces conneries ?

– Il y aura une enquête sur cet incident et sur la façon dont vous avez mené votre intervention. En attendant, vous êtes prié de vous présenter au service psychologique dans les soixante-dix heures à venir pour y subir une évaluation.

Il vira à l'écarlate :

– Vous n'avez pas le droit de me traiter comme ça !

– Vous pouvez contester cette suspension, mais je peux déjà vous dire que le capitaine McVee a entre les mains une copie de toutes les dépositions et qu'il est d'accord avec moi.

– Il serait d'accord pour battre des ailes comme un poulet pendant que vous lui feriez une pipe.

À son tour elle se leva, très lentement :

– Qu'est-ce que vous venez de dire ?

– Vous croyez que personne ne sait que vous avez droit à ce bureau parce que McVee vous saute ? Attendez un peu et on va voir qui sera suspendu..

– Vous êtes suspendu trente jours, et votre insubordination sera consignée dans votre dossier. Sortez d'ici avant d'aggraver votre cas.

Il s'avança vers la table, y flanqua les deux mains, se pencha :

– C'est le vôtre qui va s'aggraver, je vous le garantis.

Elle sentit sa gorge se serrer.

– Vous êtes démis de vos fonctions. Votre plaque et votre arme, brigadier.

Comme il faisait le geste de saisir son pistolet sur le côté, elle vit dans son regard autre chose qu'une simple hargne.

Elle faillit sursauter lorsqu'on frappa à la porte. Sykes passa une tête :

– Pardon de vous déranger, je vous demanderai une minute, lieutenant, dès que vous en aurez une à m'accorder.

– J'en ai une tout de suite. Brigadier Meeks ? Je vous ai donné un ordre.

Ce dernier détacha son arme, qu'il jeta sur la table avec sa plaque. Quand il eut tourné les talons pour s'éloigner d'un pas rageur, Phoebe poussa un soupir de soulagement.

– Ça va, lieutenant ?

– Oui. Oui. Vous désiriez ?

– Rien. J'avais juste l'impression que ça ne se passait pas trop bien.

– Ah oui ! D'accord. Merci.

Malgré son désir de se laisser tomber dans son fauteuil, elle parvint à rester debout.

– Inspecteur ? Depuis combien de temps êtes-vous là ?

– Douze ans.

– Vous avez dû en entendre, des bavardages.

– Plutôt, oui.

– Est-ce qu'il se dit que le capitaine McVee et moi entretenons une liaison sexuelle ?

Il parut tellement étonné qu'elle se sentit tout de suite mieux.

– Pas du tout, lieutenant ! dit-il en fermant la porte derrière lui. Il a dit ça, l'ordure ?

– Oui. Mais que ça ne sorte pas d'ici, je vous en prie. Ça et tout le reste.

– Comme vous voudrez. Tant que j'y suis, je vais aussi vous dire une chose qui ne devra pas sortir de ces quatre murs. Si toutefois mon avis vous intéresse ?

– Bien sûr que oui.

– Jamais il n'aurait obtenu ce poste sans le piston familial. C'est un franc-tireur, surveillez vos arrières.

– Je n'y manquerai pas. Merci, Bull.

Il la gratifia d'un clin d'œil, car elle venait de l'appeler par son surnom, et sortit.

Lorsqu'il fut parti, elle s'autorisa enfin à s'asseoir. Et à trembler.

5

Après cette journée éprouvante, Phoebe eut droit à une consolation de choix : deux douzaines de lys orientaux l'attendaient au centre du salon. Essie avait disposé la plupart des fleurs dans le grand vase de la cousine Bess pour ne lui en monter que trois dans sa chambre.

– Tu peux bien sûr les garder toutes si tu préfères, mais j'ai pensé…

– Ça va très bien comme ça. C'est ravissant. Et ainsi on en profite toutes.

Elle se pencha pour humer le parfum.

– Je n'ai pas lu le mot qui y était attaché, précisa encore sa mère. Et ce n'est pas l'envie qui m'en a manqué. Même si je sais très bien de qui elles proviennent.

– Je m'en doute.

– Phoebe, bon sang ! s'écria Ava derrière Carly. Lis-nous ça immédiatement ! Tu veux nous faire mourir de curiosité ? J'ai failli en venir aux mains avec ta mère pour l'obliger à nous la montrer.

Après tout, se dit Phoebe, *quand un homme envoie des fleurs dans une maison habitée par quatre femmes, il les destine à toutes les quatre*. Elle ouvrit l'enveloppe et lut :

– « À samedi. Duncan. »

– C'est tout ? lâcha Ava déçue. Il n'est pas très poète !

– Il laisse les fleurs parler pour lui, corrigea Essie. Elles sont assez poétiques à son goût.

– Maman, c'est ton amoureux ?

– C'est juste quelqu'un avec qui je vais dîner demain.

– Parce que la grande sœur de Sherrilynn a un amoureux qui la fait pleurer tout le temps. Elle se jette sur son lit et elle arrête pas de pleurer !

– Et je peux t'assurer qu'elle adore ça, sourit Phoebe en prenant le visage de l'enfant entre ses mains. Seulement moi je n'ai pas la larme facile.

– Tu as pourtant pleuré la dernière fois que tu as téléphoné à Roy.

Une mère ne pouvait cacher ce genre de chose à son enfant.

– Pas tant que ça. Bon, je monte me changer. J'ai cru comprendre qu'on était de pizza, ce soir.

– Oui, et de DVD et de pop-corn.

– Parfait, j'enlève mon bleu de travail et je passe ma tenue de fête.

Dans sa chambre, Phoebe commença par s'asseoir au bord du lit. Une mère saurait-elle jamais protéger son enfant de ses propres fautes ou de leurs répercussions qui pouvaient marquer toute une vie ?

Et cette maison, ne la devaient-elles pas à un unique événement qui remontait à plus de vingt ans ? Ne vivaient-elles pas ces existences entremêlées sous ce même toit à cause d'une torride nuit d'été de ses douze ans ? Les décisions qu'elle prenait, les démarches qu'elle entreprenait, jusqu'aux paroles qu'elle prononçait, tout cela pouvait affecter sa fille à jamais. Comme celles de sa mère l'avaient affectée, elle.

Essie avait fait de son mieux mais, du jour où elle s'en était remise à un homme, et ses enfants avec elle, le cours de leurs existences avait été changé.

Phoebe s'en souvenait en détail.

Il transpirait et empestait la sueur graisseuse ; il s'était mis à engloutir son bourbon à même les bouteilles que maman gardait en haut du placard de la cuisine, et l'odeur d'alcool rendait l'atmosphère encore plus irrespirable.

Phoebe espérait qu'il boirait assez pour s'effondrer avant d'utiliser le 45 qu'il tenait serré dans sa main gauche et agitait de temps à autre pour transmettre ses ordres, tel un gamin avide.

Je te crève les yeux si tu ne fais pas attention.

Reuben avait déjà tiré quelques coups de feu, mais juste pour casser des lampes ou des bibelots et faire des trous dans le mur. Il avait aussi collé le canon sur la tête de maman en hurlant des insanités, avant de la traîner par ses longs cheveux roux.

Mais il ne l'avait pas tuée, pas encore, pas plus qu'il n'avait mis à exécution ses menaces de descendre Phoebe ou son petit frère, Carter.

Cependant, rien ne l'en empêchait et il ne s'en priverait pas *s'ils ne la bouclaient pas*. Aussi la peur régnait-elle également dans la pièce, une peur terrible, irrépressible, qui flottait autour d'eux comme une armée de moucherons noirs.

Bien que tous les rideaux eussent été tirés, tous les stores baissés, elle savait que la police était dehors. Parce que Reuben leur parlait au téléphone. Si seulement elle avait su ce qu'ils lui disaient, car il paraissait se calmer ensuite...

Il appelait son interlocuteur David, comme s'ils se connaissaient ; à un moment, tous deux avaient même discuté de pêche à la ligne.

Maintenant, il se remettait à aller et venir en buvant et en jurant. Le terrible intervalle entre deux appels. Phoebe ne frémit plus en le voyant tourner le canon du pistolet vers le canapé où Carter et elle s'étaient blottis.

Elle était trop fatiguée pour frémir.

Il avait surgi juste après le dîner, alors que le soleil n'était pas encore couché, cela faisait longtemps, maintenant. Si longtemps que le jour n'allait sans doute plus tarder à poindre.

Reuben avait tiré dans la jolie petite pendule au cadran de nacre offerte pour le mariage de papa et maman, celle qu'on avait installée sur la table à abattants ; aussi Phoebe savait-elle exactement combien d'heures s'étaient écoulées depuis que les aiguilles restaient bloquées sur 7 h 05.

Maman adorait cette pendule. C'était d'ailleurs pour ça que Reuben l'avait cassée.

Lorsque le téléphone sonna de nouveau, il flanqua la bouteille sur la table et décrocha.

– David, espèce de raclure, qu'est-ce que vous attendez pour remettre l'électricité ! Tu m'as dit que tu t'en occupais, oui ou merde ?

Il agita le pistolet et Phoebe entendit Carter déglutir ; elle lui caressa le genou pour tenter de l'apaiser.

Reuben ne se gênerait pas pour tirer sur l'enfant si cela devait l'aider à convaincre maman.

– Alors arrête de me raconter des craques. On voit que tu n'es pas ici à suer comme un porc, à la lumière d'une foutue lampe à huile. Tu nous rétablis la clim et plus vite que ça, sinon c'est les gosses qui trinquent. Essie, ramène tes fesses par ici et dis-lui ce que je veux. Allez !

Phoebe regarda sa mère se relever du fauteuil où il l'avait fait asseoir. À la lueur de la lampe, elle avait l'air hagard, les yeux ronds comme ceux d'un animal pris au piège. Lorsqu'elle fut assez près pour prendre le combiné, il lui encercla la gorge d'un bras, appuya le canon du pistolet sur sa tempe.

À côté de Phoebe, Carter s'apprêtait à bondir ; sa sœur le retint par la main, secouant la tête pour qu'il ne bouge pas.

– Arrête, souffla-t-elle. Il te fera du mal si tu essaies.

– Dis-lui que je ne plaisante pas !

Essie regardait droit devant elle :

– Il ne plaisante pas.

– Dis-lui ce que je fais en ce moment.

Les joues baignées de larmes, la pommette éclatée par le coup de poing qu'elle avait reçu, elle continua :

– Il tient un pistolet contre ma tête. Mes enfants sont assis sur le canapé. Ils ont peur. Je vous en prie, faites ce qu'il demande.

– C'est toi qui aurais dû faire ce que je demandais, Essie ! brailla-t-il en lui malaxant le sein. Tu aurais dû toujours faire ce que je te demandais, et rien de tout ça ne serait arrivé. Je t'avais dit que tu le regretterais.

– Oui, Reuben, tu me l'avais dit.

– Tu entends, David ? C'est sa faute. Tout ce qui se passe ici, c'est sa faute. Je vais lui mettre une balle dans sa cervelle d'oiseau.

– Monsieur Reuben ?

Phoebe entendit son propre timbre, calme comme un matin de printemps. À croire qu'il provenait de quelqu'un d'autre, quelqu'un qui n'avait pas le cœur battant à se rompre. Mais les petits yeux de Reuben venaient de se poser sur elle.

– Je t'ai causé, petite garce ?

– Non, monsieur. Je me disais juste que vous deviez avoir faim. Si vous voulez que je vous prépare un sandwich… On a du bon jambon.

Phoebe n'osait pas regarder sa mère mais elle sentit son affolement monter telle une glaciale marée, prête à la noyer.

– Parce que tu crois que si tu me prépares un sandwich je ne vais pas abattre ta pute de mère ?

– Je ne sais pas. Mais on a du bon jambon et de la salade de pommes de terre.

Elle n'avait pas envie de pleurer ; elle eut même la surprise de constater que ce n'étaient pas les larmes qui alimentaient les mouvements furieux de son cœur mais une rage montée de son ventre.

– C'est moi qui ai fait la salade de pommes de terre. Elle est très bonne.

– Alors va la chercher. Emporte cette lampe avec toi et, surtout, ne crois pas que je ne te vois pas. À la première incartade, ton petit frère prend tout dans les tripes.

– Oui, monsieur.

Elle se leva, saisit la petite lampe à huile.

– Monsieur Reuben ? Je peux aller aux toilettes d'abord ? J'ai vraiment très envie.

– Tu croises les jambes et tu te retiens.

– Je me suis déjà retenue, monsieur. Si je pouvais juste y aller un tout petit peu, ensuite je vous préparerai un bon dîner. Je laisserai la porte ouverte si vous voulez. Je peux ?

– Tu as intérêt à faire vite. Dès que je commence à trouver ça trop long, je casse les doigts de ta mère un à un.

– Je vais me dépêcher.

Elle se précipita vers les toilettes, posa la lampe sur le réservoir, baissa sa culotte en priant le ciel que l'angoisse et la gêne ne lui bloquent pas la vessie. En même temps, elle jetait un bref coup d'œil sur la fenêtre au-dessus de la baignoire. Trop petite pour s'enfuir par là. Carter pourrait peut-être passer. Si elle parvenait à convaincre Reuben de le laisser aller à son tour aux toilettes, elle dirait à son frère d'en profiter pour essayer de s'enfuir.

Elle se releva, fouilla dans l'armoire à pharmacie.

– Oui, monsieur, lança-t-elle lorsque Reuben lui cria de se dépêcher.

Attrapant à tâtons la petite bouteille de Valium de sa mère, elle la fourra dans sa poche.

La voyant sortir, Reuben jeta Essie sur le canapé.

– Tu es là, David ? cria-t-il. Je vais manger un morceau. Si l'électricité n'est pas rétablie quand j'aurai fini, je tire à pile ou face sur un de ces gosses. Va me préparer ce sandwich, Phoebe. Et ne lésine pas sur les patates.

Elle s'arrangea pour rester bien en vue tandis qu'elle sortait le jambon et les pommes de terre du réfrigérateur.

Alors que Reuben parlait toujours à David, elle s'efforçait de sortir une assiette et une soucoupe en empêchant ses mains de trembler.

Un million de dollars ? Maintenant, il voulait un million de dollars et une Cadillac, ainsi que la garantie de sortir sans encombre de l'État. Aussi bête que méchant, conclut-elle. En se cachant derrière le grand saladier bleu, elle versa les pilules sur la soucoupe. À l'aide du pilon de sa mère, elle les écrasa du mieux qu'elle put, déposa une part généreuse de pommes de terre par-dessus et mélangea le tout.

Ensuite, elle étala de la moutarde sur deux tartines, y ajouta jambon et fromage. Si elle pouvait prendre un couteau dans le tiroir, peut-être...

– Qu'est-ce que tu fous si longtemps, toi là-bas ?

Elle tressaillit. Il avait lâché le téléphone et elle n'avait pas fait assez attention. Tandis que le pistolet se fichait sous le menton de Carter, elle se précipita vers la porte de la cuisine.

– Pardon ! Il faut juste que je vous prenne encore une fourchette.

Attrapant la bouteille de pilules, elle la jeta dans le tiroir à couverts, saisit une fourchette.

– Vous voulez de la limonade, monsieur Reuben ? Maman venait d'en préparer quand...

– Apporte-moi ce plat et plus vite que ça !

Ce qu'elle fit sans plus chercher à dissimuler sa peur ; au contraire, cela cacherait le reste. Cependant, en voyant son petit frère directement menacé par le canon de l'arme, elle faillit exploser de rage. Ses mains se mirent à trembler si fort que le plateau vacilla quelque peu. Et Reuben qui souriait béatement ! Elle comprit alors que la frayeur de ses victimes faisait partie de son programme. Cela ne fit que la renforcer dans sa détermination.

– Pose ça là, à côté du téléphone, et retourne t'asseoir sur le canapé.

Elle obtempéra sans se faire prier ; alors il balança un coup de pied au derrière du petit garçon pour l'envoyer valdinguer en avant. Essie se leva d'un bond mais sa fille lui bloqua le passage, la fixant d'un regard farouche.

Puis elle alla aider Carter à se relever.

– Chut ! lui souffla-t-elle. Monsieur Reuben ne veut pas entendre pleurer pendant qu'il mange.

– Bien vu, gamine. Je me demande de qui tu tiens, certainement pas de la pute qui t'a élevée.

Là-dessus, Reuben s'assit et posa le plateau sur ses genoux, saisit la fourchette d'une main tandis qu'il gardait le téléphone dans l'autre.

– David ? Où en est le courant ?

Il engloutit une bouchée de pommes de terre.

Tandis que Carter pleurnichait dans les bras de sa mère, Phoebe regardait Reuben manger. Avait-elle mis assez de pilules dans sa nourriture ? Assez pour lui faire perdre connaissance ? L'alcool qu'il avalait n'arrangerait rien.

Cela le tuerait peut-être. Elle avait entendu dire que somnifères et alcool ne faisaient pas bon ménage. Et si ce salaud mourait ?

Elle se pencha pour chuchoter à l'oreille de Carter, qui commença par secouer la tête. Alors elle lui pinça le bras :

– Tu fais ce que je te dis ou je te gifle, imbécile !

– Fermez-la, les gosses ! Je vous ai pas dit de parler.

– Excusez-nous, monsieur Reuben. Je lui disais de ne pas pleurer. Il a envie de faire pipi, lui aussi. Il peut y aller, monsieur Reuben ? Excusez-moi, mais ça ne sera pas agréable du tout s'il mouille son pantalon. Il en a juste pour une minute.

– Alors occupe-t'en, bon sang !

Phoebe prit la main de Carter et la serra violemment.

– Allez, fais ce qu'on te dit.

Fermant les yeux, l'enfant s'extirpa du canapé pour trottiner vers les toilettes.

– Monsieur Reuben ?

Maman lui souffla de se tenir tranquille, mais Phoebe n'en tint pas compte. Carter pourrait s'enfuir. Il suffirait que Reuben l'oublie quelques minutes et Carter pourrait s'enfuir.

– Et si je demandais à cet homme de remettre l'électricité, peut-être qu'il voudrait bien ? Il fait tellement chaud ! Si je lui demandais, si je lui disais qu'on n'en peut plus, peut-être qu'il voudrait.

– Tu entends, David ?

Reuben s'adossa à son siège en ricanant.

– On a ici une gosse qui veut négocier avec toi. Pourquoi pas ? Viens là, petite.

Lorsqu'elle se retrouva devant lui, il lui passa le combiné. Et appuya le canon du pistolet sur son ventre.

– Commence par lui dire ce que je suis en train de faire.

Elle sentit la sueur lui couler dans le dos. Pourquoi les pilules ne fonctionnaient-elles pas ? Carter avait-il réussi à s'enfuir par la fenêtre ?

– Allô, monsieur ? Il a son arme contre mon ventre et j'ai horriblement peur. On a tellement chaud ! Non, on n'est pas blessés. Mais on a tellement chaud que ça va nous rendre *malades*. Si on pouvait juste remettre la climatisation, ça nous permettrait peut-être de *dormir*, sauf qu'on a tellement peur qu'il nous faudrait plein de somnifères pour y arriver. S'il vous plaît, monsieur, vous voulez bien remettre l'électricité ?

Comme Reuben faisait mine de lui reprendre le téléphone, elle s'y agrippa :

– Et, monsieur, vous pourriez lui donner l'argent et la voiture ? Il est vraiment gentil depuis que je lui ai donné la salade de pommes de terre que j'ai faite moi-même. Il m'a même laissée aller la première aux toilettes. Maintenant, on est tous très fatigués, on pourrait tourner de l'œil n'importe quand, vous voyez ?

Reuben tendit la main pour qu'elle lui rende l'appareil puis la repoussa d'un méchant mouvement de son arme.

– Tu entends ça, David ? Cette petite demande qu'on lui remette l'électricité ; elle veut qu'on me donne mon argent et cette bagnole. Eh non, je ne leur ai rien laissé manger, et je n'en ferai rien tant que l'électricité n'aura pas été rétablie. En fait, je vais tirer à pile ou face maintenant et… Où est le gamin ? Où est ce petit merdeux ?

– Monsieur Reuben, il est là…

Phoebe avait tendu vivement le bras, si vivement qu'elle heurta au passage la bouteille de bourbon.

– Oh, pardon ! Je suis désolée. Je vais nettoyer. Je…

Elle chancela sous la gifle qui venait de lui claquer sur la joue.

– Petite conne !

Phoebe ne voyait que le canon de son pistolet, droit devant son front.

Soudain mue par une sainte colère, Essie bondit du canapé et se rua sur lui.

Il regimba. Elle le mordit, lui griffa le visage de ses ongles transformés en serres, et tous deux rugissaient, s'invectivaient. D'un bond de côté, Phoebe évita de justesse la balle qui lui était destinée, tandis que Reuben tombait à genoux sous l'offensive d'Essie.

– Au secours ! Venez vite ! cria l'enfant dans le téléphone.

Si fort que ses poumons l'en brûlèrent. Elle attrapa la bouteille, prête à s'en servir comme d'une massue, mais Reuben tomba face contre terre pendant qu'Essie continuait de le frapper à coups de pied et coups de poing. C'est alors que la porte s'ouvrit et que les hommes se précipitèrent dans la maison.

Les choses avaient soudain ralenti comme dans un rêve. Et, dans les rêves, les gens se mouvaient entre deux eaux, les voix se répercutaient sur l'onde et la moindre lumière vous éblouissait. Elle parvint à s'endormir, mais le rêve qu'elle fit alors l'effraya tellement qu'elle préféra se réveiller.

Maman avait passé quelques radios du visage pour s'assurer que sa pommette n'avait pas été cassée ; ensuite, on lui avait fait des points de suture. Phoebe s'était assise dans la petite salle d'attente de l'hôpital. Elle ne voulait pas s'allonger, pas se rendormir pour ne surtout pas retomber dans ce rêve où le pistolet claquait et la balle, animée d'une vie propre, venait la frapper et la tuer.

Les médecins, les infirmières, la police, il y avait tant de monde qui entrait et sortait, qui s'affairait, qui posait des questions… Elle n'avait qu'une envie, qu'ils s'en aillent au plus vite et, quand ils étaient partis, elle voulait qu'ils reviennent pour ne pas la laisser seule.

Au moins avait-elle pu se désaltérer, noyer les cailloux qui lui avaient bouché la gorge sous de longues lampées de Coca glacé.

Elle voulait voir sa mère. Elle avait tellement besoin de la voir qu'elle en souffrait encore plus que de la gifle de Reuben.

Lorsqu'un homme arriva équipé d'un grand paquet de McDo, l'odeur des hamburgers et des frites lui causa une faim quasi instantanée.

Il lui sourit, jeta un coup d'œil vers Carter puis vint s'asseoir à côté d'elle.

– Je me suis dit que tu aurais faim. Je ne sais pas toi, mais j'ai toujours détesté les repas des hôpitaux. Au fait, c'est moi, David.

Elle avait beau savoir qu'il était mal élevé de dévisager les gens, elle ne put s'en empêcher, tant elle avait cru que leur interlocuteur au bout du fil était âgé, plus âgé que ça en tout cas. Il ressemblait presque aux grands du lycée pour lesquels elle entretenait un béguin secret, avec ses cheveux brun clair, à peine bouclés et ses yeux bleus. Il portait une chemise marine à col ouvert.

Il tendit la main, mais quand elle lui abandonna la sienne, il se contenta de la garder serrée dans sa paume, un peu comme il la regardait, fixement.

– Je suis très content de faire ta connaissance, Phoebe. Vraiment très content.

– Moi aussi.

Soudain, elle fit ce qu'elle n'avait pas fait durant ces heures suffocantes dans la petite maison, ni dans cette pièce où son frère s'était endormi.

Elle fondit en larmes.

Un long moment, David ne bougea pas, ne dit rien. Il finit par se lever, prit une boîte de mouchoirs en papier qu'il lui posa sur les genoux. Lorsqu'elle se fut apaisée, il sortit un hamburger et une portion de frites du paquet.

– Maman ! gémit encore Phoebe.

– Elle va mieux. Je l'ai vue tout à l'heure et je lui ai demandé si je pouvais passer vous rendre visite. Elle a juste dit qu'il fallait laisser dormir ton frère.

– Il en a besoin.

– Je sais que tu as eu peur, mais tu t'es montrée maligne et courageuse.

– C'était pas du courage.

Là-dessus, elle mordit à belles dents dans le hamburger. Son estomac se contracta comme s'il ne savait trop s'il allait accepter ou non cette nourriture. Puis il s'apaisa.

– C'est Carter qui a eu le courage d'escalader la fenêtre.

– Il a dit que tu le lui avais ordonné, que tu lui mettrais une claque s'il ne le faisait pas.

Elle rougit un peu parce qu'elle n'avait pas le droit de frapper son frère, même si en l'occurrence il l'avait bien cherché.

– C'est vrai.

– Pourquoi ?

– Reuben l'aurait tué. Il l'aurait massacré avant de s'en prendre à moi ou encore à maman. Parce que c'est le plus petit et qu'il savait que maman l'aimait plus que tout.

– Tu avais déjà mis ces pilules dans sa nourriture avant de dire à Carter de grimper par la fenêtre.

– J'aurais dû en mettre plus. Je ne savais pas combien il en fallait. Mais vous avez compris ce que j'ai essayé de vous dire au téléphone.

Elle prit une frite.

– Ça m'a rassurée de pouvoir vous parler.

– Tu as parfaitement réussi à me faire comprendre que tu avais mis quelque chose dans son plat. Ça m'a fait gagner du temps.

– Pourquoi vous n'avez pas remis l'électricité ? Il était fou furieux.

– Tu te souviens de la façon dont tu lui as présenté les choses pour qu'il te laisse aller aux toilettes avant de préparer son repas ? C'est un peu la même démarche. Quand on négocie, on essaie d'obtenir une promesse en échange de celle qu'on lâche. Pour tout dire, je m'apprêtais à rétablir l'électricité quand nous avons aperçu Carter qui sautait de la fenêtre. Je voulais continuer à faire parler Reuben, ou toi, pendant que nous mettions le petit en sécurité et faisions le point sur la situation. Tu as laissé tomber la bouteille pour le distraire, pour qu'il ne pense plus qu'à te punir et oublie Carter ?

– Je croyais qu'il allait me frapper mais je n'imaginais pas qu'il se mettrait dans une telle colère. Je crois qu'il m'aurait abattue si maman ne s'était pas jetée sur lui. J'aurais dû lui administrer davantage de pilules, il aurait mis moins de temps à tomber dans les pommes. Dire que c'est à cause de lui que maman avait ces pilules… J'ai appris ça en littérature. L'ironie du sort. Maman avalait des somnifères parce qu'il la mettait hors d'elle. Il jouait les gentils quand ils se sont rencontrés, et puis il a fini par s'en prendre à elle, à nous bousculer. Un jour, il l'a giflée en pleine figure.

– C'est là qu'elle a porté plainte.

– Oui, elle lui avait dit de ne plus s'approcher d'elle. Mais il continuait de rôder dans les parages. Il la suivait en voiture et pire encore, mais elle n'a pas voulu me le dire. Un soir, il est entré dans la maison ivre mort et elle a appelé la police, qui l'a obligé à s'en aller, mais c'est tout.

– Je suis désolé que nous n'ayons pas été plus efficaces.

– Ils ont dit à maman qu'elle demande une injonction pour le forcer à se tenir éloigné d'elle. C'est ce qu'elle a fait. Je peux vous dire que ça n'a rien changé.

– J'en suis d'autant plus désolé. À mon avis, ta mère a fait tout ce qu'elle a pu pour se protéger, elle et ses enfants.

Phoebe regarda la serviette en papier, roulée en boule à ses pieds.

– Pourquoi il n'est pas parti quand elle lui a dit qu'elle ne voulait plus de lui ?

– Je ne sais pas.

Ce n'était pas la réponse à laquelle elle s'attendait, en fait ça ressemblait plutôt à un mensonge. Elle détestait quand les adultes lui mentaient : ils ne se rendaient pas compte qu'on avait très bien compris.

Tout en avalant des frites, elle secoua la tête :

– Vous ne savez peut-être pas vraiment, mais un peu quand même. Seulement vous croyez que je ne comprendrai pas parce que je n'ai que douze ans, enfin presque. Mais je comprends beaucoup de choses.

Il la regarda pensivement, l'air de lire en elle comme dans un livre.

– Bon, d'accord, je sais à peu près. Je crois que c'est un homme méchant, brutal, qui déteste qu'on lui donne des ordres ou qu'une femme comme ta mère lui résiste. Alors il a tenté de lui faire peur, de l'intimider, et il était de plus en plus fou de rage parce qu'il n'obtenait pas le résultat escompté. Je crois qu'il voulait l'écraser, lui montrer que c'était lui qui commandait, et les événements ont fini par lui échapper. Maintenant, il va aller en prison pour un bon moment.

Elle réfléchit à cette dernière nouvelle en sirotant son Coca.

– À la télé, on les abat, ces types-là. Les brigades d'intervention…

– Je préfère qu'il n'y ait pas de morts. Tu sais ce que tu as fait ? Ça nous a justement permis de résoudre l'affaire sans supprimer personne. La mort, c'est irrévocable. Phoebe, je sais que tu es fatiguée et que tu veux voir ta mère.

Il se leva, sortit une carte de sa poche :

– Tiens, tu peux m'appeler quand tu veux. Si tu as besoin d'en parler encore, ou de poser des questions, si tu as besoin d'aide pour quoi que ce soit, n'hésite pas.

Elle prit la carte et lut : *Inspecteur David McVee.*

Quand elle se retrouva seule, Phoebe glissa la carte dans sa poche. Elle ferma soigneusement le sac que David avait apporté pour garder au chaud la part de Carter et jeta ses restes dans la corbeille.

Puis elle se dirigea vers la fenêtre. Le soleil se levait. Elle ne s'était pas rendu compte que le jour était revenu.

Lorsque la porte s'ouvrit sur sa mère les bras grands ouverts, elle se précipita vers elle.

– Maman ! Maman ! Maman !

– Ma petite chérie. Mon bébé !

– Ta figure, maman…

– Ce n'est rien. Nous sommes tranquilles maintenant. Nous sommes tranquilles. C'est tout ce qui compte. Mon Dieu, Phoebe, pardonne-moi !

– Maman, ce n'était pas ta faute. Même David l'a dit.

– J'ai laissé Reuben vous approcher, je lui ai ouvert la porte. En cela je suis fautive.

– On peut rentrer à la maison ?

– Nous ne retournerons jamais là-bas. Je ne veux plus y mettre les pieds. Je suis désolée, mais je ne m'y sentirais plus en sécurité.

– Alors où on va ?

– On va passer quelque temps chez la cousine Bess. Je lui ai téléphoné, elle nous attend.

– Dans sa grande maison ?

Devant cette perspective, Phoebe écarquilla les yeux.

– Mais vous ne vous parlez plus, la cousine Bess et toi. Tu ne l'aimes pas.

– Ce matin, c'est la personne que je préfère au monde, à part toi et Carter. Il va falloir lui être très reconnaissante de nous ouvrir ainsi sa maison quand nous en avons tant besoin.

– Elle ne nous l'a pas ouverte à la mort de papa, ni quand…

– Maintenant, si. Et nous lui en sommes reconnaissants. Voilà tout.

Ils se rendirent chez la cousine Bess à bord d'une voiture de police. Pendant le trajet, Carter engloutit son hamburger, ses frites et son Coca. Il contournèrent Forsythe Park avec sa fontaine pour s'arrêter devant la vieille bâtisse de brique rose qui se détachait sur le vert de la pelouse, l'éclat des massifs à l'ombre des grands arbres.

Comparé à la minuscule baraque où Phoebe avait passé huit de ses douze années de vie, c'était le jour et la nuit.

Elle vit que sa mère se tenait raide comme la justice en montant les marches du perron, aussi se raidit-elle à son tour.

Maman sonna, comme il était de mise chez des inconnus. Une femme jeune et belle leur ouvrit. Elle ressemblait à une star de cinéma avec sa silhouette mince et sa longue chevelure blonde.

L'air plein de compassion, elle tendit les mains à Essie :

– Madame MacNamara, je suis Ava Vestry, l'assistante personnelle de Mme MacNamara. Entrez donc ! Vos chambres vous attendent. Vous devez être épuisés, je vous y mène immédiatement, à moins que vous ne préfériez commencer par un petit déjeuner, ou du thé ?

– Ils ont surtout besoin qu'on leur fiche la paix.

Toute droite dans sa robe noire, la cousine Bess lança cette réflexion du haut du grand escalier ; étonnamment, elle avait les cheveux gris avec des mèches noires aux tempes et son visage n'offrait qu'une expression pincée.

Comme toujours, Phoebe trouva à la cousine de son père un air de vieille sorcière.

– Merci de nous accueillir, lança maman d'un ton aussi tranquille qu'avec Reuben quand il la tenait en joue.

– Dans quel état êtes-vous tous les trois ! maugréa la cousine Bess.

Voilà maintenant vingt ans qu'Essie tenait la maison de la cousine Bess, nettoyant, polissant, apprêtant. Elle avait servi la vieille dame jusqu'au jour de sa mort.

Au cours de ces deux décennies, cette demeure était devenue son monde ; pas seulement un logis ni même un sanctuaire, son univers. Toutes ses craintes, toutes ses appréhensions, elle les avait laissées dehors. Voilà près de dix ans qu'elle n'avait plus mis les pieds au-delà de ses terrasses et de son jardin.

La mort de Reuben dans sa prison n'avait en rien brisé ces verrous, se disait Phoebe en se hissant sur la pointe des pieds pour ranger son pistolet dans le coffre de la dernière étagère du placard. La triste fin de la triste vie de la cousine Bess n'avait pas suffi à lui rouvrir les portes de sa demeure.

6

Les fleurs et la pizza l'apaisèrent assez pour qu'elle emporte au lit sa fille à moitié endormie. Il était minuit passé. Vingt minutes plus tard, Phoebe dormait aussi profondément que Carly.

Le carillon du vestibule la réveilla en sursaut. Roulant sur le côté, elle jeta un coup d'œil à la pendule : 3 h 15. Elle saisit sa robe de chambre et filait vers l'escalier lorsque Essie et Ava apparurent sur le palier.

– Qui a sonné ? demanda sa mère. À cette heure ?

– Ce doivent être des gamins qui chahutent. Reste ici avec Carly, d'accord ? Au cas où elle se réveillerait.

– N'ouvre pas la porte. Ne va…

– Ne t'inquiète pas, maman.

Cette peur qui remontait à vingt ans, qui ne demandait qu'à émerger des eaux noires de l'inconscient…

– Je vais avec toi, déclara Ava d'un ton impérieux. Ce doit être des gosses à moitié ivres.

Phoebe jeta un coup d'œil à travers le verre dépoli qui ornait la porte d'entrée mais ne vit rien de spécial. Les garnements avaient dû filer.

Cependant, lorsqu'elle se hissa sur la pointe des pieds pour mieux examiner le perron, elle vit ce qui se passait.

– Ava, remonte dire à maman que ce n'est rien, juste des gosses, en effet.

– C'est sûr ? insista celle-ci en lui empoignant le bras.

– Écoute, je veux que tu la rassures. Dis-lui que je bois un verre d'eau et que je remonte me coucher.

– C'est vrai ? Parce que je peux aller chercher la batte de base-ball de Steven. N'ouvre pas la porte avant…

– Ava, il n'y a personne dehors, mais il faut que j'ouvre la porte et je ne pourrai pas le faire tant que tu ne seras pas allée rassurer maman. Elle doit être dans tous ses états, tu la connais.

– Seigneur oui ! J'y vais tout de suite.

Phoebe attendit qu'Ava soit en haut pour ouvrir. Elle inspecta la rue, à droite, à gauche, en face, mais son instinct lui disait que celui qui avait sonné s'était éclipsé depuis longtemps. Il ne lui restait qu'à s'accroupir pour ramasser ce qui se trouvait sur le seuil. Ensuite, elle referma à clé puis se rendit dans la cuisine.

C'était une poupée aux cheveux roux, sans doute longs à l'origine, mais coupés en dépit du bon sens ; on l'avait déshabillée, ligotée avec de la corde à linge, bâillonnée avec du sparadrap. Et des taches de peinture rouge sur tout le corps évoquaient du sang.

– Oh, mon Dieu, Phoebe !

Levant une main, elle continua d'inspecter la poupée.

– Que font Carly et maman ?

– Carly ne s'est pas réveillée. Quant à Essie, je lui ai dit que ce n'était rien et que tu attendais un peu pour t'assurer que ces gamins ne reviennent pas.

– Bon.

– Qu'est-ce que c'est que cette horreur ?

Ava tenait la batte de base-ball récupérée dans le placard.

– Rien du tout. Tu peux me donner l'appareil photo dans le tiroir du buffet ? Je voudrais prendre quelques clichés pour mes dossiers.

– Tu ne veux pas plutôt appeler la police ?

– Ava, tu oublies toujours que j'en fais partie.

– Mais…

– Je vais l'emporter au poste mais je veux avoir mes propres images. Ne t'inquiète pas, celui qui a fait ça ne reviendra pas cette nuit. Il a remis son message. Et surtout n'en parle pas à maman.

Phoebe alla chercher un mètre-ruban dans la boîte à outils.

– Évidemment que je ne vais rien lui dire ! Mais j'aurais préféré que tu appelles David, que tu lui racontes ce qu'on est venu déposer devant chez toi.

– Je ne vais pas le réveiller à une heure pareille. D'autant qu'il ne pourra rien faire.

En passant devant Ava, Phoebe lui caressa le bras puis regagna sa place.

– Mais je te promets de lui en parler, ajouta-t-elle. Tu me passes l'appareil ?

Elle mesura, prit des photos puis enveloppa la poupée dans plusieurs sacs de plastique qu'elle fourra dans un sachet de papier avant de la ranger dans le placard du vestibule.

Lorsque sa fille passa devant sa chambre, Essie l'appela doucement.

– Ma chérie ? Tout va bien ?

– Très bien.

Phoebe s'arrêta sur le seuil. Sa mère paraissait si jeune et si vulnérable dans ce grand lit ancien !

– Fini les distractions pour cette nuit. Bonne nuit, maman.

Dans sa chambre, elle régla le réveil sur 6 heures. Elle emporterait la poupée au commissariat, remplirait un dossier et rentrerait à la maison avant que quiconque ne s'aperçoive qu'elle était sortie. Elle demanderait à Sykes de s'en occuper ; si elle pouvait compter sur quelqu'un, c'était bien sur lui. Il ferait son possible pour pister l'expéditeur de cette poupée.

Jamais elle ne laisserait quiconque s'en prendre à sa famille.

Étendue les yeux grands ouverts dans le noir, elle se demandait où se trouvait Arnold Meeks à 3 h 15 du matin.

Il lui avait suffi de voir les lumières s'allumer dans sa belle maison, une fenêtre après l'autre. Aussitôt, il avait couru se réfugier derrière les arbres du jardin.

Plus jouissif encore : sa peur quand elle avait ouvert la porte et découvert son petit cadeau. Il ne s'était pas donné toute cette peine pour rien.

Juste un avant-goût de ce qui t'attend, salope, pensa-t-il en redémarrant sa voiture.

Elle aurait annulé le rendez-vous si cela n'avait donné trop d'importance à l'incident de la nuit précédente, au risque de susciter un millier de questions de la part de sa mère ou même de Carly.

Or, ce matin, il lui avait déjà fallu fournir bon nombre de réponses car elle avait mis plus de temps que prévu pour emporter la pièce à conviction, établir son rapport et rentrer à la maison. Heureusement qu'elle avait eu la présence d'esprit de se mettre en tenue de sport, si bien qu'elle avait pu prétexter un jogging matinal dans le parc.

Ensuite, Carly avait mis ses nerfs à rude épreuve en voulant absolument s'acheter une « robe de princesse », si bien qu'à la fin de l'après-midi mère et fille n'étaient pas dans les meilleurs termes. Arrivées à la maison, Carly s'enferma dans sa chambre tandis que Phoebe s'installait dans un transat du jardin, un large chapeau sur le nez.

Et maintenant, il allait falloir ressortir pour le dîner. Sans plus écouter aucun avis, elle enfila sa petite robe noire passe-partout, qui servait aussi bien pour les mariages que pour les enterrements, quand ce n'était pas pour certains cocktails. Cette tenue ferait parfaitement l'affaire pour un dîner.

Phoebe entreprit de se coiffer mais renonça vite en repensant à la tête massacrée de la poupée. Finalement, elle laissa tomber ses cheveux dans le dos et, même si elle savait que sa famille lui aurait conseillé de descendre en retard, elle fut prête pour 19 heures.

Juste comme retentissait le carillon.

– Bonsoir, Duncan.

– Tout d'abord laissez-moi m'extasier. Ensuite, bonsoir Phoebe !

Elle recula, étonnée par l'énorme bouquet de roses qui l'accueillait.

– Vous m'avez déjà envoyé de magnifiques lys !

– Content qu'ils vous aient plu. Mais ceci n'est pas pour vous.

Il balaya le vestibule du regard.

– J'adore votre maison.

– Nous aussi.

– Phoebe, tu n'invites pas monsieur à entrer ? lança Essie derrière elle.

Là-dessus, sa mère s'avança, tout sourire, vers Duncan :

– Je suis Essie MacNamara, la mère de Phoebe.

– Madame.

Il prit la main qu'elle lui tendait.

– Sans vouloir vous offenser, laissez-moi vous dire que je vois maintenant de qui Phoebe tient sa beauté.

– Merci. Entrez donc au salon. Mon fils et sa femme ne sont pas là, mais je vais vous présenter au reste de la famille. Ava, voici l'ami de Phoebe, Duncan.

– Je suis enchantée de faire votre connaissance.

– Phoebe ne m'avait pas dit qu'il y avait tant de jolies femmes dans son entourage. Elle m'avait juste parlé de toi, dit-il à Carly. C'est pourquoi j'ai choisi du rose.

Il lui tendit les fleurs.

– C'est pour moi ?

– Sauf si tu détestes le rose.

– J'adore le rose !

La fillette rougit presque autant que les fleurs qui lui envahissaient les bras.

– Merci. Mamie, est-ce que je peux aller chercher un vase ?

– Bien sûr. Monsieur Swift, puis-je vous proposer quelque chose à boire ?

– Appelez-moi Duncan, madame…

– Il faut partir, coupa Phoebe en prenant sa veste. Ou on se congratulera encore dans deux heures.

– Aïe ! s'exclama Duncan.

Phoebe se pencha pour embrasser sa fille :

– Sois sage.

– Passez une bonne soirée, dit Essie. Duncan, n'hésitez pas à revenir.

– Merci. La prochaine fois, j'apporterai toute une serre. Bonsoir, mesdames.

En sortant, Phoebe savait très bien qu'il y avait trois visages collés à la fenêtre du salon ; lorsque Duncan lui ouvrit la portière de sa voiture, elle lui jeta un regard appuyé et se glissa à l'intérieur.

– C'est pour gagner mes bonnes grâces que vous cherchez à amadouer ma fille ?

– Parfaitement. À présent que je connais l'existence de votre mère et d'Ava, je vais en faire autant avec elles.

– Je ne sais pas encore si je dois me réjouir de votre franchise ou me fâcher.

– Dites-moi quand vous aurez choisi. En attendant, est-ce que vous avez quelque chose contre les bateaux ?

– Pourquoi ?

– Parce que, dans ce cas, il faudra que je change mon fusil d'épaule. Alors ?

– Je n'ai rien contre les bateaux.

– Bon.

Il sortit un téléphone, composa un numéro.

– Duncan. Nous sommes en route. Bien. Parfait. Merci.

Il ferma l'appareil.

– Votre fille ressemble à votre mère. Tandis que vous n'avez pas de fossettes.

– À mon grand regret.

– Et Ava ? Quel est son lien de parenté avec vous ?

– Il n'y en a pas, mais elle fait partie de la famille.

Il hocha la tête, l'air de comprendre la situation.

– Et vous avez un frère aîné.

– Cadet. Carter est plus jeune que moi.

– Ah bon. Il vit aussi dans cette grande maison avec sa femme ?

– Non. Ils ont la leur. Pourquoi avez-vous apporté des roses à Carly ?

– Écoutez, je ne m'y connais pas beaucoup en petites filles de sept ans ; après tout, la vôtre préfère peut-être le football aux poupées. D'un autre côté, vous étiez peut-être de ces parents farouchement opposés aux sucreries, alors je me suis dit qu'avec des fleurs j'aurais l'air de la prendre pour une grande. Ça ne vous ennuie pas, j'espère ?

– Pas du tout. C'était très gentil de votre part. Je crois qu'elle ne l'oubliera jamais ; un premier bouquet, ça fait partie de ces événements qui marquent la vie d'une femme.

– Ça ne m'oblige pas à l'épouser, au moins ?

– Sauf si vous êtes prêt à l'attendre vingt ans.

En le voyant se garer, Phoebe pensa qu'ils allaient dîner dans un restaurant de River Street. Un établissement au bord de l'eau, sans doute, peut-être même en terrasse. Elle avait bien fait de prévoir une veste.

Mais non, il l'entraîna sur le quai, au-delà de quelques bateaux, vers un élégant voilier blanc. Une table les attendait sur le pont, éclairée par deux lampes basses.

– Il est à vous ?

– Si vous m'aviez répondu que vous n'aimiez pas les bateaux, on serait allés manger une pizza et notre relation se serait arrêtée là.

Il l'aida à monter à bord et elle eut tôt fait de s'habituer au balancement. Finalement, les choses ne se présentaient pas si mal.

– Vous naviguez beaucoup ?

– J'habite sur l'île de Whitefield.

– Ah !

Ceci expliquait cela. Elle s'approcha du bastingage, jeta un coup d'œil au fleuve.

– Vous avez toujours vécu sur une île ?

– Non. Ça s'est fait par hasard.

Il sortit une bouteille de champagne du seau à glace, entreprit de faire sauter le bouchon.

– Il se trouve que j'ai tout de suite aimé cette maison…

– Un coup du hasard, comme le Loto ?

– Plus ou moins. Là, vous avez droit au moment frime : bateau, champagne, repas fin. Mais j'aime vraiment dîner sur l'eau et je suis ravi que ce soit en votre présence. Juste vous et moi.

– Vous avez mis dans le mille avec la frime. Tandis que le côté vous et moi me semble plus problématique.

Il versa le vin :

– Parce que ?

Toujours accoudée au bastingage, elle offrit son visage à la brise.

– Parce que rien n'est simple avec moi.

– Famille monoparentale, carrière compliquée.

– Oui, dit-elle en acceptant la flûte qu'il lui tendait. Mais pas seulement.

– Continuez.

– C'est une longue histoire.

– Vous l'avez déjà dit. Mais je ne suis pas pressé.

– Très bien, alors disons que j'ai fait un mariage d'amour.

Il se pencha vers elle :

– Cela me semble aller de soi.

– Je le croyais aussi. J'aimais beaucoup mon mari, même si je savais déjà que nous ne partions pas d'un pied d'égalité.

– C'est-à-dire ?

– Lui ne m'aimait pas beaucoup. Il n'était pas fait pour ça.

– Ça m'a l'air un peu facile comme explication.

– Non, ce n'est pas ça. Il ne s'est jamais montré excessif, ni brutal, ni même, à ma connaissance, infidèle. Mais il n'a jamais pu s'engager complètement dans le mariage. Je croyais pouvoir le faire évoluer. Jusqu'au jour où j'ai été enceinte. Il n'a pas paru comprendre. Pas plus qu'à la naissance de Carly… comme s'il s'en fichait. Il ne montrait pas la moindre curiosité. Un an s'est écoulé ainsi, jusqu'au moment où il m'a annoncé qu'il était désolé mais qu'il voulait reprendre sa liberté. Il avait envie de voyager. Roy est comme ça. Impulsif. Il m'a épousée sur une impulsion, tout comme il a accepté d'avoir des enfants. Comme au fond cela ne lui convenait pas vraiment, il a décidé de passer à autre chose.

Duncan lui repoussa une mèche derrière l'oreille, d'un geste aussi naturel qu'innocent.

– Carly le voit encore ?

– Non. Pas du tout. Et elle semble mieux s'en porter que moi. Cela dit, il y a une autre complication.

– Annoncez la couleur.

– Ma mère est agoraphobe. Elle n'est pas sortie de cette maison depuis dix ans.

– Pourtant, elle n'avait pas l'air…

– Folle ? Elle n'est pas folle du tout.

– Je ne voulais pas dire ça ; mais elle semblait à l'aise avec les inconnus comme moi.

– Ce n'est pas la même chose. Tant qu'on est à la maison, elle va très bien ; elle s'y sent en sécurité.

– Ce doit être dur pour elle, souffla-t-il en lui posant une main sur le bras. Et pour vous aussi.

– Nous faisons avec. Elle a longtemps lutté, autant qu'elle l'a pu, pour moi et pour mon frère. Désormais, Carter et moi, ainsi que Carly d'ailleurs, nous faisons avec.

– Vous n'avez pas eu la vie facile. Mais je ne vois pas le rapport avec vous et moi.

Elle-même commençait à se poser la question.

– Ma famille et mon travail me prennent à peu près tout mon temps, toute mon énergie.

– Vous pouvez être victime de la fausse impression que je réclame une attention constante, dit-il en retournant remplir leurs verres.

En revenant, il commença par se pencher vers elle, lui effleurant la bouche de ses lèvres.

– Ça m'a mis en forme, ce petit intermède.

Et moi donc ! songea-t-elle.

– Il faut bien commencer d'une façon ou d'une autre. Vous avez faim ?

– Plus que je ne le voudrais.

Il sourit :

– Alors venez vous asseoir. Il y a là une glacière qui nous attend avec du homard froid. Vous me raconterez d'autres histoires pendant que nous dînerons.

Elle n'avait aucune intention de lui raconter sa vie. Il s'agissait de ne pas s'enfoncer dans des sujets trop sérieux, de rester en surface. Cependant, il avait l'art de sonder ses interlocuteurs, si bien qu'entre la salade de homard et le médaillon de bœuf, elle le laissa reprendre :

– Je me demande comment une fille de Savannah a pu s'orienter vers le FBI puis apprendre à dissuader les gens de sauter d'un toit, pour se retrouver finalement dans la police locale. Quand vous étiez petite, vous jouiez au gendarme et au voleur avec vos poupées Barbie ?

– Je n'aimais pas ces poupées avec leurs longs cheveux et leur gros seins.

– Moi, c'était ce qui me plaisait en elles.

Il rit de la voir soutenir son regard.

– Quoi ? Vous croyiez qu'elles laissaient indifférents les petits garçons de dix ans ?

– Malheureusement, je n'en sais rien.

– Bon, si ce ne sont pas les poupées, qu'est-ce qui vous a lancée dans cette carrière ?

– Il s'appelle David McVee.

– Ah ! Un amour de lycée ? Votre premier copain ?

– Pas du tout. Un héros qui nous a sauvé la vie.

Comme elle n'en racontait pas davantage, il la pressa :

– Là, vous m'en avez trop dit ou pas assez. Il va falloir m'expliquer ça.

– Peut-être, en effet. Mon père a été tué lorsque ma mère était enceinte de Carter, mon petit frère.

– C'est terrible. Quel âge aviez-vous ?

– Quatre ans, presque cinq. Je me souviens un peu de lui. Mais je me souviens surtout que quelque chose en ma mère s'est alors brisé et qu'elle n'a jamais plus été la même. Puis elle a rencontré cet homme, Reuben. Il venait réparer des choses par-ci par-là à la maison. J'avais douze ans, je comprenais très bien qu'ils étaient attirés l'un par l'autre. C'était bizarre mais, mon père ayant disparu depuis longtemps, j'aimais bien la voir s'accorder un peu de fantaisie dans la vie.

– Vous vouliez qu'elle soit heureuse.

– Oui. Il était gentil avec nous, du moins au début. Il jouait à la balle avec Carter dans le jardin, il emmenait maman au cinéma.

– Mais ça n'a pas duré. Je l'entends rien qu'au ton de votre voix.

– Non, en effet. Il est devenu possessif, il voulait tout régenter, il critiquait ce qu'on faisait. Il nous harcelait tous les trois à la fois, mais sur le ton de la plaisanterie ; en fait, il s'en prenait surtout à Carter, il passait son temps à se ficher de lui. Il se pointait tous les soirs, sûr que maman lui offrirait un repas chaud ; il nous envoyait promener dès la fin du dîner pour pouvoir la peloter. Il s'est mis à beaucoup boire. En fait, je crois qu'il a toujours bu mais ça allait de mal en pis... Et... vous ne trouvez pas ça sinistre comme conversation pour un dîner ?

– Je voudrais entendre le reste. Mon propre père buvait plus que de raison, je sais ce que c'est. Racontez-moi tout.

– Bon. Un jour, il est arrivé alors que maman était encore au travail. Il n'y avait que Carter et moi. Il avait déjà bu, ça ne l'a pas empêché d'ouvrir deux autres bières, une pour lui et une pour mon frère, en disant qu'il était temps pour lui d'apprendre à boire comme un homme. Carter ne voulait pas. Il n'avait que sept ans ! Il a tout de même osé lui dire de s'en aller, de le laisser tranquille ; c'est là que Reuben l'a giflé. Alors à mon tour, je l'ai insulté tout ce que je savais.

À mesure qu'elle parlait, sa rage la reprenait :

– Je lui ai dit de ficher le camp de cette maison, de ne pas poser ses sales pattes sur mon frère. Il m'a giflée. Et que maman est arrivée. Vous ne pouvez pas savoir, Duncan, à quel point je l'aimais. Elle travaillait tant ! Elle faisait tout ce qu'elle pouvait. Mais je ne croyais pas qu'elle possédait un tel cran. Je l'ai su en la voyant s'approcher de ce salaud qui nous avait jetés tous les deux à terre avant d'ôter sa ceinture.

Elle marqua une pause, but une gorgée de champagne.

– Il prétendait nous apprendre la politesse. Maman lui a foncé dessus comme une bête furieuse. Seulement il faisait le double d'elle et il était ivre, alors il n'a pas eu de mal à l'envoyer à l'autre bout de la pièce. Elle lui criait de s'en aller, de ne pas toucher à ses enfants ; moi je disais à Carter de s'enfuir, d'aller avertir les voisins, la police. Une fois certaine qu'il était assez loin, je me suis mise à hurler à mon tour, en disant que la police arrivait. Reuben nous a injuriées, maman et moi, au point que je n'ai pas compris la moitié de ce qu'il disait. Mais il a fini par s'en aller.

– Vous avez gardé la tête froide, observa-t-il en lui prenant la main. Vous avez été très maligne.

– J'avais surtout peur. Je croyais que la police allait nous aider. Ils sont venus, ils ont parlé à maman ; sans vouloir dire qu'ils l'ont dissuadée de porter plainte, ils ne l'y ont pas encouragée. Ils ont juste noté le nom de Reuben en promettant d'aller lui parler. Je ne doute pas qu'ils l'aient fait, d'ailleurs. Je ne sais pas exactement ce qui s'est passé, sauf qu'il est allé la voir sur son lieu de travail pour lui présenter ses excuses. Il est aussi revenu à la maison avec des fleurs, seulement elle n'a pas voulu le laisser entrer. Je l'ai surpris, à plusieurs reprises, assis dans sa voiture, à regarder la maison. Et une fois, au moins, je l'ai vu lui sauter dessus quand elle sortait, essayer de l'entraîner avec lui. Alors, j'ai de nouveau appelé la police et des voisins sont intervenus, et il est reparti. C'est là que maman a demandé une injonction, sur le conseil de la police.

– Ils ne l'ont pas arrêté.

– Je crois qu'ils l'ont mis en garde à vue quelques heures et qu'ils lui ont passé un savon. Toujours est-il que, quelques jours plus tard, complètement saoul, il est entré dans la maison avec une arme…

Elle lui raconta comment elle avait préparé le repas, mélangé les pilules et comment, à l'hôpital, elle s'était entretenue avec David pendant qu'on faisait des points de suture sur le visage de sa mère.

– C'est grâce à lui que ma famille s'en est sortie.

– Et grâce à vous, une gamine de douze ans !

– Sans lui, je n'aurais rien pu faire. Après ça, nous nous sommes installés chez la cousine Bess, la maison de Jones Street. David se manifestait de temps à autre et il me parlait entre autres de la négociation dans une situation de prise d'otages. Il disait que j'étais faite pour ce métier. Je voulais lui faire plaisir et ça me semblait intéressant. Alors je me suis lancée dans cette formation et il s'est avéré qu'il avait raison. Je suis passionnée par ce que je fais.

Elle leva son verre :

– Je n'ai peut-être pas gagné au Loto, mais c'est une chance pour moi.

– Et Reuben, qu'est-il devenu ?

– Il est mort en prison. Il a trouvé le moyen de se fâcher avec un codétenu, qui a fini par le larder de coups de couteau. En tant que femme civilisée, appartenant à la police, je suis tenue de le déplorer. Il n'empêche que je suis sortie acheter une bouteille de champagne, pas aussi chère que celle-ci mais une bonne marque tout de même. Et j'en ai apprécié chaque bulle.

– Heureux de vous l'entendre dire !

Il lui étreignit la main :

– Je comprends maintenant pourquoi j'ai perçu tant de détermination dans votre attitude quand vous êtes entrée dans le studio de Suicide Joe. D'autant que vous avez d'extraordinaires yeux verts.

Elle le dévisageait toujours, sans cesser de boire :

– Si vous croyez que je viens de me mettre à nu et que quelques flûtes supplémentaires de champagne suffiront à me jeter dans vos bras, vous vous trompez.

– C'est négociable ?

– Sûrement pas, mais merci.

– Et que diriez-vous d'une balade au bord du fleuve, où je pourrais vous embrasser au clair de lune ?

– On peut commencer par la balade.

Il se leva, la prit par la main. Comme elle se redressait à son tour, il lui saisit la nuque pour amener son visage près du sien.

Des lèvres tièdes dans la fraîcheur du soir, un corps ferme, une tendre étreinte… Elle ne résista pas, au contraire, se laissant aller pour en obtenir davantage.

Il percevait sa force sous sa peau douce et c'était ce contraste qui l'avait attiré dès le début. Avec elle, rien n'était simple ni ordinaire.

Le long baiser qui s'ensuivit ne fit que confirmer cette impression sur le pont qui oscillait doucement sous leurs pieds.

Le gros plan de son visage emplit les jumelles.

Sans cesser de l'observer, elle et son compagnon, il prit une poignée de frites. Tout pourrait s'achever si facilement si c'était une lunette de fusil qu'il avait en ce moment sous les yeux…

Bang !

Trop rapide, trop facile.

Mais d'ici peu, elle ne rirait plus du tout.

7

À son bureau, ce lundi matin, Phoebe s'attaqua aux tâches administratives, répondit aux appels téléphoniques, parvint même à consacrer un peu de temps à la préparation du prochain cours.

Voyant entrer David, elle se leva :

– Capitaine…

– Vous avez une minute ?

– Oui, et même plusieurs avant le cours. Vous voulez un café ?

– Non, merci.

Comme il fermait la porte derrière lui, elle se raidit.

– Qu'est-ce qui se passe ?

– Je ne sais pas. Je viens de recevoir un appel du sergent Meeks, le père d'Arnold. Il veut porter plainte contre vous.

– À quel sujet ?

– La suspension injustifiée de son fils. Il parle également de poursuites pour calomnie, diffamation. Il demande une entrevue avec vous, moi et l'avocat de son fils.

– Quand il voudra. J'ai dit à Arnold qu'il pouvait prévenir son délégué. D'ailleurs, toute notre conversation a été enregistrée.

– Vous comptez maintenir la mise à pied de trente jours ?

– Absolument. Il a violé toutes les directives, il a poussé Gradey au suicide et il a de la chance que celui-ci n'ait pas tué ses otages. Vous avez lu le rapport, capitaine, y compris les dépositions des témoins, tant civils que policiers.

– En effet, maugréa David en se frottant la nuque. À croire qu'il l'a fait exprès.

– Ce pourrait être le cas. Je ne me laisse pas guider par mon aversion personnelle en disant ça, mais on a affaire à un énergumène sexiste et immature. Il n'a pas sa place dans la police.

– Phoebe, ce n'est pas avec ce genre de préjugés que vous parviendrez à vos fins.

– Ce ne sont pas des préjugés, mais des faits. Je suis certaine que l'évaluation psychiatrique ira dans mon sens. David, c'est lui qui a déposé cette poupée mutilée devant ma porte.

En mettant les mains dans ses poches, il ferma les poings.

– Je ne saurais vous contredire là-dessus, mais il va falloir vous montrer prudente avant de porter ce genre d'accusation.

– Il m'a ouvertement traitée de salope, sans parler du nombre de fois où il a dû le dire dans mon dos. Il se tenait à peu près où vous êtes en ce moment quand il m'a menacée. Il ne montre pas le moindre respect pour mon grade.

– Vous croyez que je n'ai pas envie de me voir débarrassé de lui, moi aussi ? Je n'ai malheureusement aucun motif de renvoi valable, Phoebe, et c'est à vous, dans votre bureau, d'exiger le respect de vos subalternes.

– Croyez-moi, c'est ce que je fais. Ces trente jours lui donneront peut-être le temps de réfléchir à ce qu'il raconte. Figurez-vous qu'à cette même place il m'a accusée de coucher avec vous !

David écarquilla les yeux :

– Quel salaud ! Non, mais quel salaud ! Est-ce qu'il y avait des témoins ?

– Non, et j'avais arrêté l'enregistrement avant. Mais il l'a dit. Très clairement. En outre, j'ai cru qu'il allait me frapper. C'est alors que l'inspecteur Sykes est intervenu. Je n'aime pas étaler ce genre de chose sur la place publique, mais j'affirme qu'Arnold Meeks est dangereux. Vous n'avez qu'à interroger Sykes si vous voulez.

– Je vais voir. En attendant, l'entrevue se déroulera cet après-midi. Tâchez de vous libérer.

– Ce sera fait.

– Vous comptez le poursuivre pour harcèlement sexuel ?

– Pas cette fois. Je m'en tiendrai à l'insubordination.

Hochant la tête, il retourna vers la porte.

– Je vous conseille de prendre contact avec votre propre avocat. Les Meeks ne manquent pas d'appui dans la police. Assurez vos arrières, Phoebe, parce que, même si nous parvenons à faire tomber cet enfoiré, il pourrait causer des dégâts.

– D'accord. David... Désolée de vous mêler à ça.

– Ce n'est pas vous, c'est lui.

En le regardant s'éloigner, elle se dit que les ennuis ne faisaient que commencer. À la fin du cours, elle prendrait le temps d'examiner les déclarations de Meeks sur l'affaire Gradey, ainsi que son propre rapport sur l'altercation dans son bureau.

À travers les parois de verre, elle vit David faire signe à Sykes de le suivre dans la salle de repos. Elle n'en fut que plus navrée d'entraîner son supérieur dans cette sordide histoire.

Mais il n'était pas question de laisser Meeks mettre des vies en danger, ni de la menacer ou d'apporter le moindre trouble dans sa famille.

À présent, il s'agissait de mettre de côté ces considérations pour ne plus se concentrer que sur le cours qu'elle allait donner. En passant devant l'adjointe administrative, elle lança :

– Je serai dans la salle de réunion pendant une heure et demie.

– Entendu, lieutenant. Lieutenant ?

Annie Utz lui décocha un sourire crispé :

– Je… Est-ce que je pourrai prendre un jour de congé à la fin de la semaine pour… euh… pour raisons personnelles ?

– Pas de problème. Tâchez de m'avertir à l'avance pour que nous puissions mettre quelqu'un à votre place.

– Euh… euh… lieutenant ? Je sais que je suis nouvelle et inexpérimentée. Mais j'aime bien travailler ici. J'espère que mon travail est satisfaisant.

– Tout à fait.

Peut-être aurait-elle pu se maquiller un peu moins et choisir des chemisiers une taille au-dessus, mais tant que le travail en soi n'en était pas affecté…

– Euh… j'ai apporté des pralines. C'est moi qui les ai faites.

Elle lui tendit une assiette couverte d'un papier :

– Vous en voulez ?

– Après le cours.

– Vous passez encore par l'escalier ? Vous devez le descendre et le monter des dizaines de fois par jour…

Là-dessus, Phoebe se précipita avant qu'Annie la retarde davantage. Déjà les premières phrases du cours se formaient dans son esprit lorsqu'elle entreprit de dévaler les marches.

Sa voiture devait être prête aujourd'hui, se rappela-t-elle. Devait. Elle profiterait de la pause pour appeler le garagiste et…

Elle perçut à peine le mouvement, n'eut pas le temps de réagir, encore moins d'atteindre son arme lorsqu'elle fut plaquée contre le mur. Dans un éclair de douleur et d'effroi, elle sentit sa tête heurter le béton et un voile rouge lui passa devant les yeux.

Le temps que son cerveau lui ordonne de réagir, ses genoux s'étaient affaissés, un ruban adhésif la bâillonnait, tandis qu'on lui tordait les bras dans le dos.

En se débattant, elle s'efforça de ramener ses talons sur le sol mais n'y parvint pas. Une cagoule l'aveugla, et elle bascula en avant sous une violente secousse, heurta le sol, roula sur elle-même. Un goût de sang lui envahit la bouche ; elle ne parvenait plus à émettre le moindre son et n'entendait que les rires de son agresseur. Comme elle lançait des coups de pied dans le vide, deux mains se fermèrent sur sa gorge.

Son corps tressautait, ses jambes partaient dans tous les sens et ses poumons menaçaient d'exploser. Lorsque la pression diminua, elle parvint à reprendre un semblant de souffle à travers le bâillon ; ce fut alors qu'elle sentit la pointe d'un couteau déchirer ses vêtements avant de venir lui effleurer la peau. Des mains – gantées, enregistra-t-elle machinalement – lui malaxèrent les seins.

Ce n'était pas possible. Attaquer et violer un flic au cœur de son commissariat ? C'était de la folie. Cependant, elle avait beau se débattre, les mains se faufilaient maintenant entre ses cuisses.

Elle s'en voulait de sangloter et de crier, d'autant que cela semblait augmenter la jubilation de l'homme.

– Ne t'inquiète pas, lui murmura-t-il à l'oreille. Je ne baise pas tes semblables.

Il la gifla si brutalement qu'elle faillit perdre conscience. Dans le lointain, elle crut percevoir des pas.

On vient. Seigneur, merci ! Mais non, c'était lui qui s'éloignait. Qui la laissait vivante. Elle gémit. Elle pleurait de douleur, tout en elle pleurait. Mais l'instinct de survie était le plus fort. Elle avait peur de bouger, de se remettre à genoux, debout. Se trouvait-elle près des marches, ne risquait-elle pas de tomber, de faire une chute fatale ?

Les menottes lui mordaient cruellement la chair. Cependant, le besoin de vivre, de s'échapper, l'emportait sur la douleur. Redressant les épaules, elle tourna la tête dans tous les sens, tout en sondant le sol du bout des pieds. Lentement, luttant contre la panique, elle parvint à se débarrasser de la cagoule en frottant la tête contre le béton.

Avidement, elle regarda autour d'elle, repéra les taches de son propre sang laissées sur le mur, mais aussi la porte, en bas. Il lui fallait l'atteindre pour revenir à la vie.

En s'agenouillant, elle poussa un nouveau gémissement : il n'avait laissé de ses vêtements que des bandes lacérées de haut en bas.

S'appuyant au mur, elle finit par se hisser sur ses jambes tremblantes, pour se retrouver debout, étourdie, nauséeuse, espérant seulement tenir bon jusqu'à ce qu'elle obtienne de l'aide.

Alors qu'une voix en elle lui criait de faire *vite, vite, si jamais il revenait*, elle descendait précautionneusement, marche après marche, le dos au mur pour plus de sécurité. En bas, le corps frémissant de frayeur et d'épuisement, il lui fallut encore trouver la force de se retourner, d'agripper la poignée de ses mains moites, de tirer.

Elle s'effondra en travers du seuil et se mit à ramper dans le corridor.

Quelqu'un cria. Elle l'entendit à travers une sorte de coton, avant de s'évanouir.

Elle revint à elle, aiguillonnée par la douleur, mais s'aperçut qu'elle se retrouvait sur le côté et qu'on lui avait arraché son bâillon, la brûlure sur ses lèvres en témoignait.

– Une couverture ! Et toi, donne-moi ta veste, bon sang ! Et cherchez-moi une clé pour ouvrir ces menottes. Ça va, lieutenant ? C'est Liz. Vous m'entendez ? Vous allez vous en sortir.

Liz ? Phoebe sondait ces grandes prunelles marron. L'inspecteur Elizabeth Alberta. Ah oui ! elle connaissait ce nom, ces yeux.

– L'escalier, souffla-t-elle. Il m'a attaquée dans l'escalier.

– Il y a déjà deux agents sur place qui fouillent les lieux. Les secouristes arrivent.

Liz se pencha un peu plus pour lui murmurer à l'oreille :

– Lieutenant, est-ce qu'il vous a violée ?

Phoebe ferma les paupières.

– Non. Non, il a juste… Non. Je suis salement blessée ?

– Je ne saurais vous dire.

– Mon arme…

Elle rouvrit brusquement les yeux.

– Mon Dieu, mon arme ! Je n'ai pas eu le temps de la sortir. Il l'a prise ?

– Attendez, lieutenant, je vais vous ôter ces menottes.

Phoebe ne savait pas qui parlait ainsi derrière elle, aussi s'adressa-t-elle à Liz avec un regard appuyé :

– Je veux que ce soit vous qui preniez ma déposition.

Respirant à fond, Phoebe sentit les menottes s'écarter de ses poignets et réprima un geignement quand elle remua les bras.

– Je ne crois pas qu'ils soient cassés. Je n'ai rien de cassé.

Tandis qu'on l'enveloppait dans une couverture, elle serra la veste sur sa poitrine.

– Pourriez-vous m'aider à m'asseoir ?

– Vous devriez peut-être rester allongée jusqu'à...

Remue-ménage, pas agités, une exclamation, et David vint s'agenouiller devant elle.

– Qu'est-ce qui s'est passé ? Qui a fait ça ?

– Je ne l'ai pas vu. Il m'a agressée dans l'escalier. Il m'a mis un truc sur la tête.

Des larmes brûlantes glissaient sur sa peau abrasée.

Il lui serra la main puis se releva.

– Qu'on me passe tout le bâtiment au peigne fin, étage par étage ! ordonna-t-il. On est en alerte rouge. Personne n'entre ou ne sort sans se faire fouiller. Je veux savoir où sc trouvait chaque flic, chaque civil au moment de l'incident.

– Ce n'était pas un civil, capitaine, intervint Phoebe. C'était l'un des nôtres.

Tout se déroula comme sous un voile cotonneux mais Phoebe préférait cela. Les secouristes, l'ambulance, les urgences. Des voix qui s'interpellaient, beaucoup d'agitation, la douleur partout, qui s'estompait peu à peu. La jeune femme se laissait flotter tandis que tout ce monde s'agitait autour d'elle, qu'on nettoyait et soignait ses blessures. Elle garda les yeux fermés, s'endormit à moitié tandis qu'on lui faisait passer des radios.

Elle savait qu'elle finirait par sangloter, répandre des flots de larmes, mais cela pouvait attendre.

Liz entra dans la salle de consultation.

– Vous vouliez me parler.

– Oui.

Assise sur la table d'examen, Phoebe se sentait brisée ; elle aurait mal partout pendant des jours si ce n'étaient des semaines. Cependant, elle croisait les bras en essayant de se masser les épaules pour atténuer un peu la douleur.

– Légère commotion, côtes meurtries, épaule luxée.

Liz se rapprocha en ajoutant :

– Une méchante estafilade sur le front et un œil poché. La lèvre fendue. La mâchoire tuméfiée. Ce salaud ne vous a pas fait de cadeau.

– Il ne m'a pas tuée, c'est déjà ça.

– Certes. Votre capitaine vient de partir. Les médecins lui ont communiqué leur diagnostic. Il m'a priée de vous dire qu'il reviendrait vous chercher pour vous ramener chez vous dès que vous seriez prête.

– Je préférerais qu'il reste au commissariat, qu'il trouve... je ne sais même pas quoi. Je descendais de mon bureau vers la salle de réunion pour y donner un cours. Je passe toujours par l'escalier.

– Claustrophobie ?

– Non, vanité. Je n'ai pas vraiment le temps de faire de la gym, alors je prends l'escalier au lieu de l'ascenseur. Ce salaud m'attendait.

– Vous disiez que vous ne l'aviez pas vu.

– Non.

Animée par la curiosité, Phoebe se passa la main au-dessus de la pommette. Elle n'avait encore jamais eu de coquard et ne se rendait pas compte à quel point ça faisait mal.

– Je descendais assez vite, j'ai à peine eu le temps de repérer un mouvement du coin de l'œil, sur la droite. Merci.

Elle prit le sac de glace que Liz lui tendait et l'appliqua sur sa blessure.

– Il m'a sauté dessus avant même que j'aie eu le temps de tourner la tête. Il savait très bien ce qu'il faisait. Un coup sur la tête et je ne pouvais plus résister. Il m'a plaquée contre le mur, à moitié assommée. Puis bâillonnée et menottée. Il savait très bien manipuler les menottes. Il anticipait mes mouvements de défense et il m'a tout de suite mis cette cagoule ou je ne sais quoi sur la tête... Mon arme ?

– On ne l'a pas retrouvée. Personne n'ira vous le reprocher, lieutenant.

– Il y en a qui ne se gêneront pas, vous le savez très bien. Et mon agresseur aussi. C'est pour ça qu'il l'a prise.

– Il y a des imbéciles partout. Vous avez une idée de sa taille, de son poids ?

– Pour la taille, aucune. Il m'a poussée en avant et je suis tombée. Mais il était fort. Il a commencé par m'étrangler…

Elle passa les doigts sur les bleus laissés autour de sa gorge.

– Il m'étranglait alors que j'étais à terre. Il avait de grandes mains, puissantes. Il portait des gants. Je les ai sentis… fins, sans doute du latex, quand il a tenté de me tripoter. Il a sorti une lame, ou des ciseaux, pour couper mes vêtements.

– Il vous a touchée.

– Il…

Des faits ! s'ordonna-t-elle. *Vois ça sous l'angle des faits.*

– Il m'a pris les seins, les a tirés, compressés, fort. Il riait. Un gros rire gras, qu'il semblait plus ou moins réprimer. Il a mis la main… Il a introduit ses doigts en moi, les y a enfoncés. Ce n'était pas sexuel. Il voulait juste me blesser, m'humilier. Ensuite, je crois qu'il s'est penché parce que sa voix était tout près de mon oreille. Il a murmuré : « Ne t'inquiète pas. Je ne baise pas tes semblables. » Et il m'a frappée au visage. Avant de partir.

– Auriez-vous une idée du temps que ça a duré ?

– Une éternité, en fait sans doute pas plus de deux ou trois minutes. Il savait très bien ce qu'il faisait, il a minutieusement exécuté son plan. J'ai dû mettre plus de temps à me débarrasser de la cagoule et à descendre vers la porte. En tout, ça a dû prendre six ou sept minutes.

– D'accord, il a dit autre chose ?

– Non, il n'a parlé qu'une fois.

– Avez-vous remarqué quoi que ce soit de spécial ? Une odeur ?

– Non. Attendez.

Phoebe referma les yeux.

– Du talc. Comme pour les bébés.

– Et sa voix ? Pourriez-vous la reconnaître ?

– Je ne sais pas. Nous sommes entraînés pour enregistrer les détails mais j'avais tellement peur, le sang me battait les tempes, et la cagoule… Tenez, c'était quelqu'un d'ici ; il avait l'accent du pays.

– Vous vous êtes accrochée avec quelqu'un du coin ? Quelqu'un qui soit capable de s'en prendre à vous ?

– Vous savez bien que oui. On ne travaille pas toutes les deux dans la même division, mais on est de la maison. Alors vous savez de qui il s'agit.

– Vous croyez que c'était lui ? Vous croyez que c'est Arnold Meeks qui vous a attaquée ?

– Oui. Je ne peux pas le prouver, mais je le crois. J'ai signalé un incident samedi matin.

– Quel incident ?

Phoebe lui raconta l'histoire de la poupée.

– Je prendrai contact avec l'inspecteur Sykes sur cette affaire, promit Liz. Et je mènerai une enquête discrète sur les faits et gestes de Meeks ce jour-là.

– Merci, c'est très important pour moi.

– Je vais suivre tout ça de près, c'est promis.

– Pour le moment, est-ce que vous pourriez me trouver des vêtements, que je puisse sortir d'ici ?

– Si vous ne voulez pas qu'on avertisse votre entourage ni le capitaine, y aurait-il quelqu'un d'autre ? Pour qu'on vous apporte des vêtements et qu'on vous ramène chez vous ?

– Merci, mais je préfère ne pas rentrer chez moi tant que je n'aurai pas pleuré un bon coup, ce qui ne saurait tarder.

– Vous ne voulez pas quelqu'un d'autre ?

Phoebe se passa une main sur le sparadrap qui lui barrait le front.

– Un ami, peut-être, s'il est dans le coin…

La vieille bâtisse offrait certaines possibilités. Bien sûr, son propriétaire actuel avait fixé la barre trop haut. Mais Duncan gardait cette idée dans un coin de son esprit tout en continuant d'envisager diverses opportunités.

Lorsque son téléphone sonna, il examinait des fenêtres en piteux état pendant que Phin discutait avec le propriétaire.

– Oui. C'est Duncan. Quoi ? Quand ? Comment ?

Il se retourna tandis que Phin, qui avait perçu l'inquiétude dans son intonation, arrivait dans sa direction.

– Où ? Bon, d'accord.

Fourrant le téléphone dans sa poche, il se dirigea vers la porte.

– Cas de force majeure. Continue sans moi, Phin.

Il démarra précipitamment et se faufila comme un fou dans la circulation. Grâce à son métier, il avait appris à utiliser des raccourcis, ou à emprunter quelques détours pour augmenter le prix de la course. Il entra en trombe dans le parking, chercha une place en jurant. Quand, enfin, il sauta dans l'ascenseur, il était à bout de nerfs.

S'il n'avait reconnu ses cheveux roux, il serait passé devant elle sans la voir.

Elle était assise dans la salle d'attente, vêtue d'un tablier bleu pâle, un bras dans une attelle et le visage – son extraordinaire visage – tuméfié, plein de bleus.

– Mon Dieu, Phoebe !

Il s'accroupit devant elle, lui prit la main.

– Vous êtes grièvement blessée ?

– Je peux sortir, répondit-elle en esquissant un sourire. Ce n'est donc pas si grave que ça. Quand on m'a demandé si je voulais avertir quelqu'un, j'ai pensé à vous. Je n'aurais pas dû.

– Ne dites pas de bêtises. Que s'est-il passé ?

– Duncan… Si j'ai appelé, et puisque vous êtes là… il faudrait m'emmener quelque part, une heure ou deux, que je puisse me reprendre avant de retourner à la maison. Pourriez-vous me conduire dans un endroit tranquille ? Je sais que c'est beaucoup vous demander, mais…

– Bien sûr que je peux. Vous êtes certaine de pouvoir marcher ?

– Oui.

Lorsqu'elle se leva, il lui passa un bras autour de la taille.

– Appuyez-vous sur moi.

– C'est ce que j'ai fait en vous appelant. Je n'ai même pas pensé que vous pourriez être occupé quelque part à quelque chose d'important.

– Moi ? Un riche désœuvré ?

La voyant grimacer au soleil, il sortit ses lunettes noires.

– Tenez, mettez ça. Le type d'en face, à quoi ressemblait-il ?

Elle ne put réprimer un sourire :

Il l'aida à s'installer dans la voiture, lui boucla sa ceinture.

– Laissez-moi tirer un peu votre siège pour vous faire un peu plus de place. Ça ira comme ça ?

– Très bien.

– Est-ce qu'on vous a donné quelque chose pour soulager la douleur ? demanda-t-il se mettant au volant.

Elle tapota son sac, que Liz lui avait apporté à l'hôpital.

– Tout ce qu'il faut. J'ai déjà pris un cachet. Je vais juste un peu fermer les yeux, si ça ne vous ennuie pas.

– Allez-y. Reposez-vous.

Elle ne dormit pas. Il la voyait serrer le poing, et les bandages qu'elle portait à la main le déconcertaient. Si elle avait eu un accident, pourquoi n'avait-elle pas averti sa famille ? Et dans quel genre d'accident se retrouvait-on avec des blessures aux deux poignets, défigurée, les os tellement rompus qu'on pouvait à peine marcher ?

Il respecta son silence. Il avait emmené assez de passagers dans sa vie pour savoir ce que les gens voulaient. Bavarder, discuter, se renseigner, ou juste rester tranquilles.

Il l'emmena sur le pont qui séparait l'île de la terre ferme, à travers marécages et ruisseaux, pour s'engager sous l'arche verte des grands chênes.

Ce fut seulement lorsqu'il émergea du dernier virage et s'arrêta qu'elle consentit à ouvrir les yeux.

Il avait vu grand avec la maison, s'appuyant sur l'élégance traditionnelle des anciennes plantations pour y ajouter quelques fioritures telles que le belvédère blanc surmonté d'une couronne, dans une débauche de mousse espagnole tombée en voile des branchages. Les massifs d'azalées éclataient déjà de boutons qui ajoutaient une touche charmante à l'impressionnant domaine.

Sur les marches du perron s'étageaient d'innombrables pots de fleurs, et de larges fauteuils trônaient entre les balancelles, invitant le visiteur à s'y poser dans l'attente d'un rafraîchissement.

– C'est magnifique !

– Oui, ça me plaît de plus en plus.

Il sortit, alla lui ouvrir la portière :

– Donnez-moi la main.

Elle ne se fit pas prier pour s'appuyer sur lui.

– Duncan, vraiment, je vous remercie !

– Ça me fait plaisir, dit-il en la conduisant vers la porte au heurtoir de cuivre.

– Ça fait longtemps que vous vivez ici ?

– Disons cinq ans. Un temps, j'ai eu envie de la revendre mais… enfin, c'est une longue histoire.

Il lui décocha un sourire avant d'introduire la clé dans la serrure.

Une lumière dorée tombait sur un hall d'entrée aux couleurs vives adoucies par les courbes élégantes du grand escalier et les larges voûtes. Il fit entrer Phoebe dans le petit salon dont les portes-fenêtres ouvraient sur une terrasse.

Il voulut la faire asseoir mais elle se dirigea droit vers les portes-fenêtres.

Elle appuya le front sur la vitre, ferma les yeux.

– Je suis désolée, excusez-moi. On en arrive au moment où je dois m'effondrer…

– Allez-y, dit-il en lui caressant le dos.

La sentant trembler, il comprit qu'effectivement ils parvenaient au cœur de la tempête.

– Laissez-vous aller.

Quand elle se retourna vers lui, il lui ouvrit les bras et l'accueillit pour la laisser pleurer sur son épaule. Il l'entraîna vers un canapé où il la fit asseoir sans la lâcher une seconde. Et il resta près d'elle tandis que la tourmente faisait rage.

8

Elle n'avait pas honte de verser ce trop-plein de larmes qui devait à tout prix sortir, entraînant le plus gros de sa peur et de sa douleur. Heureusement qu'elle n'avait pas affaire à un homme qui vous tapotait le dos en vous disant de ne pas pleurer.

Lui, il offrait son épaule et la laissait sangloter tout son saoul.

Lorsque les tremblements cessèrent, lorsque les larmes se tarirent, il déposa un baiser léger sur le front meurtri.

– Ça va mieux ?

– Oui.

Elle poussa un long soupir et se sentit enfin redevenir elle-même.

– Vraiment mieux !

– Bon, alors voilà ce qu'on va faire. Je vais vous préparer quelque chose à boire et vous me raconterez ce qui s'est passé.

Il lui souleva le menton pour l'obliger à le regarder dans les yeux :

– Et après, on décidera de la marche à suivre.

– D'accord.

– Je n'ai pas de… de mouchoir.

– J'ai un paquet de Kleenex dans mon sac.

– Bien.

Il changea de posture, la fit asseoir à côté de lui.

– Si vous voulez, il y a des toilettes là, juste à droite.

– Merci.

Comme il partait vers la cuisine, elle resta immobile à sa place, rassemblant ses forces, avant de se lever lentement, pour aller récupérer son sac qu'il avait déposé sur la table basse. Puis elle retraversa les gracieuses voûtes des portes et entra dans le cabinet de toilette.

Dès qu'elle aperçut son visage dans le long miroir ovale, elle poussa un gémissement : elle avait les paupières rouges et gonflées, l'œil droit et à demi fermé, qui virait au violet par-dessus une bosse pleine de sang.

– Bon, se dit-elle à mi-voix, tu n'es pas ici pour un concours de beauté, non plus…

Sans compter qu'elle allait effrayer toutes les personnes qu'elle croiserait.

Sur ces considérations, elle se passa un peu d'eau fraîche sur les joues.

Alors qu'elle clopinait vers le salon, elle vit Duncan déposer un plateau sur la table basse.

– Je ne sais pas ce qu'ils vous ont donné aux urgences, alors j'ai exclu tout alcool du menu. Voilà du thé et mon remède personnel contre les yeux au beurre noir et les bleus, un sac de petits pois congelés.

– Vous avez fait du thé ?

– Vous n'aimez pas ?

– Si, bien sûr ! Mais vous avez préparé du thé, dans une jolie théière, sur un plateau. Et vous m'avez apporté des petits pois congelés…

Elle porta sa main valide à ses yeux :

– Pardon, je suis encore sous le coup de l'émotion. Voilà que je me mets à pleurer parce qu'on m'a préparé du thé et apporté un sac de petits pois congelés.

– Heureusement que je n'ai pas fait de gâteau !

Elle posa le sachet sur le côté de son visage le plus tuméfié.

– Vous savez faire des gâteaux ?

– Pas du tout. De toute façon, je ne suis pas certain que vous puissiez mastiquer quoi que ce soit. Comment va votre mâchoire ?

Elle se dirigea lentement vers le canapé, s'y assit.

– Vous voulez que je sois stoïque ou que je vous dise la vérité ?

– Je préfère la vérité.

– Ça me fait un mal de chien ! Je ne sais pas s'il y a un centimètre carré de mon corps qui ne me fasse pas souffrir. Et ça vous donne envie de rire ?

Il ne s'en cacha pas.

– Pas parce que vous souffrez mais parce que ça vous énerve. Heureux de constater que votre caractère reprend le dessus.

Il s'assit à côté d'elle, la servit.

– Racontez-moi ce qui s'est passé, Phoebe.

– Je me suis fait agresser dans l'escalier, au travail.

Elle poursuivit, avec autant de détails qu'elle put se rappeler.

Pas une fois il ne l'interrompit mais, lorsqu'elle en arriva au moment où son l'inconnu découpait ses vêtements, Duncan se leva d'un bond et, comme elle l'avait fait en entrant dans la pièce, il alla regarder par la fenêtre.

– Continuez, dit-il sans se retourner.

Il écouta la suite, les yeux dans le vague.

– Vous savez qui c'était, dit-il quand elle eut fini.

– Je ne l'ai pas vu.

Duncan se retourna, le visage blême, impénétrable, ce qui ne faisait que souligner le bleu de ses yeux.

– Vous savez qui c'était, répéta-t-il.

– Je soupçonne fortement quelqu'un, mais je n'ai aucune preuve.

– Parole de flic, n'est-ce pas ? Mais vous, en tant que personne, qu'en dites-vous ?

– Je sais qui a fait ça et je trouverai le moyen de le prouver. Vous croyez que je *laisserai* passer ça ? Pour qui me prenez-vous ?

– Allez-y ! Une saine colère, voilà de quoi vous soigner aussi bien qu'une bonne crise de larmes.

– Cette ordure m'a blessée, humiliée ; j'ai cru ma dernière heure venue. À cause de lui, j'ai rampé à moitié nue sur mon lieu de travail, où je dois me rendre chaque jour, affronter les gens qui ont vu ce qu'il pouvait faire de moi. Et vous savez pourquoi ?

– Non. Pourquoi ?

– Parce qu'il ne supportait pas que je lui donne des ordres. Il ne supportait pas l'autorité, surtout venant d'une femme. Il ne supportait pas qu'on le mette devant ses responsabilités.

– C'est donc un autre flic qui vous a fait ça ?

Contrariée d'avoir trop parlé, elle se rétracta :

– Disons que j'ai des soupçons.

– Comment s'appelle-t-il ?

– Ce n'est pas à vous d'intervenir, Duncan. Nous avons l'affaire en mains et il me revient de la résoudre. Le temps que vous m'avez accordé, dans cet endroit où vous… m'avez reçue… vous m'avez aidée plus que je ne saurais le dire.

– Tant mieux, je suis content de l'apprendre. Il n'empêche que j'ai envie de casser la gueule à quelqu'un.

– Je m'en doute, mais non, Duncan. En même temps, figurez-vous que ça me réconforte.

– Je ne sais pas trop ce qui se passe entre nous, je n'aurais pas cru devoir y réfléchir. Alors, mettons ça de côté et dites-vous que mon réflexe naturel, et tant pis si vous trouvez ça sexiste ou démodé ou je ne sais quoi, est que j'ai envie de tout casser.

Il en a les moyens, se dit-elle. Cependant, à le voir ainsi remâcher cette colère, elle s'avisa qu'il possédait bien autre chose que son charme et sa chance pour l'attirer.

– D'accord. Si je comprends bien, votre réflexe naturel vous pousse à défendre la veuve et l'orphelin et vous semblez…

– Eh, ne me sortez pas votre baratin de négociatrice !

– C'est mon réflexe naturel à moi, rétorqua-t-elle. Toute ma vie ou presque, c'est moi qui ai protégé les autres, et cela bien avant mon entrée dans la police. Alors je ne sais pas très bien comment réagir face à quelqu'un qui prétendrait me protéger à mon tour.

Il se rapprocha d'elle, marqua une hésitation puis se pencha :

– Je vous promets d'y aller doucement, dites-moi si ça fait mal.

Et de déposer les lèvres sur les siennes.

– Ça ne fait pas mal.

Il l'embrassa longuement avant de se redresser :

– Vous avez une semaine.

– Pardon ?

– Vous avez une semaine pour remplir votre mission. Ensuite, j'obtiens son nom et je lui casse la gueule.

– Si c'est un ultimatum…

– Pas du tout ! C'est un exposé des faits tels qu'ils vont se dérouler.

Il s'assit sur la table basse, reprit le sac de petits pois surgelés, le retourna et le lui posa sur la joue.

– Je sais déjà qu'il s'agit d'un flic et que vous l'avez sanctionné pour une raison ou une autre. Je pourrais obtenir son nom dans l'heure. Mais vous avez une semaine pour résoudre l'affaire à votre manière.

– Vous croyez que, parce que vous avez de l'argent…

– Non, Phoebe, je *sais*, parce que j'ai de l'argent !

Il lui prit la main et déposa un baiser sur son poignet bandé.

– Ça met de l'huile dans les rouages, ajouta-t-il. Vous êtes intelligente, vous savez ce que vous voulez, et c'est ce qui me plaît en vous. Je suis sûr que dans une semaine vous aurez bouclé cette ordure. Sinon, ce sera mon tour.

– Votre tour ? Ça concerne la police et ce ne sera jamais le tour de personne d'autre. On n'est pas en cour de récré.

Il sourit, juste ce qu'il fallait pour creuser sa fossette.

– Vous savez que vous êtes terrifiante en ce moment ?

– Je vous demande pardon ?

– Avec vos bleus et vos bandages, on vous croirait sortie tout droit de *Grey's Anatomy*. Alors comment se fait-il que je vous trouve encore attirante ?

Prise entre deux feux, elle reposa le sachet de petits pois sur la table.

– Quel rapport avec ce qui nous occupe ?

– Aucun. Ça vient juste de me passer par la tête. Vous voulez encore du thé ? Bon, d'accord, j'ai voulu détourner la conversation. Vous avez pris votre décision, moi aussi. Alors pas la peine de nous disputer puisque ni vous ni moi n'avons l'intention de céder. En plus, je n'aime pas me disputer avec vous. Surtout quand vous ne vous sentez pas bien.

– Non, merci, je ne veux plus de thé. Et vous avez raison, je ne me sens pas bien. Mais l'important c'est que vous compreniez la différence entre vengeance et justice.

– Il faudra qu'on en discute un de ces jours, quand vous aurez récupéré tous vos moyens. Ça vous dirait, un bain à remous ? Ça vous ferait du bien.

Encore une chose qu'elle n'avait pas remarquée jusque-là : il avait la tête dure.

– Merci, c'est gentil, mais je crois que je vais rentrer.

À cette idée, elle imagina la confrontation qui l'attendait.

– Quelle galère...

– Vous ne voulez pas leur téléphoner d'abord ? Les préparer ?

– Non, elles se feraient un souci monstre jusqu'à mon arrivée. Je vais juste vous mettre de nouveau à contribution en vous demandant de me ramener.

– La note sera salée !

Il l'aida à monter dans la voiture. Ce court trajet jusqu'au parking l'avait épuisée, aussi lui boucla-t-il de nouveau sa ceinture.

Carly allait rentrer de l'école d'un moment à l'autre, pensa-t-elle en chemin. Sa mère allait finir de prendre ses commandes sur Internet, à moins qu'elle ne soit en train d'emballer son dernier ouvrage pour le faire envoyer par la poste. Ava avait dû rapporter ses courses et devait les ranger à la cuisine.

Comme tous les lundis après-midi.

– Si seulement je n'avais pas encore à m'expliquer, à tout raconter une fois de plus…

– Je peux m'en charger, si vous voulez.

– Non, il faut que je le leur dise. Vous avez de la famille, Duncan ?

Elle s'avisa soudain qu'elle n'avait vu nulle part aucune photo de parent, aucun portrait.

– Oui, ici et là…

– C'est une longue histoire ?

– Compliquée. Un jour, je vous en parlerai.

Elle sentit son mobile vibrer et, non sans effort, le sortit de son sac.

– Oui, David… je vais bien… beaucoup mieux. Non, je rentre à la maison. J'étais chez un ami. Tout va bien.

Elle écouta un instant, puis :

– Je comprends. Je serai là demain pour… Oui, capitaine.

Elle laissa échapper un soupir impatienté avant de reprendre :

– Deux jours alors. Trois. Oui, capitaine, merci. Et j'aimerais qu'on reprogramme l'entrevue pour jeudi, si possible. Merci beaucoup. Oui, c'est promis. Au revoir.

– Ça va ? demanda Duncan.

– Pas vraiment, mais ça aurait pu être pire. Il voulait m'imposer un congé maladie de deux semaines.

– Quelle peau de vache !

Elle éclata de rire et s'interrompit, à bout de souffle.

– Je serais devenue folle à la maison entre maman et Ava. Il le sait très bien. Je guérirai mieux si je travaille, ça aussi, il savait très bien que je le dirais, le chameau ! En fait, il est très satisfait que je me contente de trois ou quatre jours.

– J'ai l'impression que je m'entendrais très bien avec lui.

– Sans doute.

Ils venaient de se garer sur Jones Street quand il lui donna une nouvelle raison de s'agiter :

– Vous ne voulez pas un bourbon et une cigarette d'abord ?

– Ce n'est pas l'envie qui m'en manque : je m'apprête à affronter trois femmes diversement hystériques, chacune à son niveau. Et… oh non ! C'est le pompon !

– Quoi ?

Suivant son regard, il aperçut un homme qui venait à leur rencontre en courant :

– Phoebe ! Phoebe, qu'est-ce qui se passe ?

Il ouvrit la portière, se pencha vers elle :

– Mais qu'est-ce qui t'est arrivé ? Qui êtes-vous, monsieur ? Qu'avez-vous fait à ma sœur ?

– Carter, arrête !

– Qui t'a fait ça, alors ? Où est-il ?

Des gens se rassemblaient autour de la voiture : passants, voisins, tous voulaient voir cette femme battue dans une Porsche d'un blanc éclatant.

– Tu pourrais arrêter de crier dans la rue comme un malade ? On va rentrer d'abord.

– Je trouve que ce sont d'excellentes questions, intervint Duncan en faisant le tour de la voiture. Moi aussi j'aimerais vous entendre y répondre. Je suis Duncan. Attention, elle a mal partout !

– C'est bon, je m'en occupe !

– Carter, arrête ! Tu veux achever de me gâcher la journée en te montrant impoli avec un ami ? Duncan, pardon pour les mauvaises manières de mon frère !

– Ce n'est rien.

– Et voilà maintenant Mme Tiffany et son petit chien qui arrivent du parc. Je ne les supporte pas ! Je t'en supplie, Carter, aide-moi vite à rentrer.

– C'est parti.

Duncan aperçut une femme d'un certain âge aux cheveux blonds vaporeux, tirée par une minuscule bestiole au collier à pois et apparemment sans poil.

– Elle ne vous a pas encore vue. Au fait, Carter, à votre place, je ne serais pas non plus très bien élevé. Cela dit, quand je ramène une femme chez elle, je la conduis jusqu'à sa porte.

Résignée, Phoebe se laissa emmener par les deux hommes, qui la portèrent presque sur les marches du perron.

Lorsque la porte s'ouvrit, Essie arrivait déjà dans le vestibule.

– Il me semblait bien t'avoir entendu, Carter. Je… Phoebe ! Oh, mon Dieu !

Elle devint blanche comme un linge, défaillit.

– Maman ! Je vais bien. Ne t'inquiète pas. Je suis là. Carter, va lui chercher de l'eau.

– Non, non.

Encore blême, Essie leva la main vers la joue de sa fille.

– Ma pauvre chérie !

– Je vais bien.

– Ton visage. Reuben…

– Il est mort, maman. Tu le sais.

– Oui, oui, pardon ! Phoebe, que s'est-il passé ? Ton visage, ton bras… Ava !

Elle se remettait assez vite. D'autant qu'Ava avait surgi de la cuisine. Au cours des dix minutes qui suivirent, ce ne furent qu'exclamations, larmes, agitation. Duncan ferma la porte d'entrée et se cala dans un coin. Il estimait que s'il ne pouvait rendre service mieux valait se tenir à l'écart.

– Bon, maintenant ça suffit !

Il avait repéré la voix de Phoebe, très calme, très ferme, au-dessus du brouhaha. Elle répéta le même ordre, une fois, deux fois. La troisième, il fut prononcé sur un ton tellement impérieux qu'il imposa enfin le silence à la famille.

– Je vais tout vous expliquer mais, pour commencer, vous allez tous vous taire. J'ai été bousculée, ça se voit, et tout ce foin ne sert à rien, mais…

– Maman !

Cette fois, c'était une toute petite voix qui interrompait la diatribe. Phoebe se tourna vers la fillette qui se tenait devant la porte, un ballon rouge entre les mains.

– Je vais bien, Carly. Je sais que ça n'en a pas l'air, mais je t'assure que c'est vrai. Je me suis fait mal mais ça va.

– Maman…

Le ballon rebondit sur le sol tandis que l'enfant se précipitait pour appuyer le visage contre la taille de sa mère. De sa place, Duncan vit celle-ci blêmir de douleur.

– Excusez-moi ! intervint-il. Phoebe devrait s'allonger.

Là-dessus, il la souleva carrément de terre.

– Carly, pourrais-tu me montrer la chambre de ta maman ?

– C'est là-haut.

– Je peux marcher, Duncan, merci.

– Je n'en doute pas, mais maintenant que je vous tiens… Madame MacNamara ? Ils ont prescrit un médicament à Phoebe. Je pense qu'il serait temps pour elle de le prendre, si on lui donnait un peu d'eau.

– Bien sûr, bien sûr.

– Tu es tombée ?

La voix de Carly tremblait encore alors qu'elle marchait à côté de Duncan, les doigts crispés sur la blouse bleue.

– Je suis mal tombée et il a fallu m'emmener à l'hôpital. Ils m'ont soignée et m'ont dit que je pouvais rentrer à la maison. Tu sais qu'on ne vous laisse ressortir que si on a été bien soigné, n'est-ce pas ?

– Tu t'es cassé le bras ?

– Non, il est juste un peu tordu, alors je vais le porter en écharpe pendant un certain temps, pour ne pas me cogner.

– Comment ça se fait, d'abord, que vous ne l'ayez pas ramassée quand elle est tombée ? demanda Carly à Duncan.

– J'aurais bien voulu, mais je n'étais pas là.

Il emporta Phoebe dans la chambre où Essie avait déjà replié le dessus de lit, tapoté les oreillers.

– Et si vous descendiez attendre dans le salon ? suggéra Essie. Carter va vous servir un verre. Et… vous n'avez qu'à rester dîner avec nous.

– C'est très gentil, mais je préfère vous laisser avec Phoebe, ce soir. Une autre fois, si vous voulez bien.

Il sortait sur le palier lorsque surgit Carter, les mains chargées de sacs de glaçons.

Le jeune homme glissa tous ses glaçons dans la même main pour lui tendre l'autre :

– Carter MacNamara.

– Duncan Swift. À la prochaine.

Il entra dans un bar. La foule des sorties de bureau n'allait pas les envahir avant une bonne heure. Aussi, malgré les écrans de télévision qui diffusaient match sur match, malgré les joueurs lancés dans leurs parties de billard ou de hockey sur table, Duncan se dit qu'il pouvait y organiser une réunion.

De toute façon, il voulait boire une bière ; après les instants qu'il venait de vivre, il l'avait bien gagnée. Lorsque Phin vint le rejoindre, il fit signe au serveur.

– Je t'ai déjà commandé une Corona et des natchos.

Phin se glissa dans le box.

– Tu m'as bien laissé tomber, aujourd'hui.

– Oui, pardon. Cas de force majeure. Où en est-on ?

Phin poussa un soupir.

– Jake, que tu as laissé en rade autant que moi, puisqu'il est arrivé deux minutes après ton départ, a fait une proposition. Il va te préparer un devis détaillé des frais à prévoir pour transformer cette bâtisse en immeuble. Il estime qu'à vue de nez tu en auras au moins pour une brique et demie, en plus du prix de vente, bien entendu.

– D'accord.

Phin se redressa comme le bol de natchos se glissait entre eux. Le serveur déposa la bière avec sa tranche de citron vert sur la table.

– Il ne t'arrive jamais de te demander comment on peut se retrouver ici à parler d'un million et demi de dollars comme s'il s'agissait de jetons de poker ?

– Combien t'a coûté ce costume ?

Phin sourit, leva son verre.

– Pas mal, hein ?

– Tu es mon idole en matière de mode ! Tu peux arrondir à deux millions pour les travaux, ne soyons pas pingres. Et ajoute ce que je vais verser à ce petit-gris pour son hangar.

– C'est vrai qu'il ressemble à un écureuil.

– Il pourra peut-être investir dans une perruque moins voyante. De toute façon… Tu as un crayon ?

Phin sortit un Montblanc de sa poche intérieure.

– Comment se fait-il que tu n'en aies jamais sur toi ?

– Où voudrais-tu que je le mette ? D'autant que toi, tu en as toujours.

Duncan inscrivit des chiffres sur une serviette.

Tout était là, pensa Phin. Son ami avait peut-être l'air d'un type parmi tant d'autres avec son jean usé, sa chemise au col déboutonné et aux manches relevées, ses cheveux en bataille ; sans doute passait-il pour un veinard qui avait touché les bons numéros ; mais avec Duncan, les apparences ne signifiaient rien.

À l'aide de ce stylo d'emprunt, il venait de calculer sur un bout de papier les coûts des travaux et du matériel, l'amortissement et les éventuels revenus qu'il en tirerait. Tout cela en croquant des natchos et en buvant une bière. Quand il eut fini, il tenait son étude aussi sûrement que s'il venait de la confier à un cabinet comptable.

– Où est-ce que tu t'installerais, finalement ?

– C'était justement ce dont je voulais te parler. Ou plutôt, à ton adorable femme.

– Lou est en pleine plaidoirie.

Duncan releva soudain la tête et sourit :

– Pas vraiment, non !

Elle portait un tailleur bleu marine qui découvrait ses jambes interminables admirablement galbées. Ses cheveux bouclés retenus par une barrette dégageaient son beau visage au teint caramel, ses pommettes saillantes, ses grands yeux noirs et sa belle bouche charnue.

Duncan s'était toujours demandé comment un juge pouvait résister à un tel défenseur.

Il sortit du box, la prit dans ses bras et lui parla à l'oreille juste assez fort pour que Phin l'entende :

– Laisse-le tomber. Je t'emmène aux Fidji.

Elle partit d'un grand rire joyeux :

– Je ne pourrais pas le garder de côté pour m'amuser quand tu seras occupé ?

– Rends-moi ma femme !

– Attends, je n'ai pas fini.

Là-dessus, Duncan lui déposa un énorme baiser sur la joue.

– Ça me permettra de tenir. Merci d'être venue, Lou.

– Je croyais que tu plaidais.

– C'était le cas, dit-elle en s'asseyant près de Phin et en l'embrassant sur la bouche. Le procureur a demandé une suspension d'audience ; je l'avais envoyé dans les cordes. Bon, lequel de vous deux sera assez galant pour m'offrir un martini ?

Intéressant. De sa place au bar, il sirotait sa bière en mâchonnant des frites au fromage, jouant les amateurs de matchs diffusés à la télé.

Il avait une vue imprenable sur le box où le mec qui sautait Phoebe buvait avec le couple noir. Intéressant, très intéressant – une chance qu'il ait surveillé la maison de Jones Street au moment où la super tire était venue se garer.

Phoebe n'avait pas l'air en pleine forme.

Il avait dû réprimer un éclat de rire pour ne pas attirer l'attention sur lui. Eh non ! Elle n'avait pas l'air en forme du tout, cette salope de rouquine.

Et ça n'allait pas s'arranger. Mais pour le moment, il s'accordait un peu de temps, histoire de vérifier qui étaient ce type et ses potes.

Ça pourrait toujours servir.

9

L'oreille tendue vers la chambre de Phoebe, Essie pliait le grand plaid blanc sur blanc aux motifs stylisés de perruches inséparables. Grâce à son ouvrage, elle restait maîtresse de ses nerfs. Elle se disait souvent qu'en continuant de travailler, en se montrant créative – après tout, pourquoi ne pas en être fière ? –, elle s'occupait l'esprit et lui interdisait de vagabonder dans ces recoins où guettait la panique.

Elle faisait du bon travail, et toute jeune mariée qui recevait un tel cadeau savait qu'elle posséderait un trésor unique et qui se transmettrait de génération en génération.

Elle ne voulait pas trembler chaque fois que Phoebe sortait de la maison, ni restreindre les mouvements de la famille à l'intérieur des murs comme pour elle-même.

D'abord parce que cela vous faisait battre le cœur, vous fermait les poumons au beau milieu du supermarché, entre tomates, laitues et concombres, à vous en faire hurler. Alors il fallait s'enfuir, abandonner là son chariot à moitié plein et s'enfuir.

La fois suivante, cela pouvait vous prendre à la teinturerie ou à la banque où l'on vous connaissait par votre nom, où l'on vous demandait régulièrement des nouvelles des enfants. Peu à peu, cela gagnait tous ces minuscules espaces, ces petits mouvements, jusqu'à tout infester. Jusqu'à tout envahir en dehors de la maison.

Essie pouvait encore sortir sur les terrasses, dans le jardin, mais cela lui devenait de plus en plus difficile. Si ce n'avait été pour Carly, voilà longtemps qu'elle ne s'y serait même plus aventurée. Un jour viendrait, elle le sentait, où elle ne pourrait plus s'asseoir sur le perron pour y lire un livre en compagnie de sa petite-fille.

Qui oserait soutenir qu'elle avait tort ? se demandait Essie en déposant l'étiquette ovale avec ses initiales pour fermer le papier de soie. Il se passait tant de choses horribles dans le monde, au-delà de ces murs ! Des horreurs, tous les jours, à chaque minute, dans les rues, sur les boulevards, au marché, chez le teinturier.

En même temps, elle savait que c'était sa maladie qui parlait, qui progressait un peu chaque jour.

Tout en préparant un paquet cadeau comme l'avait demandé sa cliente, elle jetait de temps à autre des coups d'œil par la fenêtre, juste pour surveiller ce qui se passait dehors. Elle fut contente de constater qu'il pleuvait. Elle aimait la pluie, cela donnait envie de rester bien au chaud chez soi.

Le temps qu'elle place la boîte dans un colis postal, qu'elle y inscrive l'adresse, y colle des timbres, elle chantonnait.

Elle emporta le colis, passa la tête dans la chambre de Phoebe et sourit en voyant dormir son enfant chérie. Voilà exactement ce qu'il lui fallait pour guérir : dormir, se reposer au calme. Quand elle s'éveillerait, Essie lui apporterait du thé avec quelques sandwichs et s'assiérait à côté d'elle, ainsi qu'elle le faisait autrefois, lorsque sa fille avait la grippe.

Elle était au milieu de l'escalier lorsqu'elle entendit sonner le carillon ; elle en éprouva un choc si violent qu'elle tomba assise sur les marches, les jambes flageolantes, le cœur battant la chamade, les bras autour de la boîte qu'elle tenait comme un bouclier.

Comment pourrait-elle expliquer à quiconque, à *quiconque*, l'emprise de cette terreur subite, incontrôlable ? Cependant, le carillon retentirait de nouveau si elle ne réagissait pas. Il réveillerait Phoebe qui avait tant besoin de dormir.

Qui protégerait son enfant si elle-même s'enfuyait ?

Voilà pourquoi elle n'allait pas trembler davantage à l'idée d'ouvrir cette porte, même si elle était incapable d'en passer le seuil.

Elle se leva, s'obligeant à marcher jusqu'au vestibule, tout en gardant la boîte serrée contre sa poitrine. Quand elle reconnut Duncan derrière le panneau de verre, son soulagement fut si intense qu'elle se sentit un peu bête.

Écartant la boîte, elle ouvrit la porte, tout sourire.

– Duncan ! Que c'est gentil de passer nous voir ! Surtout avec cette pluie. Venez vous abriter.

– Laissez-moi porter ce paquet.

– Non, ça ira. Je vais le déposer là.

Elle en profita pour se retourner, en espérant qu'il n'avait pas remarqué le tremblement de ses mains.

– Quelqu'un va venir le chercher, ajouta-t-elle. Voulez-vous du café ?

– Ne vous donnez pas cette peine. Mais…

Il lui prit les mains. Elle comprit alors qu'il avait remarqué.

– Ça va bien ?

– Je suis un peu tendue. C'est idiot.

– Pas du tout, quand on pense à ce qui s'est passé. Moi-même, je suis assez énervé.

Certainement pas, se dit Essie. Il n'était pas du genre à s'inquiéter devant une ombre. Mais c'était gentil de le dire.

– Ne répétez pas à Phoebe que je vous ai dit ça, mais ça me tranquillise d'avoir un homme fort à la maison.

– Ne vous inquiétez pas. Je passais pour savoir comment se porte notre patiente.

– Elle a eu une nuit agitée, dit Essie en l'entraînant vers le salon. Mais elle dort maintenant. Asseyez-vous et tenez-moi compagnie, voulez-vous ? Ava est chez ses fleuristes, qu'elle aide deux ou trois fois par semaine. Ma belle-fille va passer tout à l'heure. Josie est infirmière à domicile. Elle s'est occupée de Phoebe hier et elle va lui rendre visite dans la soirée avec Carter après ses cours. Et vous savez pourquoi je parle tant ?

– Je ne trouve pas.

– Mais si. Je suis tellement gênée de ma conduite d'hier !

– Il ne faut pas. Vous avez reçu un choc.

– Et je ne l'ai pas bien géré.

– Vous devriez vous accorder une pause.

Il vit un éclair de surprise passer dans ses yeux, comme si elle n'y avait jamais songé.

– Qu'avez-vous fait aujourd'hui ? insista-t-il.

– Je n'ai pas arrêté de harceler Phoebe pour la faire manger ; à la fin, elle devait avoir envie de tout me flanquer à la figure. Sinon, j'ai achevé une affaire et dressé une dizaine de listes inutiles.

Rien ne suscitait davantage l'intérêt de Duncan que le mot *affaire*. Il étendit les jambes, bien décidé à poursuivre cette aimable conversation.

– Quelle affaire ?

– Oh, j'effectue des travaux d'aiguille, dit-elle en désignant la boîte dans le vestibule. Je viens de terminer un plaid, un cadeau de mariage.

– Quelqu'un se marie ?

– Oh, la filleule d'une de mes clientes. Je vends mes ouvrages aux voisins, aux amis et aussi sur Internet.

– C'est vrai ? Vous faites dans l'industrie familiale ?

– Je dirais plutôt dans l'ouvrage de dame. Si vous voulez, ce passe-temps me permet de gagner un peu d'argent de poche.

– Quel genre d'ouvrage ?

– Du crochet. C'est ma mère qui me l'a enseigné, transmis de sa mère. Je suis d'ailleurs déçue parce que Phoebe n'a jamais eu la patience de rester assez longtemps à la même place pour apprendre. Mais Carly commence à s'y mettre.

D'un coup d'œil circulaire, il eut tôt fait de repérer le châle bleu roi orné de fleurs qui décorait le dossier d'un fauteuil. Il alla le regarder de plus près.

Un magnifique travail, des plus élaborés.

– C'est vous qui l'avez fait ?

– Oui.

– C'est très beau. On dirait en effet un ouvrage ancien, transmis par une grand-mère qui y aurait passé de longues soirées d'hiver.

Le visage d'Essie se colora de plaisir.

– Quel charmant compliment !

– Vous arrive-t-il de vous plier à des commandes précises, des vêtements, par exemple ?

– Ça dépend. Si je vous le faisais, ce café ?

– Il faut que je me sauve dans une minute. Mais avez-vous jamais envisagé de… Bonjour !

À la seule physionomie de son visiteur, Essie comprit que Phoebe venait d'entrer dans la pièce.

– Tu es folle de descendre toute seule l'escalier ? s'exclama-t-elle. Je t'avais pourtant mis une cloche sur ta table de nuit pour sonner si tu avais besoin de quelque chose !

– Je voulais sortir de mon lit. Je ne vais pas faire ma cousine Bess à longueur de journée.

Essie tourna vers Duncan un visage contrarié :

– Il faut lui pardonner : quand elle est malade, elle devient insolente. Bon, je m'occupe de ce café.

– Maman ! Excuse-moi, je ne voulais pas te rabrouer.

– C'est bien parce que tu n'es pas dans ton assiette… Tiens, vois ça avec monsieur qui s'est déplacé sous la pluie rien que pour s'assurer que tu allais bien.

Comme sa mère s'éloignait, Phoebe leva un regard contrarié vers Duncan :

– Oui, je sais que je suis encore plus moche qu'hier.

– Dans ce cas je me tais. Est-ce que vous vous sentez mieux ?

– Plus ou moins, mais je suis d'une humeur de chien. Je déteste qu'on soit aux petits soins pour moi.

– Dans ce cas, je ne vais pas insister. Il vaudrait mieux que je reprenne aussi ça.

Il récupéra le sac qu'il avait apporté.

– Parce que je suppose qu'un petit cadeau vous énerverait encore plus.

– Tout dépend du cadeau. Asseyez-vous donc, Duncan ! Je suis la première à m'énerver de ma propre mauvaise humeur.

– Il faut vraiment que j'y aille. Bon, alors, vous le prenez ce sac ?

– Que voulez-vous que j'en sache si j'ignore ce qu'il y a dedans ?

Elle le prit, l'ouvrit, y jeta un coup d'œil.

– Des DVD ? Mais il y en a au moins vingt !

– Quand je dois garder le lit, j'aime lire ou regarder des films. Comme il ne me semblait pas pratique pour vous de lire avec une épaule luxée, j'ai opté pour les films. Des trucs de fille. En ce qui me concerne, je préférerais les œuvres complètes de Laurel et Hardy, mais j'ai pensé que ce ne serait pas de mise ici.

– Bien vu.

– Je ne sais pas si vous aimez les films d'horreur, ou les films d'action pleins d'explosions, mais je me suis dit que dans une maison habitée par des femmes, ceci vous conviendrait mieux.

– J'aime les trucs de fille, comme vous dites, mais aussi les films d'horreur ou d'action.

Intriguée, elle vérifia dans le sac :

– Depuis quand *The Blues Brothers* est-il un truc de fille ?

– J'adore ce film. À vrai dire, c'est le seul que j'ai choisi. Le reste, c'est Marcie, la vendeuse, qui l'a sélectionné. Elle promet qu'ils conviendront à une petite fille de l'âge de Carly, à moins que sa mère ne soit vraiment coincée.

– Que d'attentions ! Si ça me permet de ne pas crever d'ennui, je vous remercie.

– C'était l'idée. Bon, je file. Dites au revoir de ma part à votre mère.

Il lui déposa un baiser sur le front.

– Buvez un verre et téléphonez-moi demain matin.

– Si je ne vous accompagne pas jusqu'à la porte, je vais devoir mentir à ma mère en lui disant que je l'ai fait. Merci pour les films et pour tout ce que vous avez fait... ou pas fait : par exemple, des commentaires sur ma coiffure et sur mon sale caractère.

– Bon. Quand vous vous sentirez dans de meilleures dispositions vous pourrez me remercier en revenant dîner avec moi.

– Vous croyez m'acheter avec des DVD ?

– Parfaitement. Quoique j'estime que ma discrétion sur vos cheveux et votre sale humeur me rapporte davantage de points.

La voyant esquisser un sourire, il en profita pour goûter à ses lèvres.

– À plus tard ! conclut-il.

Il ouvrait la porte à l'instant où une jeune femme escaladait le perron.

– Bonjour ! lança-t-il.

– Bonjour, monsieur. Bonjour, lieutenant !

– Bonjour, inspecteur. Duncan, voici l'inspecteur Liz Alberta, Liz, Duncan Swift.

– Ah oui, on s'est parlé au téléphone ! dit-il en lui tendant la main. Content de vous connaître. Je m'en vais. À plus tard, Phoebe.

Liz le regarda s'éloigner en courant sous la pluie et abaissa son parapluie.

– Pas mal !

– N'est-ce pas ? reconnut Phoebe. Entrez vite ! Je suppose que vous venez pour l'enquête.

– Si vous vous sentez d'attaque.

– Parfaitement. Venez dans le salon. Vous avez du nouveau ?

– On n'a pas retrouvé votre arme, mais je vous ai apporté ceci.

Elle sortit un sachet contenant la plaque de Phoebe.

– On l'a découverte au pied de l'escalier où nous pensons que votre agresseur l'a jetée. Aucune empreinte à part les vôtres.

– Il portait des gants.

– Oui, comme vous l'avez dit.

Phoebe se souvenait d'avoir glissé sa plaque sur la ceinture de sa jupe. Or il avait découpé cette jupe en lanières pour ensuite... non, inutile de ressasser ces détails.

– Asseyez-vous.

– Comment va cette épaule ?

– Je me répète que ce pourrait être pire. Que tout aurait pu être pire.

– Lieutenant…

– Phoebe, si tu veux bien. Même s'il s'agit d'une visite dans le cadre d'une enquête officielle, on n'est pas au commissariat.

– Entendu, Phoebe. Tu sais aussi bien que moi que les blessures émotionnelles mettent souvent beaucoup plus de temps à guérir que les physiques.

Savoir et éprouver constituaient deux expériences différentes.

– Je tâche de me raisonner.

– Très bien.

– Il m'a sauté dessus. Arnold Meeks m'a sauté dessus et m'a tabassée.

– Je me suis entretenue avec lui. Il se trouvait dans le bâtiment au moment des faits et n'a pas commis la bêtise de le nier. Il jure qu'il était alors en train de farfouiller dans son casier.

– Il voulait se venger, Liz !

Phoebe regarda par la fenêtre mais, contrairement à sa mère, la pluie ne l'apaisa pas. Elle se sentait prise au piège, bloquée dans la maison quand elle avait tant de choses à faire.

– Je me suis déjà frittée avec d'autres flics dans ma vie, mais jamais comme avec Meeks. Il s'est comporté comme un imbécile et je l'ai sanctionné, je l'ai suspendu trente jours et j'ai demandé une évaluation psychologique. Pour un peu, il m'aurait cassé la figure dans mon bureau, je l'ai vu à son regard. D'ailleurs Sykes a cru bon d'intervenir.

– Oui, j'ai aussi interrogé l'inspecteur Sykes qui confirme avoir senti que ça risquait de mal tourner, ce jour-là. Mais tout ça ne suffit pas. Nous n'avons strictement rien qui le place dans l'escalier au moment des faits. Dans le commissariat, oui, avec une dent contre toi, oui. Il a fait appel à son syndicat, et reçoit l'appui considérable de son père. Si tu pouvais me donner plus de détails, si tu te rappelais quelque chose, n'importe quoi…

– Je t'ai tout dit.

– On va quand même reprendre. Pas juste l'agression mais depuis le moment où tu es sortie chez toi ce matin-là.

Phoebe savait comment cela fonctionnait. Chaque reprise du même récit pouvait ajouter un détail nouveau, parfois décisif pour l'enquête.

Alors elle se plia au rituel.

Elle énuméra les agents et les inspecteurs avec qui elle avait parlé. Routine, routine, routine. Un lundi matin comme tant d'autres.

– Après ma conversation avec le capitaine, je suis descendue.

– Tu empruntes toujours l'escalier ?

– Oui, c'est une habitude.

– Tu t'es arrêtée. Tu as parlé à quelqu'un ?

– Non… si ! Je me suis arrêtée chez l'adjointe administrative pour lui dire que je descendais donner mon cours. Attends…

Elle reposa son café, s'adossa à son siège en fermant les yeux pour mieux se revoir sortir de son bureau, traverser le local de l'unité.

– Elle m'a retenue au moins une minute, pour me poser des questions, rien d'important, d'autant qu'elle savait que j'allais être en retard. Sur le moment, je n'y ai pas fait attention, j'étais un peu agacée de perdre ainsi mon temps.

– Qui est ton adjointe administrative ? demanda Liz en sortant un carnet.

– Annie Utz. Je ne l'ai que depuis quelques mois. Elle m'a retenue sans raison, avec des bonbons ou je ne sais quoi. Et puis elle a fait une réflexion sur le fait que je descendais toujours par l'escalier.

Elle rouvrit des yeux étincelants de fureur.

– Elle lui donnait le signal, par radio ou par téléphone. Elle lui disait que j'arrivais.

– Tu sais si Arnold Meeks et ton adjointe administrative ont des rapports personnels ?

– Non. Comme je te l'ai dit, elle est nouvelle. Vive, célibataire, gentille. Peut-être un peu collante mais rien de bien méchant. Hier, elle m'a paru un peu tendue mais, comme j'étais pressée, je n'ai pas vraiment fait attention. Je n'ai plus pensé à elle, ni à notre petite conversation.

– Je vais l'interroger.

– Non, *nous* allons l'interroger. Je viens avec toi.

– Lieutenant… Phoebe…

– Mets-toi à ma place.

Liz poussa un soupir :

– Tu as besoin d'un coup de main pour t'habiller ?

Phoebe se débattait en jurant pour enfiler une chemise lorsque Essie entra dans la chambre.

– Mais qu'est-ce que tu fabriques ?

– J'essaie d'enfiler cette fichue chemise. Je dois sortir avec l'inspecteur Alberta.

– Tu ne vas nulle part, tu retournes au lit !

– Maman, je t'en prie ! Aide-moi plutôt à fermer ces boutons.

– Non. Parce que tu restes ici.

– Sûrement pas. Nous avons une piste et…

– Tu n'as rien du tout. Je t'interdis…

Devant le regard affolé de sa mère, Phoebe s'arrêta :

– Maman… Écoute, on va commencer par se calmer toutes les deux.

– Je me calmerai quand tu seras retournée dans ton lit. Immédiatement. Je ne…

– Maman, écoute-moi ! Mon bras va guérir, mon corps va guérir. Mais tu sais aussi bien que moi qu'à l'intérieur ça ne se passera pas aussi facilement. Alors tu dois comprendre que j'ai envie de punir celui qui m'a fait. Dès que je ferme les yeux, je me retrouve dans cet escalier.

– Mon pauvre chou ! murmura Essie en la prenant dans ses bras.

– Et j'aurai peur tant que je n'aurai pas résolu cette affaire. Alors aide-moi à boutonner cette chemise, je t'en prie !

– Je ne veux pas que tu vives comme moi. Je ne veux pas que tu aies peur.

– Je sais.

Lentement, Essie entreprit de lui boutonner sa chemise. Doucement, elle lui glissa le bras dans l'attelle.

– Quand tu reviendras, tu fileras au lit.

– Oui, m'dame.

– Et tu mangeras tout le dîner que je t'aurai préparé.

– Jusqu'à la dernière bouchée.

Phoebe l'embrassa sur la joue, là où courait la petite cicatrice sous le maquillage.

– Merci !

Lorsqu'elle redescendit au salon, au bras de sa mère, Liz les attendait :

– À propos… ton adjointe administrative a téléphoné ce matin pour se faire porter pâle. J'ai son adresse.

– On n'a qu'à y aller directement.

– Inspecteur ? intervint Essie. Je me fiche qu'elle soit votre supérieure ou non, vous êtes priée de veiller sur ma fille… et de me la ramener entière.

– C'est promis, Madame.

Liz attendit d'être dehors pour ouvrir son parapluie, et reprendre la parole :

– Je me fiche que tu sois ou non ma supérieure, c'est moi qui dirige les opérations.

– D'accord. Gentille, collante, efficace, voilà comment je décrirais Annie Udz. Une vingtaine d'années. Je crois qu'elle aime bien l'agitation du commissariat. Merci.

Liz venait de lui ouvrir la porte de sa voiture.

– J'ai une sale tête ? demanda-t-elle lorsque l'inspecteur se mit au volant.

– Pas de quoi terrifier les petits enfants, en tout cas.

– On verra sa réaction. J'ai l'impression que son complice ne lui a pas dit qu'il allait m'agresser. Me faire peur peut-être, ou juste plaider sa cause.

Malgré la pluie, Phoebe chaussa ses lunettes de soleil.

– Mais je ne crois pas qu'elle aurait accepté de l'aider si elle avait su qu'il comptait me taper dessus. Ce doit être pour ça qu'elle n'est pas allée travailler ce matin ; elle doit se demander ce qui s'est passé vraiment. Dès qu'elle me verra, elle va craquer.

En ouvrant la porte de son appartement, Annie paraissait effectivement malade, avec son teint livide et son pyjama de coton rose ; lorsqu'elle aperçut Phoebe, elle ouvrit des yeux ronds comme des soucoupes et recula en titubant.

– Annie Utz ? Je suis l'inspecteur Alberta. Pouvons-nous entrer ?

– Je… je…

– Merci.

Liz poussa la porte de façon à laisser passer Phoebe. Sur l'écran de télévision, deux comédiens de sitcom se disputaient âprement au sujet d'une certaine Jasmine.

– Le lieutenant MacNamara a besoin de s'asseoir. Elle a été gravement blessée.

– Je… j'ai un gros rhume. Je dois être contagieuse.

– Nous prenons le risque. Vous avez entendu parler de ce qui est arrivé au lieutenant MacNamara, je suppose ?

– Oui. J'en suis désolée, lieutenant. Vous devriez rester chez vous, vous reposer.

– Annie… vous permettez que j'éteigne ?

Sans attendre la réponse, Liz prit la télécommande pour faire taire les diatribes d'un adonis blond.

– J'enquête sur ce qui est arrivé au lieutenant. Vous avez été la dernière à lui parler avant son agression.

– Je… je ne sais pas.

– Vous ne savez pas qu'elle s'est arrêtée dans votre bureau avant d'emprunter l'escalier ?

– Je… si, bien sûr. Vous disiez que vous descendiez pour le séminaire.

– Quelle heure était-il ?

– Quelques minutes avant 10 heures.

– Vous saviez que le lieutenant comptait descendre par l'escalier ?

– Tout le monde sait que le lieutenant ne descend que par l'escalier. Mais… je ne me sens vraiment pas bien. Excusez-moi.

– Le lieutenant MacNamara ne se sent pas bien non plus. N'est-ce pas, lieutenant ?

– Oui.

Phoebe savait que son œil au beurre noir, ses égratignures, ses sparadraps ne pouvaient qu'impressionner toute personne qui la croisait. De même qu'elle savait exploiter le silence pour attirer le regard d'Annie sur elle.

– Il m'a poussée en avant après m'avoir menottée dans le dos.

Fixant les yeux pleins de larmes d'Annie, Phoebe montra ses poignets bandés.

– Puis il m'a bâillonnée, et m'a mis une cagoule sur la tête.

Elle écarta ses cheveux de son front pour dégager ses hématomes.

– Ensuite, il m'a balancé la tête dans le mur.

De lourdes larmes coulaient sur les joues pâles d'Annie.

– Je… on m'a dit que c'était juste un accident, une mauvaise chute. Je vous ai entendue tomber. Dans l'escalier.

– C'était par accident que son poing l'a frappée en plein visage ? demanda Liz. Que les menottes se sont refermées sur ses poignets ? Que ses vêtements se sont déchirés, à tel point qu'elle a dû ramper à demi nue pour demander de l'aide ?

– On exagère toujours certaines choses. Je suis désolée, je ne me sens pas bien. Pourriez-vous partir, maintenant ? Me laisser ?

– Il vous a dit qu'il voulait juste me parler, Annie ? interrogea Phoebe d'une voix monocorde. Peut-être me faire un peu peur, me mettre les points sur les i comme je m'étais montrée injuste envers lui ? Parce que j'ai été injuste, pas vrai ? Il vous a dit ça quand il vous a demandé de le prévenir dès que j'allais descendre ?

– Je ne comprends pas de quoi vous voulez parler. Je n'ai rien fait. Si vous êtes tombée…

– Je ne suis pas tombée. Regardez-moi, Annie !

Phoebe avait articulé ces mots avec une telle vigueur que son interlocutrice tressaillit.

– Vous savez que je ne suis pas tombée. C'est pour ça que vous êtes assise ici, malade de peur, à essayer de vous convaincre que c'était un accident. Il vous a dit que c'était un accident et que je… quoi ?… que j'ai menti pour sauver la face ? que j'ai inventé cette agression ?

– Depuis combien de temps couchez-vous avec Meeks, Annie ? coupa Liz.

– On ne couche pas ensemble ! Pas vraiment. Je n'ai rien fait.

Soudain, le barrage céda. Annie arracha un Kleenex à sa boîte et le plaqua sur son visage.

– Il a dit que c'était un accident, que vous alliez monter tout un cinéma pour l'impliquer. Il m'a dit comment vous lui avez fait un plan et…

– Meeks vous a dit que le lieutenant MacNamara lui avait fait des avances ?

– Il l'a repoussée et, depuis, elle fait tout ce qu'elle peut pour ruiner sa réputation. Il voulait même porter plainte pour harcèlement sexuel, mais ça le gênait vis-à-vis de sa femme. Sans compter que le lieutenant couche avec le capitaine McVee, alors à quoi ça aurait servi ?

– Il vous a dit tout ça et vous l'avez gobé ? marmonna Liz. Je ne sais même pas si c'est excusable. Vous pensiez aider Arnold, n'est-ce pas, Annie ?

– Je ne sais pas, je ne sais pas !

– Vous voulez voir des photos ?

Liz en sortit quelques-unes de sa serviette.

– Le mur de l'escalier est plein du sang du lieutenant. Tenez, voici ses vêtements *accidentellement* déchirés en lanières.

– Oh mon Dieu, mon Dieu !

Le mouchoir revint sur le visage.

– Qui faut-il être pour faire une chose pareille, Annie ? Peut-être le genre de personne qui envisage de vous en faire autant, si ce n'est pire, parce que vous êtes le lien qui le rattache à cette affaire.

– Je ne sais pas ! Je n'ai rien fait de mal. Il voulait juste lui parler trois minutes, lui dire qu'il n'allait pas se laisser intimider. C'est *tout* ! Je l'ai juste appelé au téléphone, j'ai laissé sonner deux fois. C'était le signal. C'est tout ce que j'ai fait. Je ne savais pas.

– Maintenant, vous savez. Alors il va falloir vous habiller et me suivre.

– Vous m'arrêtez ? Mon Dieu, je vais aller en prison ?

– Pas encore. Si vous faites une déposition sincère, je parlerai au procureur en votre faveur. Ce type vous a menti. Sur ce point, je vous crois.

– Moi aussi, renchérit Phoebe. Je vous crois, Annie.

– Je suis désolée, lieutenant. Je vous jure…

– Je n'en doute pas.

10

– Je veux y aller. Il le faut !

Adossé à son fauteuil, David ne pouvait s'empêcher de dévisager Phoebe.

– D'abord, dit-il, ce n'est pas moi qui décide. Ensuite, c'est Liz Alberta qui s'occupe de cette affaire. Vous êtes la victime. Si vous avez du mal à vous en souvenir, je vous apporte un miroir.

Elle savait très bien de quoi elle avait l'air. Sa mâchoire et son œil présentaient toute une gamme de pastels des plus disgracieux. Cependant, le pire demeurait caché sous ses vêtements.

– La victime doit assister à cet entretien, regarder Arnold Meeks dans les yeux, pour qu'il comprenne que je n'ai pas peur de lui.

– Il ne s'agit pas d'une séance d'identification, Phoebe. Pas même d'un témoignage dans un procès.

– Ma mère a fait face à Reuben au tribunal. Elle est allée témoigner à la barre alors qu'il ne se trouvait qu'à quelques mètres d'elle, et je sais que ça lui faisait au moins aussi peur que lorsqu'elle s'est retrouvée coincée avec lui toutes ces heures dans sa maison. Pourtant elle l'a fait. Et elle se sent toujours aussi piégée.

Le visage de David exprimait toute l'affection, toute l'empathie qu'il éprouvait en ce moment à son égard.

– Vous n'êtes pas Essie.

– Non, mais… Écoutez, je ressens sa peur et je ne veux pas me laisser envahir à mon tour. Comment pourrais-je continuer à exercer mon métier si elle s'installe en moi ? Voilà pourquoi je dois assister à l'entrevue.

– Alors derrière un miroir sans tain.

Il comprit qu'il commençait à perdre du terrain.

– Ça ne suffira pas ! rétorqua-t-elle. Je veux l'affronter face à face et, cette fois, je sais qu'il ne contrôlera pas la situation. Je veux être présente parce que cela aidera Liz à lui arracher des aveux. Victime, témoin, policier : ça fait de moi une triple menace.

– Mais ça ne me donne pas pour autant le pouvoir de dire oui. Il faut l'accord de l'inspecteur Alberta, de son capitaine et du procureur… procureur qui va à la pêche avec le père d'Arnold.

– Il n'empêche que je considère le procureur Parnell comme quelqu'un de fiable. Vous croyez qu'il négligerait une enquête sur l'agression d'un policier sous prétexte qu'il est pote avec le père d'un suspect ?

– Les relations, ça aide. À Savannah comme ailleurs. Mais je reconnais que Parnell est solide. Meeks amène son délégué ainsi qu'un avocat. Annie Utz sera également représentée.

– Raison de plus pour que j'appuie Liz… l'inspecteur Alberta. Et puis, je vais vous dire autre chose : que pensez-vous du fait que ce soient deux femmes qui l'interrogent, qui lui mettent la pression ?

Elle allait et venait dans le bureau tout en parlant, parce qu'elle sentait cette même pression s'insinuer en elle.

– Ça, poursuivit-elle, Arnold ne va pas aimer. Il commettra des erreurs. Il ne pourra s'empêcher de laisser parler sa vanité, surtout si je suis là. Ça ne dépend pas de vous, capitaine, soit, mais ça ne vous empêche pas de téléphoner au patron de l'inspecteur Alberta, qu'il s'agisse de son capitaine ou de son lieutenant, pour demander de me laisser entrer.

– Je veux bien téléphoner, mais je ne vous promets rien.

Phoebe passa un certain temps derrière le miroir sans tain à observer l'attitude d'Arnold Meeks. Il avait l'air de se ficher de ce qui lui arrivait. Comme s'il était certain de s'en sortir.

Quand elle imaginait ses grosses pattes sur elle, ses doigts en elle, elle en avait la nausée.

– Lieutenant ! lança Liz en entrant.

Elle était accompagnée d'une jeune femme mince :

– Voici le substitut du procureur, Monica Witt.

– Lieutenant, dit la jeune femme en lui serrant la main, comment vous sentez-vous ?

– Mieux, merci. C'est vous qui allez suivre cette affaire ?

– Si vous parvenez à monter un dossier. Nous avons la déposition d'Annie Utz, ainsi que son relevé téléphonique qui montre qu'un appel est parti à 9 h 58. Mais rien ne prouve qu'il était destiné à Arnold Meeks ; le numéro correspond à une carte rechargeable. Nous n'avons aucune preuve physique reliant Meeks à l'agression.

– Vous avez le mobile, l'opportunité, son insubordination et ses menaces.

– Mon patron a besoin de plus pour inculper un policier d'agression et voie de faits sur un collègue. Donnez-m'en davantage et je me ferai un plaisir de l'inculper.

Deux hommes entrèrent. Phoebe reconnut le lieutenant de Liz, suivi du père d'Arnold Meeks ; elle avait beau ne pas le connaître, son fils lui ressemblait trop pour qu'il puisse prétendre le contraire.

Il était plus massif, le torse plus large, la mâchoire plus puissante, le regard plus dur. Et sa colère rentrée cachait mal une authentique mortification.

– Le lieutenant Anthony et le sergent Meeks seront aussi là en tant qu'observateurs.

– Nous allons commencer.

Liz ouvrit la porte, suivie de Phoebe.

– Dès que mon fils sera lavé de tout soupçon, lança le sergent Meeks en lui bloquant le passage, dès que sa suspension sera levée, vous allez entendre parler de nous, lieutenant MacNamara.

– Sergent, intervint Anthony, vous êtes ici par pure bienséance. N'abusez pas de la situation.

– Tel père, tel fils, marmonna Phoebe.

– Calme-toi, lui conseilla Liz. Je mène les débats.

Elle pénétra dans la salle d'interrogatoire.

Arnold ne jeta pas un seul regard à Liz ; dès leur entrée, il fixa Phoebe et ne la lâcha plus.

– Bonjour messieurs, dit Liz d'un ton tranquille.

Elle mit le magnétophone en route, entra les données, lut ses droits à Arnold.

– Vous avez compris, brigadier Meeks ?

– J'ai assez répété leurs droits aux prévenus pour savoir ce que ça veut dire.

– C'est donc oui ?

– Oui, j'ai compris mes droits. Vous ne seriez pas mieux au lit avec de l'aspirine ? ajouta-t-il à l'adresse de Phoebe.

– Arnold ! intervint son avocat.

– Je n'aurais pas cru que ça vous intéresserait, rétorqua Liz. J'ai cru comprendre que vous n'étiez pas le plus grand fan du lieutenant MacNamara.

– Pour moi, ce n'est pas un policier. Tout ce qu'elle sait faire, c'est parler.

– Avec le lieutenant MacNamara, vous avez eu quelques prises de bec, ces derniers jours… N'est-ce pas ? insista Liz.

– Mon client précise que le lieutenant MacNamara et lui ont des points de vue et des styles professionnels opposés. Ce n'est pas pour autant qu'il l'a agressée physiquement. Le manque de preuves…

– Nous n'en sommes qu'aux préliminaires, maître. Arnold, on peut dire que vous n'aimez pas beaucoup le lieutenant MacNamara.

Un sourire moqueur aux lèvres, Arnold ne quittait toujours pas Phoebe des yeux.

– On peut dire ça.

– Vous est-il arrivé de la traiter de salope ?

– Quand j'en vois une, je le lui dis.

– Ainsi, c'est une salope ? Vous n'hésitez pas à lancer ce qualificatif à un supérieur ? Ni à la menacer parce qu'elle a pris des mesures disciplinaires contre vous ?

– Nous n'avons que la parole du lieutenant MacNamara pour confirmer cette prétendue menace, intervint l'avocat.

– Sa parole et…

Liz feuilleta son dossier :

– Et les déclarations de deux inspecteurs qui ont trouvé menaçante l'attitude de votre client dans le bureau du lieutenant.

– Ce ne sont pas des preuves.

– Arnold, vous rappelez-vous ce que vous faisiez dans le bureau du lieutenant MacNamara jeudi dernier ?

– Évidemment. Elle voulait se couvrir après avoir bousillé une négociation avec otages en m'accusant.

– Mon Dieu ! Mais si c'est le cas, qui pourrait vous en vouloir de l'avoir traitée de salope ? Et si on se référait à quelques déclarations sur cette négociation – dont vous avez été le premier acteur – pour voir de quoi il retourne ? Voyons… le représentant de la force publique n'a pas demandé de renforts. Le représentant de la force publique a provoqué le preneur d'otage en le menaçant. J'aime bien celle-là aussi : le brigadier Meeks a tenté d'interrompre la communication du lieutenant MacNamara avec le preneur d'otages.

Arnold se balançait sur les pieds arrière de son siège.

– Elle peut écrire ce qui lui chante. Ça ne veut pas dire que ça s'est passé comme ça.

– Ce sont là les dépositions de témoins, aussi bien civils que policiers, ce qui laisse entendre que vous avez largement foiré les opérations.

– J'avais la situation en main jusqu'à ce qu'elle vienne y fourrer son nez.

– Il ne vous manquait donc qu'un peu de temps pour résoudre la situation, et elle vous en a privé ? Ce type se brûle la cervelle, et c'est vous qui prenez. Et la salope vous suspend. J'aurais été fumasse, moi aussi. On ne va pas vous reprocher d'avoir voulu la remettre à sa place.

Souriant, Arnold fit taire son avocat d'un geste de la main.

– La ferme ! Si elle croit me piéger avec un baratin aussi gros… Et vous ? ajouta-t-il à l'adresse de Phoebe. Toujours rien à dire ?

– Je me demande seulement comment votre femme va prendre tout ça. Ce que ça lui fera de savoir comment vous avez roulé Annie Utz dans la farine.

Un sourire moqueur lui tordit les lèvres :

– Annie est bien mignonne mais bête comme ses pieds. Je reconnais que je lui ai fait du gringue. Comme tous les mecs de la brigade. Mais, quand elle m'a fait un plan, je l'ai rembarrée. Ça a dû la vexer et je suppose qu'elle a voulu se venger en inventant cette histoire. Ça, ou c'est vous qui l'avez poussée à mentir.

Phoebe se tourna vers Liz :

– Ce type est entouré de menteurs et de salopes. Le soir, il doit être épuisé.

– Je me demande seulement comment il peut se lever le matin. Ainsi, Annie ment quand elle déclare que vous avez eu des relations sexuelles avec elle ?

Tout sourire, il agita l'index :

– Je n'ai jamais fait l'amour avec cette femme.

– C'est ça, monsieur le président ! ricana Liz. À vrai dire, Annie a laissé entendre qu'il s'agissait plutôt de fellation. Ça change tout, n'est-ce pas ? Ainsi, c'est elle qui vous aurait « fait un plan » ! Amusant. Dans sa déposition, elle utilise le même mot. Vous lui auriez dit que le lieutenant MacNamara vous aurait fait un plan. Et lorsque vous, le parangon de vertu, l'avez repoussée, elle se serait vexée et aurait voulu se venger. Décidément, les femmes vous mènent une vie d'enfer ! Je dois vous avouer que moi-même, en ce moment, je me retiens de toutes mes forces de ne pas vous faire un plan.

– Continuez comme ça, inspecteur, intervint l'avocat, et on arrête tout.

– Je voulais juste prouver que tout ça me semblait un brin systématique. Vous étiez au commissariat, lundi, entre 9 et 10 heures, brigadier ?

– Oui. J'avais des trucs à vérifier dans mon casier.

– Ça ne fait pas un peu beaucoup, une heure dans son casier ?

– Eh ! Je suis chez moi ici. Je travaille ici, du moins je devrais, si je n'avais pas été mis à pied ! Qu'elle aille se faire foutre !

– Maintenant c'est une salope qui doit aller se faire foutre et qui vous fait un plan.

– Je dis ce que je vois.

– Pourtant, c'est Annie qui a dit que le lieutenant MacNamara vous avait fait un plan.

Voyant Arnold se renfrogner, Liz ajouta d'une voix enjouée :

– Vous commencez à vous emmêler les pédales, mais on comprend pourquoi, entouré de salopes comme vous l'êtes. On est toutes les mêmes, au fond. Vous ne teniez pas à voir le visage de Phoebe quand vous y avez mis votre poing, ni à entendre ses cris quand vous l'avez fait tomber, quand vous avez découpé ses vêtements. C'est sûr qu'il ne fallait pas trop de *couilles* pour faire ça, alors qu'elle était menottée. Aucun homme digne de ce nom ne ferait preuve d'une telle lâcheté.

– Je suis digne de ce nom.

– Au point d'utiliser une femme pour en piéger une autre.

Le ton n'avait plus rien de sucré, et chaque mot de Liz claquait comme une gifle :

– Un homme digne de ce nom ne se cache pas avant d'attaquer, ne menotte pas une femme pour mieux lui taper dessus et l'assommer. C'était le seul moyen que vous aviez de la dénuder, de poser la main sur elle.

– Je ne suis jamais allé dans cet escalier ! Je ne l'ai pas touchée. J'ai mieux à faire de mes dix doigts.

Joignant le geste à la parole, il fit un doigt d'honneur à Phoebe.

– Qui vous a parlé de doigts ? laissa calmement tomber celle-ci. Liz a mentionné la main.

– La main, les doigts, c'est du pareil au même.

– Pas du tout.

– Vous les avez enfoncés en moi, espèce de salaud !

Malgré les protestations de l'avocat, elle se leva, se pencha sur la table :

– Vous sentiez le talc de bébé, exactement comme en ce moment. En plus de la sueur. Parce que vous commencez à transpirer, Arnold. Vous vous rappelez ce que vous m'avez dit ?

– Peux pas me rappeler un truc que j'ai jamais dit. J'étais pas là.

– Vous avez dit que vous ne baisiez pas mes semblables.

– L'entrevue s'arrête là ! s'écria l'avocat.

– Vous auriez dû me pousser plus fort. Qui sait ? Si je m'étais cassé quelque chose, ça vous aurait fait bander ?

– J'aurais mieux fait de vous jeter dans ce putain d'escalier.

Elle recula, sentit la boule se dissoudre doucement.

– Tant pis pour vous.

– J'ai dit que l'entrevue s'arrêtait là !

– Très bien, dit Liz en se levant. Nous allons donc passer à l'étape suivante : brigadier Meeks, vous êtes en état d'arrestation.

Au sous-sol, Arnold faisait les cent pas dans sa cellule. Il avait été arrêté, mis en examen. Fichu avocat !

Fichues salopes qui avaient tout bousillé. Coups et blessures, voie de fait, agression sexuelle, et allez donc ! Le chapelet entier des inculpations possibles, tout ça parce que cette pétasse n'assumait pas les quelques coups qu'elle n'avait pas volés.

Ça ne tiendrait pas. Impossible.

Il fit volte-face lorsque la porte s'ouvrit, et ravala une bordée d'injures car son père faisait non de la tête en entrant.

Il attendit que le gardien se soit éloigné.

– Ils ne peuvent pas me coller toutes ces merdes sur le dos ! s'exclama-t-il. Elle ne va pas s'en tirer comme ça, me faire boucler, pour me rabaisser devant tous mes collègues. Cette salope…

– Assieds-toi et ferme-la.

Arnold s'assit mais ne put se taire.

– Tu as vu comment ils ont réussi à impliquer cette adjointe ? Si c'est pas une vengeance pure et simple, ça ! Qu'est-ce qu'en dit ton pote le procureur ? Il ne pouvait pas boucler l'affaire tout de suite ?

– Il fait dresser l'acte d'accusation et va demander une libération sous caution si tu reconnais les faits.

– Ça me fait une belle jambe ! Merde ! Je vais perdre mon job, là ! Il faut que tu avertisses le bureau des affaires internes pour lancer une enquête sur MacNamara. Tu *sais* très bien que McVee couche avec elle ; c'est pour ça que je me retrouve là !

– Tu te retrouves là parce que tu ne sais pas fermer ta gueule, comme en ce moment. Je ne vais te le demander qu'une fois. Entre nous. Et je veux la vérité. Est-ce que tu as fait ça ? Regarde-moi dans les yeux et réponds.

– Je...

– Ne t'avise pas de mentir !

– Elle m'a suspendu, elle m'a traité comme un con. Tu m'as toujours appris à ne pas me laisser faire.

– Et je t'ai appris à cogner une femme, peut-être ? Est-ce qu'une seule fois tu m'as entendu dire ça ?

– Elle ne me lâchait pas. Elle...

Il s'interrompit, car son père venait de le gifler.

– Je t'ai dit d'attaquer un supérieur par-derrière, comme le dernier des lâches ? Moi, je t'ai appris à te conduire en *homme*, pas à te cacher dans un escalier pour frapper une femme. Tu me fais honte, à moi, à la famille, à toute la police !

Se relevant lourdement, le sergent poursuivit d'un ton affligé :

– Je vais faire ce que je pourrai pour te tirer de là, parce que tu es mon fils ; je ferai ça pour toi, pour ta mère, pour mon petit-fils. Mais pour ton boulot, c'est fichu. Même si je pouvais intervenir, je ne le ferais pas.

– Et alors, qu'est-ce que tu vas dire à tes collègues ? Comment tu vas leur expliquer que ton fils ne prend pas ta suite ?

– Je n'en sais rien. Je te tirerai de là, je ferai de mon mieux. Ensuite, je ne sais pas.

Là-dessus, Meeks s'approcha de la porte, redressa la tête et cria :

– Gardien !

Et il laissa son fils seul.

Le dimanche suivant, Phoebe décida d'abandonner l'attelle. Elle en avait assez, de même que des médicaments et des hématomes. Vivement le retour à la vie quotidienne !

Ce n'était pourtant pas encore d'actualité, il lui suffisait pour s'en convaincre de regarder sa tête au sortir de la douche. Elle parvint à enfiler son peignoir sans trop de contorsions et se dit qu'elle allait non seulement pouvoir assister au dîner mais aussi profiter d'une partie de la soirée, veiller jusqu'à la limite insensée de 22 heures avant que toute son énergie ne file comme l'eau à travers une passoire.

Elle entra dans sa chambre au moment où sa belle-sœur venait frapper à sa porte :

– Bonjour ! dit Josie avec un large sourire. Comment se porte notre patiente aujourd'hui ?

– Je viens de me rayer de la liste des handicapés, merci.

– Ça, c'est à moi d'en juger. Ôte-moi ça.

– C'est bon, Josie !

Le sourire de la jeune femme s'agrandit encore. Elle ne mesurait pas un mètre soixante et devait peser cinquante kilos toute mouillée, mais derrière son air angélique se cachait un caractère de matrone.

– Ôte ton peignoir, ma chérie, ou j'appelle ta mère.

– Ce n'est pas gentil !

Néanmoins, Phoebe enleva son peignoir.

Les grands yeux noirs de Josie la scrutèrent avec attention :

– Les bleus s'en vont. La hanche va beaucoup mieux. Mais ton épaule doit encore te faire mal. Tu la bouges plus facilement ?

– Je suis toujours contente d'avoir des soutiens-gorge qui se ferment devant, mais ça s'améliore.

Josie lui prit les mains, les retourna. Pour tout dire, ces blessures-là marquaient beaucoup plus Phoebe que le reste.

– Les lacérations des poignets guérissent bien.

– Elles me font encore drôlement mal ! Bon, si je pouvais retrouver ma pudeur maintenant…

Josie ramassa le peignoir, l'aida à l'enfiler.

– Tu n'as aucun problème d'acuité visuelle avec ton œil blessé ?

– Non, je vois très bien. Et, avant que tu ne me reposes la question, j'ai beaucoup moins de migraines. Je peux me toucher la mâchoire sans avoir l'impression d'y enfoncer un poignard jusqu'au cerveau. L'un dans l'autre, ça ne se passe pas mal.

– Tu es en bonne voie. D'autant que tu es jeune et en excellente forme physique.

– Je savais que le yoga servait à quelque chose. Mais ce n'était pas la peine de te déranger pour moi, Josie.

– Tu as eu droit à cette visite supplémentaire juste parce que j'étais arrivée en avance pour qu'Ava m'apprenne à faire la tarte au citron meringuée, tu sais, le dessert préféré de David. Qu'est-ce qu'elle attend pour lui sauter dessus et passer aux choses sérieuses ?

Phoebe cherchait des sous-vêtements dans sa commode.

– Je voudrais bien le savoir. Depuis le temps qu'on se connaît, c'est la première fois qu'ils auront pu se libérer le même soir. Il est divorcé depuis près de deux ans maintenant, mais ils continuent à jouer les bons amis.

– Je leur donne encore six mois avant de jouer les marieuses. Tu veux que je t'aide à t'habiller ?

– Ça ira.

– Et le reste ? Comment ça va ?

– Quoi ? Le choc post-traumatique ? Parfois je fais des cauchemars, mais c'est normal. Ne t'inquiète pas. Je reprends le boulot la semaine prochaine. Ça m'aidera.

– D'accord. N'hésite pas à m'appeler si tu as besoin de quelque chose.

Pour se prouver, à elle autant qu'à sa famille, que les choses revenaient à la normale, Phoebe mit un soin particulier à choisir ses vêtements. Le bleu vif de sa jupe la mit de bonne humeur et lui donna envie de se maquiller. Un peu de fond de teint, et les hématomes devenaient quasi invisibles.

Quand elle descendit, la cuisine bruissait de voix féminines. Elle se dirigea vers le jardin où Carter et Carly profitaient du soleil.

– Maman ! s'exclama la fillette en courant vers elle. J'ai battu oncle Carter aux osselets !

– C'est bien, ma fille.

– C'est un jeu de bébé.

– Il dit ça quand il perd, commenta Carly. Tu veux essayer contre la championne, maman ?

– Je ne suis pas sûre de pouvoir m'asseoir par terre, ma chérie. On verra ça dans une semaine. Tu as intérêt à t'entraîner d'ici là.

– Je peux boire quelque chose ? Ça m'a donné soif de battre oncle Carter.

Carly décocha un sourire à son oncle et courut vers la maison tandis que Phoebe s'asseyait sur le banc qui encerclait la fontaine.

De là, elle pouvait contempler les rosiers d'Ava et en humer le parfum. Elle entendait les oiseaux chanter et admirait la ténacité du thym et de la camomille qui parvenaient à pousser entre les dalles, les pensées qui dansaient autour d'une volière de cuivre.

Là, entre les murs de brique et les clôtures de fer forgé, Ava avait créé un sanctuaire personnel, dans l'air parfumé.

– Maman ! Oncle David est là.

Carly arrivait en courant.

À l'instant où celui-ci entra, à sa seule physionomie, Phoebe comprit. Elle se leva lentement.

– Vous avez meilleure mine, observa David.

– C'est ce qu'on me dit et me répète. Qu'est-ce qui se passe ?

– Ils ont conclu un accord. Je tenais à vous le dire en personne. Les huiles ont exercé une énorme pression, en particulier le bureau du procureur...

– Ce n'est pas grave, murmura-t-elle en se rasseyant. Qu'est-ce qu'ils lui ont donné ?

– Il est viré. Sans solde. Il plaide coupable pour agression simple...

– Agression simple, répéta-t-elle.

Elle avait beau s'y attendre, elle en restait sonnée.

– Ça va chercher entre un et trois ans. Il obtiendra la liberté surveillée, devra observer un suivi psychologique et faire vingt heures de travaux d'intérêt général.

– Et écrire cent fois au tableau « Je promets d'être sage » ?

– Je suis désolé, Phoebe.

Il posa une main sur ses genoux.

– C'est injuste. Mais ils veulent en finir avec cette histoire. Si vous décidez d'attaquer au civil, je vous soutiendrai. Et je ne serai pas le seul dans ce commissariat, croyez-moi.

– Je ne peux pas infliger ça à ma famille. Franchement, je ne sais même pas si je le supporterais moi-même.

Elle ferma les yeux un instant.

– En tout cas, ajouta-t-elle, tout le monde sait maintenant ce qu'il a fait. Il est viré de la police, c'est tout ce qui compte. Ça me va.

– Dans ce cas, vous êtes plus indulgente que moi.

– Non, je suis furieuse, mais je m'en remettrai. On va manger le jambon au miel qu'Ava a préparé, se régaler de tarte au citron. Et Arnold Meeks n'en a pas fini de remâcher sa honte. Moi, ça me va.

PHASE DE NÉGOCIATION

« C’est la cruelle incertitude
Qui vient hanter ma solitude ! »

LE TRAIN SIFFLERA TROIS FOIS

11

Duncan avait du mal avec les réunions professionnelles, leur rituel, les costumes trois pièces, les propositions/décisions/rapports, les petits déjeuners, les poignées de main obséquieuses. Le tout dans un strict respect des préséances.

Sans doute était-ce pour cette raison qu'il n'avait pas de bureau. Sinon, impossible d'échapper aux réunions. Sans compter qu'il lui faudrait alors embaucher du personnel auquel il devrait donner des emplois du temps réguliers, qu'il devrait surveiller... Quand on était patron, on donnait des ordres de mission, on lisait des tonnes de rapports sur les missions en question. Puis on convoquait d'autres réunions pour lancer de nouvelles missions qui engendraient de nouveaux rapports qui engendraient de nouvelles réunions...

Le cercle vicieux.

Phineas lui avait plus d'une fois conseillé d'avoir des bureaux, mais jusque-là il était parvenu à se défiler.

Il aimait rencontrer les gens dans des bars ou au restaurant. Ou à la rigueur, si c'était absolument nécessaire, dans le cabinet de Phin. Il avait pu constater que ses interlocuteurs tendaient à se montrer nettement plus ouverts devant une bière dans un pub que devant un verre d'eau gazeuse dans une salle de réunion.

Il avait également découvert qu'il était souvent plus intéressant de rencontrer ses interlocuteurs chez eux ou sur leur lieu de travail. Voilà pourquoi, ce matin, il avait enchaîné un petit déjeuner d'affaires dans un café du centre-ville, une visite à un théâtre de Southside, pour ensuite filer vers une baraque décrépite dans le quartier victorien.

À présent qu'il bifurquait dans Jones Street, il espérait que sa chance allait continuer avec son dernier rendez-vous de la journée.

Il avait d'abord envisagé de faire un saut alors que Phoebe serait chez elle, cependant il trouvait cela un peu sournois ; stratégie efficace mais qu'elle aurait sûrement démasquée.

Il avait envie de la rencontrer, et non pas juste de lui rendre une de ces visites de politesse auxquelles il s'était limité depuis quinze jours. Elle avait subi un énorme traumatisme. Mieux valait ne pas la pousser à accepter un rendez-vous ces temps-ci, encore moins à l'entraîner au lit quand elle tenait à peine debout.

En s'engageant sur le trottoir de la maison MacNamara, il repéra la femme avec son drôle de petit chien, de l'autre côté de la rue. Aujourd'hui, Médor portait une sorte de cravate rayée rouge et blanc, assortie au chapeau de sa maîtresse, mais aussi à son tailleur d'un blanc éclatant et à ses tennis rouges.

Le chien reniflait allègrement tout ce qui lui passait sous la truffe, en l'occurrence l'arrière-train d'un caniche rose au bout d'une laisse dorée tenue par un gros monsieur noir en costume de lin bleu.

Duncan sonna, admira les pots et les paniers de fleurs sur le perron. C'était Ava qui les entretenait. Et s'il lui parlait de…

– Bonsoir ! lança-t-il à Essie qui ouvrait la porte. Je peux revenir vous embêter ?

– Les beaux jeunes gens sont toujours les bienvenus.

À force de se voir, ils en étaient arrivés à s'embrasser sur la joue. Chaque fois qu'il humait le parfum de cette femme, il se demandait quel effet cela pouvait faire de se lever jour après jour, de s'habiller, de se préparer tous en sachant qu'on ne passerait pas le seuil de la maison.

– Comment saviez-vous que je préparais des gâteaux ? demanda-t-elle avec un large sourire.

– Quel genre ?

– Des cookies aux pépites de chocolat.

– C'est vrai ? J'ai bien fait de venir, je vais vous servir de goûteur.

– Ça vous fera patienter. Phoebe ne va pas rentrer avant deux bonnes heures. Ava est sortie faire des courses avant de passer chercher Carly à sa répétition de théâtre. La petite a le rôle d'une méchante sœur de Cendrillon. Elle adore jouer les personnes autoritaires.

– Moi, un jour, j'ai joué le rôle d'un crapaud. Malheureusement, il ne se transformait pas en prince charmant.

En riant, elle l'entraîna dans la cuisine :

– Je parie que votre maman était très fière de vous.

Il ne répondit pas. Qu'aurait-il pu dire ? Il préféra humer les délicieuses odeurs qui montaient du four.

– Que voulez-vous boire avec, du café ou du lait ?

– Des cookies et du lait ? Je serais prêt à retourner à l'école si ça me permettait de rentrer à la maison pour y trouver des cookies et du lait offerts par une si délicieuse hôtesse.

Elle en rosit de plaisir.

– Vous êtes un charmeur, vous ! Qu'avez-vous fait, aujourd'hui ?

– J'ai discuté avec beaucoup de gens. À vrai dire, j'espérais parachever cette journée en discutant avec vous. J'ai repéré une propriété dans le quartier victorien, pas loin du campus de l'École d'art et de design de Savannah.

– Ah…

Elle situait à peine où se trouvait sa rue. Toutes ces histoires de quartiers, de bâtiments, d'avenues et de parcs formaient dans sa tête un labyrinthe inextricable.

– Quel genre de propriété ? reprit-elle poliment.

– À vrai dire, c'est un désastre en ce moment, comme les vieilles dames un peu fêlées, mais on devine encore l'élégance sous la négligence.

Il prit un biscuit, croqua dedans.

– Quelle merveille ! susurra-t-il. Voulez-vous m'épouser ?

Cette fois, elle ne rit pas franchement, mais gloussa comme une gamine.

– J'en perds le fil de mes pensées. Voyons… cette maison près du campus.

– Oui, j'imagine que vous voulez l'acheter et la retaper.

Il commença par avaler un biscuit et un verre de lait en se disant qu'il vivait le paradis sur terre.

– Tout dépend de vous, déclara-t-il enfin.

Elle tourna vers lui un visage stupéfait.

– De moi ?

– J'ai en effet l'intention de l'acheter et de la retaper. Pour en faire une boutique. Bon… je sais ce que vous allez dire : il y a déjà des millions de boutiques à Savannah. Mais les gens adorent ça, pas vrai ?

– Je… je préfère faire les boutiques sur Internet.

– Voilà. Donc je me suis dit que, puisque la maison se trouvait à côté du campus de l'École d'art et de design, autant opter pour une boutique de décoration.

– Je... pourquoi pas ?

– J'envisage un style unique, très... boutiquesque, si vous voyez ce que je veux dire ?

Elle rit encore, secoua la tête :

– Duncan, je suis très flattée que vous vouliez essayer vos idées sur moi, mais je n'y connais rien en matière d'immobilier et de boutiques à la mode. Je ne sors jamais.

– Vous vous y connaissez en matière de travaux manuels et de décoration. Vous créez, vous vendez.

– Vous parlez du crochet ? C'est juste un passe-temps qui me rapporte quelques sous. Je m'y suis mise un peu par hasard.

– Et si vous vous y mettiez vraiment ? Vous me donnez des idées ; j'en ai souvent mais je ne peux pas en tirer grand-chose, tandis que celle-ci... Ce sera la ruée, vous pouvez me croire.

– Dites toujours.

– Il s'agirait de faire exécuter des travaux manuels par des habitants de Savannah, des produits qu'on ne trouverait qu'ici. Juste Savannah. Tenez, ça ferait un nom approprié. Je vais le noter. Des œuvres vendues sur deux étages dans une magnifique maison en bois qui symbolise Savannah à elle seule. Avec son superbe perron, du moins il le deviendra... Je connais un homme qui fabrique des meubles fabuleux, une femme qui réalise des œuvres en fer forgé. Alors, si on se lançait ?

– Vous voulez exposer mes travaux de crochet dans votre boutique ?

– Essie, j'en veux des kilos, des tonnes. Je veux les voir partout. Des napperons sur les tables, sur les canapés. Vous avez aussi parlé de plaids, n'est-ce pas ? Et je suis sûr que vous faites également des nappes ? Et des écharpes, des vestes...

– En effet, mais...

– Alors on installerait tout ça comme s'il s'agissait d'une vraie maison, meublée, décorée, avec des chambres, des salons, une salle à manger, sauf que tout sera à vendre. Des articles de bébé dans la chambre d'enfant, des châles, des vestes dans la penderie. Ça ne vous empêcherait pas de continuer à vendre sur Internet. Mais nous pourrions développer tout ça.

– Vous me donnez le vertige. Jamais je ne pourrai faire tout ça !

– Vous le faites déjà. Sans compter l'emballage et l'envoi. Venez avec moi.

Il la prit par la main et l'entraîna dans la salle à manger, désigna la longue bande pastel qui courait sur la nappe.

– Comment appelez-vous ceci ?

– Un chemin de table ?

– Un chemin de table. Parfait. Si vous deviez fabriquer exactement le même sur commande, quel serait le tarif ?

– Alors là...

Effectuant un rapide calcul mental en fonction de ce qu'elle avait déjà vendu dans le même genre, elle énonça un prix.

Duncan hocha la tête et se lança dans une autre série de calculs.

– Je pourrais vous donner quinze pour cent de plus tout en faisant encore un bon bénéfice.

Le visage d'Essie vira au blanc avant de s'empourprer.

– Quinze pour cent de plus ? s'exclama-t-elle en saisissant l'extrémité du chemin de table. Je vous l'emballe immédiatement !

Il sourit :

– Gardez celui-ci et réfléchissez à ce que vous pourriez exécuter pour moi, tout ce qui vous passera par la tête. Il va me falloir du temps pour lancer cette boutique mais je vous garantis que tout sera en place pour Noël.

Il lui tendit la main :

– Associés ?

Duncan estimait avoir réussi sa journée si, à 19 heures, quoi qu'il se soit passé auparavant, il pouvait s'installer sur le perron avec une bière et une pizza.

Il alluma des bougies, aussi bien pour l'ambiance que pour décourager les moustiques. Il allongea les jambes et regarda la télévision allumée dans le salon, placée de façon qu'il puisse y regarder un match de basket si l'envie lui en prenait. Il avait beau être sociable, il n'en appréciait pas moins le calme de la nuit.

Quoi de plus apaisant que le vent léger dans les branches, le murmure des insectes, la musique incessante des rainettes crucifères ? Bien calé dans son fauteuil, il ne connaissait pas de meilleur moment pour réfléchir ou rêvasser.

Il avait été tenté de traîner dans la cuisine d'Essie pour y attendre le retour de Phoebe, mais il ne voulait pas s'imposer. En outre, chaque fois qu'il la voyait, il avait envie de la prendre dans ses bras. Étant donné ses hématomes, le geste serait des plus déplacés.

Il engloutit une part de pizza et s'apprêtait à en prendre une autre quand il entendit une voiture s'approcher.

S'il ne reconnut pas le véhicule, il identifia la conductrice.

– Bonsoir, Phoebe !

– Bonsoir, dit-elle en écartant une mèche de son visage. En passant le pont, je me suis dit que vous ne seriez peut-être pas là, mais il était trop tard.

– Une part de pizza ? Une bière ?

– Non, merci.

Elle paraissait si solennelle qu'il en haussa un sourcil :

– Vous allez vous asseoir, quand même ?

– Pas la peine. Je voulais vous demander ce que vous faisiez avec ma mère.

– Il fallait le dire que vous étiez furieuse contre moi, ça nous aurait fait gagner du temps.

– Je ne suis pas furieuse, je suis inquiète.

N'importe quoi ! pensa-t-il. Il n'y avait qu'à la voir, prête à le dévorer tout cru.

– À quel propos ?

– Ma mère est vibrante de bonheur à l'idée de l'affaire que vous lui avez proposée.

– Vous ne voulez pas qu'elle soit heureuse ?

– Je ne veux pas qu'elle soit déçue, ni lésée ni triste.

– Et ce serait selon vous, énonça-t-il d'un ton glacial, la conséquence naturelle de son emballement pour le projet dont nous avons discuté ? Qui, je vous le rappelle par ailleurs, ne vous concerne pas.

– L'état d'esprit de ma mère me concerne. Vous entrez chez nous en annonçant que vous allez ouvrir je ne sais quel magasin dans une maison que vous n'avez pas encore achetée. Vous menez vos affaires comme vous voulez…

– Vous êtes trop bonne !

– Ne lui faites pas de fausses promesses. Elle est en ébullition, la tête pleine de projets, déjà certaine de pouvoir participer davantage aux dépenses de la famille. Et que va-t-il se passer si vous changez d'avis, ou si ça ne marche pas, ou si, tout bêtement, vous trouvez un joujou plus amusant ?

– Pourquoi devrais-je changer d'avis ?

– C'est bien vous qui avez ouvert un bar de sports avant de le vendre ?

– En partie seulement.

– Et puis un pub, et je ne sais quoi d'autre encore.

C'était là que le bât blessait. Elle ne *savait* pas, et il entraînait sa mère dans un territoire inconnu.

– Vous, Duncan, vous rebondirez toujours, mais pas ma mère.

– Si je comprends bien, je suis irresponsable.

– Non, non ! Vous êtes juste décontracté, ça fait partie de votre charme. Personne ne dépend de vous, donc vous pouvez faire ce que vous voulez, aller et venir comme ça vous chante.

– Décontracté ou superficiel ?

– J'ai dit décontracté et je le maintiens. Je ne vous trouve pas superficiel. Ma mère est fragile et…

– Votre mère est étonnante. Voyez-vous, un jour je lui ai dit de s'accorder une pause mais c'est vous qui devriez lui en accorder une. Vous croyez que, du fait qu'elle ne peut pas sortir de cette maison, elle n'a plus rien d'étonnant ?

– Je n'ai pas dit ça, bon sang ! Mais elle a assez souffert comme ça.

– Et je n'ai aucune intention de la faire souffrir.

– Pas exprès, je m'en doute. Mais si, pour une raison ou pour une autre, vous n'achetiez pas cette maison…

– Je l'ai achetée aujourd'hui.

Elle en resta coite. Le temps de savourer son effet, Duncan but un peu de bière, sans la quitter des yeux.

– Bon, admit-elle. Vous avez donc acheté la maison. Mais, si vous constatez qu'elle exige trop de travaux ? Ou si…

– Eh là ! Et si je décide de m'envoler vers Cuba ? On ne va pas chercher tous les « et si » possibles ! Quand j'entreprends quelque chose, je le termine, un point c'est tout !

– Je voudrais simplement savoir pourquoi vous l'avez entraînée dans cette histoire ! Je ne comprends pas où vous voulez en venir, ni pour elle ni pour moi.

– Vous croyez que je mélange tout ? maugréa-t-il en se levant. Que je me sers de votre mère pour mieux vous atteindre ?

Commençons par le commencement : vous voulez savoir ce que j'attends de vous ?

– Oui, dites-moi tout.

À peine avait-elle achevé qu'il la saisissait dans ses bras. Fini d'attendre son heure. Il était trop exaspéré pour attendre quoi que ce soit. La bouche collée contre la sienne, il lui montrait exactement ce qu'il voulait et le prenait avec une rage à laquelle il donnait rarement libre court.

Plaquée contre une colonne, les mains coincées entre leurs deux corps, elle sentit tous ses muscles frémir, mais non de révolte ou de peur ; elle constatait soudain la différence entre émoi et peur.

Lorsqu'il se détacha d'elle, son regard la brûlait littéralement.

– Vous avez compris maintenant ?

– Oui.

– Dans ce cas…

C'était à elle maintenant de réagir. Les mains de nouveau libres, elle en passa une dans son cou pour reprendre sa bouche. Elle y eût mis les deux bras si son épaule ne la faisait encore souffrir. Il se serra contre elle, et de nouveau ce fut la colonne qui supporta leur poids, corps contre corps.

Elle laissait le plaisir l'envahir après des mois et des mois d'abstinence. Elle sentit cette large paume sur son sein, le léger courant d'air sur sa peau comme il déboutonnait sa chemise, détachait son soutien-gorge, et de fabuleuses sensations lui arrachèrent un geignement.

Qui se transforma soudain en hurlement de douleur. Elle avait tant désiré s'offrir à lui qu'elle en avait oublié son épaule et celle-ci se rappelait brutalement à son bon souvenir.

Il recula d'un bond, comme si elle venait de le repousser.

– Oh, pardon ! Pardon !

– Ce n'est pas grave, j'ai fait un faux mouvement. Ne…

Mais il levait la main et se détournait, allait et venait, buvait une gorgée de bière.

– Vous êtes encore blessée, je l'avais oublié. Pardon !

– Je vous assure, ce n'était rien.

– Dans votre état, je ne vais pas vous sauter comme ça, sur le perron. Mais aussi, vous m'aviez mis hors de moi… Je n'ai aucune excuse.

– Pas besoin d'excuse puisque c'était réciproque.

– N'empêche. En tout cas, ça répond à la question que j'essaie de me rappeler depuis que le sang m'est monté à la tête. Voyons...

Il se retourna, écarquilla les yeux.

Elle restait là, adossée à la colonne, la chemise ouverte, les cheveux en bataille, les joues roses.

Alors qu'elle commençait à se reboutonner, il tendit la main :

– Eh ! Une minute, s'il vous plaît ! Pas si vite, puisque je ne peux pas vous toucher, laissez-moi au moins regarder. Vous avez un corps magnifique. Et telle que vous vous tenez en ce moment, avec cette lumière, et... Bon, rhabillez-vous vite, parce que je ne vais plus me maîtriser très longtemps.

– Vous êtes un drôle de bonhomme, Duncan.

– On m'a déjà dit ça. Je vous désire et ça m'empêche de dormir la nuit. Vous me donnez des insomnies.

– Merci, je suis flattée.

– Mais, pour en revenir au reste, je crois que je me suis fait comprendre : je n'ai pas besoin de soudoyer votre mère pour vous approcher. D'ailleurs je trouve que vous ne pensez pas assez à elle, pas assez à moi non plus, ni à vous.

– Vous avez raison et j'ai tort. Ça ne me fait pas plaisir, mais je le reconnais. Si j'ai une excuse, c'est juste que je l'aime trop.

– Je comprends. Vous avez de la chance.

Phoebe savait qu'il était sincère. Il avait vu sa mère, et aussitôt perçu sa valeur.

– Vous la voulez, cette bière ? ajouta-t-il.

– Je dois conduire. Ne le prenez pas mal, Duncan, je vous en prie ! Mais, quand je considère les bars que vous possédez, les propriétés – vous pourriez même acheter une compagnie de taxis, ça vous irait très bien –, je ne vois pas comment vous comptez diriger une boutique de décoration.

– On s'arrangera, d'autant que ce ne sera pas vraiment moi qui la dirigerai. J'ai quelqu'un d'autre à l'esprit. Et vous vous dites : il peut se permettre de perdre quelques centaines de milliers de dollars par-ci par-là.

– En fait, je pense que ça pourrait marcher. Mais, voyez-vous, quand je suis rentrée et que j'ai trouvé maman tout heureuse, toute pétillante de joie, j'ai pensé... Je me suis laissée emporter et j'ai foncé sans réfléchir. Et je le regrette pas une seconde pour diverses raisons...

Il sourit.

– Que diriez-vous de passer le dimanche avec moi ? En tout bien tout honneur, pour un barbecue. Ça nous donnera une chance de mieux nous connaître.

– D'accord. Pourquoi pas ?

– Je passerai vous prendre vers 14 heures.

– Bon. Il faut que je rentre, maintenant.

Se soulevant sur la pointe des pieds, elle l'embrassa sur les deux joues.

– J'espère vous empêcher encore de dormir cette nuit.

Il la regarda s'éloigner, se retourner pour lui décocher un sourire d'enfer. Décidément, il était parti pour une nouvelle insomnie.

12

L'appel était parvenu à 7 h 58. De la part d'un enfant remarquablement intelligent qui ne s'était pas affolé, sans non plus chercher à jouer les héros. Il s'était servi de sa tête, de ses jambes, filant du pavillon de Gordonston, sautant les barrières d'un jardin à l'autre pour regagner sa maison et téléphoner. Appeler la police.

Il avait énuméré des noms, donné l'adresse, décrit la situation. En route pour les quartiers est de Savannah, Phoebe écoutait l'enregistrement de son appel et se disait que ce gamin avait l'étoffe d'un bon flic.

Il les a forcés à s'asseoir à la table de la cuisine. Monsieur Brinker, Mme Brinker, Jessie, Aaron, et même le bébé... euh... Penny, qui est dans sa chaise haute. Il a un pistolet, même deux, je crois. Jessie pleure. Vite ! Il faut faire quelque chose !

D'autres informations ne cessaient de lui parvenir alors qu'en compagnie de Sykes elle fonçait vers les beaux quartiers. Stuart Brinker, quarante-trois ans, maître-assistant, père de trois enfants, Jessica, seize ans, Aaron, douze ans, et Penelope, deux ans. Récemment séparé de sa femme, Katherine, trente-neuf ans, professeur de dessin, après dix-huit ans de mariage.

Vingt minutes après l'appel, Phoebe traversait le barrage de police qui formait le périmètre de sécurité. La presse campait déjà sur les lieux. Quelques journalistes l'interpellèrent, mais elle ne répondit pas et aborda un agent :

– Nous sommes les négociateurs, lieutenant MacNamara et inspecteur Sykes. Où en est la situation ?

– Quatre otages dont trois enfants. Le preneur d'otages les a regroupés dans le salon.

Il désigna le pavillon devant lequel poussaient des azalées roses et blanches.

– Tous les rideaux sont fermés, continua-t-il. On n'y voit rien. Le preneur d'otages possède deux armes à feu. Aucun coup n'a été tiré. Le premier intervenant n'a pas cessé de lui parler. Le type est poli mais ne communique pas beaucoup. Le gosse qui a téléphoné se trouve là-bas avec sa mère.

Phoebe jeta un coup d'œil dans la direction indiquée et aperçut un gamin dégingandé, assis, la tête dans les mains. À côté de lui, une femme le tenait par l'épaule, pâle comme une morte.

– Sykes ?

– Oui, j'y vais.

Tandis qu'il allait trouver l'enfant, Phoebe se dirigeait vers la voiture de communications.

– Lieutenant MacNamara, négociatrice.

Toute la maison était encerclée, le voisinage évacué. Des tireurs d'élite se mettaient en position.

– Il ne parle pas beaucoup, confirma le premier intervenant. J'essaie de le garder en ligne. Il a l'air fatigué, triste plutôt qu'en colère. Il vient de se séparer d'avec sa femme, c'est elle qui l'aurait mis dehors. La dernière chose qu'il m'ait dite, c'est merci. Et puis il a raccroché.

– Bon, un instant.

Après avoir étudié le compte rendu, Phoebe sortit son carnet et décrocha :

– On va le rappeler.

Il répondit à la troisième sonnerie, d'une voix agacée :

– Je vous en prie ! Ça ne sert à rien. Je voudrais juste passer un peu de temps avec ma famille et qu'on nous laisse tranquilles.

– Monsieur Brinker ? Ici Phoebe MacNamara. Je suis négociatrice pour la police du comté de Savannah. Je voudrais vous aider. Est-ce que tout le monde va bien ?

– Très bien, merci. Fichez-nous la paix, s'il vous plaît.

– Monsieur Brinker, je comprends que vous vouliez rester en famille. Vous devez tous beaucoup les aimer.

– Évidemment ! Une famille doit rester unie.

– Vous désirez que votre famille reste unie, je comprends ça. Si vous les faisiez sortir maintenant ? Si vous sortiez tous ensemble ? Je voudrais que vous déposiez les armes, monsieur Brinker, et sortiez avec votre famille.

– Je ne peux pas. Désolé.

– Vous pouvez me dire pourquoi ?

– Parce que c'est ma maison et qu'il n'y a qu'à la maison qu'on puisse se réunir. J'y ai beaucoup réfléchi.

Ainsi, il s'agissait d'une démarche planifiée, non d'une impulsion ; Phoebe prit note. Pas de colère, du chagrin.

– Vous semblez fatigué.

– Je suis très fatigué. J'ai fait ce que j'ai pu, mais ça ne suffisait jamais. À la fin, ça devient épuisant.

– Je suis sûre que vous avez fait de votre mieux, mais vous ne pensez pas qu'il est encore plus difficile de prendre des décisions quand on est éreinté ? Je voudrais vous aider, monsieur Brinker, à prendre la décision qui conviendra le mieux à votre famille.

– J'ai repeint le salon. C'est Kate qui a choisi la couleur… moi je la trouvais trop jaune – et on s'est disputés. Tu te souviens, Kate ? On s'était disputés dans le magasin, et c'est toi qui as gagné. Alors j'ai appliqué cette peinture. Kate avait raison. Il fait soleil ici. Elle avait raison.

Le salon, inscrivit Phoebe. Elle encercla cette mention.

– Vous avez refait les peintures ! Moi, je suis nulle en peinture. Il y a longtemps que vous habitez là ?

– Dix ans. C'est un endroit idéal pour élever des enfants. Des voisins agréables, des écoles à proximité. Il nous en faudrait une plus grande, mais…

– Votre famille s'est agrandie.

Famille, famille, famille, nota Phoebe. Se concentrer sur la famille.

– Combien d'enfants avez-vous ?

– Trois. Nous en avons trois. Penny est arrivée par surprise, parce qu'on ne pouvait pas vraiment se permettre…

– C'est la plus jeune ? Quel âge a-t-elle ?

– Penny ? Deux ans.

Phoebe entendit une voix d'enfant tout excitée :

– Papa !

– C'est elle que j'entends ?

Comme Brinker éclatait en sanglots, Phoebe reprit aussitôt la parole :

– Elle doit être adorable. J'ai une petite fille, moi aussi. Elle a déjà sept ans, je n'ai pas vu les années passer. Je l'aime plus que tout au monde, bien qu'elle me donne beaucoup de travail. Je suppose que c'est pareil pour vous et votre famille.

– J'ai fait de mon mieux. Si j'avais obtenu le titre de maître de conférences, nous aurions pu nous offrir une maison plus grande.

– Vous paraissez découragé. Ce doit être très dur. Vous avez une autre fille plus grande, je crois ? Jessie, et, au milieu, un garçon, Aaron. Avec votre épouse, Kate, vous devez en être très fiers. Mais c'est vrai que ça représente un gros travail. Beaucoup d'inquiétude.

– Il me fallait ce titre. Il fallait que je sois titularisé. Il fallait que Kate comprenne.

L'utilisation du passé, le ton désespéré. Mauvais signe.

– Dites-moi ce que Kate doit comprendre, monsieur Brinker.

– Que je ne peux pas faire plus que ce que je fais déjà, ni devenir quelqu'un d'autre. Mais ça ne suffit pas. Je suis le mari, je suis le père. Qu'en pensez-vous ?

– Une fois que c'est écroulé, rien n'est plus pareil.

– Ma famille s'est écroulée.

– Mais elle existe toujours, monsieur Brinker. Et j'entends à votre voix combien vous les aimez. Je suis sûre que vous ne voulez pas leur faire de mal, pas même indirectement en vous retournant contre vous. Vous êtes le père.

– Un père de week-end. Qui en crève.

– Je vous sens découragé et triste. Mais vous n'allez pas baisser les bras pour autant. Dix-huit années de mariage avec Kate, ces beaux enfants que vous avez faits ensemble. Vous n'allez pas baisser les bras. Vous les aimez trop.

– Elle ne veut plus de moi. Alors à quoi bon ? On avait tout créé ensemble, je croyais qu'on allait vieillir ensemble. Ici, chez nous. Tous les cinq ensemble.

Je croyais qu'on allait… Cette fois, l'utilisation du passé indiquait qu'ils atteignaient un point crucial.

– Tous les cinq, vous devez sortir ensemble, monsieur Brinker. Vos enfants ont peur, je les entends pleurer. Vous et votre femme êtes leurs parents, vous et votre femme êtes responsables de leur sécurité et de leur bien-être.

– Je ne sais plus que faire.

– Regardez vos enfants, monsieur Brinker, regardez votre femme. Vous n'allez pas leur faire de mal. Regardez ces murs jaunes. Vous leur avez donné cette pièce ensoleillée alors que vous n'étiez pas sûr que cela marcherait. Posez vos armes, maintenant, monsieur Brinker. Déposez-les et faites sortir votre famille. Vous avez dit avoir fait de votre mieux. Je vous crois. Maintenant, je crois que vous allez à nouveau faire de votre mieux et déposer vos armes. Laissez sortir votre femme, laissez sortir vos enfants.

– Que se passera-t-il ensuite ?

– Nous allons vous aider. Vous et votre famille. Mais d'abord il faut sortir, vous voulez bien ?

– Je ne veux pas m'enfoncer dans le noir sans eux.

– Personne ne vous demande de vous enfoncer dans le noir. Voulez-vous déposer vos armes ?

– Je suis désolé. Absolument désolé.

– Je sais bien. Voulez-vous m'écouter, monsieur Brinker ?

– Oui. Oui.

– Posez vos armes, s'il vous plaît, et éloignez-vous d'elle. Vous voulez bien ?

– Oui. Très bien. Je suis désolé.

Elle écrivit : *Va sortir. Va se rendre.* Elle montra ce message au commandement du groupe d'intervention.

– Tout va bien se passer. Avez-vous déposé vos armes ?

– Oui. Je les ai mises sur l'étagère. Assez haut pour que Penny ne puisse pas les prendre.

– Vous avez bien fait. Maintenant, vous allez venir vers la porte d'entrée. Avec votre famille. N'ayez pas peur. Personne ne vous fera de mal. Il va falloir lever les mains, afin que tout le monde voie que vous avez fait ce qu'il fallait et déposé les armes. Vous verrez que la police est là dehors, mais personne ne vous fera de mal. Vous comprenez ?

– Je n'arrive plus à réfléchir.

– Ce n'est pas grave. Pouvez-vous sortir avec votre famille, s'il vous plaît ?

– Je… je ne peux pas lever les mains si je parle au téléphone.

Phoebe ferma les yeux, retint un soupir.

– Entendu. Si vous donniez le téléphone à Kate, maintenant ? Et vous sortirez tous ensemble.

– D'accord. Kate ? C'est pour toi.

– Mon Dieu ! Mon Dieu ! gémit une voix féminine. Nous sortons. Il n'a plus d'armes. Je vous en supplie, ne tirez pas ! Ne lui faites pas de mal.

– Personne ne lui fera de mal.

En les voyant sortir, Phoebe fut frappée par la petite fille qui pleurait en réclamant son papa.

Dans ce qui était devenu son atelier, il buvait du thé froid aromatisé à la menthe en regardant les informations sur la crise de Gordonston.

Il espérait qu'ils allaient tous mourir. Ça ferait une sacrée émission.

Assis devant son établi, il reprit du thé. Il avait entendu l'appel arriver sur son scanner de police alors qu'il terminait son petit déjeuner. Ça l'avait enthousiasmé. Un type, une épouse, trois gosses. Un bain de sang qui promettait d'attirer bien des attentions.

Et puis il avait vu Phoebe passer devant les caméras, avec ses grands airs.

Il lui aurait bien mis une balle dans la tête. Mais c'était trop facile. Trop rapide. Pan ! Terminé.

Il avait un plan beaucoup plus jouissif.

Tout en travaillant, il continuait de regarder la télé.

Il fit la grimace lorsque le journaliste annonça que la famille Brinker était sortie, saine et sauve, que cet abruti s'était rendu.

– Tu l'as eu, hein ? marmonna-t-il. C'était trop facile. Du tout-venant. Un petit merdeux qui voulait attirer l'attention. Tu l'as bien baisé, hein, *Phoebe* ?

Il dut s'arrêter, car la colère faisait trembler ses mains.

Alors il baissa les paupières pour ordonner à son esprit de s'apaiser, de ralentir.

Ce fut la voix de Phoebe qui lui fit rouvrir les yeux, les écarquiller sur l'écran :

– Stuart Brinker s'est rendu sans opposer de résistance. Sa femme et ses enfants sont sains et saufs.

– Lieutenant MacNamara, en tant que négociatrice en situation de prise d'otages, comment avez-vous convaincu le professeur Brinker de se rendre à la police ?

– Je l'ai écouté.

Le verre vola à travers la pièce pour aller s'écraser sur le poste et une pluie d'ambre se répandit sur le visage de Phoebe.

Amusé par cet incident, il reprit ses outils d'une main ferme.

Et se remit à travailler sur le minuteur.

– Ça me parlait. C'est parfois plus facile avec certains qu'avec d'autres.

Après le service, Phoebe avait emmené Liz boire un verre de vin chez Swifty's.

– Tu leur as donné une chance de recommencer.

– Oui, bon... Il n'y a pas eu de mort, c'est déjà ça. Tu sais écouter, toi.

– C'est le boulot, non ? On a intérêt à bien le faire.

Liz choqua son verre contre celui de Phoebe.

– Tu as toujours voulu être flic ? demanda celle-ci.

– Je voulais être une rock star.

– Comme tout le monde.

– Je t'assure ! J'ai même fait partie d'un groupe, à la fac.

– C'est vrai ? Qu'est-ce que tu chantais ?

– Je jouais de la cornemuse. Défense de rire ! Et j'étais raide dingue du guitariste solo. On s'était promis des tas de choses, comme on fait à vingt ans sans vraiment y croire.

– C'était toute une époque. Qu'est devenu le guitariste ?

– Il m'a laissée tomber. Plus exactement, il s'est défilé parce que je m'étais fait violer.

– Pardon, je ne savais pas...

– Il y avait un bar, à quelques pas de l'endroit où nous habitions. Ouvert vingt-quatre heures sur vingt-quatre. Ils me sont tombé dessus dans le parking. Deux types qui ricanaient comme des idiots. Complètement bourrés. Ils m'ont entraînée à l'arrière d'une camionnette où les attendait un troisième qui a tout de suite démarré. Ils m'ont violée chacun leur tour, y compris le chauffeur, je ne sais pas combien de fois parce que je suis tombée dans les pommes. Ensuite, ils m'ont jetée sur le bord de la route. Un flic en patrouille m'a récupérée. J'errais, les vêtements en loques, du sang partout, choquée, hystérique.

Elle but pour reprendre ses esprits.

– Figure-toi que les flics les ont arrêtés, tous les trois. J'avais enregistré leurs visages, j'ai pu les décrire minutieusement et j'ai identifié ces trois crevures. Ça a été le moment le plus difficile de ma vie : quand il a fallu les observer, tous les trois alignés derrière une vitre. Quant à mon guitariste, il ne pouvait plus me regarder en face, s'approcher de moi et encore moins me toucher. C'était trop pour sa petite tête. Et moi je n'avais plus envie d'être une rock star.

– Ils en ont pris pour combien ?

– Ils y sont toujours, dit Liz en souriant enfin. Ces crétins m'avaient emmenée de l'autre côté de la frontière de la Caroline du Sud. Viol dans deux États différents, possession de coke ; tous les trois avaient un casier, deux étaient en conditionnelle. De toute façon, j'ai laissé tomber l'orchestre pour me tourner vers le monde voluptueux du maintien de l'ordre.

– Tant pis pour la musique, tant mieux pour nous.

– Voilà pour moi. Et toi, alors, que devient ce type génial ? Tu sors avec lui ?

– Je ne sais pas encore trop, mais il y a quelque chose, murmura Phoebe, accoudée le menton dans les mains. Je ne sais plus quoi faire. Entre ma gamine, mon boulot, les mauvais souvenirs de mon premier mariage… Pourtant, il est tellement craquant !

– J'ai cru remarquer. Ça se passe bien au lit ?

Phoebe laissa échapper un petit rire gêné :

– Toi, tu vas droit au but !

– Écoute, rien ne vaut un bon amant pour vous donner la pêche. Mais si tu n'as pas envie d'en parler…

Voilà longtemps que Phoebe ne s'était plus confiée à une amie de son âge. Elle se pencha, baissa la voix :

– En fait, l'autre soir…

Elle donna une version condensée de sa visite à la maison de Duncan.

– Il s'est arrêté ? Tu es prête à lui accorder ta nuit – quoi de plus génial ? – et il s'arrête ?

– Trente secondes de plus et c'était bon. Si je n'avais pas fait ce faux mouvement… quoi ?

– Tu en connais beaucoup, toi, qui auraient eu la délicatesse de se retenir dans un moment pareil ?

– Je vais attendre le feu vert de ma belle-sœur. Elle est infirmière.

– Quand tu n'en voudras plus, tu me le refileras ? Non, sérieusement, Phoebe, l'instant où vous passerez l'étape de ces trente secondes, ce sera quelque chose !

– Écoute, il va falloir que je rentre. Je dois encore coucher la petite. Mais la prochaine fois, on parlera de ta vie amoureuse à toi.

– Il n'a pas d'ami libre, ton copain ?

– Je lui poserai la question.

Phoebe sortait de sa voiture quand Lorelei Tiffany passa avec son chien. Ce soir, la laisse était rose, assortie au tailleur de Madame, outre les talons, la toque, la veste moulante et les cuissardes.

– Bonsoir, Madame. Comment va Maximilian Dufree ?

– Nous allons nous promener dans le parc, répondit Mme Tiffany derrière ses lunettes scintillantes. Vous rentrez seulement chez vous ?

– Oui, je suis un peu en retard, ce soir.

– Je vois que vous avez récupéré votre voiture.

– Oui, le temps que ça durera. J'ai bien peur qu'elle ne finisse bientôt à la casse.

– Mon oncle Lucius a enterré sa Cadillac DeVille, avec tous ses passagers, dans un champ de soja à la sortie de Macon, paraît-il.

– Ce devait être un sacré spectacle !

– Oui, il n'a jamais eu peur de se salir les mains. Tiens, je vous ai vue à la télévision, aujourd'hui.

– Ah oui ? Il y a eu un incident à Gordonston.

– Un fou qui voulait tuer toute sa famille dans un pavillon. J'ai vu ça. La prochaine fois qu'on vous interviewera, il faudra vous habiller en conséquence : couleurs vives et un peu de blush sur les joues. Sinon, vous aurez l'air triste et pâle.

Bizarrement, Phoebe se sentait triste et pâle sur ce trottoir, devant Maximilian Dufree qui urinait consciencieusement sur le tronc du chêne voisin.

– Ce n'était pas prévu.

– Il faut toujours s'attendre à tout. Emportez toujours un poudrier avec vous. Qui sait si ça ne vous rapporterait pas un mari ? Les hommes aiment les femmes aux joues roses et à la belle poitrine.

– Je tâcherai de m'en souvenir. Bonne promenade, avec Maximilian Dufree !

Alors que Phoebe s'apprêtait à retrouver la relative tranquillité de sa maison, Mme Tiffany lança de sa voix stridente :

– Bonsoir à vous !

Elle se retourna et vit l'homme qui flânait le long de la rue. Il avait porté un doigt à sa casquette pour saluer la voisine. Il tenait un appareil photo en travers de son imperméable noir. Un touriste, se dit Phoebe, tout en se demandant où elle l'avait déjà vu.

Du moment qu'elle avait affaire à un homme, Mme Tiffany se mettait à minauder.

Amusée, Phoebe grimpa les marches du perron. Si bien qu'elle ne le vit pas pivoter, lever son appareil pour la viser. Machinalement, elle regarda de nouveau derrière elle. Mais il avait repris sa flânerie. Elle l'entendit même siffloter, un air lent et triste qui lui rappelait quelque chose.

Sans savoir pourquoi, elle frissonna.

13

Elle n'allait pas se sentir coupable sous prétexte qu'elle quittait la famille un dimanche soir. Pas question. Dès le matin, Phoebe s'était répété cette litanie alors que Carly sautait dans son lit pour venir se pelotonner dans ses bras.

Phoebe se demandait souvent ce qu'elle avait fait pour mériter une enfant si parfaite.

Elle ne se sentirait pas coupable.

Après tout, Carly n'allait-elle pas pique-niquer chez sa meilleure amie du moment ?

Et sa mère ? Elle était tellement absorbée par la mise au point de nouveaux modèles, à organiser ses fils et ses laines, qu'elle réagirait à peine si Phoebe lui annonçait qu'elle partait passer le week-end à Antigua.

Il n'y avait pas lieu de se sentir coupable.

En passant devant le salon, elle vit Essie qui riait aux éclats devant son ordinateur. Un forum de discussion, l'ami le plus sûr des agoraphobes. Après tout, autant qu'elle garde ce contact avec le monde extérieur.

– Oui, Phoebe ? dit Essie en s'arrêtant de pianoter. Tu cherches quelque chose ?

– Non, je monte faire un peu de gym et puis je me préparerai pour sortir.

– Avec Duncan.

– Pour un barbecue chez un de ses amis.

– Amuse-toi bien, et n'oublie pas les fleurs que tu as mises dans le réfrigérateur de la cuisine annexe.

– Promis.

– Et mets ta robe verte. Montre-lui tes jolies épaules. Tu te donnes assez de mal pour les entretenir !

– Je ne devrais pas me mettre un peu de blush aussi, pour me trouver un mari ?

– Pardon ?

– Rien. Je t'expliquerai.

Essie parut apprécier lorsqu'elle retourna la voir :

– Oh, Phoebe, tu as l'air d'une gravure de mode !

– Pas trop, quand même ?

– Ma chérie, c'est une robe toute simple, parfaite pour l'occasion. Tu es à la fois fraîche et attirante.

– Duncan va arriver dans quelques minutes, j'espère. Tu as besoin de quelque chose avant mon départ ?

– Non. Et amuse-toi bien.

– D'accord. Je rentrerai avant le retour de Carly, mais…

– Je crois qu'avec Ava on saura se débrouiller sans toi. Je ne veux pas que tu surveilles ta montre.

Phoebe se promit de ne pas la consulter une seule fois. Elle verrait bien comment les choses se dérouleraient.

Elle se dirigea vers la cuisine annexe. Du temps de la cousine Bess, on l'utilisait pour les repas servis dehors ou pour les soirées dans le jardin. Désormais, on y venait moins souvent, mais le second réfrigérateur se révélait pratique pour y entreposer des rafraîchissements. Phoebe récupéra les marguerites qu'elle avait choisies pour l'hôtesse. C'était Ava qui lui avait préparé le bouquet.

– Mon Dieu ! souffla-t-elle au pied des marches.

Réprimant sa répulsion, elle enjamba le rat mort qui gisait sur le sol. D'où pouvait-il provenir ? Sûrement pas d'un chat qui l'aurait apporté là puis abandonné, puisqu'il semblait intact. On aurait plutôt dit qu'il avait été pris à quelque piège. Mais qui l'avait jeté là ? Sans doute un gosse qui voulait faire une farce à la famille et l'avait lancé par-dessus la clôture.

Elle rentra chercher une boîte à chaussures et, révulsée, parvint à y enfermer le petit cadavre, qu'elle alla ensuite jeter en y regardant le moins possible.

Encore frémissante, elle s'éloigna des poubelles et retourna dans la cuisine se nettoyer frénétiquement les mains.

À peine avait-elle fini que le carillon retentissait. Le large sourire de Duncan lui rendit son calme.

– Bonjour, ma belle !

– Bonjour.

– C'est pour moi ?

Elle referma le bras sur son bouquet tout en rabattant la porte derrière elle.

– Sûrement pas. C'est pour notre hôtesse. Ou notre hôte. Vous n'avez pas précisé.

– Hôtesse. Comment va cette épaule ?

– Ça s'arrange, merci. Je vais bientôt pouvoir reprendre mes parties de bras de fer.

– Quand j'étais encore barman, j'ai connu un type, un Russe, aux bras maigres comme des cure-dents. Pourtant, personne n'arrivait à le faire ployer. Je ne crois pas qu'il ait jamais payé un seul verre.

Il lui ouvrit la portière de la voiture.

– Au fait, j'aime votre parfum.

Elle se glissa à l'intérieur en riant et, quand il l'eut rejointe, se tourna vers lui :

– Parlez-moi un peu de cette amie qui va nous régaler.

– C'est la personne la plus gentille que je connaisse. Vous l'aimerez sûrement. C'est la mère de mon meilleur ami, qui est aussi mon avocat.

– Votre meilleur ami est votre avocat ? C'est sympathique !

– J'ai rencontré Phin quand j'étais chauffeur de taxi. À Savannah, on ne hèle pas les taxis, comme vous le savez. Je retournais donc devant le Hilton après y avoir déposé un client. Il pleuvait des cordes. Je l'ai aperçu, il m'a aperçu et m'a fait signe. Il devait gagner le tribunal au plus vite, il était en retard. Par la suite, j'ai appris que c'était un jeune associé qui tirait le diable par la queue ; il devait déposer des papiers pour son cabinet. Toujours est-il que je l'emmène là-bas. Quand il sort son portefeuille pour payer, pas un sou.

– Aïe !

– Il était mortifié. Il arrive que des clients essaient de vous rouler de cette façon, en vous racontant des histoires à dormir debout. Mais j'ai vite compris que ce type était vraiment gêné ; il ne savait plus comment s'excuser. Il a noté mon nom et le numéro de mon taxi en jurant sur sa mère qu'il allait déposer le montant de la course à la compagnie, assorti d'un gros pourboire. Je te crois !

– Ça m'a pourtant l'air on ne peut plus probable.

– Je le dépose en me disant que je n'entendrais plus jamais parler de lui. Comme s'il allait se déplacer pour huit dollars !

– Et alors ?

– Alors, ce soir-là, comme je termine ma journée, le voilà qui rapplique. Il me donne vingt dollars. Je suis tout d'abord abasourdi qu'il se soit dérangé ; ensuite, vingt dollars pour une course de huit, c'était plus que je ne pouvais en espérer. Je lui assure que dix dollars suffiront, merci. Mais non, il ne veut pas récupérer son billet. Alors je lui propose d'aller boire les dix dollars supplémentaires au bar du coin. Et il a accepté.

– Et depuis vous êtes amis.

– Oui.

– C'est le genre d'attitude qu'on m'a enseignée dans mon enfance, commenta Phoebe. Au début, nous vivions dans une petite maison, de l'autre côté de Colombus Drive.

– Vous en gardez de bons ou de mauvais souvenirs ?

– Oh, les deux. Mais j'ai toujours aimé ce quartier plein d'enfants, et ce mélange de styles architecturaux.

Il se gara le long du trottoir, devant une maison d'artiste avec une pelouse bien tenue et des massifs colorés.

– Moi aussi, dit-il.

Il contourna la voiture pour venir lui tendre la main. Elle entendit des cris d'enfants, le ronron d'une tondeuse à gazon, huma le parfum de pivoines puis l'odeur de viande grillée.

C'était dans cette ambiance qu'elle avait grandi. Et puis, d'un seul coup, tout avait changé.

La porte s'ouvrit sur une femme enceinte jusqu'aux yeux, à la peau chocolat au lait, aux cheveux tressés d'innombrables petites nattes.

Un gamin apparut derrière elle, les genoux écorchés.

– Dunc, Dunc, Dunc ! cria-t-il en fonçant dans l'allée à leur rencontre. Attrape !

Et il décolla.

Visiblement, Duncan avait l'habitude de ce jeu, car il saisit l'enfant au vol et le retourna, la tête en bas.

– L'étrange créature que vous voyez là-dessous, c'est Ellis.

– Ça va, Ellis ?

– Salut ! Recommence, Duncan !

– Ellis Tyler, laisse Duncan entrer dans cette maison avant de lui sauter dessus.

Le gamin avait beau se trouver la tête en bas, cela ne l'empêcha pas de lever les yeux au ciel :

– Ouais, m'man.

Lorsque Duncan l'eut remis sur pied, il sourit :

– On a de la tarte aux cerises. Viens, Dunc. Viens vite ! Vous pouvez venir aussi, m'dame.

Là-dessus, il fila vers la maison.

– Bonjour Phoebe. Moi, c'est Celia, annonça-t-elle en les faisant entrer.

Ils étaient toute une armée, de tous les âges. Bébés, bambins commençant à marcher, adolescents maigrichons, mais aussi un vieillard que tous appelaient Walter, des hommes, des femmes, et tout le bruit qui allait avec.

La plupart s'étaient réunis dans le jardin, derrière la maison, installés dans des fauteuils, sur la pelouse, poursuivant les enfants ou les poussant sur la balançoire rouge vif. Deux hommes se tenaient devant le grill à regarder la fumée s'envoler avec autant de plaisir que s'il s'agissait d'une photo de pin-up.

Il devait bien y avoir là cinq générations, mais tout tournait clairement autour d'une femme qui semblait superviser la longue table de pique-nique.

Les deux mains posées sur ses hanches généreuses, elle éclata de rire en voyant un gros chien jaune courir après un chat tigré. Puis elle se retourna vers le vieillard en agitant les mains. Il fallut un certain temps à Phoebe pour se rendre compte qu'elle utilisait le langage des signes. L'homme hocha la tête et répondit de même.

Comme Duncan prenait sa compagne par l'épaule, elle leva les yeux pour lui sourire et vit qu'il contemplait la femme avec un véritable amour.

Alors elle s'avisa, avec une sorte de terreur, qu'ils vivaient un véritable *événement*, pas juste un barbecue dominical.

Se raisonnant pour ne pas s'enfuir, elle laissa Duncan faire les présentations :

– Bonjour, Ma Bee.

Bee l'étreignit d'une vigoureuse embrassade, puis recula en lui tapotant les deux joues.

– Toujours aussi maigre, toujours aussi blanc !

– Toujours l'amour de ma vie.

Elle partit de son grand éclat de rire. Ensuite, elle se tourna vers Phoebe, l'air interrogateur.

– Ma Bee, voici Phoebe MacNamara. Phoebe, Beatrice Hector.

– Je suis enchantée de faire votre connaissance, Madame. Merci d'avoir bien voulu me recevoir.

– Je vois que votre maman vous a bien élevée ! C'est pour moi, ces marguerites ? Merci, j'adore ces fleurs. Tisha ? Tu veux les mettre dans le vase bleu qu'Arnette m'a offert pour la fête des mères ? Il est dans le placard de droite, sous le grand plateau. C'est exactement ce qu'il faut pour ces marguerites.

La gamine qui entra jeta un regard poli à Phoebe, et un autre, plein de nostalgie, à Duncan.

Bee emmena alors Phoebe pour faire les présentations :

– Oncle Walter nous est revenu sourd de la guerre de Corée, expliqua-t-elle. Il vous trouve plus jolie que la dernière que nous avait amenée ce blanc-bec maigrichon.

Ce disant, elle traduisait tout en signes au vieil homme. Phoebe remercia avec le signe approprié.

– C'est l'un des rares que je connaisse, expliqua-t-elle à Bee. Bonjour, au revoir et merci.

– Si vous avez envie de discuter avec lui, il sait aussi lire sur les lèvres. Et voici Lou, ma belle-fille, l'épouse de mon deuxième fils, Phin.

– On se connaît, dirent-elles en chœur.

– Lieutenant MacNamara !

– Louise Hector, pour la défense. Le monde est petit !

– Il semblerait. Nous avons été adversaires, mais chez Ma nous serons amies.

– Puisque vous vous connaissez, tu n'as qu'à servir à boire à Phoebe et continuer les présentations.

Phoebe se retrouva avec un gobelet de plastique rempli de chardonnay glacé et, durant la litanie des présentations, elle tâcha de retenir quelques noms.

– Je n'avais pas fait le rapport avec la Phoebe dont parlait Duncan et le lieutenant de l'unité des prises d'otages, observa Lou alors qu'elles traversaient la pelouse. C'est donc vous qui avez été méchamment attaquée il y a quelques semaines ?

– Ce n'est plus qu'un mauvais souvenir.

– Vous avez l'air en forme. J'aime bien votre robe. Venez, que je vous présente les organisateurs du barbecue. Phoebe MacNamara, mon beau-frère, Zachary, et mon mari, Phineas. Phoebe est flic, alors tenez-vous bien.

– Maman !

Une gamine arriva, couettes au vent.

– Hero ne veut pas descendre de l'arbre ! Viens lui dire.

– Il descendra quand il en aura envie. Dis bonjour à Mme MacNamara, Livvy.

– Bonjour, Madame.

– Bonjour, comment vas-tu ?

– Le chat ne veut pas descendre.

– Les chats aiment bien se trouver en hauteur.

– Pourquoi ?

– Comme ça ils se sentent supérieurs à nous.

– Mais Willy a dit qu'il allait tomber et se casser le cou.

– Allons, Livvy ! intervint Lou. Tu sais bien qu'il a dit ça pour te faire marcher. Tu verras, quand il y aura du poulet sur la table, il descendra tout de suite. Allez, va te laver les mains, on va bientôt passer à table.

– Vous êtes sûre qu'il aime être là-haut ? insista l'enfant auprès de Phoebe.

– Certaine.

Comme la petite s'éloignait en sautillant, elle demanda à sa mère :

– Quel âge a-t-elle ?

– Elle aura sept ans en juin.

– Ma fille vient d'avoir sept ans.

– Les garçons ! cria Bee de l'autre bout du jardin, vous croyez qu'on va pouvoir manger quelque chose un jour ?

– Ça vient, Ma, répondirent-ils dans un bel ensemble.

On commença par une salade de pommes de terre, des haricots noirs et rouges, des galettes de maïs et de la salade de chou cru. Phoebe perdit vite toute notion de ce qui lui était servi, mais aussi de qui racontait quoi. Elle était perdue dans les rires, les anecdotes familiales, dont certaines se rapportaient à Duncan. On se repassait les bébés comme les plats, de main en main.

Rien à voir avec sa propre famille, toute cette agitation, ces plats innombrables. Chez elle, il n'y avait jamais eu de vieillard qui s'endormait au milieu du repas, ni de gamins qui se battaient à coups d'épis de maïs.

Elle bavarda un peu avec Celia, qui avait déjà deux enfants et s'apprêtait à en mettre au monde un troisième. Elle échangea un sourire avec Livvy lorsque le chat reparut pour réclamer sa part.

Pendant ce temps, Duncan et Phin discutaient de basket ; comme ils n'étaient pas d'accord, ils élevèrent la voix, sans que personne ne prête attention à eux.

C'étaient plus que des amis, conclut-elle, des frères. Quelles que soient leurs différences, ils étaient devenus jumeaux. On ne pouvait s'insulter ainsi entre amis, pour se réconcilier dans la minute qui suivait, à moins d'être du même sang ou du même cœur.

Elle participait à un barbecue dominical avec la famille de Duncan.

C'était vraiment un événement.

– Je n'y manquerai pas. Elle sera ravie de cette coïncidence, parce qu'elle aime beaucoup Duncan.

– Nous aussi nous aimons beaucoup Duncan.

Bee s'approcha d'elle et lui demanda à brûle-pourpoint :

– Que comptez-vous faire de lui ?

Peut-être était-ce le vin, ou le regard chaleureux de Bee, mais Phoebe dit la première chose qui lui passait par la tête :

– Je ne sais pas encore ce que je vais lui laisser me faire.

Bee partit d'un joyeux éclat de rire ; de son doigt épais, elle lui tapota l'épaule :

– Ce n'est pas la première fois qu'il nous amène une jolie fille.

– Je m'en doute.

– Mais c'est la première fois qu'il m'en présente une pour me demander ma bénédiction.

– Ah…

Phoebe se hâta de boire une autre gorgée de vin.

– J'ai réussi l'examen ?

Pour toute réponse, elle eut droit à un sourire. Puis Bee se leva, posant les deux mains sur la table :

– Tout le monde veut de la tarte et de la glace ? Alors il va falloir débarrasser.

Dans le brouhaha qui s'ensuivit, elle se pencha vers Phoebe :

– Si vous emportiez quelques plats à la cuisine ?

Elle entrait dans la famille.

La soirée s'acheva sur un long baiser devant chez elle.

– Je ne te propose pas de monter, soupira-t-elle. Ce serait un euphémisme pour t'inviter à me déshabiller.

– Alors quand ? demanda-t-il en la caressant d'une main plaisamment insistante. Où ?

– Je… je ne sais pas. Ce n'est pas de la coquetterie. Mais Carly, ma mère… c'est tellement compliqué !

– Tu n'as qu'à venir dîner chez moi, murmura-t-il, les lèvres dans son cou.

– C'est toi qui feras la cuisine ?

– Non, je ne veux pas ta mort. Je commanderai de la pizza.

– J'adore ça.

– Quand ?

– Je… je ne peux pas demain. Il faut…

Vite réfléchir, peser chaque retombée possible.

– Mardi, mardi soir. Je viendrai directement en sortant du bureau. Du moins si…

– S'il n'y a pas de prise d'otages ou de suicidaire au bord d'un toit. Compris. Mardi. Qu'est-ce que tu aimes comme pizza ?

– Je te laisse choisir.

– Je m'en occupe. Bonsoir, Phoebe.

– D'accord. Attends !

Elle lui jeta les bras autour du cou, l'embrassa jusqu'à ce que le désir d'aller plus loin en devienne douloureux. Comme une somnambule, elle escalada le perron, brûlante de plaisir anticipé.

Jamais aucun homme ne l'avait mise dans cet état.

Elle entendit la télévision dans le salon, le rire de Carly. Ce serait bientôt l'heure de la coucher, mais Phoebe avait envie de rester seule un moment, ne serait-ce que pour effacer ce sourire béat.

Comme la nuit était belle, elle ouvrit sa fenêtre. Bientôt, il faudrait tout boucler pour garder l'air conditionné et empêcher d'entrer la chaleur moite de Savannah en été.

Elle décida de se mettre en pyjama avant de redescendre et achevait de se déshabiller lorsqu'elle entendit siffloter. Sa peau se mit à frémir.

Cet air. Toujours le même. L'homme à l'appareil photo.

Cela lui revenait maintenant. Elle l'avait déjà croisé dans River Street. Était-ce vraiment le même ? Elle ne put s'empêcher d'enfiler sa robe de chambre. Le temps qu'elle arrive au balcon, ouvre les portes-fenêtres, le sifflement s'était tu.

Personne n'arpentait le large trottoir blanc de Jones Street.

14

Des voix de femmes gazouillaient dans la cuisine alors qu'elle allait prendre son café. Comme elle entendait aussi celle de Carly, pépiement plus aigu et plus rapide, elle écouta un instant. Cette fois, ce n'était pas un lundi habituel.

La fillette aimait l'école, mais rarement le lundi.

Cependant, en entrant dans la pièce, Phoebe comprit la raison de cette joie. Rien ne valait un nouveau pull-over, ou n'importe quel vêtement neuf, pour accrocher un sourire sur le visage de sa coquette de fille.

Le pull qu'elle essayait en ce moment était d'un bleu pâle presque fragile, comme fait de nuages, et lui allait à ravir.

Entendant sa mère, la petite tourna sur ses talons :

– Regarde, maman ! Tu as vu ce que mamie m'a fabriqué ?

– C'est magnifique ! Et tellement doux. Tu la gâtes trop, maman !

– C'est mon travail aussi. Je voulais faire un essai. Je vais en confectionner d'autres maintenant, de taille adulte.

– Mamie va me faire un sac assorti.

– Tu ne gagneras jamais contre ces deux-là, murmura Ava en lui tendant son café. Tu veux des œufs ?

– Non, merci, juste un toast.

– Et un muffin ? Je viens de les préparer.

Phoebe en prit un, mordit dedans.

– Et moi qui trouve que Carly est gâtée ! Dépêche-toi de manger, je vais te déposer à l'école.

– On devait emmener Poppy et Sherrilynn aussi.

– Je sais.

Elle avait juste oublié.

– Je peux m'en charger si tu veux, proposa Ava.

– Non, ça ira. Au fait, je compte aller dîner demain soir chez Duncan, si ça ne pose pas de problème.

Elle vit sa mère et Ava échanger un regard entendu tandis que la fillette emplissait son bol de céréales.

– Quoi ?

– Rien, dit Essie avec un sourire innocent. Bien sûr que ça ne pose aucun problème. Aucun. Ava, tu me dois cinq dollars.

– Vous avez parié sur…

Phoebe ne termina pas sa phrase : Carly la contemplait d'un œil suspicieux.

– C'est ton petit copain maintenant ?

– Je suis trop vieille pour avoir un petit copain.

– La mère de ma troisième meilleure amie, Celene, a *deux* copains. Celene l'a entendue dire qu'elle devait toujours s'arranger pour que sa main gauche ne sache pas ce que faisait sa main droite.

– Tôt ou tard, les deux mains finissent par échanger des coups de poing, commenta Phoebe. Et tu es priée de ne pas le répéter. Quant à moi, je sors juste dîner avec un ami.

– J'aimerais sortir dîner de temps en temps, dit Ava. M'asseoir avec quelqu'un pour deux heures, faire la conversation. Vous allez dans un grand restaurant ?

– Oh non !

Et si elle s'achetait de nouveaux sous-vêtements ?

– Non, juste une pizza.

– C'est sympathique.

– Moi, j'aime ça, la pizza ! piaula Carly.

– Eh bien…

– On en mange régulièrement ici ! objecta Essie en lui versant du jus d'orange. Tu devrais inviter Duncan à dîner un de ces soirs.

– Oh… je…

– Un gentil dîner de famille. Si j'ai bien compris, la dernière fois, il t'a emmenée dans sa famille. Tu dois lui rendre la pareille. Demande-lui quel soir lui conviendrait.

Compliqué, compliqué. Pourquoi fallait-il que tout soit si compliqué ? Une femme adulte ne pouvait-elle donc pas connaître une relation paisible ?

La réponse était non, bien sûr. Pas avec une fille, une mère et une grande sœur honoraire qui vivaient sous le même toit.

– Finis vite ton petit déjeuner, sinon on sera en retard. J'allais oublier : un nouveau voisin s'est installé dans le coin ?

– Mirri, la fille de Lissette et Morgan Frye, a quitté son bon à rien de mari après avoir découvert qu'il apprenait de sa partenaire de double mixte un peu plus qu'à travailler son revers.

Ava rajouta du café à Phoebe avant de poursuivre :

– Oh, et Delly Porter a engagé une fille au pair française pour s'occuper de ses jumelles. Que Dieu aide la malheureuse demoiselle !

– Non, je voulais parler d'un homme. Il n'y aurait pas un nouveau voisin dans les parages ?

– Tu songes déjà à aller voir ailleurs ? s'esclaffa Ava.

– Pas du tout ! Il me semblait avoir aperçu un visage inconnu, voilà… Un type qui sifflote. Tiens, qu'est-ce que c'est que cet air ? Je l'ai dans la tête sans pouvoir dire de quoi il s'agit.

Elle se mit à chantonner et Essie intervint tout de suite :

– *Le Train sifflera trois fois.* Tu sais que j'adore ces vieux films. C'était avec Gary Cooper et Grace Kelly. Qu'elle était jolie ! Et lui… ça c'était ce que j'appelle un bel homme ! « Si toi aussi tu m'abandonnes »…

À son tour, elle fredonna le couplet, de sa jolie voix légère mais bien placée.

– Oui, c'est ça ! C'est drôle de siffler ça, non ? Carly, dépêche-toi maintenant !

Dès qu'elles furent dans la voiture, Phoebe interrogea Carly :

– Ça t'ennuie si je sors avec Duncan ? Ou même avec quelqu'un d'autre ?

– Non, mais si tu es trop vieille pour avoir un petit copain, à quoi ça sert ?

Dans le mille !

– Je voulais juste dire que le terme « petit copain », ça faisait trop enfantin pour une femme de mon âge.

Une femme divorcée avec une fille…

– Disons plutôt que c'est un ami.

– La mère de Celene n'arrête pas de parler de ses petits copains. Elle en avait trois, mais…

– Je ne suis pas la mère de Celene. Et je n'approuve pas sa façon de parler de ses *petits copains* en votre présence.

– Elle en parle surtout à ses amies femmes, et Celene les entend. Après, elle vient nous raconter.

– Ah bon ! soupira Phoebe en démarrant. Ça embête Celene que sa mère sorte comme ça ?

– Non, elle adore sa baby-sitter. Terri a quinze ans et elle aime bien se maquiller et regarder la télé. Sans compter que les petits copains apportent parfois des cadeaux à Celene ou l'emmènent à des trucs. Tiens, à la piscine, justement.

– Je te vois venir !

Ce n'était pas la première fois que Carly entendait cette expression et elle comprit qu'elle était reçue cinq sur cinq.

– Mais si je ne demande pas de cadeau et que je te dis « est-ce que tu voudras bien m'emmener à la piscine, s'il te plaît ? », ce n'est pas pareil ! Mamie répète toujours que, quand on vous donne quelque chose, il faut remercier poliment et dire qu'on est contente. Même si on n'aime pas ça. Il faut rester bien élevée.

– Petite roublarde ! Insaisissable comme une anguille. Je suis fière de toi !

Après des négociations sur une tentative de suicide qui se révéla n'être qu'un pathétique appel au secours, Phoebe tomba sur Sykes qui lui faisait signe de ne pas entrer dans le local de l'unité.

– Méfiez-vous, lieutenant. Les rats sont dans votre bureau.

– Le bureau des affaires internes ?

– L'un d'entre eux. Il est arrivé il y a à peu près cinq minutes.

– Merci.

Elle aurait dû s'en douter. D'ailleurs, elle s'en était doutée. Cela n'en rendait pas la chose moins désagréable.

Le lieutenant Blackman était un homme grisonnant d'une cinquantaine d'années, au ventre avachi, au teint rougeaud, aux mains sèches et maigres.

– Désolée de vous avoir fait attendre, lança-t-elle en entrant. Nous avions rendez-vous ?

– Vous ne m'avez pas fait attendre. Je voulais juste commencer par une petite conversation ici avec vous plutôt que par un entretien formel dans nos locaux, mais, si vous préférez, on peut arranger ça.

Instantanément, Phoebe adopta le ton courtois et distant des femmes du Sud. En général, cela lui réussissait plutôt bien :

– Je vous dirai cela dès que je saurai de quoi il retourne.

– C'est au sujet des déclarations et des accusations portées contre vous par le brigadier Arnold Meeks.

– Arnold Meeks n'est plus brigadier, comme vous le savez.

– Il l'était quand il a porté ces accusations, comme vous le savez. J'espère que vous vous remettez de vos blessures.

– Oui, merci. Voulez-vous un café, lieutenant ?

– Non, merci. Avant l'agression dont vous avez été l'objet, vous avez suspendu le brigadier Meeks ?

– Oui.

– Pour quelles raisons avez-vous pris cette mesure ?

Avec un grand sourire un peu figé, elle rétorqua :

– Elles sont clairement exposées dans son dossier. En voulez-vous une copie ?

– J'en ai une.

– Dans ce cas…

– Le brigadier Meeks conteste les raisons pour lesquelles vous l'avez suspendu.

Se redressant, Phoebe se rembrunit, sa voix se durcit.

– Nous savons aussi bien l'un que l'autre qu'il m'a agressée après avoir guetté mon arrivée. Nous savons aussi bien l'un que l'autre qu'il a négocié avec l'accusation. Et j'ai l'impression que nous savons aussi bien l'un que l'autre qu'Arnold Meeks éprouve de graves difficultés avec toute forme d'autorité, en particulier lorsqu'elle est incarnée par une femme, et qu'il a du mal à se maîtriser. Pourquoi y revenir ?

Les yeux noirs de Blackman restaient fixés sur elle.

– Il a porté de graves accusations contre vous et le capitaine de cette division.

Cela lui donna envie de mordre, mais elle savait que c'était le moment ou jamais de rester calme.

– En effet, il a même eu le front de venir les porter ici même, devant moi !

– Entretenez-vous une relation avec le capitaine McVee, ou pas ?

– Bien sûr que oui ! Une relation personnelle et platonique avec le capitaine, que je connais et respecte depuis plus de vingt ans. Si vous avez un peu étudié mon dossier, vous savez dans quelles circonstances j'ai fait la connaissance du capitaine McVee.

– Vous avez quitté le FBI pour travailler dans cette division.

– Oui, pour diverses raisons qui ne vont en aucune façon à l'encontre du règlement. Voilà près de sept ans que je travaille dans cette division, sans m'être jamais fait rappeler à l'ordre. Je pense que ma réputation, autant que celle du capitaine, est au-dessus de tout soupçon. Et la rancœur d'un agent de police en disgrâce qui s'est vengé en me battant comme plâtre n'y changera rien.

Blackman souffla ostensiblement, première manifestation de ce qu'il pouvait ressentir.

– Je comprends que vous puissiez trouver cette conversation oiseuse, lieutenant, et son objet désagréable.

– Oiseuse ? Lieutenant Blackman, en tant qu'officier de police et que femme, je trouve l'objet de cette conversation déplorable.

– Voilà qui est noté. L'agent en question prétend également que vous lui auriez fait des avances inappropriées et que vous auriez usé de votre autorité pour le forcer à entrer dans un contexte sexuel.

– Il paraît. Mais je n'ai jamais fait d'avances d'aucune sorte à Arnold Meeks. Croyez-le, lui, ou croyez-moi. Je me demande quelles pressions le père et/ou le grand-père de l'« agent en question » ont pu exercer pour lancer le bureau des affaires internes sur cette histoire.

– Des plaintes ont été déposées contre vous et le capitaine McVee.

– Vous devriez considérer de plus près la source de ces plaintes, sans oublier que le capitaine McVee se consacre à ce département et à la ville depuis plus de vingt-cinq ans et ne mérite certainement pas que ce genre de malveillance vienne entacher sa carrière, surtout de la part d'un enfoiré comme Arnold Meeks.

– Lieutenant…

– Je n'ai pas terminé ! Je vous demande de mettre ceci dans votre rapport : à mon avis, tant personnel que professionnel, Arnold Meeks n'est qu'un enfoiré de menteur qui s'efforce de couvrir son attitude criminelle et indigne en salissant la réputation d'un homme honnête, d'un policier remarquable.

Elle se leva :

– Maintenant, je vous prie de quitter mon bureau. J'ai du travail. Si vous désirez avoir une autre conversation avec moi, il faudra en faire la demande officielle, en présence de mon délégué syndical.

– Comme vous voudrez.

– Parfaitement. Au revoir, lieutenant Blackman.

Il fallut à Phoebe près d'une minute pour reconnaître qu'elle était trop furieuse, trop ulcérée pour remplir un quelconque rapport ou même faire semblant.

Prenant son sac, elle sortit sous les regards compatissants de l'unité.

Arrivée à Chippewa Square, elle se laissa tomber sur un banc et s'avisa que c'était celui sur lequel s'était assis Forrest Gump en attendant le bus.

– Une boîte de chocolats, n'importe quoi ! maugréa-t-elle.

Cependant, elle se sentait déjà mieux. Heureusement qu'elle avait pu s'exprimer, dire ce qu'elle pensait à ce tocard quand elle était encore à peu près calme. Heureusement qu'elle s'était dressée pour lui montrer qu'elle ne se laisserait pas marcher sur les pieds par le bureau des affaires internes.

Qu'il cherche, qu'il fouine tant que ça lui chantait. Elle n'avait rien à cacher.

David attendit la dernière minute pour la convoquer. Il était au téléphone lorsqu'elle entra dans le bureau, et il leva un doigt.

– Voilà ce que j'en pense. Je vous remercie. Je vous rappellerai.

Il raccrocha, se pencha légèrement d'un côté puis de l'autre pour examiner le visage de Phoebe.

– Je n'en ai que pour une minute. Vous voulez sans doute rentrer chez vous.

– Les devoirs du lundi soir sont souvent accompagnés de crises de larmes. Le vendredi, nous avons repris des forces, juste pour retomber dans le piège des deux jours de congé. Il y a un problème, capitaine ?

– Je sais qu'un gars du bureau des affaires internes est venu vous voir.

– Oui.

– Et je sais que ça vous a mise hors de vous.

– Oui.

– Ça n'ira pas loin, Phoebe. Ça ne peut pas. Mais les Meeks ont des amis dans le département et à la mairie. Il est important pour eux de sauver la face autant que faire se peut.

– Tandis que la vôtre et la mienne peuvent leur servir de punching-ball.

– Je regrette que l'insulte ait été ajoutée à la blessure. J'espère que vous saurez maîtriser la situation.

– J'ai eu envie de les envoyer paître et de tout laisser tomber pour me faire thérapeute ou conseillère conjugale.

Elle le vit grimacer un sourire.

– Mais, ajouta-t-elle, étant donné mes propres performances dans ce domaine, j'ai changé d'avis pour décider d'aller m'acheter une amulette et de me consacrer au vaudou, et je continue à peser le pour et le contre.

– Tenez-moi informé de vos décisions quand elles seront prises. Non, franchement, Phoebe, vous savez que tout ceci n'est qu'un voile de fumée.

– Vous savez pourtant que fumer tue.

– Tant que vous tiendrez le cap, il ne pourra rien contre vous. Rentrez à la maison et oubliez tout ça. Vous avez bien assez de soucis avec les tables de multiplications ou l'enfer d'une division à virgule.

Inutile d'en rajouter, se dit-elle, *il a raison.* Il suffisait effectivement de tenir le cap.

– Le lundi, c'est toujours vocabulaire, indiqua-t-elle. Carly en a tellement que ça l'embête qu'on lui dise quels mots apprendre. Qu'allez-vous faire ?

– Je vais finir mon travail ici, rentrer chez moi et prendre une bière devant un plat réchauffé.

– Venez dîner chez nous. Vous…

Elle s'arrêta net et sentit la moutarde lui monter au nez quand elle vit son expression.

– Quoi ? On ne va pas se laisser faire comme ça ! À cause de cette imbécillité ? On a le droit d'être des amis, quand même !

– Évidemment ! Ça ne change rien et personne ne pourra rien y changer. Mais il vaut mieux, pour le moment, que je m'en tienne à mes surgelés. Laissez la fumée se dissiper, Phoebe. Le moment venu, je vous promets qu'elle ne laissera pas une miette de goudron derrière elle.

– Je sens que je vais aller trouver la reine du vaudou.

Il sourit, de ce sourire patient qu'elle aimait tant chez lui.

– On fait du bon travail, ici. Et on va continuer à le faire.

Bizarre, se disait Ava, que l'homme qui sortait avec son amie – avec qui elle dînait ce soir même – ait demandé à la voir…

Elle ne savait trop si elle aurait dû accepter. Sans doute était-ce par curiosité, ou à cause du charme qu'il déployait, ou de ses bonnes manières ; certainement l'ensemble, se dit-elle en remontant Whitaker Street.

Elle avait décidé de ne pas prendre sa voiture. Il devenait difficile de se garer dans le centre-ville ; en outre, on ne pouvait en profiter pour faire du lèche-vitrine. Du moins pas sans prendre quelques risques. Et Dieu sait qu'elle adorait faire du lèche-vitrine. Entre elle et Essie, la pauvre Carly en était à son tour complètement mordue.

En outre, ce n'était pas si loin que ça. Et Savannah était si belle en avril !

Elle adorait Savannah. Elle adorait la demeure des MacNamara, où elle se sentait chez elle plus que nulle part ailleurs. Certes, elle avait aimé sa petite maison de West Chatham. L'image de la perfection, avec son mari qui avait si bien réussi, et un adorable petit garçon. Sans oublier le golden retriever de rigueur.

Pourtant, nulle perfection dans tout cela ; quel coup lorsqu'elle l'avait compris ! Les adultères en série, voilà qui n'avait rien de drôle, surtout pour l'épouse aveugle qui n'avait rien vu venir.

Alors elle était retournée dans la grande demeure des Mac Namara. Moins le mari et le chien. L'animal lui avait manqué, elle s'en rendait compte à présent. Mais elle avait été heureuse d'avoir trouvé un endroit où se réfugier, un endroit où son fils avait pu s'épanouir, où elle-même avait sa place.

Perdue dans ses pensées, elle faillit passer devant la maison sans s'arrêter.

– Eh, Ava !

Elle s'arrêta, leva la tête pour apercevoir Duncan en train de descendre les marches d'une maison en ruine.

Pour le lèche-vitrine, c'était raté ; pas étonnant que Phoebe ne soit plus subjuguée que par ce modèle unique. Élancé, échevelé, le sourire ravageur.

– Excusez-moi, balbutia-t-elle. Je rêvassais. Alors là ! C'est ça la maison que vous avez achetée ? Celle dont vous avez parlé à Essie ?

– Oui.

Il contemplait la bâtisse avec les yeux d'un gamin pour une vieille tante adorée.

– Elle a besoin d'un coup de peinture.

– C'est le moins qu'on puisse dire.

Les fenêtres barrées par des planches, la teinte jaunâtre, ou ce qu'il en restait, qui frisottait sur les murs de bois.

– Vous avez du pain sur la planche.

– C'est tout l'intérêt de la chose. C'est justement ce dont je voulais vous parler.

– À moi ?

– Montons un peu à l'intérieur. Il n'y a aucun danger.

Il lui prit la main, l'attira.

– La structure reste solide. Dans l'ensemble, c'est une simple question de ravalement.

– Il va vous falloir beaucoup de lessive.

– J'ai des tas d'idées, dont l'essentielle tourne autour de l'appel du trottoir, si vous me passez l'expression. Chez vous, dans la demeure des MacNamara, l'œil est attiré depuis la rue. Il paraît que c'est vous qui vous chargez de l'entretien du jardin.

– Pour le plus gros, oui.

Elle sortit une bouteille d'eau de son sac, la lui offrit.

– Vous emportez de l'eau avec vous ?

– Je pourrais ouvrir un magasin avec tout ce que je trimballe dans mon sac. Je me demande comment vous faites, vous, les hommes, avec juste vos poches. Vous voulez cette bouteille ? J'en ai deux.

– Non, merci. Oui… le jardinage. Vous jardinez.

– Un peu…

Elle avait depuis longtemps noté l'état désastreux de la pelouse et du liseron en pleine forme qui envahissait tout.

– Essie bricole un peu, Phoebe a à peine le temps d'arracher quelques mauvaises herbes par-ci par-là. Alors c'est devenu mon domaine.

– J'adore le jardinage.

– C'est vrai ?

Elle lui décocha un sourire.

– Je m'en suis aperçu quand j'ai commencé à m'éclater dans ma maison, celle où je vis. Je crois que je ne m'en tire pas mal. Mais vous, c'est autre chose. Vous êtes à cent coudées au-dessus de moi. Alors je me suis dit que vous pourriez peut-être m'aider un peu ici.

– Ici ?

– J'ai l'impression qu'il va falloir partir de zéro. Avant tout parce qu'il ne reste plus ici qu'un sous-bois et des mauvaises herbes. Je pense qu'un bon nettoyage s'impose, pour recommencer avec de bonnes plantations de base, quelque chose qui en jette tout de suite.

Peut-être quelques buissons fleuris là, sur le côté. Un peu de vigne vierge sur le treillis.

Stupéfaite, Ava contemplait la sinistre bâtisse.

– Quel treillis ?

– Celui qu'on installera. Ou une tonnelle. J'ai un penchant pour les tonnelles. Il y aura aussi des pots et des jardinières, plein de fleurs de toutes les couleurs. Quant à la petite place qui reste derrière la maison, j'ai pensé à un patio avec une jolie petite table et des chaises ; il y faudra aussi des massifs et des arbres en pots. Alors, est-ce que vous croyez pouvoir faire quelque chose pour moi ?

– J'avoue que je ne m'attendais pas à cela. Vous voulez que je vous aide à dessiner ces jardins ?

– Je voudrais vous engager comme paysagiste.

Le souffle coupé, Ava dut boire un peu d'eau avant de reprendre la parole.

– Duncan… Qu'est-ce qui vous fait croire que je sois capable d'assumer un tel projet ? Je ne suis pas paysagiste, je fais juste un peu de jardinage.

Mais lui estimait que, tout comme Essie, cette femme avait appris sur le tas pour devenir l'une des meilleures dans son domaine, une véritable artiste.

– Ce n'est pas exactement d'une paysagiste que j'ai besoin ici, quoique je n'aie rien contre ces gens-là. Mais je veux quelque chose d'intime et de spectaculaire à la fois, de très personnel. J'aime beaucoup ce que vous avez fait dans la maison de Jones Street, et c'est ce que je voudrais ici. J'ai pris des photos.

Il sortit un dossier d'une serviette posée sur le perron.

– La maison, le terrain, les vérandas, dans leur état actuel. Ensuite j'ai travaillé sur les idées de base que j'avais. Rien de définitif, juste des idées. Et le budget que je compte y consacrer.

La curiosité l'emporta. Elle regarda les feuillets qu'il lui montrait.

– Je vais m'asseoir sur les marches, dit-elle.

– D'accord.

Il s'assit près d'elle. Il avait toujours aimé s'installer en bordure de la ville pour regarder passer le monde. Aussi se contenta-t-il de laisser flotter son regard tandis qu'elle lisait en silence.

– Duncan, finit-elle par déclarer, je vous trouve absolument charmant, mais vous devez avoir des problèmes de jugeote.

Cela le mit en joie. Elle n'en poursuivit pas moins :

– On n'offre pas un projet pareil à quelqu'un qui n'a pas fait ses preuves.

– Des projets, j'en ai beaucoup d'autres, plus importants que celui-là, croyez-moi. On en reparlera peut-être un de ces jours. Pour le moment, je voudrais qu'on puisse se sentir ici chez soi. Or c'est l'impression qui se dégage de votre jardin. Je m'y connais un peu dans ce domaine et…

Elle l'interrompit en agitant un doigt :

– Citez-moi aux moins six plantes que vous avez vues chez les MacNamara.

– Alors, il y a cette espèce d'urne sur la véranda avec un héliotrope, ce phlox rouge foncé, cette lobélie, cette corbeille d'argent.

Il continua ainsi, citant dans l'ordre ce qu'il avait vu dans les pots, puis dans les massifs, et finit par les arbrisseaux.

Elle l'écoutait, les yeux de plus en plus ronds.

– Vous les avez appris par cœur ou quoi ?

– Je remarque les choses, surtout quand elles m'intéressent. Il m'a fallu deux bonnes semaines pour tout identifier. Si vous trouviez de bonnes idées pour mon jardin, nous pourrions en discuter. Je pourrais…

Il consulta sa montre, se redressa vivement.

– Il faut que j'y aille. Phoebe vient dîner chez moi dans deux heures, alors je dois…

– Allez-y. Quant à moi, je vais rester un peu ici, si ça ne vous dérange pas.

– Faites donc. Imprégnez-vous des lieux.

– Je vais réfléchir.

Elle le regarda partir au volant de sa belle voiture. Ce type était sûrement dérangé. Cependant, elle se releva, fit le tour de la maison, arpenta de long en large la véranda effondrée.

Cela lui rappelait un peu son jardin à West Chatham. Elle s'était tellement régalée à en faire un bijou ! Combien elle en avait fertilisé, arrosé le sol… Combien elle avait creusé, planté… Pour se sentir enfin chez elle. Sans se douter qu'un serpent s'y cachait. Sans se rendre compte qu'elle devrait un jour quitter ce décor de rêve qu'elle avait tant peiné à créer.

N'allait-elle pas se régaler à s'occuper de celui-ci ? Si elle pouvait arracher, effacer tout ce qui lui paraissait laid pour le remplacer par du beau ? Pour le seul plaisir de la beauté ?

Oui, cela valait la peine d'y réfléchir.

15

En se rendant chez Duncan, Phoebe entretint une longue discussion avec elle-même. En soi, c'était idiot, car elle tenait beaucoup à cette soirée, pour finir enfin ce qu'ils avaient commencé dans la véranda quelques soirs auparavant.

Mais, disait Phoebe la Sage, tous deux devraient apprendre à mieux se connaître d'abord. Certes, l'homme était séduisant, attachant, cependant pourquoi précipiter les choses ? Ne serait-il pas plus rationnel, voire plus sûr, de se retrouver auparavant dans divers endroits publics ? Pourquoi se ruer immédiatement vers cette maison pour une rencontre dont l'issue était inévitable ?

À quoi Phoebe la Solitaire répondait qu'elle l'aimait bien, qu'elle appréciait sa compagnie, qu'il l'attirait violemment. Qu'elle avait trente-trois ans.

Cependant, que savait-elle de lui ? Qu'avait-elle découvert sous le vernis des apparences ? À première vue, elle avait l'impression de se trouver devant le genre d'homme qui savait user de son affabilité comme d'une arme et consommait les femmes à raison d'une par semaine. Il pourrait bien représenter la version masculine de la mère de Celene, qui jonglait avec les amants sans arrière-pensée. Phoebe tenait-elle vraiment à n'être qu'une balle lancée en l'air parmi tant d'autres ?

Et alors ? Où était le problème ? Elle pouvait sortir avec un homme sans exiger, ni même espérer, une totale exclusivité. Elle avait bien le droit de s'amuser un peu, de passer une soirée en bonne compagnie, pourquoi pas de faire l'amour ?

Et si Phoebe la Sage n'était pas contente, elle pouvait toujours sortir de la voiture et rentrer seule.

Elle s'avisa que, la première fois où elle était venue, elle était traumatisée et n'avait rien vu de la maison de Duncan. La deuxième, la nuit était tombée.

Tandis que maintenant, en pleine lumière, la vision qui lui apparaissait au détour du chemin était tout autre.

C'était une magnifique résidence avec ses hautes fenêtres aux rebords blancs sculptés qui ressortaient sur le bleu pâle des murs de bois, avec ses volées de terrasses et de vérandas et, bien sûr, la robuste élégance du portique soutenu par deux colonnes blanches, là où ils avaient failli passer à l'action, ce qui lui eût épargné cette dernière discussion avec elle-même.

Le charme de ce belvédère où elle s'imaginait assez bien contempler les marécages, le jardin, le fleuve.

Et, bien sûr, la masse des arbres, les hautes cimes, les sentiers sinueux. Il fallait reconnaître que le maître des lieux avait le sens des paysages. Ou engageait les gens qu'il fallait, ce qui revenait au même.

Le résultat était cette portion d'île où jouaient les ombres et les lumières, les fleurs et les arômes, la verdure et d'éclatantes couleurs, autour d'une résidence qui donnait cette double impression de noblesse et d'intimité.

Cela ne s'improvisait pas.

Phoebe remonta le chemin en se laissant aller au plus romantique des rêves. Pourvu qu'ils dînent dans cette véranda, dans cette atmosphère douce et parfumée.

Il ouvrit la porte avant qu'elle l'ait atteinte, et la regarda marcher vers lui.

– J'aurais peut-être dû porter une robe à fleurs et un grand chapeau ! lança-t-elle.

– Tu es parfaite comme ça, j'aime beaucoup celle que tu portes.

– Merci.

C'était le genre de tenue qu'elle arborait pour les réunions de parents d'élèves, une simple cotonnade dans laquelle elle se sentait bien.

Il lui prit la main pour l'entraîner à l'intérieur.

Elle ne l'avait pas vu venir. Bravo, l'intuition féminine ! Toujours est-il qu'elle se retrouva plaquée contre la porte, une bouche brûlante sur la sienne.

Elle aurait pu le repousser doucement, mais ses mains préférèrent s'enrouler autour du cou de Duncan.

Et elle n'eut plus besoin de réfléchir.

Il avait commencé par lui caresser les cheveux, la tête, et descendait maintenant sur ses épaules, le long de son dos. Pour la résistance, c'était raté.

Phoebe la Sage n'avait plus la moindre chance.

Il *sentait* si bon ! C'était un tel plaisir que de se retrouver dans ses bras ! Les sangs retournés, elle ne se laissait plus guider que par les aspirations de son corps.

Dans un petit bruit mat, elle entendit son sac heurter le sol ; déjà, elle l'enveloppait de ses bras, de ses jambes, lui mordillant la lèvre inférieure. Elle geignait, frissonnait, et les fragrances de son propre corps s'entêtaient à les griser tous deux.

Il remonta sa robe, dégageant ses superbes jambes, laissant courir les paumes sur sa chair tiède pour aller se glisser sous l'intime dentelle qui n'interdisait plus rien.

Du langoureux mouvement de ses jambes, elle l'incitait à venir plus vite, sa gorge émit une plainte sauvage qui acheva de le rendre fou. Et, de ses ongles, elle lui fouaillait les épaules puis descendait sur son torse.

Viens, viens, viens… Là, tout de suite. Elle n'aurait su dire si elle l'avait dit à haute voix ou juste pensé, mais il fut soudain là, attendu depuis si longtemps que la moindre résistance était inutile. Il donnait l'assaut, et vive la fièvre de l'impatience !

Il parvint cependant à se contenir jusqu'à ce qu'elle, la première, cède à un orgasme qui la laissa pantelante. Alors seulement il s'abandonna, la plaquant avec rage contre la porte. En reprenant peu à peu ses sens, elle comprit que c'était autant pour garder l'équilibre que pour la retenir.

– Merci, murmura-t-elle.

– J'en ai autant pour toi.

Comme elle éclatait de rire, il se dégagea, recula, lui arrangea les cheveux autour du visage.

– Je n'avais pas prévu initialement l'affaire sous cet angle, commenta-t-il.

Cette fois, elle parvenait à le regarder comme elle voulait. Seigneur, la couleur de ses yeux !

– L'affaire ?

– Tu vois ce que je veux dire. Quelques apéritifs bien tassés pour nous mettre en forme, un dîner, la conversation… Et puis je me suis rendu compte que je ne n'envisageais qu'une chose depuis le début : faire l'amour avec toi. Toute autre perspective me coupait l'appétit.

Tout en parlant, il lui passait une main sur la jambe, ce qui lui envoya encore des ondes de désir à travers le ventre ; mais il lui rajustait doucement sa jupe.

– Et puis je me suis dit, ajouta-t-il, que tu pouvais très bien être dans le même état d'esprit, que j'allais te gâcher toute la soirée avec mon dîner et mes bavardages. On ne traite pas ses invités comme ça.

– Si je comprends bien, on vient de s'envoyer en l'air devant ta porte par pure politesse de ta part ?

– Exactement, lâcha-t-il avec un sourire. Juste pour ça. Tu tiens debout maintenant ?

– Je crois.

Il recula, se pencha pour ramasser le slip de dentelle déchiré.

– Oh, pardon !

– Quand je pense, dit-elle en riant, que j'ai choisi mes plus beaux sous-vêtements !

– Ils ont été appréciés à leur juste valeur. Tu veux que je te prête un caleçon ?

– Laisse tomber, mais merci ! Je vais juste faire un tour dans le cabinet de toilette.

– Bien sûr. Écoute, Phoebe…

D'un geste machinal, il fourra le slip dans sa poche.

– Dans le même ordre d'idées, d'habitude je sors couvert.

Elle le contempla d'un air sarcastique.

– Tu m'en diras tant !

Soudain, elle se rendit compte de ce qu'il voulait dire et s'avisa qu'elle n'y avait pas songé un instant elle non plus.

– Je t'assure. D'habitude, je fais attention. Mais là, j'ai perdu la tête…

Le cœur battant, elle balbutia :

– C'était réciproque ; je prends la pilule, mais…

– Si tu veux, on fera des analyses dès demain. Je peux te jurer que c'est la première fois que cette porte sert à ce genre d'exploit. Désolé. Je suis prêt à donner une fiole de sang si ça peut te rassurer.

– Disons qu'on sera plus prudents la prochaine fois.

– D'accord.

Elle ramassa son sac :

– Je reviens dans une minute.

Le miroir lui révéla un portrait bien différent de la dernière fois : les joues rouges, le regard vague, les cheveux en bataille. Tout allait pour le mieux. Cependant, il ne faudrait pas se laisser aller à nouveau de la sorte. Elle n'en avait pas le droit. La prochaine fois, elle emporterait des préservatifs.

Lorsqu'elle sortit, ne trouvant Duncan ni dans le hall d'entrée ni dans le salon, elle l'appela et l'entendit enfin lui répondre d'une pièce près de la cuisine, une salle feutrée, équipée d'un imposant bar des années 1950, de nombreux sièges profonds et confortables, décorée de posters représentant des publicités d'anciens magazines.

Il y avait une table de jeu du même style que le bar, des vitrines emplies d'objets hétéroclites, aussi bien des verres que des bibelots ou des distributeurs à bonbons.

– Le club des messieurs, commenta-t-elle.

– En quelque sorte.

Deux verres de vin à la main, Duncan vint vers elle.

– Tu as faim ?

– Tu m'as déjà rassasiée.

– Tant mieux, répondit-il avec un sourire flatté, parce que j'ai voulu commander une pizza mais je leur ai dit de ne la livrer que dans une heure. J'ai pensé que tu aimerais commencer par un verre dehors, dans le jardin peut-être, en regardant le soleil se coucher.

– Tu as tout compris.

Ils sortirent par les portes-fenêtres, allèrent dans la véranda du fond de la maison. Tout en regardant autour d'elle, Phoebe trempa les lèvres dans son verre.

– Très bon, ce vin. Il est extraordinaire, ce jardin ! On se croirait dans un conte de fées.

– Il est plein de recoins secrets. Je l'ai tout de suite aimé.

– Dans ce cas, dit-elle en descendant à sa suite, explique-moi pourquoi tu n'engages pas celui ou celle qui l'a dessiné pour ton future magasin de décoration…

– Ava t'a tout dit.

– Elle est folle de joie et d'appréhension.

– L'ennui, c'est que ce jardin, c'est plus ou moins moi seul qui l'ai créé, sans vraiment le dessiner, juste en allant au gré de ma fantaisie. J'ai été secondé, bien sûr, pour les gros travaux, et il a tellement évolué qu'il ne ressemble plus du tout à ce que j'avais prévu à l'origine.

– En tout cas, il te va bien. Il déborde de charme et de fantaisie.

Elle regardait les plantes autour d'elle, Duncan ne regardait qu'elle.

– C'est ta présence qui augmente son charme.

– Quelle galanterie, mon cher !

– Si c'était le cas, je t'aurais plutôt comparée à une fleur épanouie.

– Tu t'en sors très bien. Alors, Ava ?

– Oui, Ava. Je n'aurai pas autant de temps à consacrer à ce projet, et je ne crois pas que mon équipe possède la sensibilité adéquate. C'est pourquoi j'avais besoin d'une femme, une femme qui comprenne une telle maison, qui connaisse ce genre de quartier, tout en sachant organiser un paysage, distribuer les couleurs, de façon que les gens qui se promènent dans ces allées se disent : « Voici Savannah. » J'aime beaucoup ce qu'elle a fait autour de la maison de Jones Street.

Il poussa un portail de fer forgé et Phoebe comprit aussitôt pourquoi il avait parlé de secrets. C'était une petite île au cœur de l'île, sereine, bruissante avec son bassin où flottaient des nénuphars et trônait la statue d'une fée ailée.

Phoebe se dirigea vers le banc de marbre.

– Ce ne serait pas juste une bonne action ?

– Je n'ai rien contre les b.a., ni contre un mauvais esprit tel que le tien. Mais comme je me flatte d'être assez bon juge, je n'hésite pas à faire appel aux personnes qui me semblent aptes à m'aider dans mes projets.

– Tu n'as jamais engagé quelqu'un qui, au bout du compte, t'a déçu ?

– Ça m'est arrivé. Mais je suis sûr qu'Ava n'en fera pas partie.

– Sûrement pas. Quand elle était mariée, elle avait une maison dans West Chatham, où elle a créé un jardin étonnant… souvent cité dans les magazines de décoration. Tu le savais, j'imagine ?

– J'ai dû en entendre parler, répondit-il avec un sourire qui creusa ses fossettes.

– Tu es plus malin que tu ne veux bien le laisser croire.

– Toi aussi.

Il se pencha, l'effleura d'un baiser :

– Tu veux poursuivre ta promenade, peut-être descendre jusqu'au débarcadère ?

– Oui, j'aimerais bien.

Allées de brique, arbres et treillis, urnes de cuivre qui verdissaient, musique du vent dans les branches.

Le soleil baissait, faisant scintiller le marais. De là, on apercevait d'autres maisons, d'autres jardins ; elle crut même repérer un jeune garçon en train de pêcher sur une jetée.

– Ça t'arrive de faire ça ?

– Je suis nul à la pêche. Je préfère m'asseoir ici avec une bière et laisser les autres lancer les asticots.

– Je n'aurais pas cru que ce terrain descendrait si loin… tu as même une piscine ! C'est d'un énorme entretien, tout ça ! Je t'imagine mal en gentleman-farmer. Tu ne m'as toujours pas raconté la longue histoire qui t'a amené jusqu'ici.

– Ce n'est pas très intéressant.

– Pour toi ou pour moi ?

– Pour nous deux, en fait.

– Tu en as trop dit ou pas assez. Je commence à imaginer des choses, par exemple que tu as conçu ce domaine autour d'une femme, d'un chagrin d'amour…

– Il y a de ça.

Elle tressaillit.

– Excuse-moi, c'était une plaisanterie de mauvais goût. Si on retournait à la maison ? Ce serait dommage que le livreur de pizzas ne nous trouve pas et remporte son paquet. J'aimerais manger dans la véranda ou le jardin. Et toi…

– Je l'ai conçu pour ma mère.

– Ah…

Elle avait perçu le profond désarroi qui altérait sa voix. Cependant, il semblait vouloir se confier maintenant :

– On ne peut pas dire que ce soit là le début de mon histoire. Ma mère avait dix-sept ans quand je suis né. Elle ne l'avait pas vraiment fait exprès. Mon père n'était guère plus âgé. Pourtant, ils avaient décidé de me garder, de se marier. Ils ont vite compris leur erreur : ils n'arrêtaient pas de se disputer. Lui ne fichait rien, elle lui criait sans cesse après, il buvait trop, elle n'entretenait pas la maison. Ça ne rigolait pas chez les Swift.

– Ce ne sont pas les meilleures conditions de vie pour un enfant.

– Toujours est-il qu'il est parti quand j'avais dix ans. Ce n'était pas la première fois que ça se produisait, ni pour lui ni pour elle. Mais, cette fois, il n'est pas revenu.

– Tu ne l'as donc jamais revu ?

– Pas pendant des années. Elle était folle de rage et s'est vengée en sortant de tous les côtés, en faisant ce qu'elle voulait, pour une fois. Il m'est souvent arrivé de me demander si elle se souvenait seulement que j'étais là. Aussi, pour le lui rappeler, je me rendais odieux. Je me battais sans arrêt, je fichais la pagaille dans tout le quartier. J'étais le caïd. Du moins les cinq premières années.

Sans rien dire, elle suivit d'un doigt la petite cicatrice qu'il avait au sourcil.

– Oui, un souvenir de bagarre. Pas bien méchant.

– Ça m'a intriguée, la première fois que je t'ai vu. Une cicatrice ici, une petite fossette là... Tu es tout et son contraire, Duncan. Que s'est-il passé la sixième année ? Tu as cessé d'être le caïd du quartier ?

– Petite futée ! Je me suis confronté à un garçon beaucoup plus dur qu'il n'en avait l'air. Il ne m'a pas cassé la gueule, mais je peux te dire qu'on en a cassé ensemble !

– Et que vous êtes devenus les meilleurs potes du monde. C'est archi-connu comme histoire !

– Oui, ça ne donnerait pas un bon film. On se tapait dessus une fois de plus lorsque son père est arrivé, un gros bras qui nous a séparés sans ménagements. Il faut dire qu'il était boxeur. Il nous a emmenés chez lui, lavés dans l'évier de la cuisine pendant que la mère de Jake nous préparait de la limonade. Tu n'en as pas encore marre ? Parce que je t'ai dit que c'était une longue histoire.

– Pas marre du tout.

– Il va te falloir une autre rasade de vin pour tout écouter.

Il partit remplir son verre et Phoebe l'attendit dans la véranda.

– Où en étais-je ?

– Dans la cuisine de Jake, à boire de la limonade.

– Et à me prendre le savon de l'année. C'était la première fois que quelqu'un osait m'engueuler – même les profs ne s'y risquaient pas. Ce jour-là, j'ai compris que mon statut de caïd du quartier me valait plaies et bosses à longueur de journée. Tout ça pour quoi ? Jamais ma mère ne disait quoi que ce soit quand je revenais à la maison couvert de sang. Alors j'ai fini par abandonner mes prétentions au titre.

– Tu avais quoi, quinze ans ?

– Dans ces eaux-là.

– Ça fait jeune pour une prise de conscience, mais je comprends.

– Tu m'étonnes !

– Ça nous fait une expérience précoce en commun. J'ai emménagé dans la maison des MacNamara, mais c'est une autre histoire que je te raconterai plus tard. Qu'est-ce que tu es devenu, après avoir pris ta retraite de caïd ?

– Je me suis mis au boulot, en croyant que ce serait le meilleur moyen de faire plaisir à ma mère.

– Sage décision.

Pourtant, Phoebe savait déjà que jamais cette femme n'avait dû montrer la moindre reconnaissance à son fils, cela s'entendait au seul son de sa voix.

– Quel boulot ? reprit-elle soudain.

– Je desservais les tables des cantines et lui donnais la moitié de ce que je gagnais. Ça n'a rien changé entre nous, mais je croyais que ça se passait comme ça dans les familles monoparentales. Elle n'avait pas le temps de s'occuper de moi.

Il resta pensif quelques instants tandis qu'un oiseau lançait ses appels du soir.

– Toi, évidemment, reprit-il, tu es bien placée pour savoir que ce n'est pas vrai.

– Je sais que ça ne devrait pas l'être.

– Quand j'ai eu dix-huit ans, elle m'a prié de me trouver un appart, alors c'est ce que j'ai fait. Le temps a passé et, un jour, j'ai ramassé un client qui n'avait pas un sou sur lui. Une chose en entraînant une autre, j'ai rencontré sa famille. Pas de père – mort lorsque Phin était encore enfant –, mais le résultat était le même. Je te prie de croire que la mère savait veiller sur ses enfants.

Phoebe se rappelait bien Ma Bee, grandes mains, regard fixe.

– Même quand on aurait préféré passer inaperçu… commenta-t-elle.

– Même. Elle avait une ribambelle d'enfants, mais rien ne lui échappait, même en ce qui me concernait. Alors j'ai compris que ce qui se passait chez moi n'avait rien de normal, même si, jusque-là, ça m'avait arrangé de le croire… Tiens, ce doit être la pizza.

Il fila vers la porte :

– Je reviens dans une minute. C'est Teo, il est bavard.

– Bon.

Elle but son vin en regardant les premières étoiles apparaître dans le ciel. Ainsi, Duncan avait conçu cette maison, ce jardin, toute cette beauté, pour que sa mère se donne enfin la peine de le remarquer. Et ça n'avait toujours pas marché.

Alors pourquoi restait-il ici ? N'était-ce pas trop douloureux ?

Il reparut, armé d'une boîte à pizza surmontée de deux assiettes et de deux serviettes.

– Je prépare tout, dit-elle en se levant. Finis donc de me raconter ton histoire.

– On peut écourter jusqu'au moment où j'ai gagné le jackpot.

Tandis qu'elle disposait les assiettes sur une table d'osier, il alluma des bougies.

– Un garçon du coin qui s'en va acheter de la bière et un billet de Loto, et voilà que sa vie en est bouleversée. Je ne te dis pas la cuite que je me suis prise, mais, dès que j'ai recouvré mes esprits, j'ai filé chez Ma Bee. Je lui avais acheté une drôle de petite bouteille en cuivre, et je lui ai dit de la frotter en faisant trois vœux... que j'allais réaliser.

– Tu es trop mignon !

– Je me trouvais hyper intelligent. Mais bon, elle a joué le jeu et elle a fait ses trois vœux. Le premier, que je ne gaspille pas tout cet argent comme un imbécile, le deuxième, que je profite de cette occasion pour devenir quelqu'un. J'ai dû la regarder avec des yeux tellement ronds qu'elle a éclaté de rire avant de me taper sur le bras. Et puis elle a ajouté que, si je tenais absolument à lui donner quelque chose, s'il me fallait ça pour être heureux, elle rêvait d'escarpins rouges à bouts ouverts, pointure 39. À l'église, le dimanche, tout le monde la regarderait.

– Tu dois l'aimer profondément.

– Oui. Et je me suis efforcé de tenir parole, de réaliser ses trois vœux. Pour les escarpins rouges, ce fut facile. Déjà plus difficile de ne pas faire l'imbécile. Tout à coup, des tas de gens venaient me faire la cour. On aurait vite fait de se sentir important. Jusqu'au moment où on comprend sa bêtise, comme lorsque ça m'était arrivé plus jeune, à force de prendre des coups de poing dans la figure.

– Et Dieu sait que tu n'es pas bête.

– Je me suis parfois laissé aller, dit-il en servant des parts de pizza dans les assiettes. J'ai acheté ce terrain pour ma mère, fait construire cette maison. Je l'entendais tellement dire qu'elle ne rêvait que de quitter cette fichue ville. J'ai voulu faire l'important devant elle. Bien entendu, je l'ai aussi renflouée. Je l'ai sortie de son appartement pourri pour l'installer dans une jolie petite maison en attendant que celle-ci soit construite. Et mon vieux a rappliqué, lui aussi à court d'argent. Là, je me suis moins laissé attendrir. Je lui ai donné les maigres vingt-cinq mille dollars qu'il me réclamait, ni plus ni moins. Mais j'ai aussi demandé à Phin de rédiger un accord lui interdisant d'en demander plus. J'ignore si c'était légal ou non, mais mon père n'ayant jamais été une lumière, il a pris son fric et il a disparu.

– Ça a dû te faire mal.

– Ça aurait dû, marmonna Duncan en entamant sa pizza, mais pas vraiment.

Il but un peu de vin avant de reprendre :

– J'ai amené ma mère ici pour lui montrer le domaine presque achevé, on pouvait déjà se rendre compte de ce qu'il allait devenir. Je lui ai dit que c'était pour elle, qu'elle pouvait le meubler comme il lui plairait. Qu'elle n'aurait plus besoin de travailler. Elle a traversé les pièces vides en me demandant où j'étais allé chercher l'idée qu'elle voudrait vivre ici, dans cette maison vaste comme un hangar à bateaux. J'ai assuré qu'elle ne se rendait pas compte de ce que cela allait devenir, que je lui adjoindrais une femme de chambre et une cuisinière, tout ce qu'elle voudrait. À quoi elle a répondu : « Tu veux vraiment me donner ce que je veux ? Achète-moi une maison à Las Vegas et donne-moi cinquante mille dollars. » Je n'en ai rien fait, persuadé qu'elle changerait d'avis quand elle verrait la maison terminée. Je l'y ai ramenée, je l'ai obligée à la revisiter. Le jardin était prêt, j'avais meublé quelques pièces, pour qu'elle voie bien de quoi il s'agissait.

Doucement, Phoebe lui prit la main :

– Mais ce n'était pas ce qu'elle voulait.

– Eh non ! Elle voulait cette maison à Las Vegas et cinquante mille dollars. Je lui ai proposé de s'installer quand même ici, en lui promettant que si au bout de six mois elle n'avait toujours pas changé d'avis, elle aurait une maison où elle voudrait et cent mille dollars. Elle a accepté et, six mois plus tard, m'a fait venir ici. Ses bagages étaient prêts. Elle avait aussi pris contact avec plusieurs agents immobiliers et choisi sa maison. Je n'avais plus qu'à signer les papiers et à lui envoyer le chèque au César Palace où elle s'installerait en attendant. Là, j'ai décidé qu'il était temps de cesser de prendre des coups de poing dans la figure. J'ai demandé à Phin de rédiger un autre accord et je suis parti pour Las Vegas, où j'ai conclu l'affaire ; je lui ai donné les papiers qu'elle a signés sans ciller. Elle a pris le chèque, et au revoir et merci.

– Ça remonte à combien de temps ?

– Ça va faire cinq ans. Elle a pris un emploi de serveuse dans un bar, a fini par accrocher un flambeur qui a payé pour retrouver mon père et lui a obtenu un divorce en bonne et due forme. Ils se sont mariés il y a deux ans.

– C'est toi qui as acheté la maison de Ma Bee, celle où nous étions samedi ?

– Tous ses enfants se sont cotisés, moi y compris, il y a trois ans. Ma Bee n'aurait jamais accepté, sinon. Il fallait que ça vienne de toute la famille, pas d'un seul. Si tu vois la différence.

– Très bien. Et Jake ? Qu'est-ce qu'il lui est arrivé ?

– Il assure les travaux quand j'achète une propriété. Après avoir abandonné la boxe, son père est devenu entrepreneur et Jake l'a suivi dans cette voie. Il se débrouille très bien.

– Je m'en doute. Tu sais choisir tes collaborateurs.

– Oui, dit-il en lui prenant la main. À part quelques déceptions, je sais très bien choisir les gens qui m'entourent.

16

L'air bruissait de murmures, de chuintements, de frôlements lorsque Duncan la raccompagna jusqu'à sa voiture.

– Dis-moi… tu aimerais faire un tour en bateau, un de ces soirs ?

– Pourquoi pas ? Mais pas tout de suite parce que je n'aime pas manquer trop de dîners à la maison. Sans compter que tu as eu de la chance que personne ne m'ait appelée, jusqu'ici, pour une urgence quelconque. Tu te compliques un peu la vie en voulant sortir avec une femme non seulement flic mais aussi mère célibataire.

– Je n'ai rien contre les complications, surtout quand on arrive à les rendre simples.

Il se pencha, l'embrassa :

– Quelle soirée !

– Et si tu venais dîner, toi, cette semaine ? Ce ne serait pas sans complication, mais ma mère est déjà folle de toi.

– Ah oui ? Parfait, si ça ne marche pas avec toi, j'irai la trouver. Elle fait des biscuits d'enfer.

– C'est vrai. Jeudi, ça t'irait ? Ça leur donnerait du temps pour tout préparer, mais pas assez pour me casser les pieds avec les détails.

– Jeudi, c'est parfait.

Elle pencha la tête de côté :

– Tu n'as pas besoin de vérifier dans ton agenda ? Tu as peut-être d'autres rendez-vous ?

– Jeudi, c'est parfait.

Cette fois, quand il l'embrassa, elle en fut toute retournée.

– Ouf ! soupira-t-elle, il vaudrait mieux que j'y aille avant de me dire que je pourrais rester.

Le voyant ouvrir la bouche, elle se hâta de poursuivre :

– Parce que je ne peux pas. Jeudi, 18 heures, on a école le lendemain.

– Tant que tu ne rapportes pas de devoirs à la maison... Sois prudente, Phoebe, et attends d'être arrivée chez toi avant de penser à moi. Sinon tu vas finir dans le décor.

Elle démarra en riant, mais à peine s'était-elle éloignée qu'elle pensait déjà à lui. Il était drôle, intéressant, agréable à regarder, il se défendait bien au lit, ou contre la porte. Certes, elle n'avait pas une immense expérience sexuelle, mais tout de même assez pour pouvoir faire des comparaisons, sans compter qu'elle avait été mariée plusieurs années.

Or elle pouvait affirmer qu'elle n'avait jamais connu quelqu'un de semblable à Duncan. Cependant, que savait-elle de ses buts ? Des bars, un magasin en devenir, il y avait sûrement autre chose. Que désirait-il ? Où allait-il ?

En se garant devant la maison, elle se sentait divinement bien. Elle irait jeter un œil sur Carly qui avait intérêt à dormir profondément, ensuite elle monterait une tasse de thé dans le petit salon pour bavarder un peu avec sa mère et Ava.

Elle ferma sa voiture en chantonnant, traversa la rue.

Ce fut là qu'elle eut la peur de sa vie, parvenant tout juste à étouffer un cri aigu.

Sans doute un faux, se dit-elle, une main sur le cœur. Encore un gamin du quartier qui devait trouver la farce amusante dans cette maisonnée de femmes.

Par exemple ce fier-à-bras de Johnnie Porter, à l'angle d'Abercorn, juste en haut de la ruelle voisine. Elle allait lui dire sa façon de penser, à ce sale gamin, dès demain à la première...

Mais non, constata-t-elle en s'approchant. Ce n'était pas un jouet mais un vrai serpent, presque aussi épais que son poignet et, bien qu'elle ne pût lui prendre le pouls ni appeler le légiste, elle aurait juré qu'il était bien mort.

À moins qu'il ne fasse que dormir.

Immobile, à distance respectable, elle l'observait sans oser bouger. Vivant ou mort, elle ne pouvait le laisser là. Mort, ce n'était déjà pas plaisant, mais, vivant, il pouvait filer n'importe où, même à l'intérieur de la maison.

Cette seule idée la fit détaler vers sa voiture en se demandant si elle avait une arme avec elle. Le coffre s'ouvrit tout de suite, et elle s'empara de ce qu'elle y trouva : son parapluie.

Déglutissant de peur, elle revint vers le perron les yeux mi-clos et finit par frapper le serpent à grands coups de parapluie.

Cette fois, elle faillit hurler pour de bon. Elle sauta en arrière, le cœur battant à se rompre. L'horrible bestiole n'avait pas bougé. Deux coups de plus et elle le prononçait officiellement mort.

– Allez, encore un effort ! dit-elle à mi-voix pour s'encourager. Ne pense plus à rien et vas-y !

Du bout du parapluie, elle souleva le corps inerte, tout en s'efforçant de garder les bras assez tendus pour ne pas le faire tomber sur elle. Elle descendit ainsi l'allée du jardin, passa le portail du fond et jeta le tout dans la poubelle de la ruelle, y compris son parapluie presque neuf, puis fit claquer le couvercle.

Sans doute était-il interdit de jeter ainsi un reptile mais elle s'en moquait, elle ne voulait même pas le savoir.

Les jambes flageolantes, elle s'éloigna de la poubelle et rejoignit la véranda, où elle se laissa tomber. Elle allait enquêter afin de savoir quel matou s'amusait à tuer les serpents pour les abandonner ensuite n'importe où.

Et d'abord, où avait-il pu trouver un serpent de cette taille dans une ville comme Savannah ? Non, ce ne pouvait qu'être une farce de gamin, Johnnie Porter ou un autre.

Comme elle n'avait plus du tout envie de thé ni de bavardage avec sa mère et sa tante, elle décida de monter directement se coucher.

En arrivant à la porte, elle entendit siffloter ; cette fois, le frisson naquit dans son ventre.

Jamais il n'avait tant ri, jusqu'aux larmes, au point d'avoir dû s'essuyer les yeux à plusieurs reprises pour y voir clair dans l'objectif à vision nocturne de son appareil photo.

Bon Dieu, ce qu'elle avait sursauté ! Il en avait mal aux côtes à force de réprimer ses hurlements de rire. Il s'était attendu à la voir bondir en arrière, mais pas à ce point.

Il avait eu de la chance de tomber sur ce serpent noir et de s'apercevoir, après lui avoir balancé un coup de pelle sur la tête, qu'il pourrait encore s'en servir. Cependant, il n'aurait pas cru éprouver un tel plaisir à la voir s'en dépatouiller.

À coup sûr, elle dormirait mal cette nuit et rêverait de serpents.

Et lui ? Il allait rentrer tirer ses photos sur papier. Il n'avait pas fini de rire. Ensuite, il dormirait comme un bébé.

Elle dormit mal. Tant d'explications possibles, tant de scénarios lui trottaient dans la tête qu'elle finit par appeler Carter à l'aube naissante.

Ce fut Josie qui répondit, aussi Phoebe commença-t-elle par se confondre en excuses, recevant un grognement pour réponse, puis elle entendit la voix endormie de son frère.

– Excuse-moi, je suis désolée ! J'aurais dû attendre une heure décente pour téléphoner.

– Trop tard.

– Pardon, pardon ! Seulement, il faudrait absolument que tu viennes voir quelque chose.

– Quoi ? Une sirène ? Un poisson à trois têtes ? La nouvelle Jaguar que tu comptes enfin m'offrir ?

– Arrête tes simagrées, habille-toi et rapplique. Tout de suite. Je ne veux pas réveiller qui que ce soit dans cette maison, alors tu passes par-derrière, vu ?

– Ouais, ouais, ouais. Quel chameau, quand même ! Tu as intérêt à me préparer du café.

Il allait venir. En râlant, mais il venait. Elle s'habilla en vitesse puis descendit sur la pointe des pieds dans la cuisine. Elle avait deux tasses à la main quand elle sortit l'attendre dehors.

Il y avait eu deux orages cette nuit, elle les avait entendus l'un après l'autre. Les dalles de la cour étaient encore humides de la pluie tombée à verse, et il flottait une brume qui allait s'évanouir d'ici à deux heures, laissant tout immaculé derrière elle.

Phoebe sirotait son café en regardant les gouttes d'eau couler sur les feuilles bordeaux de l'arbuste qu'Ava avait planté l'année précédente.

Entendant les pas de Carter sur le trottoir de la ruelle, elle alla ouvrir le lourd portail de fer forgé.

Les cheveux encore embroussaillés, la paupière lourde, il avait enfilé un tee-shirt de l'université de Savannah, un short et une vieille paire de tennis.

Il prit la tasse qu'elle lui tendait :

– Où est le cadavre ? demanda-t-il.

– Dans la poubelle.

Il faillit s'en étouffer.

– Quoi ?

– Celle-là, dit-elle en tendant le doigt.

– Tu as tué quelqu'un, Phoebe ? Tu veux que je t'aide à l'enterrer dans le jardin d'Ava ?

Elle tendit de nouveau le doigt. Haussant les épaules, il ôta le couvercle. Le café faillit se renverser lorsqu'il recula d'un bond semblable au sien ; elle en éprouva une secrète satisfaction. Pourtant, il eut tôt fait de revenir, de se pencher et d'attraper le serpent :

– Cool !

– Ça va ! Tu n'as pas besoin de…

Elle poussa un cri, sauta en arrière comme il faisait volte-face en faisant mine de la menacer avec le serpent.

– Arrête ! Bon sang, Carter !

– Pas pu m'empêcher ! Quel est l'enfoiré qui est entré dans le jardin avec ça ?

– Je ne l'ai pas trouvé dans le jardin, et arrête de jouer avec ça ! Je l'ai trouvé sur les marches du perron, déjà mort.

– Ah…

Il tourna la tête du serpent vers son visage, comme s'il voulait lui faire la conversation :

– Qu'est-ce que tu fichais là, toi ?

– J'ai pensé qu'un chat l'avait tué. Il y a quelques jours, j'ai trouvé par-là un rat mort. Un chat… mais ce serpent est tellement gros que je me pose des questions ; et puis pourquoi un chat déposerait-il des cadavres de bestioles autour de la maison ? Alors je me suis dit…

– Si c'est un chat qui l'a tué, il a dû utiliser une pelle. Parce que je veux bien qu'il lui ait un peu mâchonné la tête mais pas au point de l'écraser comme ça.

– Oui, soupira-t-elle. Je m'en doutais un peu.

Elle désigna du pied la boîte à chaussures qu'elle avait descendue :

– Tiens, tu pourrais le mettre là-dedans une bonne fois ? Et défense de me toucher avant de t'être lavé les mains.

Il jeta le serpent dans la boîte.

– Comme ça, tu l'as trouvé sur le perron ?

Il ne souriait plus du tout. Nouvelle satisfaction pour Phoebe.

– Oui. Je suis rentrée vers 23 heures et…

– D'où ?

– D'un rendez-vous, si tu veux tout savoir.

– Avec le mec du Loto.

– Il s'appelle Duncan. Quoi qu'il en soit, je suis tombée sur cette bestiole étalée sur une marche. Autrement dit, quelqu'un l'a déposée ici.

– Sans doute un sale gamin.

– Johnnie, tu connais Johnnie Porter, qui habite au coin de la rue ? J'ai tout de suite pensé à lui.

– Tu veux que j'aille lui parler ?

– Non, je m'en occupe. Seulement, je n'avais pas le courage de retourner voir cette sale bête dans la poubelle.

– C'est à ça que servent les frères.

Il jeta la boîte, ferma le couvercle et se tourna vers sa sœur avec un sourire malicieux.

– Pauvre petite Phoebe !

– Ne me touche pas avec tes sales pattes !

Elle le suivit dans la cuisine, le regarda ouvrir le robinet.

– Carter, il y a une autre possibilité. Et si ce n'était pas Johnnie Porter ?

– Tu penches plutôt pour un con que pour un jeune crétin ?

– Exactement. Rien de mortel, mais tout de même…

Maintenant, elle repensait à la poupée.

– Je vais parler à Johnnie, mais j'ai comme la désagréable impression qu'il n'y est pour rien. Alors je me disais que si tu venais te promener autour de la maison, par exemple après les cours, pas longtemps, juste un peu… Pas besoin d'entrer. Tu passes devant, tu t'arrêtes par exemple deux petites heures. Mais si tu pouvais le faire juste quand je ne suis pas là, je préférerais…

– Tu sais que je vais le faire. Mais si tu es vraiment inquiète…

– Juste une impression désagréable. Je ne m'inquiète pas vraiment. Seulement ça me rappelle…

– Ce que nous faisait Reuben, quand il dégonflait les pneus de la voiture ou répandait du poison sur les fleurs que maman venait de planter.

Phoebe lui caressa un bras. Elle savait que ces souvenirs empoisonnaient toujours la mémoire de Carter.

– Oui. Des tas de choses désagréables. Si c'est Arnold Meeks qui fait ça, il se lassera vite.

– Ou il en rajoutera. Qui sait s'il ne s'en prendra pas de nouveau à toi, Phoebe.

– Ce n'est pas le genre à attaquer de face et, crois-moi, il ne risque pas de me prendre par surprise une seconde fois. Je n'ai pas l'intention de me laisser faire comme maman.

– Non, tu as fait ce qu'il fallait pour. Seulement ce type a quand même réussi à t'envoyer à l'hôpital.

– Il ne recommencera pas, je te le promets. Attention, maman vient. Tu es sorti courir, d'accord ? Tu t'es juste arrêté pour prendre un café. Si elle apprend cette histoire, elle ne mettra plus les pieds dans le jardin.

Si bien qu'en entrant dans la cuisine Essie eut une bonne surprise :

– Mes deux tout petits !

La poupée n'avait livré aucun indice. Ce modèle ne se fabriquait plus depuis trois ans, et aucune boutique dans Savannah ou les environs n'en avait en stock. Restaient eBay, bien sûr, les marchés aux puces, les ventes privées et quantité d'autres possibilités. Mais comme il ne s'agissait pas d'une question de vie ou de mort, la police n'allait pas engager plus de temps et de budget que nécessaire pour ce genre d'enquête.

Johnnie Porter avait été soupçonné à tort : il passait toute la semaine, avec son école, en centre aéré.

Il y avait évidemment d'autres garnements dans le quartier, mais aucun nom ne lui vint à l'esprit sur le moment. Et puis elle ne voyait pas pourquoi l'un ou l'autre d'entre eux, Johnnie compris, s'en serait pris deux fois à sa maison et rien qu'à la sienne, ce dont elle s'était assurée après une discrète enquête auprès des voisins.

Aussi décida-t-elle, après son travail, de parcourir à pied le parc et les rues qui entouraient son jardin, l'oreille aux aguets, cherchant à repérer toute personne qui pourrait siffloter un air mélancolique. Ce soir-là, elle établit son poste de surveillance derrière les portes-fenêtres de sa chambre, pour le cas où quelqu'un voudrait déposer un autre cadeau.

Elle prit place sur un fauteuil à bascule, ses jumelles à portée de main ; elle se faisait un peu l'impression d'être dans la peau de la vieille Mme Sampson, sur Gaston Street, qui passait ses journées à observer les gens depuis son salon.

Si sa désagréable impression montait d'un cran, elle demanderait qu'on envoie une voiture de patrouille deux fois par nuit et par jour. La maison possédait une bonne alarme, chose à laquelle tenait la cousine Bess. C'était elle, en général, qui la mettait en route le soir, ce qui lui permettait d'effectuer une dernière ronde alors que tout le monde était couché.

Carter avait souvent essuyé les sarcasmes de la cousine Bess ; ses cauchemars, ses terreurs nocturnes au cours des mois qui avaient suivi Reuben, représentaient selon elle l'appauvrissement de leur sang, dû évidemment à la mésalliance avec Essie. Un vrai MacNamara n'aurait pas geint pas comme ça dans son sommeil, même à sept ans.

Quant à Phoebe, ç'avait été une autre histoire. Si elle défendait Carter ou ne pouvait se retenir d'être insolente, la cousine Bess approuvait. *Celle-ci, au moins, ne manquait pas de cran.*

Il y avait eu les leçons de piano forcées, où elle s'était révélée particulièrement nulle, les cours de danse pour lesquels elle ne montrait pas davantage de dispositions, l'initiation à l'art et à la musique, ces présentations dans les salons requis, ces courses chez les commerçants adéquats, sans parler d'une semaine à Paris, aussi étrange qu'éblouissante, qui avait culminé au bal des débutantes, d'un ennui incommensurable.

Elle n'avait accepté cette dernière exigence qu'en échange de la promesse de la cousine Bess de payer les études universitaires de Carter le moment venu. Une nuit de sa vie sacrifiée pour assurer quatre années de celle de son frère.

Bien entendu, la cousine Bess avait désapprouvé, avec véhémence, lorsque Phoebe avait voulu entrer au FBI : filer si loin au nord, hors de portée de ses griffes. En revanche, elle n'avait pas fait d'histoires pour Roy.

Néanmoins, elle n'avait pas caché non plus son sourire de triomphe lorsque Phoebe était revenue dans la demeure des MacNamara, avec un bébé et sans mari.

– Pas étonnant que tu n'aies pas pu garder un homme comme lui. Les femmes doivent choisir : époux ou carrière.

– N'importe quoi ! Mon boulot n'a strictement rien à voir avec l'échec de mon mariage.

Elle allait mourir. Phoebe le voyait, le sentait. Ces derniers temps, chaque fois qu'elle lui rendait visite, elle la trouvait plus maigre. Seul son regard demeurait vivant. Et amer.

– Il t'a épousée pour cette maison. On le comprend. Quoi de plus sensé que de se marier pour hériter d'une propriété ?

– Je ne veux pas de cette maison.

– Elle te revient d'office. C'est comme ça. Voilà des années que je te la destine ; j'en ai écarté ton pleurnichard de frère et ta sotte de mère.

– Méfiez-vous, gronda Phoebe en se rapprochant du lit. Ne parlez pas comme ça de ma famille !

– C'est la tienne, pas la mienne. Toi seule es vraiment de mon sang et cette maison ne reviendra qu'à mes descendants. J'ai pris mes dispositions dans ce sens.

– Parfait.

La cousine Bess grimaça un sourire ; Phoebe avait l'impression de la voir fondre sur place, de voir jusqu'à sa peau lui rentrer dans les os. Ainsi mouraient les sorcières : elles fondaient, fondaient.

– Tu te dis que tu vas pouvoir t'en emparer, toi aussi. Quand je serai morte et enterrée. Tu sais que je n'en ai plus pour longtemps.

– Pardonnez-moi.

Malgré leurs querelles, Phoebe en fut émue.

– Je sais que vous souffrez. Est-ce que je peux faire quelque chose pour vous ?

– Tu es encore trop sensible. Ça ne durera pas. La maison te revient. N'imagine surtout pas que tu pourras la donner à ta mère ou à ton frère. J'y ai veillé. J'ai mis de côté l'argent nécessaire à son entretien. Tu verras ça avec mon notaire, qui est chargé d'administrer le legs. Alors ne crois surtout pas pouvoir en faire ce qui te chantera.

– De toute façon, je ne veux pas de votre argent.

– Ça tombe bien parce que tu n'auras pas un sou. Ni toi ni ta famille. Tout est pour la maison. À ta mort, elle reviendra à ta descendance. Et seulement si tu te conformes aux termes du contrat. Tu vivras ici, désormais, si tu veux que ta mère ait un toit sur la tête. Ce sera votre résidence. Pas question d'en faire des chambres d'hôtes ou je ne sais quoi. C'est une maison et c'est là que tu vivras.

Pas besoin d'un pistolet sur sa tête, ni d'une lame sur son cou. La cousine Bess était trop rusée pour recourir à des armes aussi grossières. Elle se contentait de brandir devant Phoebe le malheur de ses proches.

– Je n'ai besoin ni de votre maison, ni de votre argent, ni de votre approbation. Comprenons-nous bien : j'élèverai ma fille où et comme bon me semblera, pas comme vous l'aurez décrété.

– Il le faudra pourtant, ou ta mère s'en va dès aujourd'hui. Elle quitte cette maison qu'elle n'a pas eu le courage de quitter depuis des années. Tu crois que je n'ai rien vu ? Je peux la chasser d'ici dans l'heure, malgré ses cris et ses pleurs. Sa place est dans une cellule capitonnée.

– Pourquoi lui en vouloir comme ça ? Elle n'a fait que tenir votre maison ; voilà des mois qu'elle prépare vos bouillies, lave votre linge, nettoie vos souillures. Pas une fois dans sa vie elle ne vous a causé le moindre tort.

– Ça lui aurait pourtant valu un peu plus de respect de ma part. Ce n'est pas moi qui aurais pris cette décision, mais toi. La seule possibilité pour elle de rester dans cette maison, c'est que tu y habites. Tu t'en vas, elle est expulsée. Je l'ai recueillie, elle, vous tous. Je peux aussi bien vous jeter.

– Vous nous l'avez assez répété.

– Cette fois, susurra la cousine Bess avec un fin sourire, c'est définitif.

Phoebe se réveilla en sursaut. Avait-elle entendu siffler ? Ou n'était-ce que son imagination ?

Elle orienta les jumelles vers la rue, vers le parc, mais ne vit rien.

17

Razz Johnson avait quelque chose à prouver. Et il n'allait pas se gêner. Les Lord croyaient pouvoir se mêler de ses affaires ? Baiser ses potes ? Ils étaient entrés sur son territoire. Ils allaient venir dans la zone ouest, peindre leurs saloperies jusque sur sa porte ?

Que non ! Ils allaient apprendre le respect.

En ce moment, son frère était à l'hôpital et n'en sortirait sans doute que les pieds devant. On lui avait ôté les balles que ces pourris lui avaient logées dans l'abdomen lorsqu'il avait dénoncé les Lord à la police contre une récompense.

Mais T-Bone avait ordonné à Razz de rester en arrière parce qu'il n'avait pas encore atteint le niveau de la guerre. Peut-être que, s'il avait été là, son frère ne se retrouverait pas dans cet hôpital, à l'article de la mort.

Razz savait ce qu'il lui restait à faire. Œil pour œil, dent pour dent.

Il remontait Hitch Street, en plein territoire ennemi. Il avait volé cette voiture et gardait sur le siège voisin sa casquette bleue, partie essentielle de l'uniforme du gang. Inutile de se laisser repérer comme un Posse par un Lord qui traînerait dans le coin. Pas encore, pas tant qu'il ne serait pas prêt.

Alors il roulait incognito.

Il s'était frayé son entrée dans le gang. Même si son frère y occupait un rang élevé, il avait dû faire ses preuves. Mais il ne craignait personne au combat, pas plus aux poings qu'aux pieds. Il ne lâchait jamais prise.

D'un autre côté, il était doué pour trafiquer les voitures et se débrouillait bien avec la came puisqu'il n'y touchait pas lui-même. Un seul domaine lui restait fermé, celui des armes, armes à feu comme armes blanches.

T-Bone disait qu'il tirait comme un pied, et c'était aussi pour ça qu'il avait dû rester en arrière cette nuit.

Mais il y avait sous sa casquette un 45 semi-automatique approvisionné. Et Razz ne tremblait plus.

Il allait placer cette balle entre les deux yeux de celui qui avait tiré sur son frère. Tous ceux qui voudraient l'en empêcher y auraient également droit. Dégâts collatéraux, on appelait ça.

Il avançait ainsi en plein jour et il allait bientôt hisser les couleurs. Et tant pis s'il ne s'en sortait pas.

Il avait seize ans.

Il se gara en face, devant le magasin de spiritueux. Il savait que Clip utilisait l'arrière-boutique en guise de « bureau ». On l'y trouvait souvent, qui y traitait ses affaires, y amenait ses putes qui ne rêvaient que de servir tout le gang.

Razz allait faire le tour pour prendre les gardes par surprise, si toutefois il y en avait derrière. Ensuite il entrerait et logerait une balle dans la tête de ce fumier.

T-Bone serait fier de lui. Il aurait envie de vivre lorsqu'il saurait qu'il était vengé.

Razz coiffa sa casquette et sortit de la voiture, le 45 coincé dans sa ceinture sous son pull jaune et bleu, les couleurs des Posse.

Il serrait les dents en souriant, histoire de se donner l'air plus féroce encore ; en croisant un groupe de femmes, il les vit se jeter sous un porche, l'air effrayé.

Eh oui, les salopes, vaut mieux vous cacher.

En descendant la courte ruelle, il sortit son arme de sa ceinture et se dit que, s'il frémissait, c'était d'excitation, pas de peur. Pour s'encourager, il se remémora la tête de T-Bone à l'hôpital.

Déjà mort, même si la machine respirait pour lui. Et leur mère assise à côté du lit, qui pleurait, la Bible à la main. Sans rien dire, sans bouger, juste assise là, à pleurer.

Arrivé à hauteur de la porte arrière, Razz ne trouva aucun garde pour lui barrer le chemin.

Le cœur battant, il traversa la chaussée au goudron ramolli par la chaleur, s'essuya la bouche du dos de la main. Pour T-Bone !

Il balança un coup de pied dans la porte.

L'arme jaillit, comme animée d'une vie propre. Il ne sentit pas ses doigts appuyer sur la détente. Ce fut comme si le coup de feu partait seul pour aller loger une balle dans le mur d'en face, à trente centimètres au-dessus du bureau métallique. Il n'y avait personne derrière, personne pour prendre la balle entre les deux yeux.

Il abaissa le revolver d'un bras tremblant, regarda la pièce vide. Désormais, il allait passer pour un barge, tout le monde se ficherait de lui, et de T-Bone par la même occasion.

Impossible.

Il devait faire quelque chose. D'énorme.

La porte du fond s'ouvrit sur un homme ; alors il sut ce qu'il avait à faire.

– Le nom du preneur d'otages est Charles Johnson, dit Razz.

L'inspecteur Ricks, de l'unité antigang, transmettait à Phoebe tout ce qu'il savait de la situation :

– Il y a eu des coups de feu, mais apparemment pas de blessé. Il tient quatre personnes là-dedans.

– Qu'est-ce qu'il veut ?

– Du sang. Il y a eu une bagarre de rue, cette nuit, entre les Posse de la zone ouest, le gang du preneur d'otages, et les Lord de la zone est. Le frère aîné du preneur d'otages a pris trois balles. Il est dans un état critique. Ce Razz veut que nous retrouvions le type qui a tiré, selon lui. Un certain Jérôme Clipp Sagget. On lui envoie Sagget, il rend les otages.

– Quel âge a-t-il ?

– Seize ans. Jusqu'ici, son casier ne mentionne pas de violence, juste quelques bêtises sans conséquences. Le frère aîné, c'est autre chose. Un sacré loubard.

– Bon, dit Phoebe en étudiant le compte rendu. Il vous a parlé ?

– Oui, il en est encore au premier palier. *Donnez-moi ce que je veux ou ça va péter*. Il a fixé un délai qui s'achève dans vingt minutes.

– Très bien.

Elle décrocha le téléphone. Il répondit à la première sonnerie.

– Vous tenez ce pourri ?

– Razz, ici Phoebe MacNamara. Je suis négociatrice, je travaille avec la police.

– Va te faire foutre !

Sous la fureur, elle perçut un ton apeuré.

– Tu m'as l'air furieux. Je te comprends. J'ai un frère, moi aussi.

– Et qu'est-ce que j'en ai à branler ? Tu ferais mieux de m'amener ce connard ou je me fais un de ces enfoirés, là.

– Nous sommes tous là-dessus, Razz. En attendant, peux-tu me dire si tout le monde va bien ? Personne n'a besoin d'un médecin ?

– Ça va venir, mais t'auras plutôt besoin d'un légiste.

Le timbre du gamin devenait de plus en plus aigu.

– Tu n'as encore blessé personne, Razz, n'est-ce pas ? Pour l'instant, il s'agit de trouver la meilleure solution pour tous.

– La solution c'est que je mette une balle dans la tête de Clip. Après, tout ira bien.

– Donc, tu veux punir la personne qui, selon toi, a blessé ton frère.

– Je sais ce qu'il a fait. Ma famille me l'a dit. Tu crois que c'est des menteurs, chez moi ?

– Si je comprends bien, ta famille a vu ce qui est arrivé à T-Bone ?

– Ouais. Y en a deux qui se sont fait descendre, mais T-Bone, il va mourir. Et le salaud qui lui a tiré dessus, je vais lui faire la peau. Alors tu me l'amènes ou c'est quelqu'un d'autre qui va prendre.

Famille = gang, écrivit-elle sur son carnet. *Fierté et vengeance.*

– Tu veux que nous retrouvions ton homme et te l'amenions pour pouvoir le punir toi-même.

– Combien de fois je vais devoir le répéter ?

– Je ne veux rien comprendre de travers, Razz. J'essaie de saisir ce que ces gens dans la boutique ont à voir avec la blessure de ton frère.

– Rien.

– Rien ?

– Dégâts collatéraux. Je loge une balle dans une tête et tu vas voir ce que ça veut dire.

– Je le sais, Razz. Je voudrais seulement que tu comprennes que, si tu tues quelqu'un, personne ne pourra plus accéder à ta demande. Et puis j'essaie aussi d'entrer en contact avec l'hôpital, avec les médecins qui s'occupent de ton frère, pour avoir de ses nouvelles. Tu l'as vu, aujourd'hui ?

Phoebe voulait l'entraîner à parler de son frère avant la fin du premier délai. *Culte du héros. Totale loyauté.* Lorsqu'il mentionna sa mère en train de pleurer à côté du lit, elle en comprit davantage. *Pas d'autres frères ou sœurs, pas de père à l'horizon.*

Trouver la mère tout de suite ! écrivit-elle sur un morceau de papier qu'elle glissa dans la main de Rick.

– Vous n'avez pas faim, là-dedans, Razz ? Je peux vous faire envoyer des sandwichs.

– J'ai tout ce qu'il faut comme bière et comme chips. Tu me prends pour un con ? Tu crois que je ne regarde pas la télé ? Personne n'entrera ici, personne d'autre que Clip.

– Personne n'entrera sans ton accord.

– Peut-être que je ne tuerai pas ces enfoirés, ou peut-être que si. Mais bientôt ils se retrouveront allongés la tête dans leur pisse. J'en ai marre de te parler. Quand tu tiendras ce pourri, tu n'auras qu'à rappeler.

Quand il eut coupé, Phoebe se redressa :

– On sait où se trouve ce Clip ?

– Il s'est volatilisé. On a des gens là-dessus.

– Si on peut annoncer au preneur d'otages que Sagget est en garde à vue, ça pourrait nous ouvrir des portes. À la minute où on le tient, je veux être mise au courant.

Elle jeta un coup d'œil à la pendule murale : 16 h 45.

Elle risquait d'arriver en retard au dîner.

En sonnant à la maison de Jones Street, Duncan eut le plaisir de voir Essie lui ouvrir, un large sourire aux lèvres.

– Oh, mon Dieu ! Qui est-ce donc ?

Il répondit derrière un énorme bouquet de coquelicots.

– Trois vœux. Où puis-je déposer ceci ?

– Mettez-les là pour le moment. Mais qu'elles sont belles ! Entrez dans le salon, vous arrivez juste à temps. Voulez-vous du vin ?

– Il ne m'arrive pas souvent d'être invité à dîner par quatre jolies femmes. C'est une occasion, pour moi.

– Pour nous aussi. Voyons, vous ne connaissez pas ma belle-fille, je crois ? Josie, je te présente Duncan Swift.

– J'aurai donc affaire à cinq jolies femmes. Ravi de faire votre connaissance.

– La cinquième est déjà prise ! lança Carter, qui apportait un plat de canapés. Ça va, Duncan ?

Derrière lui arrivait Carly, les mains chargées d'une assiette également remplie.

– Très bien. Salut, Carly.

– Maman sera en retard. Elle travaille.

– Ce sont des choses qui arrivent. On va avoir de quoi manger en l'attendant. Oh, j'ai quelque chose pour toi !

Elle avait déjà le regard fixé sur le sachet rose qu'il tenait à la main.

– Un cadeau ?

– Un souvenir pour une de mes hôtesses.

– Merci beaucoup, dit-elle poliment sous l'œil d'aigle de sa grand-mère.

Cependant, elle poussa un petit cri de plaisir en sortant un chouchou en forme de bouquet de violettes blanches et mauves, suivi d'un flot de rubans.

– Que c'est beau ! Je l'adore. Merci !

Toute retenue oubliée, elle se jeta sur lui, lui entoura la taille, puis se détacha en dansant.

– Je peux aller le mettre ? Mamie, s'il te plaît, je peux aller le mettre tout de suite ?

– Reviens vite, alors !

Avant de s'en aller, Carly s'arrêta de nouveau devant Duncan pour lui adresser un immense sourire.

– Vous avez tout compris, commenta Essie.

Vers 18 h 15, Phoebe téléphona pour dire de dîner sans l'attendre. Même si les choses s'arrangeaient le mieux possible, il ne fallait pas retenir tout le monde alors qu'elle devait encore s'occuper des paperasses et du debriefing.

Elle avala un café glacé, contente que quelqu'un ait songé à utiliser la cuisine du restaurant voisin. En face d'elle se tenait Opale Johnson, la mère de Razz. Il avait fallu un certain temps pour la localiser, alors qu'elle avait quitté la chambre de son fils aîné pour aller s'asseoir sur un banc devant l'hôpital et prier pour lui.

Et voilà qu'elle se retrouvait dans cette gargote pleine de policiers pour l'aider à sauver son autre fils.

On avait progressé. Même s'il refusait encore de relâcher un seul otage, Phoebe avait perçu un changement dans son ton, dans ses paroles. Comme si sa détermination commençait à céder du terrain.

– Il ira en prison, je suppose ?

– Il sera vivant, répondit Phoebe. Il n'a encore blessé personne.

Opale regardait par la fenêtre, l'air absent. Elle était d'une maigreur à faire peur, son visage sombre barbouillé par les larmes.

– J'ai fait de mon mieux, tout ce que j'ai pu. J'ai pris deux emplois à la fois, envoyé ces enfants à l'école, à l'église. Mais mon Franklin n'en fait qu'à sa tête et il a fini par entraîner Charlie avec lui. Les Posse. Je ne pouvais rien contre ceux-là.

– Madame Johnson, nous allons faire tout ce que nous pouvons pour sortir votre fils de là, lui et les autres, sains et saufs, afin qu'il ait une seconde chance.

– Ils croient devenir des hommes. Les gangs, la drogue, les meurtres. Ils croient qu'il faut ça pour devenir des hommes.

– Je vais lui parler de nouveau, d'accord ?

– Vous avez des enfants, mademoiselle ?

– Phoebe. Et oui, j'ai une fille de sept ans.

– Les enfants, ça vous arrache le cœur.

– Nous allons le tirer de là.

Phoebe allait reprendre le téléphone lorsque Ricks se précipita.

– On vient d'arrêter Sagget sous l'inculpation de détention illégale de drogue et d'armes à feu. On a saisi un pistolet dans l'appartement qu'il occupait, le calibre correspond avec celui de l'arme qui a touché Franklin Johnson. La balistique est en train de l'examiner.

– Très bien, c'est parfait.

Phoebe se tourna vers Opale :

– C'est une bonne nouvelle, madame Johnson. Maintenant, il nous reste à convaincre Charlie que son ennemi sera puni et qu'il doit sortir sans en exiger davantage. Je vais avoir besoin de votre aide, aussi je mets le haut-parleur.

Elle appela le magasin de spiritueux. Dans la voix de Razz il y avait maintenant plus de fatigue que de défiance. Nouveau signe positif.

– Razz, j'ai de bonnes nouvelles.

– Mon frère s'est réveillé ?

– L'état de ton frère n'a pas changé, donc il n'a pas empiré. C'est un mec costaud, tout de même ?

– Plus que n'importe qui.

– Bon. Je voulais te dire que Clip a été arrêté.

– Vous avez eu ce pourri d'enculé ?

– Tu ne parles pas comme ça à cette dame ! cria Opale.

– Il a tiré sur T-Bone. Je l'appelle comme il le mérite devant n'importe qui !

Phoebe leva la main pour empêcher Opale de répondre.

– Ta mère est bouleversée, Razz. Elle s'inquiète pour toi et pour ton frère maintenant. Mais je crois que nous tenons un moyen de tout résoudre, dans le meilleur intérêt de chacun. La police a arrêté Clip ; il est en prison maintenant. Il…

– Tu m'amènes immédiatement ce taré !

– Je sais que tu veux le voir. Je pourrai arranger ça. Si tu déposes ton arme maintenant et si tu sors, je veillerai à ce qu'on t'emmène là où il est retenu pour que tu le voies derrière les barreaux.

– Je veux le voir sous terre, où je l'aurai envoyé.

– Tu as l'air fatigué, Razz. La journée a été longue pour tout le monde. Tu dois savoir qu'on a trouvé un pistolet chez Clip, le même que celui qui a blessé ton frère. On vérifie pour le prouver. Si c'est positif, il sera accusé de tentative de meurtre. Tu sais combien ça pourrait lui coûter ? Des années et des années. Peut-être le reste de sa vie. Si mon frère avait été touché comme ça, je voudrais que le coupable paie son crime, très longtemps.

– Qu'il crève !

– Il crèvera de misère dans la prison d'État de Géorgie. En plus, il paraît qu'il se cachait. Tu te rends compte ? Je me demande ce que pensera son gang quand ils apprendront qu'il se planquait.

– Tu te fous de moi ?

– Je t'ai dit de ne pas parler comme ça ! Elle te dit la pure vérité. J'étais là quand ils sont venus l'annoncer. Le type qui a tiré sur ton frère est en prison. Alors tu sors de là tout de suite !

Là-dessus, Opale fondit en larmes :

– Sors de là parce que je ne pourrai pas supporter de voir mon autre fils plein de sang !

– Ne pleure pas, maman. Je vais le saigner comme il a saigné T-Bone.

– La prison est pire que le sang, dit Phoebe. Surtout pour un homme comme Clip. En plus, il a perdu la face ; il va passer pour un lâche, et je ne te dis pas quelle sera sa place en prison ! Ta mère a besoin de toi, Razz. Pour elle, tu vas déposer ton arme et sortir. Pour montrer que tu n'es pas un lâche. Que tu as les tripes de sortir.

– Tu m'emmèneras voir ce salaud ? Dans sa cage ? C'est sûr ?

– Je t'en donne ma parole.

– Je vais en taule comme lui. Ce n'est pas juste.

– Pas comme lui. Tu n'as blessé personne et ça change tout. Si tu sors comme je te le demande, ça comptera également.

– Comment je sors ?

– Tu déposes ton arme.

En même temps, Phoebe faisait signe au groupe d'intervention de se tenir prêt.

– Il ne faut pas que tu sois armé en sortant, d'accord ?

– Et vous, vous serez armés ?

– Oui. Mais tu ne dois pas t'inquiéter. Tu devras lever les mains pour bien montrer qu'elles sont vides, et tu marcheras tout droit après être sorti. En sortant seul, tu prouves que tu n'es pas un lâche. N'oublie pas de lever les mains, surtout. Tu veux ?

– Bon, je sors. Je lève les bras.

– Je t'attends, Razz.

Elle raccrocha, se leva.

– Venez, on va chercher votre fils.

Elle prit Opale par le bras et l'entraîna vers la sortie du restaurant.

– Écoutez-moi bien : vous allez voir plein de fusils braqués sur lui. Des hommes vont s'approcher, le faire allonger à terre et le menotter. C'est le processus.

Elle inspecta du regard les toits alentour, examina les forces en présence. Tant que Razz ne serait pas emmené, elle ne pouvait risquer de trop laisser sa mère approcher le périmètre de sécurité.

– Il va falloir m'attendre quelques minutes ici avec cet agent. Je reviendrai vous chercher et je veillerai à ce que vous suiviez Charlie où il sera emmené.

– Merci pour tout ce que vous avez fait. Merci.

Phoebe fila vers l'angle de la rue, d'où elle avait une vue d'ensemble sur le magasin. La porte s'ouvrit et le garçon sortit les mains en l'air. Alors elle poussa un soupir de satisfaction.

Les coups de feu la firent sursauter. Un instant elle demeura figée, regardant Charlie tressaillir, danser, tomber. Elle s'entendit crier et se rua en avant, alors qu'une dizaine de flics couraient aux abris.

Quelqu'un la jeta par terre. Le souffle coupé, elle perçut les hurlements montés du magasin, et des voix qui criaient :

– On a tiré ! On a tiré !

C'était *beau* ! Et si facile. Il suffisait de se faufiler comme si on faisait partie de la troupe. Pas difficile de trouver la position adéquate, de s'installer, d'attendre.

Tout le temps qu'elle avait passé à faire sortir cet enfoiré ! Tout ça pour rien, salope !

Cet enfoiré méritait la mort. Les gangs étaient la plaie de cette ville.

Il aurait pu la cribler de balles, elle aussi. Fastoche. Mais c'était mieux ainsi. Une manière d'accomplir quelque chose sans altérer la fin.

Il ne s'était pas douté à quel point ce serait jouissif. Alors pourquoi s'arrêter en si bon chemin ?

Il avait laissé le fusil et s'était glissé vers la sortie. Toujours aussi fastoche : virer cette pièce d'identité, se mêler à la foule paniquée puis se faufiler au loin en profitant de la confusion générale.

Mais pas avant d'avoir vu Phoebe se relever, courir vers les autres, vers la porte de ce magasin de merde, et tomber à genoux devant le gamin mort.

Parce que ce gosse était raide mort, ça se voyait.

La presse allait adorer, dévorer l'incident à belles dents.

Cette salope de lieutenant MacNamara avait bien réussi à faire sortir l'enfoiré, juste pour se faire cueillir par une volée de balles.

Il allait se prendre un pack de bières et un sandwich pour fêter ça en regardant les infos à la télé.

En rentrant à la maison, Phoebe entendit des voix dans le salon. Le dîner devait pourtant être fini depuis longtemps, la vaisselle faite et rangée.

Café et cognac servis dans le salon – la cafetière en Wedgwood, le carafon et les verres en cristal. Le tout emprunté sur la pingre succession d'Elizabeth MacNamara.

Elle avait envie de monter directement se coucher, de se blottir dans son lit, ou dessous. Mais c'était impossible. Aussi se dirigea-t-elle vers la porte.

Carter racontait une histoire. Elle aurait pu dire laquelle rien qu'à voir bouger ses mains. Il en avait d'excellentes. Elle savait qu'il espérait devenir un jour écrivain et qu'il y travaillait chaque fois qu'il le pouvait. Mais l'enseignement lui prenait presque tout son temps.

À côté de lui, Josie levait les yeux au ciel, ce qui ne l'empêchait pas de rire aussi. C'était si mignon de les voir s'aimer ainsi, tous les deux !

Et sa mère semblait ravie. Paisible et heureuse, entourée de ceux qu'elle aimait. Quant à Ava, perchée sur le bras du fauteuil d'Essie, elle buvait son café à petites gorgées dans une jolie tasse de porcelaine.

Et sa fille, assise sur le canapé à côté de Duncan. Seigneur, quelle expression elle avait quand elle le regardait ! À croire que cette gamine connaissait son premier béguin.

Et M. Duncan Swift qui paraissait tellement à l'aise, comme s'il se sentait chez lui ! Étalé sur ce canapé, il décochait des clins d'œil à la fillette comme si tous deux partageaient un grand secret.

À combien de rues d'ici se trouvait Hitch Street ?

Un univers entier occupait pourtant la courte distance qui les séparait.

Ce fut Duncan qui l'aperçut le premier. Une lueur dans le regard, qui exprima vite l'inquiétude. Était-elle à ce point transparente ?

Il se leva, vint à sa rencontre.

– Ça va ?

– Non. Je n'ai rien, mais ça ne va pas du tout. Désolée d'avoir raté le dîner.

– Maman, c'était trop bien ! Et Duncan a dit…

Les paroles de Carly se fondirent dans un petit cri, et Phoebe comprit qu'elle avait vu le sang sur son pantalon.

Elle gardait un chemisier de rechange dans son casier mais elle avait dû rentrer avec le sang de Charlie Johnson sur son pantalon.

– Ce n'est pas le mien, je n'ai rien du tout, mais je voudrais que tu m'embrasses très fort.

Elle s'accroupit pour accueillir sa fille dans ses bras. Elle au moins pouvait la serrer contre son cœur, en toute sécurité. D'autres ne le pouvaient pas.

Essie s'était levée, blême, et se tordait les mains.

– Rien ne m'est arrivé, maman, je t'assure ! Regarde-moi. Je vais très bien. D'accord ?

– D'accord ?

– Carter, verse encore un peu de limonade à maman. Maman, rassieds-toi, s'il te plaît. Je sais que tu vas dire que je raconte trop à Carly ce que je fais. Désolée, mais je ne suis pas de ton avis. Là-dessus, je boirais bien quelque chose d'un peu plus fort que de la limonade.

– Je vais te donner du vin et t'apporter une assiette, décréta Ava. Toi aussi, tu devrais t'asseoir.

– Oui, mais je vais d'abord changer de pantalon. Je reviens.

Alors que Phoebe sortait, Duncan s'adressa à Essie :

– J'espère que vous ne m'en voudrez pas, mais je vais monter avec votre fille.

Sans attendre sa permission, il rattrapa Phoebe dans l'escalier.

– Je veux juste changer de pantalon.

– Je ne cherche pas à me rincer l'œil, mais tu parais tellement épuisée…

– J'ai passé une mauvaise journée. Terrible. Je ne peux pas t'en parler tout de suite parce que je préfère ne la raconter qu'une fois.

– Je serai juste là, tu n'as pas besoin de parler.

Dans sa chambre, elle enfila un pantalon de coton et jeta l'autre dans le panier à linge. Un brusque flash des événements de la journée lui fit porter une main à sa bouche pour étouffer un sanglot. Cependant, elle repoussa Duncan qui allait la prendre dans ses bras :

– Non, n'essaie pas de me consoler. Je ne pleurerai pas maintenant. Ma mère est trop inquiète, et elle va se ronger les sangs jusqu'à ce que je descende.

– Alors descendons.

Il la suivit dans l'escalier. Ava venait de disposer une assiette sur un plateau et apportait un verre de vin.

– Vous allez me voir aux infos, commença Phoebe. Ça a déjà dû passer. On a eu une alerte sur Hitch Street. Les gangs. Une prise d'otages. Le gamin avait seize ans. Fou de chagrin, de colère, de désespoir. J'ai eu du mal à le convaincre mais j'ai fini par y arriver. Il est sorti, comme je le lui ai dit : sans arme, les bras en l'air. Et on lui a tiré dessus. Alors qu'il se tenait là, les mains levées, alors qu'il se rendait. Sa mère était là, elle a dû tout voir.

– Il va bien ? demanda Carly.

– Non, ma chérie. Il est mort.

– Mais pourquoi on lui a tiré dessus ?

– Je ne sais pas, dit Phoebe en lui caressant les cheveux.

Elle se pencha pour lui embrasser la tête.

– Personne ne sait qui a fait ça, ni pourquoi. Pas encore. On va en parler à la télévision. Je voulais que vous soyez au courant.

– C'est triste, quand même.

– Oui, ma chérie, c'est terrible !

Carly se blottit contre sa mère :

– Tu te sentiras mieux si tu manges. Tu dis toujours ça.

– C'est vrai.

Phoebe piqua sa fourchette dans la nourriture et la porta à sa bouche. Elle n'aurait su dire de quoi il s'agissait, incapable d'en sentir le goût.

– Et j'ai raison, comme toujours, ajouta-t-elle. Bon, maintenant, on pense à autre chose. Vous allez me raconter comment s'est passé ce dîner.

– Oncle Carter et Duncan ont joué un duo.

– Un duo ?

– Oui, c'est oncle Carter qui dit ça. Au piano. C'était bien. Et tante Josie a raconté l'histoire du canard.

– Encore ?

– J'ai bien aimé, commenta Duncan avec un sourire.

Il vérifiait ce qu'elle faisait, si elle reprenait bien les gestes de la vie quotidienne.

– Et Duncan a dit qu'on irait sur son bateau samedi si tu veux bien. Tu veux bien, hein ? S'il te plaît ! Ce sera la première fois que j'irai sur un bateau !

– Pauvre petite fille martyre ! On va voir ça.

– Oh oui !

– Mais, pour le moment, il semblerait que ce soit largement l'heure d'aller au lit.

– Mais on a des invités !

– Et aussi une petite fille bien élevée qui fait ce qu'on lui dit. Alors, tu dis bonsoir à tout le monde, et je monte te voir dans deux minutes.

Carly promena un regard suppliant sur les autres adultes, se dirigea en traînant des pieds vers Duncan.

– Je voudrais bien aller me coucher plus tard ce soir, soupira-t-elle. Mais merci d'être venu dîner.

– Merci de m'avoir reçu. Alors on se revoit samedi ?

La bouderie fut instantanément oubliée.

– Oui ! Bonsoir !

À l'instant où la porte se referma, Phoebe déposa sa fourchette.

– Bon, j'y vais moi aussi, dit Duncan.

Quelques protestations polies s'élevèrent, on échangea les remerciements d'usage, on s'embrassa, on se serra la main.

– Je t'accompagne.

Cela faisait du bien de ressortir dans l'air de la nuit, de respirer un peu.

– Désolée d'avoir gâché la soirée.

– Tu n'y es pour rien, dit-il en la prenant par l'épaule. Ça a dû être très dur pour toi.

– Affreux.

Pour la première fois, elle s'autorisa un moment de faiblesse, se tourna vers lui, l'étreignit.

– Je ne sais pas si je parviendrai jamais à chasser ces images de ma tête. Je me demande encore ce qui a pu se produire. Il y a déjà des gens pour dire que c'est nous qui avons tiré. Pour nous, il s'agirait d'un membre d'un gang rival. On a retrouvé le fusil, un AK-47. Qui ne provenait pas de chez nous. Ce gamin a été criblé de balles. En quelques secondes. L'un des otages aussi a été touché. Il s'en sortira, mais…

Elle reprit son souffle, ravala ses larmes.

– Ce n'est pas l'endroit.

– C'est où et quand tu veux si tu en as besoin.

– Ici, je dois me retenir autant que je le peux. Bon, et pour samedi ?

– Je passe vous prendre, avec Carly, vers 10 heures. Ça te va ?

– C'est gentil de la gâter comme ça. Je ne veux pas que tu te sentes obligé de…

– Mais non ! coupa-t-il en lui fermant la bouche d'un index. Et dis-toi bien que, si ça ne marche pas entre nous ou qu'Essie me jette dehors, je me sens capable d'attendre une quinzaine d'années que ta fille grandisse.

– Vingt ans, au minimum.

– En tout cas, tu vois que tu as de la concurrence.

Il l'embrassa doucement, d'un long baiser.

– À samedi !

– C'est ça, je prépare les crèmes solaires pour nous, les rousses.

Comme il montait dans sa voiture, elle lui adressa un signe, resta un moment à le regarder s'éloigner. Après un moment, elle repartit vers la maison, alla s'asseoir sur les marches du perron. Il fallait qu'elle rentre, qu'elle couche Carly, qu'elle vérifie l'état de sa mère, au cas où. Pourtant, elle restait là, sans bouger.

Carter sortit. Sans rien dire, il s'assit à côté d'elle, lui prit la main.

Ils restèrent là, ensemble, un long moment.

18

Phoebe ne s'était pas trompée : les médias se déchaînaient, tant sur les écrans de télévision qu'en première des journaux ou sur Internet. Par sa mort, Charlie Johnson devenait un symbole de la violence des gangs, du racisme, de la corruption et de l'incompétence de la police, selon l'angle qu'on avait envie d'adopter.

Elle répondit à des dizaines d'appels téléphoniques de journalistes et, pour la première fois de sa carrière, reçut des menaces de mort.

Et une fois de plus, elle fut interrogée par le bureau des affaires internes.

David l'emmena déjeuner dans un restaurant du coin. Au lieu de boire son thé glacé, elle traçait des dessins sur le verre, où s'était fixée de la condensation.

– Vous tenez le choc ? demanda-t-il.

– Je vois sans arrêt le gosse en train de sortir, les mains levées, alors que je me disais que tout s'était bien passé. Et puis ce coup de feu, son corps qui a tressauté. En une seconde, tout a basculé.

– Vous aviez fait du bon travail. Ce n'est pas la faute de l'unité si un excité s'est faufilé au milieu des troupes et s'est éclipsé durant l'évacuation.

– Il y a eu des violences, cette nuit, aussi bien dans la zone ouest que dans la zone est. Des coups de feu. Ils se servent de la mort de ce garçon pour justifier d'autres meurtres, et les médias ne sont pas en reste. Ils en rajoutent, veulent dresser les Noirs contre les Blancs. Encore que je ne croie pas que Charlie Johnson ait été tué à cause de la couleur de sa peau.

Elle se tut lorsqu'on apporta les sandwichs commandés.

– Franklin Johnson est mort ce matin.

– Je sais.

– Opale Johnson a perdu ses deux fils. En ce qui concerne le premier, nous n'y sommes pour rien, du moins à première vue. Nous avons trouvé et arrêté le coupable. Aurions-nous obtenu un résultat aussi rapide si Charlie ne s'était pas barricadé dans ce magasin ? J'ignore la réponse et ça me ronge.

– Moi aussi, mais je fais mon boulot aussi bien que possible, et vous aussi. Nous sauvons qui nous pouvons, Phoebe ; une crise à la fois.

– Peut-être, maugréa-t-elle en écrasant des chips dans sa main. Je lui avais promis que tout se passerait bien. Que s'il sortait, tout serait fini.

– Vous n'avez commis aucune erreur. Ça aurait dû bien se passer. Il devrait être sous les verrous, en ce moment, et son avocat en train de négocier un arrangement avec le procureur. L'erreur provient du groupe d'intervention, et nous saurons vite de quoi il retourne. Cet incident va être examiné minute par minute, chaque ordre sera soupesé. En attendant, les communautés se rebiffent et il nous revient d'éviter que tout ceci ne tourne à l'émeute. Vous allez donner une conférence de presse cet après-midi, avec le commandant du groupe d'intervention. Chacun de vous lira une brève déclaration et répondra aux questions. Il n'y en aura pas pour longtemps, et c'est indispensable.

– Et ça procurera un support visuel. Moi, une femme blanche, le commandant, un homme noir. Attendez, je ne prétends pas que ce support visuel apportera quelque chose de plus. Je ferai mon boulot. Dans combien de temps ?

– À 15 heures.

– Parfait. Ça me donne le temps de retourner sur Hitch Street. Je veux revoir les deux scènes de crime.

Elle se tenait à la fenêtre d'où les coups avaient été tirés ; les experts scientifiques y relevaient le maximum d'indices. C'était une étroite fenêtre à battants, au premier étage d'un immeuble en diagonale du magasin de spiritueux. D'après les rapports, les quinze appartements en avaient été évacués, et les forces de l'ordre en occupaient le toit ainsi que le second étage. Comme il se trouvait au centre du périmètre de sécurité, aucun civil ne pouvait s'en approcher.

Le tireur isolé avait trouvé un angle de tir correct ; cela aurait été meilleur sur le toit ou au second étage, mais là ce n'était déjà pas si mal.

Surtout s'il visait un homme désarmé qui s'avançait en pleine lumière. Rien de plus facile que d'atteindre une cible immobile, les bras levés. Toute cette masse corporelle offerte à une volée de balles.

– La locataire est une certaine Reena Curtis, célibataire, annonça l'inspecteur Sykes derrière elle. Deux enfants, un garçon de cinq ans, une fille de trois ans. Pas de casier. Au moment des tirs, elle se trouvait en dehors du périmètre avec ses enfants. Tous les témoignages concordent. Son petit ami travaillait à cette heure-là. Nous l'avons également vérifié.

– Oui, j'ai lu sa déclaration. Elle a dit qu'un flic s'était présenté à sa porte pour lui faire évacuer l'appartement, avec ses enfants. Comme elle en voyait partout dans l'immeuble et dehors, elle ne s'est pas étonnée. Elle est sortie avec ses enfants pour aller se réfugier chez sa sœur, à quelques rues de là.

– Elle ne se souvient plus si elle a fermé sa porte à clé ou si elle l'a seulement claquée, répondit Sykes. Tout s'est passé trop vite et elle avait peur. Quelqu'un d'autre ne voulait pas manquer le spectacle… C'est là qu'il y a une faille.

– Ce quelqu'un était forcément armé. Sauf si cette mère de famille avait un AK-47 dans le placard à balais. Comment le tireur savait-il que c'était Charles Johnson qui se trouvait là ? demanda Phoebe en inspectant le petit appartement désordonné.

– Pas forcément lui, il savait juste qu'il y avait un Posse là-dedans.

– Et comment le savait-il ? Il a vu entrer Charlie, revêtu des couleurs du gang. Les rapports le placent à l'intérieur une dizaine de minutes avant la première réponse, qui est arrivée rapidement puisqu'une locataire habitant à proximité du magasin a signalé un coup de feu ; elle dit l'avoir vu traverser la rue quelques minutes avant le premier coup.

– Le tireur le voit, ou entend la rumeur. Il prend l'arme et il a la chance de trouver un excellent poste de tir.

– Il faudrait vérifier si l'alerte a été donnée depuis cet appartement, cet immeuble, si un appel a été émis d'ici après l'évacuation. En principe, il a plutôt utilisé un téléphone mobile, mais on ne sait jamais.

Phoebe se dirigea vers la fenêtre d'une petite chambre d'enfants. De là, elle apercevait le restaurant d'où elle avait téléphoné à Charlie.

– Je me demande combien de membres de gang pourraient résister à l'envie de descendre des flics ; jusqu'à ce que leur cible se présente, je comprends encore, mais après, ce serait si marrant d'ajouter à la confusion générale, de faire couler plus de sang ! Pourtant, la deuxième rafale n'a donné que des balles perdues, dont une a blessé un otage, à l'intérieur. Ça paraît bizarre, non ?

Il fit la moue :

– Étonnant, en effet. Et si ce n'était pas une guerre de gangs, qu'est-ce que ce serait ?

– Allez savoir !

Elle rendit personnellement visite aux autres locataires de l'immeuble, remplit son attaché-case de dossiers qu'elle emporta chez elle car elle voulait rentrer avant la nuit.

Inutile de s'exposer aux éventuelles manifestations qui pourraient avoir lieu après les informations du soir.

Bien qu'elle rangeât, comme d'habitude, son arme sur la dernière étagère du placard, elle la laissa chargée.

Quand Carly fut couchée, Phoebe vérifia les fermetures, les alarmes, puis s'installa à son propre bureau, laissa la télévision allumée, en sourdine, pour le cas où il y aurait un communiqué, et se mit à lire les comptes rendus, les rapports, les dépositions des témoins.

Lorsque son téléphone mobile sonna, elle répondit tout en examinant le plan de l'immeuble de Hitch Street.

– Phoebe MacNamara.

– Duncan Swift. Salut, mignonne !

L'idée de s'entendre appeler « mignonne », quand elle était entourée d'expertises balistiques, de schémas et d'exposés de lieux de crime, la fit sourire.

– Salut, Duncan !

– Je voulais vérifier que je pouvais toujours compter sur un équipage, demain.

– Pour ce qui est de l'« équipage », tu oublies, mais des passagères, oui. Carly m'en voudrait à mort si je la privais de ce plaisir.

– D'autant que j'en ai parlé à Phin, qui viendra également avec sa famille, si ça ne te dérange pas, bien sûr.

– Parfait. Carly sera ravie de rencontrer des enfants de son âge. Et moi, ça me changera les idées.

– Je m'en doute. Je t'ai vue à la télévision, tout à l'heure. Tu vas m'accuser de futilité, mais je t'ai trouvée hyper excitante.

– Merci, dit-elle en riant. C'est un effroyable gâchis, tu sais.

– Tu ne veux pas que je passe te voir un peu ? Je serai encore plus futile, je t'entraînerai jusqu'à ta chambre pour te montrer à quel point tu m'excites.

Une image délicieusement érotique la fit un instant rêver.

– Tu me tentes, mais non. Tu es chez toi ? Dans l'île ?

– Oui, j'avais des trucs à faire mais j'ai presque fini, et le reste peut attendre. Si tu veux, on pourra toujours rester sagement au salon comme des ados, à regarder un film tordu.

– J'aimerais bien, mais je préfère que tu ne reviennes pas en ville ce soir. Ça s'agite beaucoup. Il vaut mieux que tu restes où tu es.

Elle ôta l'alarme de son bureau, afin de pouvoir sortir sur la terrasse.

– Il fait doux, ce soir, pas chaud mais doux, et c'est agréable ; ça pourrait calmer les esprits.

Elle s'assit, enfin en sécurité. Pour la première fois depuis vingt-quatre heures, elle n'avait plus l'estomac noué.

Le lendemain matin, Phoebe n'eut pas de mal à écarter son travail de ses pensées. La tristesse et la mort permettaient à ceux qui les approchaient d'apprécier une belle journée ensoleillée, les cris de joie d'un enfant.

À la vue du bateau, Carly ne cacha pas son ravissement.

– Il est grand ! Il est beau ! Je vais être tellement contente !

– Alors on y va, décida Duncan.

– Mais où sont les voiles ? Tu avais dit que c'était un voilier.

– Elles sont roulées pour le moment. On les hissera dès qu'on aura quitté le rivage.

Il lui tendit la main :

– Allez monte, et bienvenue à bord !

– Ne touche à rien ! l'avertit Phoebe. Au fait, Duncan, tu navigues souvent ?

– J'en avais toujours rêvé. Alors, quand je me suis acheté ce bateau, j'ai pris des leçons, car il n'était pas question que je coule le jour où j'allais réaliser un de mes vœux les plus chers. Il faut quand même que les enfants portent des gilets de sauvetage. Et Biff aussi.

– Qui est Biff ?

– Le voilà, dit-t-il en tendant le doigt.

Il désignait Phin qui arrivait avec sa femme et sa petite fille ; il tenait en laisse un bouledogue qui trottinait sur ses pattes arquées.

– C'est le chien de Phin. D'après lui, un bouledogue, ça vous pose son maître, sauf quand ça bave, bien sûr.

En vieux loup de mer qu'il était, Biff sauta sur le pont et remua l'arrière-train jusqu'à ce que Duncan se penche pour le caresser.

– La journée s'annonce parfaite, lança Lou en s'étirant. Je vais en faire le moins possible. Salut, Phoebe ! Je suis sûre que tu es d'accord avec moi.

– Bien sûr ! Salut Phin ! Salut, Livvy !

– Oh, le petit chien ! s'exclama Carly. Il est mignon ! Comment il s'appelle ? Maman, on peut avoir un chien ?

– Ma fille est affreusement timide, annonça Phoebe. J'espère que vous ne lui en voudrez pas.

– Il s'appelle Biff. Il aime bien qu'on lui gratte le ventre.

Pas tout à fait aussi expansive que Carly, Livvy s'accrochait à la main de sa mère.

Enchantée, Carly ne demandait qu'à faire plaisir au chien qui se roulait sur le dos.

– En bas, il y a des couchettes, expliqua-t-elle à la fillette, des tables, une cuisine et une salle de bains. Tu veux les voir ?

– Je les ai déjà vues.

– Ça ne fait rien, on y retourne. Avec Biff.

Livvy interrogea sa mère du regard.

– Bon, d'accord.

– Elles sont drôlement belles, tes chaussures, reprit Carly en descendant. Tu veux bien me les faire essayer ? Je te prêterai les miennes aussi.

Il fallait le voir pour le croire : alors qu'ils s'éloignaient de la rive au moteur, les deux gamines, main dans main, à l'arrière, et le chien plein de dignité, assis à tribord, la truffe offerte au grand air.

Mais le point culminant arriva au moment où les voiles blanches s'élevèrent et se gonflèrent de vent. Comme le chien, Phoebe leva la tête.

– Tenez, annonça Lou en lui présentant un verre.

– Merci. Dites-moi que je suis au paradis ! Est-ce qu'on va virer lof pour lof, ou je ne sais quel terme du métier auquel je ne connais rien ?

– Phin non plus ne sait pas ce qu'il fait ; il obéit au doigt et à l'œil aux ordres de Duncan, mais il aime bien jouer les grands navigateurs.

Lou sourit aux hommes qui s'escrimaient à l'avant.

– C'est devenu un jeu entre eux. Moi, j'ai tenté de convaincre Duncan de prendre plutôt un bateau à moteur, genre cruiser, mais il tenait aux voiles.

Elle poussa un soupir, étira ses longues jambes.

– J'aurais eu mauvaise grâce à protester.

– Vous le connaissez depuis longtemps ?

– Plutôt, oui. J'ai même été folle de lui, alors si vous lui faites des crasses, on ne sera pas copines.

– Ça lui arrive souvent ?

– Non, en général il perçoit bien les gens. Mais il y a eu une femme, il y a quelques années, qui échappait à son radar. La sauce ne prenait pas. Moi, je ne pouvais pas la voir, mais Dunc était mordu, et elle savait l'apitoyer avec les drames de sa vie. Elle a réussi à lui soutirer quelques milliers de dollars avant de se volatiliser.

– Comment a-t-il réagi ?

– Il est tolérant, mais il supporte mal le mensonge.

– C'est un avertissement ?

– Vous n'êtes pas contente. Très bien. Je ne vous en trouve que plus sympathique, vous et votre fille. Au fait, j'ai vu votre conférence de presse hier. Rassurez-vous, je ne vois pas tout en noir et blanc, d'abord parce que je suis avocate, ensuite parce que je trouve que vous vous êtes bien tirée d'une situation des plus délicates. Voilà ce que j'avais à dire sur ce sujet. Vous avez de jolies chaussures. Je pourrais les essayer ?

Phoebe se mit à rire et se détendit.

Ils déjeunèrent sur le lac, s'y baignèrent. Carly eut même le droit de tenir un peu la barre.

– Tu t'amuses bien ? demanda Duncan à Phoebe quand elle le rejoignit à l'avant.

– Je crois que c'est un des plus beaux jours que j'aie vécus depuis longtemps.

– On peut le prolonger. On poursuit jusque chez moi, on attend que Carly soit fatiguée pour la coucher en haut dans un lit, et nous, on va se coucher dans une autre chambre.

– Et Biff et compagnie ?

– Je les jette par-dessus bord.

Il se pencha pour embrasser son sourire.

– Dis-le.

– Quoi ? Que j'aime trop tes amis pour les jeter par-dessus bord ?

– C'est bien ce que je craignais.

– Mais je t'inviterai à boire un verre dans le jardin quand tu nous ramèneras à la maison.

– Et j'accepterai. Écoute...

D'abord il l'embrassa.

– Quoi ? finit-elle par demander.

– Rien.

– Pourquoi les gens ferment les yeux quand ils s'embrassent ? interrogea Carly.

Phoebe fit volte-face pour découvrir sa fille en train de les observer avec un immense intérêt.

– Je ne sais pas, répondit Duncan, pensif. Attends, on va essayer autre chose.

Les yeux ouverts, pleins de malice, il ramena Phoebe contre lui pour l'embrasser à nouveau.

– Ce n'est pas mal comme ça non plus, conclut-il.

– Maman dit qu'elle est trop vieille pour avoir un petit copain.

– Carly...

– Qu'en penses-tu ? coupa Duncan.

– Que si vous sortez avec elle et l'embrassez tout le temps, vous devriez être son petit copain. Et Ava a dit à mamie que ce serait bien si maman avait un amoureux parce que...

– Carly, va chercher un cookie ou quelque chose à grignoter.

– Mais tu as dit que j'en avais assez mangé !

– J'ai changé d'avis.

La fillette ne se fit pas prier et fila vers la cuisine.

– Je suis ton amoureux ? demanda doucement Duncan.

Il la renversa en arrière, dans un geste des plus romantiques.

Le sifflement de Phin coupa tous ses effets et Phoebe se redressa d'un coup :

– On ferait mieux de prendre des cookies nous aussi.

Un amoureux, songea-t-elle en regardant la voiture de Duncan s'éloigner après un ultime baiser. C'était plus compliqué qu'une liaison ordinaire ; pourtant, il s'agissait bien d'une histoire d'amour, qui durerait ce qu'elle durerait, mais elle en savourerait chaque instant. Et elle adorait cela.

Elle se déshabilla en se régalant à l'avance de la douche qui l'attendait après une journée sur l'eau. Lorsque son téléphone sonna, elle se prit à espérer que ce serait Duncan.

En lisant le nom de son correspondant sur l'écran, elle se figea :

– Bonsoir, Roy.

Dix minutes plus tard, elle descendait chercher de la glace au crumble. Essie la surprit alors qu'elle portait une grosse cuillerée à sa bouche.

– Toi, tu t'es disputée avec Duncan.

– Je ne me suis disputée ni avec lui ni avec personne, zut ! J'ai le droit d'avoir envie de glace !

– Ne me parle pas comme ça, rétorqua Essie. Tu n'avales ta glace comme ça que quand tu es furieuse. Duncan vient juste de partir, donc…

– Je t'ai dit que je ne m'étais pas disputée avec lui. Ce n'est pas lui le centre de l'univers, non plus ! Je ne laisserai jamais aucun homme…

S'entendant presque crier, elle s'interrompit.

– Excuse-moi. Je suis furieuse.

Elle reprit une grosse cuillerée.

– Je n'en ai pas encore assez avalé pour me calmer ou pour me rendre malade, encore moins pour ne pas me rabattre sur quelqu'un d'autre.

Essie alla chercher une cuillère et se servit à son tour.

– Qu'est-ce qui t'est arrivé ?

– Roy a téléphoné. Il se remarie.

– Oh !

Essie prit une deuxième cuillerée, encore plus grosse.

– À quelqu'un que je connais ? Je pourrais lui envoyer mes condoléances ?

– Merci, maman. Il épouse une certaine Mizzy. Tu te rends compte ? Elle a vingt-quatre ans.

– Une bécasse, forcément. La pauvre.

– Une bécasse fortunée. Ils vont s'installer à Cannes ou à Marseille. Quand j'ai entendu ça, mes oreilles ont sifflé. Sa famille a des affaires là-bas, et il va y participer. Et il me dit tranquillement de ne pas m'en faire si ses deux prochains chèques de pension alimentaire sont un peu en retard, à cause de la distance, du changement de banque, et tout.

– Jusqu'ici, il a toujours été très ponctuel.

– Parce qu'il s'agissait d'un prélèvement automatique sur son compte, il n'avait donc pas besoin d'y penser. Quand je pense qu'il ne me parle jamais de Carly ! Jamais il ne me demande comment elle va, jamais il ne cherche à lui parler. Il ne va même pas l'inviter à son mariage.

– De toute façon, elle ne voudrait pas y aller. Et tu n'aimerais pas qu'elle accepte.

– Ce n'est pas la question. Ce qui m'énerve, c'est qu'il ne changera jamais, ce crétin, sauf que maintenant il épouse une fille de presque dix ans de moins que moi et que Carly n'occupe plus la moindre place dans sa vie.

– Tu sais ce que ma grand-mère disait : un salaud restera toujours un salaud. Carly est assez sage pour l'oublier, tu devrais en faire autant.

– Tu as raison, je le sais. Elle ne l'a pas vu assez longtemps pour qu'il lui manque.

– Mais toi, si.

– J'ai eu cette illusion.

Phoebe racla le fond du carton, considéra le contenu de sa cuillère avant de le manger.

– C'est peut-être ça le pire. Il ne peut pas s'empêcher d'être ce qu'il est.

Roy ne valait pas qu'on se mette dans un tel état, pensa Phoebe en allant prendre sa douche. Mais ce coup de téléphone lui avait rappelé pourquoi la moindre liaison amoureuse vous entraînait sur une pente glissante. Mieux valait rester simple, ne rien se cacher l'un à l'autre, ainsi on ne souffrait pas.

Sans doute était-il temps de ralentir un peu avec Duncan. Elle avait déjà accepté un nouveau rendez-vous avec lui alors qu'elle était encore baignée de félicité après cette journée de rêve. Maintenant, elle ferait mieux de lui expliquer qu'elle ne souhaitait rien de plus qu'une amitié amoureuse.

Quel homme aurait refusé une telle proposition ?

19

À sa demande, Phoebe fut prévenue lorsqu'on remit le corps de Charles Johnson à sa famille ; elle prit alors contact avec le funérarium pour savoir quand auraient lieu les obsèques.

Controverse et débats publics mis à part, elle voulait lui rendre un dernier hommage, aussi bref soit-il. Pour cela, il lui faudrait annuler son rendez-vous avec Duncan, mais ce serait peut-être mieux ainsi.

Un petit délai de réflexion serait le bienvenu. Quand elle téléphona, elle fut lâchement contente de tomber sur le répondeur.

– Duncan, c'est Phoebe. Il faut que j'annule pour ce soir, désolée. Il s'est passé quelque chose…

Ce n'était pas très loyal. Il n'avait rien fait qui méritât ce « Il s'est passé quelque chose… ».

– En fait, ajouta-t-elle, on organise une cérémonie pour Charlie Johnson et il faut que j'y assiste. On va donc devoir reporter. On en parlera une autre fois si tu veux. Maintenant, je file à une réunion.

Il était impératif de couvrir ses arrières, et Phoebe ne pouvait reprocher au service de faire le gros dos ou, à la rigueur, de trouver un bouc émissaire. Elle était prête à défendre pied à pied ses propres initiatives, si nécessaire. Elle prit part à la réunion de l'équipe de crise, avec le commissaire Harrison et les représentants du bureau des affaires internes.

Les questions fusèrent. Son rapport fut examiné, on passa l'enregistrement des communications téléphoniques. Elle écouta sa voix, celle du commissaire Harrison, celles de Charlie et d'Opale.

Harrison leva la main :

– Le lieutenant MacNamara a clairement rapporté l'information selon laquelle le preneur d'otages avait accepté de se rendre et sortait sans arme. Information bien reçue de part et d'autre. Il n'y a eu aucune rupture de communication. Le commandant du groupe d'intervention n'avait pas donné son feu vert, et les rafales n'ont pas été tirées par un membre autorisé du service.

Il marqua une pause, puis :

– Elles proviennent d'une arme récupérée qui n'appartient pas à nos services, et d'une position qui n'était occupée par aucun agent de l'équipe de crise. Quant au gang rival, certains de ses membres vivent dans l'immeuble d'où sont partis les coups de feu, et certains autres dans le périmètre de sécurité établi durant la crise. Ce sont là des faits. Mais il y a autre chose. Le périmètre a été violé. D'où ces nouvelles questions : *qui, comment* et *quand* ? Cette infraction expose le service aux critiques et aux spéculations, et, potentiellement, aux poursuites.

– On enquête sur l'identité de cette personne, enchaîna Harrison.

C'était un solide gaillard d'une présence étonnante, au timbre de bronze, idéal pour donner des ordres.

– Tous les membres connus des Lord et des Posse sont actuellement interrogés. C'est un processus qui prend du temps, capitaine.

– Comment avez-vous procédé ?

– L'immeuble a été évacué étage par étage, dit Harrison en se levant pour montrer le plan des lieux, le périmètre de sécurité a été installé. Cela a donné lieu à quelques incidents pendant les négociations, du tapage et des menaces de quelques badauds. Et, ici, une altercation physique entre des résidents locaux.

Il se redressa, se retourna :

– Il est possible que quelqu'un se soit faufilé pendant la première phase mais, plus vraisemblablement, à mon avis, un individu qui se trouvait déjà à l'intérieur de l'immeuble s'est glissé dans l'appartement vidé de ses occupants. L'objectif de l'équipe consistait à mettre au plus vite les civils à l'abri. Comment, dans ces circonstances, exiger d'une équipe déjà réduite, d'inspecter chaque placard, sous chaque lit ? Si quelqu'un était déterminé à échapper à toute détection, il pouvait y parvenir.

– Quelqu'un armé d'un AK-47 ?

– Oui.

– Commissaire... intervint Phoebe.

Elle capta au passage un froncement de sourcils de David et n'en continua pas moins :

– Vous avez énoncé les questions principales : *comment, qui* et *quand.* Sauf votre respect, je crois qu'il en reste une, vitale : *pourquoi* ? On peut supposer, étant donné la violence du gang, l'arme utilisée, le fait que son numéro de série a été effacé, que le responsable est un membre ou un sympathisant des Lord de la zone est. Pourtant, je suis retournée sur les lieux, je me suis postée à la fenêtre d'où sont partis les coups de feu, j'ai regardé les croquis, lu les rapports, réécouté les communications…

– Moi aussi, précisa Harrison.

– Dans ce cas, vous savez que, durant toute l'opération, il y a eu des dizaines de policiers autour du bâtiment mais aussi à hauteur de l'affût du tireur isolé. Pourtant, aucun n'a tiré un seul coup de feu. Lorsque le preneur d'otages a été abattu, aucun policier n'a été touché ; toutes les balles ou presque étaient destinées à Charles Johnson. Je suis sûre que tous les membres de notre groupe d'intervention s'accorderont à dire que nous avons affaire à un sacré bon tireur.

– Il savait ce qu'il faisait, admit Harrison.

– En tant que négociatrice, habituée à étudier et traiter les réactions humaines, je dois dire qu'il sait remarquablement se contrôler. Mais pourquoi tuer Charles Johnson ? Il n'occupait qu'une place subalterne chez les Posse.

– Il a fait un esclandre, exigé qu'on lui amène le chef adverse. Un manque de respect caractérisé.

– D'accord. Ainsi, un ou plusieurs membres des Lord ont voulu l'abattre, pour faire un exemple. Mais si l'un d'eux se trouvait déjà dans l'immeuble, ou s'y est introduit par effraction, avec une arme, ça induit une belle préméditation. Nous avons affaire à un acte planifié, pas à une simple opportunité.

– Une théorie de la conspiration, lieutenant ?

Elle perçut un doute dans la voix du commissaire.

– Je ne fais qu'exposer d'éventuelles hypothèses. Il se pourrait que Johnson ait été piégé, poussé à se rendre là-bas. Sinon, on peut aussi envisager une tierce personne, n'appartenant à aucun des deux gangs, qui aurait juste voulu semer la zizanie. Ou bien…

– Lieutenant, nous tentons de désamorcer un baril de poudre, pas d'y ajouter de l'essence. Il reste beaucoup de questions sans réponse. Pour le moment, la plus importante se rapporte à notre responsabilité. Les comptes rendus, les transcriptions, les déclarations et autres communications prouvent que vous avez assumé les vôtres.

Il se tourna vers le capitaine :

– Maintenant, quand la fusillade a éclaté…

Après la réunion, Phoebe descendit s'entraîner un peu au tir, histoire d'évacuer son stress. À la fin du premier exercice, sa cible revint vers elle.

Déception. Elle recommença. Vida un autre chargeur.

– Vous avez toujours été mauvaise tireuse, commenta David à côté d'elle.

– Je sais, je ne m'entraîne pas assez.

– Un bon négociateur n'a pas souvent besoin de son arme, surtout quand il est aussi doué que vous. Je me demande pourquoi ils vous ont convoquée là-haut.

– On a tenté de poser les bonnes questions, de déterminer si la solution n'était pas tellement mince qu'elle nous aurait échappé. Je ne comprends pas ce qui s'est passé au juste, et je ne peux pas me contenter des réponses standard.

– Peut-être est-ce tout simplement parce que vous avez fait ce qu'il fallait. Vous lui avez parlé, l'avez convaincu de sortir. Pourtant vous l'avez perdu. Vous faites ça depuis trop longtemps pour ne pas connaître l'impact d'un échec.

Tout en parlant, il installait une nouvelle cible. Quand il eut vidé son chargeur, il étudia le résultat avec Phoebe.

– Vous tirez aussi mal que moi, commenta-t-elle.

– N'exagérons rien ! Vous avez bien dormi ?

– Par à-coups. J'éprouve les symptômes classiques : déception, stress, agitation, irritabilité. Mais je le sais, et je sais pourquoi. Ce que je ne sais pas, c'est pourquoi ce gamin. C'est dans ce sens que j'ai pris la parole à la réunion.

– Phoebe, le commissaire n'est pas à proprement parler ce qu'on appelle un penseur créatif. Croyez-moi, en ce moment, il s'inquiète plus de ses relations publiques et de sa responsabilité civile que d'un gamin de seize ans.

– Je sais que vous nourrissez des ambitions pour moi, observa-t-elle en remplissant son chargeur, et je vous en remercie.

– Vous et Carter êtes mes seuls héritiers. Le jour où je prendrai ma retraite, c'est vous qui occuperez mon bureau.

Il avait voulu des enfants, à l'inverse de sa femme. Bien qu'il ne le lui eût jamais dit, Phoebe le savait car elle le connaissait par cœur.

– Vous craignez que, si je parle trop et ne dis pas ce que le patron veut entendre, je me tire une balle dans le pied. Ça pourrait bien arriver parce qu'on doit jouer serré.

– Le commissaire veut passer à autre chose. S'il doit nous sacrifier en place publique, il le fera. La logique et les circonstances laissent entendre qu'il s'agit d'une guerre des gangs. Et c'est ce que le public en conclura.

– Il faudrait peut-être écouter autre chose que la rumeur publique, marmonna-t-elle en visant la cible.

Au fond, se dit-elle en enfilant un tailleur gris (le noir eût tout de même été trop ostentatoire), *c'est idiot de promouvoir une idée qui ne conviendrait à aucune des parties.*

Elle n'avait rien à ajouter qui n'ait été enregistré. À part les quelques minutes précédant le début de la négociation ainsi que son horrible conclusion, elle s'était constamment tenue dans le restaurant.

Elle assisterait aux obsèques de Charlie Johnson, et elle tâcherait de passer à autre chose. Elle se promit de ne pas ouvrir la bouche, sauf si le service l'exigeait.

Elle coiffa ses cheveux en arrière. Rien ne saurait en altérer l'éclatante couleur, mais autant les attacher, histoire de se donner un air plus respectable.

En entrant dans le salon, elle trouva sa mère en train de faire du crochet devant la télévision, et Carly allongée par terre, feuilletant un livre d'images. Des chiots, s'avisa Phoebe avec un pincement au cœur.

– Je m'en vais maintenant, annonça-t-elle. Je ne devrais pas en avoir pour plus d'une heure.

– Maman, attends ! Maman, regarde comme ils sont mignons !

Carly se releva pour lui montrer son livre plein de photos de boules de poils.

– Oui, ma chérie. Mais tu sais, un animal, il faut le nourrir, lui donner à boire, le promener, le nettoyer, le dresser, aussi…

– Mais tu as dit qu'un jour on prendrait un chiot !

– J'ai dit un jour *peut-être* ! Sois sage, ajouta-t-elle en embrassant Carly sur la tête. Je serai bientôt là.

En sortant, elle entendit la fillette demander d'un ton sucré :

– Mamie, tu aimes les chiots ?

Elle aurait aimé trouver cela drôle ; cependant, en descendant l'escalier, elle ne put que se dire que cette gamine allait entortiller sa grand-mère et sa tante jusqu'à ce qu'elle obtienne une petite bête qui mâchonnerait les chaussures, arroserait les tapis et geindrait en pleine nuit.

Phoebe aimait pourtant les chiens, mais n'avait aucune envie d'une nouvelle responsabilité. D'autant qu'Ava avait décidé d'emmener son fils visiter l'Ouest cet été. C'était son droit le plus strict. Il faudrait tenir compte du fait que, pendant une dizaine de jours, il n'y aurait personne pour faire les courses, courir à la banque et au pressing, ou emmener Carly à l'école.

Elle avait déjà une fillette hyperactive, une mère agoraphobe. Nul ne pourrait la traiter de monstre sans cœur si elle ne voulait pas y ajouter un chiot. Sauf qu'elle se sentait monstrueuse, si bien qu'en ouvrant la porte d'entrée elle se maudissait déjà.

Duncan venait d'escalader la dernière marche du perron :

– Quel synchronisme !

– Qu'est-ce que tu fais là ? s'exclama-t-elle en fermant la porte. Tu n'as pas eu mon message ? Je suis désolée, mais…

– Si, je l'ai eu. Je vais avec toi.

– Au funérarium ? Sûrement pas. Tu ne le connaissais même pas.

– Je te connais, et tu n'iras pas seule là-bas.

– J'en suis parfaitement capable.

– Écoute, si tu n'es pas contente, tu n'as qu'à faire semblant de ne pas me connaître.

– Il n'est pas question que je me rende aux obsèques de ce pauvre garçon dans une Porsche, au bras d'un mec habillé en Armani.

– D'abord, voilà ! dit-il reculant.

Il désigna une berline noire garée devant le trottoir.

– Ensuite, mon costume c'est un Hugo Boss, ou un Calvin Klein, je ne sais plus. À la réflexion, il s'agit peut-être d'un Armani. Et je suis peut-être riche mais j'ai grandi à quelques rues de l'endroit où ce garçon a vécu les seize années de sa vie, pas dans un manoir de l'élégante Jones Street. Alors n'en rajoute pas, mon cœur.

Après avoir réfléchi un instant, elle secoua la tête.

– Il y a quelques minutes, je n'ai pas pu rire devant quelque chose qui aurait dû me ravir. Maintenant, je trouve ça amusant.

Quant à ton tailleur, ajouta-t-elle en ouvrant le côté de sa veste pour vérifier l'étiquette, j'avais raison. Ne provoque jamais la mère d'une mini-fashionista.

– Un point pour toi.

– Non, pour toi. Merci d'être venu. Je faisais ce que je pouvais pour me sentir en pétard afin de ne pas trop souffrir de mon chagrin. Du coup, j'en oubliais une chose importante.

– Laquelle ?

– Ce n'est pas à mon sujet. Alors, comme ça, tu as aussi une berline noire. Ça fait très digne.

– J'ai pensé prendre ma camionnette, mais ça ne l'aurait pas fait. Et le 4x4 était trop gros. Qu'est-ce que tu veux, je suis un mec, j'aime les bagnoles !

– Et comme moi j'en ai une qui risque de rendre l'âme du jour au lendemain, je suis contente de profiter de ta collection.

Alors qu'il lui ouvrait la portière, elle lui posa une main sur le bras :

– J'ai tellement l'habitude de tout faire seule que j'en arrive à prendre ça pour une obligation. Mais je n'y tiens pas toujours et je te suis reconnaissante d'y avoir pensé avant moi.

Le parking du funérarium était déjà plein de voitures. Phoebe repéra même les journalistes derrière le parapet. Certains interviewaient les nouveaux arrivants, d'autres prenaient des photos.

– Il doit y avoir une autre entrée, suggéra Duncan.

Avant tout, éviter la presse.

– Il existe une porte latérale, dit-elle, j'ai vérifié. Je comptais m'y faufiler pour l'entrée comme pour la sortie. Rester cinq minutes. Il y aura des représentants du commissariat, c'est la procédure normale pour un homicide. Quant à moi, je ne suis pas censée me trouver ici.

– Compris.

Il se gara dans la rue, jeta un coup d'œil aux talons qu'elle portait.

– Tu pourras marcher avec ça ?

– Comme toutes les filles.

Sur le trottoir, il la prit par la main, et elle leva la tête vers lui.

– Quoi ?

– Rien. Rien.

Elle détourna la tête. Ce n'était pas le moment de s'emballer alors qu'on allait présenter ses condoléances à la mère d'un adolescent assassiné.

– Tu y tiens absolument ?

– J'y tiens, pour Charlie et pour sa mère. Et j'ai moi-même besoin de ce rituel. Je ne fais pas d'étincelles quand je suis triste ou mécontente, même si je m'efforce de ne pas en tenir compte.

Il ne leur fut pas difficile de se glisser par la porte latérale mais, avant que Phoebe ait eu le temps de se féliciter de la manœuvre, elle dut faire face à un autre obstacle.

Un groupe de personnes se pressait dans un petit salon adjacent à la salle de cérémonie. Le grincement de la porte fit se tourner plusieurs têtes. Les conversations s'interrompirent aussitôt.

Avec Duncan, ils n'étaient pas les seuls Blancs. Quelques autres se manifestaient çà et là. Mais le visage de Phoebe était apparu à la télévision, et elle se rendit compte que plusieurs personnes la reconnaissaient. Et que certaines lui jetaient des regards furieux.

La foule s'écarta sur le passage d'un homme de haute taille à la voix tremblante de colère :

– Vous n'avez rien à faire ici ! Foutez le camp avant...

– Ne parle pas à ma place !

Opale s'avança. Les yeux cernés de noir, elle paraissait avoir vieilli de dix ans.

– Ne parle pas à ma place ni à celle de mon fils !

– C'est pour la famille, pour les amis.

– C'est toi qui me parles de la famille, mon frère ? Où était-elle quand j'en avais besoin ? Toi, tu te trouvais à Charlotte, pas ici, pas dans mon quartier ni parmi mes amis. Alors ne parle pas à ma place.

Là-dessus, elle se redressa :

– Lieutenant MacNamara...

– Bonjour, madame. Je suis désolée de m'imposer ainsi. Je voulais vous présenter mes condoléances et rendre un dernier hommage à Charlie. Je ne vous dérangerai pas longtemps.

Opale la prit dans ses bras :

– Merci d'être venue, de ne pas nous avoir oubliés.

Submergée par l'émotion, Phoebe dut retenir ses larmes.

– Je n'oublierai jamais.

– Voulez-vous me suivre, je vous prie ?

Opale la prit par la main et voulut l'entraîner, mais l'homme qui avait parlé leur barrait toujours le chemin.

– Ne me couvre pas de honte ! s'écria sa sœur. Sinon, ce sera la dernière fois que je verrai ton visage.

– Tes fils sont morts, Opale.

– Mes fils sont morts. Et j'ai quelque chose à dire.

Passant au milieu de la foule, elle se dirigea vers la porte principale sans lâcher Phoebe.

– Opale... souffla celle-ci.

– Toute ma vie, j'ai eu tellement peur de tant de choses ! Peut-être que si j'avais été plus courageuse, tout se serait passé autrement. Je ne sais pas, et il est difficile de ne pas remettre en question la volonté de Dieu. Mais j'ai quelque chose à faire et, cette fois-ci, peut-être, je n'aurai plus aussi peur.

Alors qu'elles sortaient devant la porte, les journalistes se mirent à l'interpeller, les appareils flashèrent. Mais le moyen de résister à cette femme qui venait de perdre ses deux fils, qui s'agrippait à elle, qui se moquait des conventions ?

– J'ai quelque chose à dire, reprit Opale d'une voix cassée. Vous n'avez pas arrêté de téléphoner chez moi et chez ma mère, sur mon lieu de travail. J'avais beau dire que je voulais qu'on me laisse tranquille, vous n'en aviez rien à fiche. J'avais tellement de chagrin, je vous demandais de le respecter. Mais vous rôdiez autour de ma maison, de celle de ma mère. Et vous téléphoniez encore. Vous voulez absolument savoir ce que je pense, ce que je ressens. Il y en a même parmi vous qui m'ont proposé de l'argent.

Les questions fusaient. *Avez-vous... Est-ce que... Comment avez...* Opale frissonna, comme prise de spasmes ; elle tourna vers Phoebe des yeux noyés de larmes :

– Lieutenant MacNamara...

– Rentrons, Opale, murmura Phoebe. Je vais vous ramener auprès de votre famille.

– Restez ici, avec moi, s'il vous plaît, que je puisse faire ce que j'ai à faire.

Opale ferma les yeux, puis éleva la voix pour dominer le brouhaha.

– Je veux faire une déclaration, gratuitement ; si vous voulez m'entendre, il va falloir vous taire. Mes fils sont morts.

Dans le silence qui s'ensuivit, Phoebe l'entendit ravaler un sanglot :

– Mes enfants sont morts. Tués, tous les deux. Les fusils, les balles ont brisé leurs corps, mais autre chose les avait brisés auparavant. Ils ne connaissaient que la colère, la haine, les reproches, ils n'avaient plus d'espoir. J'aurais aimé pouvoir le leur insuffler, mais je n'ai pas réussi. Vous vouliez que j'incrimine quelqu'un ? Vous n'aurez rien. Vous vouliez que j'accuse les gangs ? Ils y sont pour quelque chose. La police ? Aussi. Et moi, j'y ai ma part, autant que mes pauvres garçons. Il y a tant de coupables à désigner, mais je ne suis pas là pour ça. Je m'en fiche.

Elle sortit un mouchoir de sa poche pour essuyer ses larmes.

– Je sais que cette femme, à côté de moi, a parlé à mon fils, qu'elle l'a écouté. Des heures entières. Et quand ce terrible événement est arrivé, qui m'a enlevé à jamais mon enfant, elle a couru vers lui. Elle se moquait de savoir qui avait fait ça. Elle voulait lui porter secours. Moi, je n'osais même plus regarder. Mais j'ai fini par rouvrir les yeux. Alors je l'ai vue, qui tenait mon fils dans ses bras. Et c'est tout ce qui compte. Voilà, je n'ai rien d'autre à dire.

Ignorant les multiples questions qui s'ensuivirent, Opale retourna vers la porte. Son corps tremblait légèrement lorsque Phoebe passa un bras protecteur autour de ses épaules.

– Je retourne voir mon Charlie, maintenant.

– Bien, Opale. Allons-y ensemble.

Phoebe avait les genoux tremblants lorsqu'elle regagna la voiture. Duncan mit le moteur en route.

– Il faut que je téléphone, dit-elle.

Décidément, aujourd'hui, elle cédait à bien des impulsions.

– Maman ? Je vais devoir m'absenter un moment si tu n'as pas besoin de moi... Oui, d'accord... Dis à Carly que je monterai l'embrasser quand je rentrerai... Entendu. Bonsoir.

Elle poussa un grand soupir :

– D'accord ?

– Oui. Où veux-tu aller ?

– Chez toi, ce serait parfait. Tu vas m'offrir un bon verre bien alcoolisé et, ensuite, tu m'emmèneras dans ton lit.

– Ça me va.

– Tant mieux, parce que je ne voyais pas de meilleur moyen d'occuper ma soirée. Dis-moi, que penserais-tu d'un homme qui déciderait d'épouser une femme appelée Mizzy, de douze ans plus jeune que lui ?

– Elle a de gros seins ?

Phoebe regarda le ciel par le toit ouvert.

– Je n'ai pas d'information là-dessus.

– C'est drôlement important ! Qui est-ce qui épouse Mizzy ?

– Le père de Carly.

– Ah…

Appréhension, spéculations…

– Je sais que ça devrait m'être égal, mais ce n'est pas le cas. Je sais que j'aurai vite fait de ne plus y penser, ce qui est rassurant… Il va s'installer avec elle en Europe, ce qui me met en rage et n'a pas fini de me rendre folle même si je trouve ça complètement idiot. Je me fiche qu'il soit à cent mètres ou à cent mille kilomètres de moi, il n'aimera jamais son enfant et ne fera même pas semblant.

– Et Carly en souffre ?

– Elle s'en fiche. Elle est beaucoup plus philosophe que moi.

– Elle t'a, toi. Une enfant qui se sait aimée sans condition débute sur d'excellentes bases.

– Je ne lui ai pas encore parlé du mariage. Je le ferai quand je me serai un peu calmée. Je ne crois même pas qu'il se serait donné la peine de m'en parler s'il n'y avait eu cette histoire de pension alimentaire, de changement de banque, de dollars en euros et que sais-je encore ?

– Et donc, ça te gonfle qu'il s'installe en Europe.

– De toute façon, je suis furieuse. Je me moque de cette Mizzy mais ça ne me plaît pas de me voir échangée contre un modèle plus frais.

– Je te parie que le modèle Mizzy coûte très cher en entretien et ne tient pas la route.

– Il y a des chances. Je te dis ça parce que ce sont des facteurs qui influent sur mon humeur actuelle et me rendent un tout petit peu agressive. Je ne sais pas si tu as quelque chose contre les femmes agressives…

– Qui sait ? Je vais peut-être l'apprendre.

– Tu vas voir.

Arrivée chez lui, Phoebe décida que l'apéritif pourrait attendre. Elle le saisit par la cravate, puisqu'il avait eu la délicatesse d'en mettre une, et l'entraîna dans l'escalier.

– Ta chambre est là-haut, je suppose ? La dernière fois, on n'est pas allés jusque-là.

– Palier à droite, puis à gauche au fond du couloir.

– Je parie que tu as une belle vue, même si ce n'est pas ce qui nous intéresse pour le moment.

Elle le poussa jusque dans la pièce où, aussitôt, elle ressentit une impression d'espace, de couleurs vives, de hautes fenêtres, avant de deviner la présence d'un grand lit de fer.

– Maintenant, dit-elle en desserrant le nœud de la cravate, je vais peut-être te faire un peu mal.

– Ma résistance à la douleur augmente à mesure que tu me parles.

Éclatant de rire, elle le débarrassa de sa veste, qu'elle envoya au diable, puis le poussa vers le lit où elle le fit asseoir. Avec des mouvements d'une lenteur exaspérante, elle s'installa à califourchon sur ses genoux, laissant remonter sur ses cuisses la jupe de son tailleur gris.

– Maintenant, donne-moi cette bouche.

Elle l'attaqua à coups de dents, de langue, et chacune de ses initiatives ne faisait qu'augmenter son désir. Du bout des doigts, elle lui ouvrait la chemise bouton après bouton, pour exercer ses ongles longs sur la chair fiévreuse de son torse. Et lui qui haletait, frémissait, qui lui parcourait le dos de ses mains fébriles, au point qu'elle commençait à se sentir invincible.

Elle le laissa lui ôter la veste de son tailleur, lui passer le débardeur par la tête et se cambra aussitôt, invitant ses lèvres et ses mains à goûter et à prendre. Car il avait une façon électrisante de prendre et de goûter.

De ses bras, de ses jambes, elle formait autour de lui le plus séduisant des pièges. D'un seul geste, il défit ses cheveux, qui se répandirent en une pluie odorante ; d'un autre geste, il s'empara de ses seins.

Dans un éclat de rire, elle se laissa renverser en arrière puis ronronna de plaisir lorsqu'il commença de la caresser. Lentement il dégagea ses hanches, tout en suivant le mouvement avec la bouche. L'intérieur de ses cuisses était tiède et ferme, le creux des genoux assez sensible pour la faire frémir.

Et lorsqu'il remonta jusqu'au centre d'elle-même, un séisme la saisit.

Un plaisir sombre et profond, de rugissantes sensations dans lesquelles elle se prit, se noya jusqu'à ce qu'il la ramène à la surface pour l'y replonger aussitôt.

Ils roulèrent l'un sur l'autre, les mains moites, tandis qu'elle le cherchait d'une bouche avide et gourmande, jusqu'à ce qu'enfin elle le chevauche à nouveau, le prenne en elle. Il s'agrippait à ses hanches tout en admirant la beauté de sa silhouette en mouvement.

Et de tout ce qui était elle. Lorsqu'elle se laissa enfin retomber sur lui, à bout de souffle, il lâcha un dernier gémissement.

– J'avais oublié…

Elle dut reprendre sa respiration.

– Je ne me souvenais pas… combien j'aimais faire l'amour.

Il appuya la tête sur son front en espérant que son cerveau finirait par se remettre à fonctionner.

– Je ne demande qu'à te le rappeler aussi souvent que possible.

– Mon Dieu, Duncan, je donnerais n'importe quoi pour un verre d'eau ! Un demi-verre. Une gorgée.

– D'accord, d'accord, pas la peine de me supplier !

Il l'écarta de lui, la fit rouler sur le ventre.

– Tu es mon héros, murmura-t-elle contre l'oreiller.

Un sourire se dessina sur ses lèvres lorsqu'elle l'entendit revenir dans la chambre.

Mais elle sursauta en sentant des gouttes glacées dans son dos.

– Duncan !

– Quoi ?

Il se tenait devant elle, l'air innocent, un verre dans une main.

– Tu as dit que tu voulais de l'eau. Tu n'as pas précisé où.

L'air faussement excédé, elle s'agenouilla, tendit la main, but une gorgée. Puis, dans un éclat de rire, elle lui tira les cheveux.

– Très drôle !

Elle l'attira contre elle afin de l'embrasser.

Et lui renversa le reste du verre sur la tête.

20

Phoebe se pencha vers Duncan, qui venait d'arrêter la voiture.

– Merci d'être venu avec moi. Merci de m'avoir fait l'amour. Merci de m'avoir ramenée.

– C'est quand tu veux.

– Et aussi merci de comprendre que je dois rentrer plus tôt que Cendrillon.

– Si tu achètes des pantoufles de vair, tu crois qu'on pourrait organiser une nuit entière ensemble ?

Elle sortit de la voiture en riant.

Les lumières éclairaient Forsythe Park, laissant des zones d'ombre dans la rue. Les fleurs d'Ava embaumaient l'atmosphère. Par les fenêtres ouvertes d'une voiture qui les croisa, s'échappèrent les battements entêtants de Delta Blue.

Et Phoebe de contempler sans se lasser un homme qui lui plaisait.

– Tu as déjà eu le cœur brisé ? Non, ne me réponds pas maintenant. Ce pourrait être encore une longue histoire, et il faut que je m'en imprègne.

– Viens me retrouver demain soir et tu m'aideras à recoller les morceaux.

– Je ne peux pas demain… il ne faut pas. Je préfère ne pas trop m'absenter le soir.

– Choisis-en un autre.

– Ce sera un peu difficile cette semaine. Jeudi soir, il y a la pièce donnée par l'école de Carly, vendredi c'est congé, donc…

– Je peux y aller ?

Il se rapprocha, lui prit le bras.

– À la pièce ?

– Oh, crois-moi, sourit-elle, personne ne te demande de te sacrifier sur l'autel d'une représentation de cours élémentaire.

– J'ai envie de voir ça. C'est bien *Cendrillon* ? L'une des méchantes sœurs ?

– Comment le sais-tu ?

– C'est Essie qui me l'a dit. Jeudi soir. À quelle heure ?

– À 19 heures, mais…

– Le lever du rideau ? Tu veux qu'on se retrouve là-bas ou je passe tous vous prendre ici ? J'ai toute la place qu'il faut pour toi, Carly, Ava et… Essie ne peut pas y aller… ce doit être très dur pour elle.

– Oui, c'est vrai. On lui filme tout en vidéo, mais ce n'est pas la même chose. Duncan, si tu tiens vraiment à y aller, et c'est très gentil de ta part, on se retrouvera sur place parce que je dois emmener Carly une heure avant pour les costumes et tout le tralala. Je te prendrai un billet que je laisserai à la caisse pour toi. Mais tu ne dois pas te sentir obligé.

– En fait, je n'ai jamais assisté à une pièce donnée par des enfants.

– Ne me dis pas que tu n'as jamais joué aucune pièce à l'école.

– Si, j'avais le rôle d'un crapaud, et aussi, une fois, j'ai été un navet, à moins que ce ne soit un radis. Ça m'a traumatisé, j'ai fait un blocage. Qu'est-ce que tu as prévu pour ce week-end ?

– En fait, j'ai promis d'emmener Carly et sa meilleure amie, je ne sais pas encore où, d'ailleurs. Il va falloir décider.

– Super. Dans ce cas, elles pourraient peut-être me rendre service. Le centre de loisirs familial. Playworld. Tu connais ?

– Oui, j'y suis déjà allée.

– Carly a aimé ? Ou pas ? J'ai l'intention d'investir, mais je ne sais pas encore si ce sera dans un projet déjà établi ou si je vais entreprendre quelque chose de nouveau. On pourrait y aller samedi. Voir comment les enfants réagissent.

Elle le dévisageait comme s'il lui poussait une seconde tête.

– Tu veux passer ton samedi dans un centre d'attractions avec deux petites filles ?

– À ta façon de le dire, ça fait un peu pervers. En fait, ce serait encore mieux s'il y avait plus de deux filles. J'en ai parlé à Phin pour qu'il amène Livvy et quelques autres. Tu es partante ?

– Je suis sûre que Carly serait enchantée. Pourquoi un parc d'attractions ?

– Disons : avant tout pour s'amuser. Si tu veux… attends.

Il la prit par le bras, la ramena vers lui.

Sur la dernière marche, dans la lumière de la maison, gisait une carcasse de lapin égorgé, des taches de sang maculait la fourrure brune.

– Oh mon Dieu ! gémit-elle. Encore ? Il faut que... Non, n'y touche pas ! Pas avec tes mains.

– Je préfère toucher avec mes mains qu'avec mes pieds. Je suis un peu spécial dans mon genre.

Il souleva le cadavre par les pattes de derrière.

– Pourquoi disais-tu « Encore » ?

Phoebe préféra détourner la tête.

– Je vais chercher un sac ou une boîte. Quelle horreur ! Contourne la maison pour l'emporter vers la poubelle au fond du jardin, tu veux ? J'arrive.

Tandis qu'elle se précipitait vers l'entrée, Duncan examinait le lapin de plus près. Il n'avait pas été déchiqueté par une bête sauvage, ni tué sur la route. Plutôt abattu par un chasseur avec un petit calibre. Mais pourquoi venir ensuite l'abandonner sur le perron de Phoebe ?

Elle le rejoignit, armée d'un sac en plastique.

– Tiens, on va le mettre dedans.

– Tu peux me dire pourquoi le cadavre de Bugs Bunny s'est retrouvé devant chez toi ?

– Je ne sais pas, mais je vais devoir installer un cimetière si ça continue. J'ai déjà trouvé un rat il y a quinze jours, et un serpent la semaine dernière.

– Tu t'es accrochée avec un gamin du quartier ?

– Non. Et j'ai déjà vérifié cette possibilité. Je ne crois pas que les garnements du coin y soient pour quelque chose. Tu jettes ce truc, oui ou non ?

La sentant déjà très affectée, il préféra ne pas en rajouter et jeta le lapin dans le sac.

– Je te conseille, ajouta-t-il, de ne pas le mettre à la poubelle mais de le faire examiner par un légiste ou je ne sais quoi. Je suis certain qu'il a encore une balle dans le corps.

Elle poussa un grand soupir.

– Je m'en occuperai demain matin. En attendant, tu vas entrer te laver les mains.

Duncan avait une autre idée en tête. Alors qu'il faisait couler l'eau de l'évier, il lança, l'air innocent :

– Tu n'aurais pas une bière ?

– Non. Oui. Je ne sais pas.

Après s'être séché les mains, il alla ouvrir le réfrigérateur. *De la nourriture de femmes*, pensa-t-il : beaucoup de fruits, des légumes frais, des paquets de yaourts, du lait écrémé. Qui buvait du lait écrémé ? Il poserait la question le moment venu.

Il ne trouva pas de bière mais sortit et ouvrit une bouteille de chardonnay californien.

– Tu as des verres ?

– Ah oui !

Repoussant ses cheveux en arrière, Phoebe ouvrit un placard ; elle en faisait des manières ! se dit-il. Sans doute aurait-elle préféré qu'il se lave les mains et leur dise bonsoir. Ainsi aurait-elle gardé le contrôle sur la suite des événements.

Pas de chance pour elle. Il n'était pas de cette étoffe-là.

Il servit le vin, s'assit devant la table ; étant donné l'éducation de la jeune femme, cela l'obligerait à en faire autant.

– Je suis contente que tu t'en sois chargé, commença-t-elle. Ça ne me plaît pas trop de jouer les dégoûtées.

– Qui s'est occupé du rat ?

– Moi… bien obligée, mais ça a été du bout des doigts, et en faisant un peu n'importe quoi. Quant au serpent, j'ai téléphoné à mon frère. C'était trop pour moi.

– Tu l'as signalé ?

– Sur le moment, j'ai cru que c'était une voiture qui avait envoyé le rat valdinguer dans le jardin. Et je n'y ai plus pensé. Au début, je me suis dit la même chose pour le serpent, jusqu'à ce que Carter m'annonce qu'il avait eu la tête écrasée ; alors je suis allée trouver la mère du meneur du quartier. Mais il n'y était pour rien. Alors, d'accord, je vais emporter ce sac demain, faire une déposition et demander qu'on l'examine de près.

– Tu vois qui, à part Meeks, pourrait vouloir te harceler comme ça ?

Elle but une gorgée de vin :

– Tu comprends vite.

– Ça n'a rien d'extraordinaire, Phoebe. On dirait qu'Arnold a besoin d'une mise au point.

Elle le sentit furieux, animé d'une colère froide, presque tranquille.

– Quand tu parles de mise au point, c'est un euphémisme, je suppose. Mais ce n'est pas à toi de t'en occuper. J'ai l'impression... enfin, honnêtement, je ne sais pas trop quelle impression... toujours est-il que, si Arnold Meeks doit se faire remonter les bretelles, c'est d'une manière officielle. Je crois...

– Quoi ?

Elle but de nouveau. Elle n'avait pas l'habitude de parler de ses affaires à quiconque. Surtout quand il s'agissait de problèmes aussi épineux. Une seule chose comptait : leur sécurité à elles quatre.

– Je crois que quelqu'un devait surveiller la maison. J'ai aperçu un individu à plusieurs reprises, je l'ai entendu aussi. Il siffle.

– Pardon ? Il siffle ?

– Je sais, ça peut paraître bizarre, mais je suis sûre qu'il tourne autour de la maison en sifflotant. Si c'est Meeks, et je ne l'ai pas vu d'assez près pour pouvoir l'affirmer, il risque seulement d'avoir à payer encore plus cher. Il peut avoir envoyé un comparse pour le faire à sa place, ou engagé quelqu'un. Mais ce serait un risque insensé.

Elle leva la tête, comme pour s'assurer que sa famille était en sécurité pour la nuit.

– Je n'écarte pas cette possibilité. Je vais en parler aux personnes concernées demain à la première heure.

– Je peux camper ici. Vous avez bien une chambre d'ami ?

– Merci pour la proposition, mais tu ne te rends pas compte des explications que je devrais donner ensuite.

Duncan considéra un instant son verre, avala une longue gorgée.

– Je crains d'avoir trop bu. Je ne devrais pas conduire. En tant que représentant dûment habilité des forces publiques, ainsi que mon hôtesse, tu devrais m'en empêcher.

Il la fixait de son beau regard clair.

– Je n'ai jamais compris pourquoi les hommes croyaient les femmes incapables de se défendre. Mais c'est bon, tu peux dormir dans la chambre de Steve, le fils d'Ava. On ne dira pas que tu étais saoul, juste qu'il était trop tard pour que tu refasses toute la route jusqu'à l'île.

– Super. Comme ça, on pourra garder mon ébriété pour la prochaine fois. Je peux te poser une question sur un sujet ne me regarde pas ?

– Tant que je peux répondre que ça ne te regarde pas, essaie toujours.

– Essie se fait soigner ?

– Elle a été suivie, soupira Phoebe. Comme il est difficile, même en cas d'agoraphobie, de faire venir un thérapeute, la plupart des séances avaient lieu par téléphone. Pendant un certain temps, elles ont été hebdomadaires, et maman prenait des médicaments. Il nous a semblé qu'elle faisait des progrès.

– Mais… ?

– Son thérapeute l'encourageait à sortir. Juste dix minutes en dehors de la maison, dans un endroit familier. Ils avaient choisi Forsythe Park. Elle se rendait à la fontaine et revenait. Jusqu'au jour où elle a eu une sérieuse attaque de panique. Or les agoraphobes redoutent entre autres de se retrouver en public, ou d'être raillés ou piégés. Elle ne pouvait plus respirer, ne savait plus rentrer chez elle. Heureusement, je la suivais, mais je ne l'ai vue que de loin partir dans une autre direction. Il m'a fallu un moment avant de la rejoindre, complètement affolée.

Elle revoyait la scène, sa mère désorientée, et elle qui courait, le cœur battant, filant à travers chemins et pelouses parmi les touristes effarés.

– Je l'ai vue tomber. C'était terrible pour elle. Les gens voulaient l'aider, mais cela lui faisait atrocement peur et l'humiliait en même temps.

– C'est terrible.

– J'ai fini par la rejoindre. Je l'ai prise dans mes bras, lui ai dit de fermer les yeux, et l'ai ramenée. Depuis, elle n'a jamais plus passé les limites du jardin. Ça remonte à quatre ans.

– Un jour on a raison sur une chose qui devient une erreur le lendemain. Fais ce qui te semble juste sur le moment.

Après lui avoir montré sa chambre et lui avoir fourni des serviettes et une brosse à dents, elle le laissa s'installer.

L'un des grands avantages d'être le seul homme au milieu d'une maisonnée de femmes devait être l'énorme petit déjeuner, même si l'on était le point de mire de toutes les attentions, gavé de café et de jus d'orange fraîchement pressé.

C'était Ava la cuisinière, quoique, en la circonstance, Essie ait insisté pour dresser la table et sortir les serviettes de lin.

Elle lui présenta pot à lait et sucrier de porcelaine avec un plaisir évident.

– Laisse Duncan tranquille, Carly ! s'écria-t-elle. Il n'a pas encore terminé sa première tasse de café.

– Excellent café ! commenta-t-il.

– Pourquoi je n'ai pas de céréales ? demanda Carly.

– Parce que Ava fait des omelettes. Mais tu peux en prendre si tu en veux.

– Je n'en veux pas.

Duncan envoya un petit coup de coude dans les côtes de la fillette. Malgré son air boudeur, elle était jolie comme un cœur dans sa blouse jaune et son pantalon bleu.

– Quoi ? demanda-t-il. La journée s'annonce difficile au bureau ?

Elle écarquilla les yeux :

– Mais je vais à *l'école* ! Et on a un examen d'arithmétique, aujourd'hui. Je ne vois pas pourquoi il faut tout le temps faire des divisions et des multiplications. C'est juste des chiffres. Ça ne sert à rien !

– Tu n'aimes pas les chiffres ? Moi, je les adore. Ils vous donnent le sens de la beauté.

Carly renifla :

– J'en ai pas besoin. Je veux être actrice.

– Et si tu deviens actrice, comment compteras-tu les sous que tu gagneras pour t'acheter ta maison à Malibu, le pourcentage de ton agent, le salaire de tes gardes du corps pour que les paparazzi ne te harcèlent pas trop ?

– Ça, ce sera facile ! Mais je préférerais être acheteuse, comme ça je ne m'occuperais que des habits.

– Et quelle sera ta commission ?

Cette fois, elle se renfrogna.

– Qu'est-ce que c'est, une commission ?

– C'est ce que tu gagnes quand tu vends à Jennifer Aniston une robe Chanel. Tu obtiens un pourcentage sur le prix de vente total. Disons que, si elle coûte cinq mille dollars, tu en tires dix pour cent. En plus, elle a besoin de chaussures et d'un sac. Alors, quelle sera ta commission ?

– J'ai des sous chaque fois qu'ils achètent quelque chose ?

– C'est comme ça que ça marche. C'est ton pourcentage.

Toute à la conversation, elle en oublia sa bouderie.

– Je sais pas comment on calcule un pourcentage.

– Moi, je sais. Tu as un papier ?

Lorsque Phoebe entra, elle trouva sa famille assise autour de la table. Omelettes crémeuses, assiette de pain perdu, bacon grillé aiguisaient les appétits.

Il leva les yeux, sourit :

– Bonjour !

– Maman ! On calcule des pourcentages. Comme ça je saurai combien je gagnerai quand je serai acheteuse particulière. J'ai déjà gagné six mille dollars de commission.

– Jennifer Aniston se prépare pour les Oscars, expliqua Ava. Il lui faut une tenue exceptionnelle, évidemment.

– Évidemment.

– Et il lui faut une nouvelle tenue pour chaque apparition.

Phoebe s'approcha de la liste dressée par Duncan.

– Elle ne s'embête pas, Jennifer !

– Et on s'amuse bien avec les chiffres !

Elle haussa un sourcil amusé :

– Je viens d'entrer dans un monde parallèle où on aime bien les chiffres et où on mange de l'omelette le mardi matin ?

– Assieds-toi, lui dit Essie. On t'a gardé la tienne au chaud dans le four.

Il mangea ses céréales directement sorties de leur boîte, qu'il accompagna de café noir amer. Il ne s'était pas rasé, ce matin. Il n'avait pas non plus pris de douche. Il savait qu'il filait droit vers la dépression.

Si seulement sa colère avait pu revenir ! Sa colère et sa résolution. Rien de pire que la dépression pour les noyer dans un trou sans fond. Il savait. Cela lui était déjà arrivé.

Négligeant ses médicaments, il préférait le speed fourni par l'ami d'un ami. Même s'il savait que les stimulants ne lui étaient pas recommandés, il pouvait accomplir n'importe quelle folie quand le jus lui coulait dans les veines.

Il en avait déjà accompli quelques-unes, par exemple en flinguant cet abruti de lapin. Mais il aurait dû attendre un peu… quelques jours dans le congélo, et il l'aurait envoyé chez Phoebe quand il aurait voulu, en pleine nuit.

En voulant aller trop vite, il avait failli se faire prendre. Mais il était en pétard !

Personne ne lui avait fait de reproches à cause de Johnson. Ni au commissariat, ni dans la presse, ni parmi le public. Cette andouille de Mme Johnson avait même trouvé le moyen d'en faire sa meilleure amie. Et cette ridicule déclaration devant le funérarium, que les télés diffusaient en boucle !...

Et cette salope qui passait maintenant pour mère Teresa au lieu de l'ambitieuse crétine qu'elle était !

Il avait laissé sa colère prendre le dessus... toujours une erreur. Sous son emprise, il avait foncé vers sa maison, jeté le cadavre par-dessus le mur. Il avait visé le perron mais sa main tremblait de rage et il avait manqué son but.

Il avait failli aller le rechercher. La façade voisine s'était alors illuminée.

Il se revoyait encore, caché dans les buissons, lorsque la vieille folle était sortie avec son chien.

Pourtant, il savait qu'elle le promenait tous les soirs à la même heure. Seulement, il n'avait pas pris en compte ses informations, juste sa colère.

Et si cette folle l'avait vu ? Ce n'était pas encore le moment.

Sur le coup, il avait presque voulu les tuer tous les deux. Leur briser la nuque pour les déposer ensuite sur le perron de Phoebe.

Mais ce n'était pas le moment.

Il avait un plan. Un plan et un objectif. Un *programme*.

Maintenant, sa rage était partie, et son objectif s'obscurcissait, étouffé par le sens de l'échec. Il avait perdu son temps sur ce Posse, pris un risque imbécile et gâché des balles.

Ça ne menait à rien.

Parcourant du regard son atelier, il en pleurait presque. Tout ça ne menait à rien du tout. Il avait perdu ce qui comptait pour lui, alors qu'elle s'en tirait indemne.

À présent, il en était réduit à déposer des cadavres d'animaux sur son perron.

Il aurait dû tuer la vieille folle et son chien. Il aurait dû. Ça aurait ressemblé à quelque chose.

Prenant une pilule noire entre ses mains, il l'examina. Rien qu'une. Pour se donner un peu de jus.

Parce qu'il était temps de signaler sa présence une fois pour toutes, de cesser de faire n'importe quoi.

Johnson n'avait pas posé le moindre problème à la pétasse. Il fallait passer à quelque chose – ou quelqu'un – d'autre.

– Calibre 22.

Le légiste, un maigrichon du nom d'Ottis, tenait la balle entre ses doigts gantés.

– Un seul coup ? demanda Phoebe.

– Oui. Vous voulez que je fasse appel à la balistique ? Et que je cherche toutes les traces sur le... sur la... victime ?

– En fait, oui. S'il s'agit d'une farce, je n'ai aucune envie de rire. Mais je crois que c'est autre chose. Alors tout ce que vous pourrez me dire sur Bugs Bunny me rendrait service.

– D'accord, pas de problème. Je vous ferai signe quand j'aurai fini.

Elle regagna son bureau et remplit un rapport officiel. Puis elle en porta un exemplaire à Sykes, le mit au courant.

– Vous voulez que j'aille secouer Arnold ?

– Non, du moins pas encore. Je préférerais que vous alertiez quelques personnes, si vous pensez pouvoir le faire. Trouvez comment il se débrouille, comment il procède. Voyez s'il a pu passer un peu de temps dans mon quartier. S'il s'en prend à moi, il a bien dû s'en vanter quelque part. Auprès de quelqu'un avec qui il prend des verres ou avec qui il travaille.

– Je vais me renseigner.

– Merci beaucoup, Bull.

Dans son bureau, Phoebe remplit un compte rendu où elle reprenait les lieux et les dates qu'elle avait relevés jusque-là, les incidents qu'elle croyait reliés. À quoi elle ajouta ses propres spéculations.

Rat – symbole – mouchard, renégat, abandonne le navire qui coule.

Serpent – symbole – mal, sournois, provoque la destruction du paradis.

Lapin – symbole – lâcheté, fuite.

Sans doute ne fallait-il pas le prendre au pied de la lettre, mais mieux valait avancer un peu qu'errer sans but.

En sifflotant, on ne dévoilait pas une voix sans doute connue. Que signifiait cet air ? Si tu m'abandonnes... Qui pouvait vous abandonner ?

Le Train sifflera trois fois. Un homme dressé seul contre la corruption et la lâcheté (le lapin ?). Le rat qui représentait la désertion de toute la ville. Le serpent, la corruption. Gary Cooper dans le rôle du shérif seul contre tous. Il était temps de revoir ce film.

S'agissait-il du film ou de la seule chanson ? Après une recherche, elle trouva les paroles et les imprima pour les glisser dans le dossier qu'elle préparait.

Le train devait arriver sur le coup de midi, n'est-ce pas ? Il fallait être prêt à temps ou en payer les conséquences.

Elle se rassit. Et si c'était Arnold Meeks, il n'utiliserait pas de messages codés. Ce n'était pas son genre.

Néanmoins, elle allait ouvrir un dossier. Et en rentrant chez elle, louer *Le Train sifflera trois fois.*

PHASE FINALE

« Que deviendrai-je dans la vie
Si tu me fuis… ? »

LE TRAIN SIFFLERA TROIS FOIS

21

Les enfants qui hurlaient et les sautes d'humeur des fillettes ne semblaient pas perturber Duncan. En fait, il se mouvait avec une telle aisance dans ce monde que Phoebe se demanda s'il le quittait jamais.

L'étonnant étant qu'il participait à chaque attraction comme un passionné. Qu'il s'agisse de jeu vidéo, de golf miniature, de grande roue, il était *dedans*. Elle-même ne détestait pas cela, mais elle ne sortait jamais de ce genre de parc sans une vague migraine, l'estomac retourné par une étrange combinaison de nourritures indigestes, et les pieds en compote.

Affligée de ces trois symptômes, elle s'était assise sur un banc pendant que Duncan provoquait tout son petit monde dans ce qu'il appelait la partie des Champions du siècle, en minigolf.

Carly s'amusait comme une folle, ainsi que les autres enfants qui s'agglutinaient autour de lui comme s'ils avaient affaire au Joueur de flûte.

Lou vint s'asseoir près d'elle :

– J'aurais mieux fait de m'offrir une manucure. Ces endroits m'éreintent et j'étais sûre que ce type allait me convaincre de venir.

– Phin aussi a l'air un peu crevé.

– Je ne parlais pas de lui mais de Duncan.

Celui-ci avait déjà eu l'air de beaucoup se divertir à la représentation de *Cendrillon*. Après quoi il avait voulu offrir une glace à la méchante sœur rousse.

Depuis, Carly était folle de lui.

Voilà que, maintenant, il s'amusait à jouer au minigolf au milieu d'un peloton de gamins surexcités.

– Il n'a pas l'air fatigué du tout, observa Phoebe.

– Il vivrait ici, s'il le pouvait. Regardez-le, penché sur le green, qui se prend pour Tiger Woods. Les gamins ont l'air aussi ravis qu'ils le seront tout à l'heure, je vous préviens, lorsqu'il leur offrira des glaces.

– Miséricorde ! Et il a vraiment l'intention de se lancer dans ce business ?

– Il est parfaitement sérieux ! En fait, il prépare en ce moment ses statistiques sur ce qui plaît le plus aux gosses, sur ce qui marchera le mieux. Vous pouvez être sûre qu'il va les interroger un à un pendant le goûter qu'il leur offrira.

– J'ai du mal à l'imaginer en homme d'affaires.

– C'est qu'il n'entre pas dans le moule classique.

– En effet.

– Il vous porte un amour inconditionnel.

– Vous croyez ? J'ai du mal à m'en rendre compte. Au départ, j'avais juste envie d'une aventure un peu corsée. Je me suis laissé prendre au jeu.

– Je vous comprends. Vous voulez quelques détails croustillants sur sa personnalité ?

– Une autre fois, peut-être. J'avoue que je me demande encore si je serai de taille à assumer ce qu'il attend de moi.

– Pourquoi ? Vous êtes…

– Attendez. Vous êtes mariée et heureuse, ça se voit. Vous avez une jolie petite fille et un chien affreux. Vous avez une grande famille, des carrières bien remplies et qui se complètent, un goût exceptionnel pour les jolies chaussures.

– Ça c'est vrai ! convint Lou en allongeant son pied chaussé de sandales cuivrées. Très important, ça, les chaussures !

– Je suis divorcée, j'ai une carrière qui m'entraîne dans des situations conflictuelles, j'ai une famille que j'aime mais qui me complique singulièrement la vie. Tout ce que j'ai bâti va mettre des années à donner des résultats. En outre, je n'ai jamais pu vivre pour moi-même. Je ne sais pas ce que c'est qu'être soi.

– Vous croyez que Duncan ne saurait pas supporter une vie aussi compliquée que la vôtre ?

– Je ne vois pas pourquoi il le ferait. En ce moment, il est amoureux, intrigué. Mais ce n'est pas rien de s'adapter à mon emploi du temps, il a déjà eu l'occasion de le constater. Or il y a des choses que je ne pourrai jamais changer.

Lou but un peu de son soda avec sa paille, réfléchit :

– Vous coupez toujours les cheveux en quatre ?

– Oui. Pourtant, j'aimerais trouver un homme qui sache me comprendre, me montrer le bon côté des choses… Parfois, je me dis que je ferais mieux d'arrêter tout ça, de me simplifier la vie. Autant franchir une bonne fois la dernière étape, ne plus me poser de questions, ne plus chercher à revenir en arrière.

– Pour vous, l'amour est un suicide ?

– Peut-être. Du moins, il exige qu'on se présente les bras en l'air, qu'on en assume les conséquences.

– Ou il vous libère au lieu de vous garder en otage.

– Bien vu. Je sais ce que je fais, j'ai intérêt à toujours le savoir. L'ennui, justement, c'est qu'avec lui je ne comprends pas. Ça me déstabilise.

– Je ne peux pas vous dire, mais ce pourrait être amusant à découvrir.

Rien de plus fatigant que de s'amuser. Sur le chemin du retour, Carly s'endormit à l'arrière de la voiture de Duncan.

– Au cas où elle serait trop vannée pour te remercier, je peux t'assurer qu'elle vient de passer une journée à marquer d'une croix.

– Moi aussi.

– J'ai remarqué. Les enfants, les jouets. Elle t'idolâtre.

– C'est mutuel.

– Ça aussi, je l'ai remarqué, Duncan. Et j'ai un service à te demander, en espérant que tu comprendras que je n'ai pas le choix.

– Bien sûr ! Tu as mangé trop de hot-dogs et tu veux que je m'arrête pour acheter du bicarbonate.

– D'abord, je n'en ai mangé qu'un, ensuite j'ai tout ce qu'il me faut à la maison pour me soigner l'estomac. Sérieusement, Duncan, je voulais te dire que, si les choses entre nous venaient à mal tourner et que tu t'éloignes de Carly, laisse-lui un peu de temps pour s'y faire. Ce n'est pas très sympa de te parler de ça après cette excellente journée, mais…

– C'est à – comment s'appelle-t-il ? – Ralph que tu penses, là.

– Roy, corrigea-t-elle. Oui, dans un sens. Quoique tu sois à peu près son contraire.

– Si c'est vrai, tu devrais déjà savoir que tu n'as pas à me demander ça. Je sais ce que c'est de se faire jeter.

– Sûrement… je suis une mère protectrice qui s'inquiète.

– Carly a de la chance d'en avoir une.

Comme il se garait devant la maison, elle étira ses pieds fatigués.

– Et si tu entrais boire un verre de vin frais dans le jardin ?

– Exactement ce que j'avais en tête.

Une semaine plus tard, Phoebe traînait dans le jardin de Duncan. Carly dormait chez Livvy, sa nouvelle meilleure amie ; autrement dit, sa maman pouvait aussi passer la nuit chez son ami.

Ils s'étaient baignés, avaient fait l'amour, dîné, fait l'amour. Maintenant il était près de minuit – qu'importait ! – et elle se retrouvait dans ce jardin embaumé de jasmin, un verre de vin à la main. Elle portait une minuscule robe qui lui avait coûté beaucoup trop cher.

La nuit bruissait, la brise était juste assez tiède pour rafraîchir l'atmosphère tandis qu'une énorme lune se levait dans un ciel déjà piqué d'étoiles et parsemé de quelques nuages. Duncan avait mis de la musique country, et Bonnie Raitt s'en donnait à cœur joie dans les haut-parleurs extérieurs.

Renversant la tête en arrière, Phoebe sirotait son vin. Elle avait encore envie de faire l'amour.

– J'ai l'impression d'être en vacances, souffla-t-elle.

Il se pencha vers elle, glissa un doigt dans l'ouverture de sa robe.

– Donne-moi deux minutes. Elles vont passer comme dans un rêve.

Elle n'en doutait pas un instant. Surtout pas quand il commença à l'embrasser et à promener les mains sur son corps. À tâtons, elle reposa son verre sur la table puis lui caressa les cheveux.

La brise jouait sur sa peau, la musique bourdonnait autour d'eux. Lorsqu'elle renversa la tête pour mieux offrir sa gorge à ses lèvres, elle vit le disque blanc de la lune.

Ils firent lentement l'amour, en parfaite harmonie, doucement, sans heurts. Elle rouvrit les yeux pour voir son reflet dans les siens. Elle se sentait monter, descendre, monter, descendre au gré des vagues de son désir. Lorsqu'elle en atteignit la crête, elle voyait toujours son reflet, retenu dans le bleu de ses yeux.

Pourquoi vouloir en sortir ?

– Encore une minute, murmura-t-il en capturant de nouveau sa bouche.

Elle sentait son cœur battre, ses muscles s'alanguir.

Je t'aime. Ces mots lui montaient à la gorge, brûlaient de sortir.

Pourtant, il lui semblait que ce n'était pas encore le moment de prononcer des paroles aussi définitives. Alors elle se contenta de lui prendre le visage entre les doigts.

– Tu avais raison. C'était parfait.

– Quand je suis avec toi…

Sans achever sa phrase, il lui baisa la paume. Elle en éprouva une nouvelle émotion qui lui donna des papillons dans l'estomac.

– Quand tu es avec moi ?

Il releva les yeux vers elle.

– Phoebe…

Elle entendit sonner son téléphone mobile.

Inquiète pour Carly, pour sa mère, pour son frère, elle décrocha. Le son de la voix de David ne l'apaisa que lorsqu'elle fut certaine qu'il n'était pas question de sa famille.

– Où ?

Sans papier ni crayon sous la main, elle nota mentalement :

– Oui. Moi, précisément ? Je suis sur l'île de Whitefield, chez un ami. J'arrive le plus vite possible. D'accord. Entendu. Oui. Je pars dans cinq minutes.

En fait elle était déjà debout et se précipitait vers la maison tout en parlant.

– Dites-lui que je suis en route. Non, ne lui dites rien.

Elle jeta un coup d'œil à Duncan qui lui ouvrait la porte.

– J'ai accès à une voiture très rapide, mais il me faut mon matériel. Je vous appellerai dès que je serai en route.

Elle raccrocha.

– Tu peux me prêter ta Porsche ?

– Bien sûr, mais avec moi au volant.

– Je ne peux pas t'emmener là-bas.

– Mais si.

– Duncan !

Elle n'avait pas atteint la salle de bains qu'elle ôtait déjà sa robe.

– Il y a un homme enchaîné à une tombe dans le cimetière de Bonaventure ; il porte une veste bourrée d'explosifs.

– S'il se fait sauter, j'espère qu'il a déjà réservé son emplacement. Bonaventure est complet.

– Il s'agit de l'otage, rétorqua-t-elle en enfilant ses vêtements. Du moins, c'est ce qu'il dit. Et il prétend que celui qui lui a collé cette bombe lui a ordonné d'appeler la police à une heure précise et de demander à me parler. Si je n'y suis pas à une heure, l'autre appuiera sur le détonateur.

– Raison de plus pour que je conduise. Tu ne connais pas cette voiture, moi si ; et par mon ancien métier, je sais me faufiler partout. Je te déposerai où tu voudras. Je parie que tu n'as jamais piloté de voiture à six vitesses.

Elle ferma ses chaussures.

– Tu as raison. Allons-y.

Autant le laisser conduire comme un fou sur les routes de l'île. Ainsi pourrait-elle rappeler David, prendre des notes.

– Il prétend qu'il ne peut pas donner son nom, lui indiqua le capitaine peu après, au téléphone. Il dit qu'il est relié par un câble sonore aussi bien que par la bombe, que celui qui le tient entend tout. Il est équipé d'un écouteur et d'un micro.

– Il ment ?

– Je ne crois pas. Je serai sur place dans cinq minutes, mais, à mon avis, il crève de trouille. D'après les rapports, il a le visage, le torse et les jambes couvert de bleus. Pour le moment, il n'a pas dit qui lui avait fait ça, ni comment, ni quand, ni pourquoi. Il assure qu'il n'a pas le droit. Qu'il ne peut se confier qu'à vous.

– À l'allure où nous roulons, je serai sur les lieux dans un quart d'heure. À quelle tombe est-il enchaîné ?

– Jocelyn Ambuceau, 1898 – 1916.

– Elle n'a sûrement pas été choisie au hasard.

– On se renseigne.

– Parlez-moi de l'otage.

– Blanc, dans les trente-cinq ans, cheveux et yeux bruns. Carrure plutôt large. Accent d'ici. Pas de bijoux, pas de tatouage. Bras et jambes enchaînés, pieds nus, en caleçon. Il s'est effondré deux fois depuis que les policiers sont arrivés. Il pleurait comme un bébé. Il supplie qu'on ne le laisse pas mourir. Qu'on vous ramène. Qu'on amène Phoebe.

– Mon prénom ? Il m'appelle par mon prénom, comme s'il me connaissait ?

– D'après ce que j'ai cru comprendre.

– Dites-lui que suis presque là.

Comme ils fonçaient à travers les rues sinueuses, elle s'accrocha d'une main au tableau de bord.

– Assurez-vous, pour le cas où il nous entendrait, que tout le monde sache que j'arrive.

Elle regarda sa montre.

– Je sais que l'heure limite est presque passée, mais on y sera à temps. Dix minutes, capitaine.

– J'entre dans le cimetière. Je m'occupe de tout jusqu'à votre arrivée.

Elle raccrocha, regarda Duncan.

– Tu vas y arriver.

Il gardait les yeux fixés sur la route qu'il avalait à cent quatre-vingts.

– Tu t'es déjà trouvée dans ce genre de situation ? demanda-t-il.

– Non. Jamais à ce point.

Elle reprit David qui rappelait :

– Je vois les voitures radio, dit-elle. Dites-leur qu'on ne s'arrêtera pas à l'entrée. Qu'on nous laisse passer.

La Porsche dérapa dans le dernier virage, redressa et redoubla de vitesse. Les arbres drapés de mousse espagnole passaient comme dans un film accéléré, les statues brillaient sous la lune et la chaleur faisait vibrer l'air où se levait un léger brouillard. Soudain, des phares brillèrent en face d'eux, et la Porsche s'arrêta devant la dernière voiture radio. Phoebe sortit en hâte.

– Reste là ! cria-t-elle à Duncan.

Déjà, elle galopait entre les tombes et les anges aux ailes déployées.

David se précipita, la prit par le bras.

– L'unité de déminage a délimité l'espace de sécurité minimal que personne ne doit franchir. Sous aucun prétexte.

– Bon, d'accord. Une évolution dans la situation ?

– J'y étais il y a deux minutes.

– Bon, j'attaque.

Elle s'avança, mais lentement cette fois. Malgré l'éclairage, il restait des poches d'obscurité. On lui tendit une veste qu'elle enfila tout en observant l'homme en pleurs assis sur la tombe.

Un ange, les ailes déployées, le contemplait de sa face sereine en serrant un luth contre son cœur.

En dessous, l'homme voûté, la tête posée sur ses genoux, sanglotait désespérément, couvrant presque le murmure des insectes. Des roses avaient été éparpillées autour de lui.

– Je suis Phoebe MacNamara.

Il se redressa d'un coup.

Elle s'immobilisa net, avant d'avoir atteint la zone délimitée par les rubans de police. Une onde glacée la parcourut, suivie d'un brusque jaillissement d'effroi.

– Roy.

À côté d'elle, David lui avait saisi le poignet.

– Bon Dieu ! Je ne l'avais pas reconnu. Je n'avais pas vu son visage. Ne vous approchez pas, Phoebe !

– J'ai compris ! Roy, calme-toi. Arrête ! Respire un grand coup et remets-toi. Je suis là, maintenant.

Tout en parlant, elle écrivait furieusement sur son carnet. *Voir ce que devient ma famille. Un flic à l'entrée. Carly ici.* Elle gribouilla l'adresse de Phin.

– On va s'occuper de toi, disait-elle en même temps.

– Il va me tuer ! Il va me tuer !

– Qui ?

– Je ne sais pas. Oh, mon Dieu ! Je ne sais pas. Qu'est-ce qui se passe ?

– Il nous entend, Roy ?

– Il dit que oui. Oui, il nous entend. Tu… Espèce de salope !… Je dois répéter ce qu'il me dit, ou il fera tout sauter.

– Ce n'est pas grave. S'il m'entend, il peut exposer ce qu'il veut ?

– Je… je veux que tu te fourres ce C-4 dans la chatte, espèce de nulle de connasse !

– On se connaît ?

– Tu m'as coûté cher, maintenant tu vas me rembourser.

– En quoi est-ce que je vous ai coûté ?

– Ça va te revenir. Phoebe, aide-moi, je t'en supplie !

– Ça va, Roy, c'est bon ! Laisse-moi lui parler. Vous m'en voulez, mais puis-je savoir pourquoi ?

– Non… ce n'est pas encore le moment.

– Vous m'avez fait venir ici pour une bonne raison. Vous voulez quelque chose. Si vous ne m'expliquez pas pourquoi…

– Va te faire foutre ! sanglota Roy.

– J'ai l'impression que vous ne voulez pas me parler. Mais je peux m'adresser à Roy ? Je peux lui poser des questions ?

– Il rit ! Il rit. Il… Vas-y, discute bien. Pendant que je prends une bière.

– Roy, comment es-tu arrivé ici ?

– Il… conduisait. Ma voiture, je crois.

Les yeux gonflés d'avoir pleuré et reçu des coups, il regardait autour de lui.

– Quelle voiture as-tu ?

– Une Mercedes E55. Je l'ai achetée il y a quelques semaines. Je viens...

– Très bien.

Elle inscrivit la marque de la voiture. *Trouvez*, ajouta-t-elle.

– Il t'a amené en voiture depuis Hilton Head ?

– J'étais dans le coffre, je ne voyais rien. Bandeau, bâillon. Rentré à la maison, encore dans le garage. Canon sur le crâne. Il restait derrière moi. Ensuite plus rien, et je me réveille, pas d'air, pas de lumière. Dans le coffre, sparadrap sur la bouche.

Elle poussa un soupir de soulagement en voyant David revenir lui présenter un mot : *Tout va bien. Maison sous surveillance.*

– Ça remonte à quand ?

– Je ne sais pas.

– Bon, d'accord. Comment es-tu arrivé jusqu'ici ?

– Entendu le coffre s'ouvrir.

Il releva la tête en frissonnant. Les insectes grouillaient sur son corps.

– Une cagoule et il me frappe en pleine figure. Je me retrouve ici, comme ça. Il parlait dans ma tête. J'ai crié, j'ai hurlé, personne n'est venu. Il parlait dans ma tête, me disait ce qu'il fallait faire. Il m'avait laissé mon téléphone, pour appeler la police. Rien que la police. Je ne devais dire que ce qu'il disait, sinon il appuyait sur le bouton.

– Tu ne l'as jamais vu ?

Phoebe inscrivit l'adresse complète de Roy, ses divers numéros de téléphone et nota *Disparu depuis combien de temps ?* Elle entoura cette dernière phrase avant de passer la feuille à David.

– Roy...

Il pleurait.

– Je n'ai rien fait. Qu'est-ce qui m'arrive ?

– Ça ne sert à rien de dire ça. Roy ! Tu dois absolument rester calme. L'important, c'est de travailler ensemble, de trouver une solution. Je voudrais lui parler de nouveau, s'il est prêt. Je me demande s'il pourrait me donner un nom, pas forcément le sien, mais un nom qui lui convienne. Afin que je puisse m'adresser à lui.

– Je vais être malade. Je... Non ! Non ! Je vous en supplie, pas ça !

Roy se débattait en roulant des yeux épouvantés.

– Mon Dieu... Oui. Oui. Je... j'en ai assez de t'entendre gémir, pauvre con ! Continue comme ça et je t'explose en mille morceaux.

– Si vous faites ça, je ne saurai pas pourquoi vous vouliez me faire venir ce soir, pourquoi vous êtes en colère. Pourriez-vous m'indiquer un nom par lequel vous désigner ?

– Il… balbutia Roy. Ou… oui, Phoebe. Tu n'as qu'à m'appeler Cooper.

La gorge sèche, elle nota clairement le nom de Gary Cooper, suivi de *Le Train sifflera trois fois*.

– Très bien, Cooper. Puisque je ne peux pas vous parler directement, je ne perçois pas vos sentiments. Pourriez-vous me dire comment vous vous sentez ?

– Puissant. C'est moi qui commande.

– C'est important pour vous de commander ?

– Je veux !

– Vous ne croyez pas qu'il serait plus digne de vous de me parler face à face ?

– Pas le moment.

Difficile, devant les yeux noyés de Roy, à travers sa voix torturée, d'affronter un homme qu'elle ne voyait ni n'entendait.

– Pourriez-vous me dire d'où nous nous connaissons, Cooper ?

– Dis-moi quelque chose.

– D'accord, que voulez-vous que je vous dise ?

– Il compte pour toi ce… ce pauvre taré ?

Le roublard ! Répondre oui serait trop, non, pas assez.

– Vous voulez dire Roy ?

– Tu sais très bien que je parle de cet enfoiré de Roy Squire.

– C'est mon ex-mari. Je ne tiens pas à le voir souffrir, ni lui ni personne d'autre. Vous n'avez pas encore vraiment blessé quelqu'un, Cooper. Nous pouvons trouver une sol…

– Va dire ça à Charles Johnson ! Tu vois… là ! Tu vois ! Tu te rappelles comme il a eu l'air surpris quand les balles l'ont frappé ?

– Dois-je comprendre que vous êtes responsable de la mort de Charles Johnson ?

– Tu ne comprends rien à ce qu'on te dit, salope ? C'est moi qui l'ai abattu. Ce n'était pas la première fois que tu envoyais quelqu'un à la mort, pas vrai ? Hein ? Et ce ne sera pas la dernière, tu peux me croire !

– Vous connaissiez Charles Johnson ?

– Rien qu'une racaille. Mais tu as réussi à le faire sortir, pas vrai ? Sans toucher à ses otages. Tous des merdes, pourtant tu les as sauvés, pas vrai ?

– Qui est-ce que je n'ai pas sauvé, Cooper ? Les roses sont pour elle ? Une femme à qui vous teniez beaucoup ?

– Cherche et tu trouveras, Phoebe. Et tu viendras demander pardon. Peut-être même que tu auras la vie sauve.

– Je vais demander pardon maintenant. Si je n'ai pas été à la hauteur pour sauver quelqu'un, c'est ici et maintenant que je demanderai pardon. Dites-moi ce que vous avez à me dire et je le ferai.

– Prépare-toi. Dire… quoi ? Non, non, non ! cria Roy en essayant de se redresser. Pitié ! D'accord, d'accord ! Dire que le délai est passé. Adieu, Phoebe.

– Cooper, si vous…

L'explosion la jeta à terre dans un souffle d'air chaud. Elle se retrouva en travers de la tombe d'un inconnu.

Elle savait ce qui voletait dans l'air et retombait en pluie drue : les morceaux d'un ange de pierre, de la terre. Les restes de Roy.

Des dizaines d'images se heurtèrent dans son esprit, rapides, contradictoires. La soirée où elle l'avait rencontré, le sourire flamboyant qu'il lui avait décoché, l'amour qu'ils avaient fait sur le grand lit de l'hôtel où il l'avait accueillie un week-end, parmi les roses et le champagne. L'instant qui avait précédé leur premier baiser d'époux. Le bal. Les lumières.

L'obscurité.

Une voix qui l'appelait.

Elle se hissa sur un coude, perçut un mouvement et sentit Duncan penché sur elle. Il la soulevait, la prenait dans ses bras. Au bout d'un tunnel lui parvinrent des cris, des galopades, les craquements de parasites radio.

Elle ne résista pas ; il n'y avait plus à lutter contre rien ni personne.

– Qu'est-ce que j'ai fait ? murmura-t-elle. Oh, mon Dieu, qu'est-ce que j'ai fait ?

22

Duncan faisait les cent pas devant le local de l'unité. Il ne pouvait ni s'asseoir ni rester en place et regrettait seulement de ne pouvoir s'arrêter de penser. Malheureusement, son esprit ne cessait de revenir à cet instant de folie où ce qui avait été un homme était devenu… rien.

Des morceaux de chair et d'os dans un brouillard de sang.

Il avait bien vu un morceau de ce qui avait été Roy, accroché aux mousses espagnoles des arbres. Il croyait avoir aperçu la tête ensanglantée de l'ange au sourire serein, catapultée dans les airs. Mais peut-être n'avait-il fait que l'imaginer.

Il ne se revoyait pas courir, marcher, bondir vers Phoebe. Il se souvenait seulement de l'instant où il s'était retrouvé au-dessus d'elle en plein chaos. Elle avait dit : *Qu'est-ce que j'ai fait ?* L'avait répété sans cesse jusqu'à ce que quelqu'un, sans doute David, le capitaine, les eût rejoints.

Êtes-vous touchée, blessée ? Tout ce qu'il trouvait à répéter, la mine encore plus blême que l'ange éclaté.

Ensuite, les images demeuraient floues. Beaucoup de mouvement, des sirènes qui hurlaient.

C'était là qu'elle lui avait dit de partir. Elle baignait au milieu de ce cauchemar, et elle lui disait de partir.

Maintenant, elle se trouvait avec le capitaine, voilà ce qu'on lui avait répondu. En réunion avec le capitaine McVee et quelques autres. Alors, il devait attendre.

Il voulait la voir, la toucher, pour s'assurer encore qu'elle s'en était sortie entière.

Mais tout ce qu'il pouvait faire, c'était attendre.

– Dunc.

Il se retourna et sursauta quand il vit Phin sortir de l'ascenseur. Sans trop savoir pourquoi, la présence de son ami le désarçonnait tellement qu'il en tomba sur un banc.

– Ça va ? s'écria Phin en le retenant par la main.

Il vint s'asseoir à côté de lui :

– Tu saignes. Ça va ?

D'un mouvement las, Duncan baissa la tête vers sa chemise.

– Ce n'est pas mon sang.

Juste un souvenir de Bonaventure, une évocation de Roy.

– Mais ce n'est pas pour autant que je te dirais que ça va !

– Qu'est-ce qui s'est passé, à la fin ? Personne ne le sait ou quoi ?

– Il a explosé. Il… Ce n'est pas comme dans les films, je te jure ! Et Lou, et les gosses, ça va ?

– Oui. Les petits dorment. On a des flics devant chez nous. C'était le père de Carly ?

– Roy. Roy Squire. On l'a enchaîné à une tombe, bardé d'explosifs, le pauvre diable. Il s'est fait enlever dans son propre garage, battre, droguer. Phoebe s'entretenait avec son kidnappeur *via* Roy, l'ex. Il avait, euh…

D'un geste impuissant, Duncan montra son oreille.

– Oui, je vois, conclut Phin en sortant une flasque de sa poche. Tiens, bois un coup, mon frère.

Duncan avala une gorgée de whisky sec.

– Roy pleurait, suppliait, reprit il. Le type… Cooper… il voulait que Phoebe l'appelle Cooper… Il refusait de dire ce qu'il voulait et pourquoi. Ensuite, il a dû conseiller à Roy de faire ses adieux et il a appuyé sur le bouton. Le pauvre type a littéralement explosé.

– Duncan, tu as mis l'alarme avant de quitter la maison ?

– Quoi ? Non. On est partis trop vite. Je vais passer quelques coups de fil, envoyer des gens y faire un tour pour sécuriser les lieux.

Duncan renversa la tête en arrière :

– Il s'en est pris à l'ex de Phoebe, il peut donc se rabattre sur moi maintenant ?

– Disons que je préfère ne rien négliger.

– Tu as raison.

Dans le bureau, Phoebe se tenait droite comme un i. Sa famille était à l'abri, sa maison surveillée. Au moins une inquiétude qu'elle pouvait écarter. Roy était mort, elle n'y pouvait plus rien. Il s'agissait maintenant de chasser ce remords de son esprit, de son cœur, de ses tripes.

– La police d'Hilton Head enquête. Ils ont envoyé une équipe examiner la maison et le garage. À commencer par la voiture de la victime.

– La tombe avait certainement une signification quelconque.

– On se renseigne.

– Je veux une protection pour ma famille, pas seulement pour cette nuit…

– Phoebe, répondit David, ce sera fait.

– Bon. Il était fiancé. Je connais seulement son prénom, Mizzy. Je ne sais pas s'ils vivaient ensemble ou…

– On va vérifier ça.

– Une attaque personnelle de cette nature ne peut provenir que d'une rancune personnelle. Qui ai-je pu mettre dans un tel état, léser, menacer ?

– Il faudrait voir avec Arnold Meeks.

– Oui. On devrait vérifier chacun de ses déplacements. Mais il n'est pour rien dans cette histoire. C'était un mauvais flic, c'est un homme violent et un crétin fini. Mais ce n'est pas un assassin. Si ce que ce Cooper m'a dit ce soir est vrai, il a déjà tué au moins deux fois. De sang-froid. Meeks, lui, est mû par la rage ; il agit sur des planifications à court terme, sans penser aux conséquences.

– Quelqu'un qui agirait en son nom. Avec son accord ou non.

– Peut-être. Mais je crois que c'est encore plus personnel que ça. Tu m'as fait du mal, je te le rends au centuple. Il s'agit de quelque chose que j'ai fait ou pas fait. De quelqu'un que je n'ai pas sauvé.

Elle ferma les yeux, les doigts sur les paupières, et tout ce qu'elle put voir, ce fut Roy. Elle laissa retomber ses mains sur ses genoux.

– Un échec professionnel qui l'a touché personnellement. Qui ai-je perdu, David ? Quand ? Comment ? Il faut que je reprenne tous mes dossiers, que je revoie tous les otages ou les preneurs d'otages, tous les flics ou les badauds, enfin tous ceux qui ont pu être blessés ou tués durant un incident pour lequel j'aurais servi de négociatrice. Et je jurerais qu'il s'agit d'une femme.

– Pourquoi ?

– Parce que c'est Gary Cooper. Parce que Roy était enchaîné à la tombe d'une femme. Nous ne pouvons écarter aucune éventualité, mais je parie qu'il a perdu une femme. Il a appris à manier des armes et des explosifs. Il a dû subir un entraînement militaire ou policier. À moins qu'il ne se soit entraîné lui-même. Parce qu'il a tout planifié. Roy ne s'est trouvé là ni par hasard ni sur un coup de tête.

Elle se martelait les cuisses de coups de poing rageurs.

– Je ne pouvais pas l'entendre. Comment aurais-je pu écouter et savoir comment répondre, savoir comment l'amener à se rendre alors que je n'entendais pas sa voix, ses inflexions, que je ne percevais pas ses émotions ?

– Phoebe, vous n'êtes en rien responsable de cette histoire.

– Dans ce cas, pourquoi une telle mise en scène ? Aurais-je posé une question déplacée, choisi la mauvaise voie ? Tout ce temps qu'il a consacré à emmener Roy où il voulait l'installer, tout ce mal qu'il s'est donné pour m'y attirer… et voilà qu'il y met un terme ? Il faut que j'écoute l'enregistrement, que je vérifie ce que j'ai dit, ou pas dit, ce qui l'a poussé à tout casser.

Il fit tourner son fauteuil vers elle, jusqu'à ce qu'ils se trouvent face à face, genoux contre genoux.

– Ce n'est pas ce que vous avez dit ou pas dit qui donnera la solution.

– Non. Il a tué deux personnes en fonction de leur relation avec moi. Je dois savoir pourquoi. Nous devons trouver la réponse, David, parce qu'il n'a aucune raison de s'arrêter en si bon chemin. Il est venu jusque devant chez moi. La prochaine fois, il pourrait bien s'en prendre à quelqu'un que j'aime.

– Nous ne le laisserons pas s'en approcher.

– Il ne pourra plus rien faire une fois qu'il aura été identifié, repéré, arrêté. Je… il faut que je prenne contact avec la fiancée de Roy. Et je dois prévenir Carly. Je dois trouver un moyen de lui apprendre tout ça.

– Pour le moment, il faut surtout que vous rentriez chez vous et dormiez. Prenez un peu de temps, Phoebe. Je ne saurais trop vous conseiller de vous adresser à notre psy.

– Le meilleur remède pour moi serait le travail.

– Commencez par aller vous coucher et on en reparlera.

Elle sortit du bureau de David et n'aperçut Duncan que lorsqu'il se leva pour venir à sa rencontre.

– Tu n'aurais pas dû rester.

– Arrête !

Là-dessus, il la prit dans ses bras. Il recula pour mieux la regarder. Elle avait les yeux rouges, cernés.

– C'est moi qui vais te ramener à la maison.

Elle se souvint alors qu'elle n'avait pas de voiture.

– D'accord, mais il faut que je passe chercher quelques affaires dans mon bureau.

– J'attendrai.

– Duncan...

Elle s'interrompit en voyant arriver Phin qui fermait son téléphone.

– Carly... ?

– Elle va bien, rassurez-vous.

Il vint à elle, lui ouvrit les bras, la serra contre lui.

– Elle dort comme un bébé. Une voiture de patrouille stationne devant la maison, et ils ont placé deux autres flics derrière. Sans compter ma féroce épouse et mon affreux chien à l'intérieur.

Surprise, elle eut un petit rire étouffé.

– Merci. Je ferais mieux d'aller la chercher maintenant.

– Ma belle, il est 4 heures du matin. Comme ces demoiselles n'ont cessé de glousser que vers minuit, je parie qu'elles vont encore dormir quelques heures. Alors, je propose de la ramener dans la matinée, avec Lou, quand elle sera bien réveillée et en pleine forme.

– Ça me semble parfait. Inutile de la réveiller pour... Inutile. Merci de tout cœur à vous et à Lou. Et excusez-moi encore.

– Vous n'avez ni à nous remercier ni à vous excuser.

– Il faut que j'aille chercher deux ou trois dossiers, et j'arrive.

Phin la suivit des yeux quand elle tourna les talons.

– Elle tient bien le coup.

– Elle est vaillante, et c'est un aspect de son caractère qui m'a attiré dès le début. Tout va bien sur le front de la maison ?

– Je m'en suis occupé et je ne vais pas relâcher ma surveillance. Mais toi, je veux que tu dormes. On en reparlera plus tard.

Duncan lui envoya une bourrade amicale.

– Merci.

Lorsque Phoebe revint, Duncan lui prit son attaché-case.

– Bonne idée ! Tu comptes rester travailler chez toi.

– Pas au lieu de venir ici, mais en plus.

– Les journées ne sont pas extensibles, Phoebe.

– C'est pourquoi je veux tirer le maximum de chaque heure qui passe. C'est ça, le travail de flic...

Ils arrivèrent dans Jones Street. Parvenue à hauteur de la voiture radio, elle sortit.

Duncan l'attendit à l'intérieur, la regarda discuter un instant avec les policiers. Sans doute avait-elle remarqué que les lumières restaient allumées à l'intérieur de la maison. Personne, semblait-il, ne parvenait à dormir cette nuit.

– Je ne te dis pas de rentrer chez toi, revint-elle lui expliquer, mais je te suggère de ne pas rester ici.

Pour toute réponse, il lui prit la main. Alors qu'ils grimpaient ensemble le perron, Ava leur ouvrit la porte. Pieds nus, elle se précipita dans les bras de Phoebe.

– Je suis si contente que tu sois rentrée ! On nous a dit que tu n'étais pas blessée.

– Comme tu vois. Et maman ?

– Je suis là.

Le teint blême, Essie se tenait à un mètre de la porte grande ouverte.

– Phoebe ! Phoebe !

Ainsi, songea celle-ci, elle n'osait même plus sortir sur le perron. Autant la prendre très vite dans ses bras.

– Je vais bien, je t'assure !

– On nous a dit qu'il était arrivé un malheur. Carly…

– Va bien, tu le sais. Elle dort.

– Et… et Carter et…

– Maman ! Respire un bon coup ! Regarde-moi et écoute. Tout le monde va bien. Carter, et Josie, et Carly. Toi et Ava. Même moi, je suis là. Duncan est ici. Il m'a ramenée à la maison.

Elle avait beau dire, elle voyait bien que sa mère allait céder à une attaque de panique, le souffle court, haché, haletant. Les tremblements avaient commencé, la sueur perlait sur son visage.

Ava et elle l'étendirent sur le sol avant que ses jambes ne cèdent.

– Maman, je suis là. Maman, tu sens mes mains ?

Comme Phoebe relevait la tête, elle aperçut Duncan qui venait l'envelopper du châle récupéré dans le salon.

– Tu sens mes mains, maman ? Je te frotte les bras. Tu entends ma voix ? Respire un grand coup.

Peu à peu, après des minutes qui semblèrent des heures, Essie s'apaisa.

– C'est bien, maintenant, ça va, souffla sa fille en lui caressant les cheveux. Inspire encore, profondément. Là. Voilà !

– Je n'ai pas pu m'en empêcher… Excusez-moi.

– Chut ! C'est fini maintenant.

– Tenez, prenez un peu d'eau.

Gênée, Essie posa une main incertaine sur le verre que lui tendait Duncan.

– Buvez et j'irai faire du thé pour tout le monde.

– Oh ! Mais il ne faut pas…

– Chut ! Vous n'allez pas me traiter comme un invité !

– Pardon, souffla-t-elle, les larmes aux yeux. Phoebe, je m'en veux tellement de te donner toutes ces inquiétudes ! Tu as l'air si fatiguée !

– Nous sommes tous fatigués. Allez, on va te relever avec Ava, pour te porter vers le canapé.

– Ava, c'est toi qui devrais aller t'occuper du thé. Ce pauvre homme… Qu'est-ce qu'il va penser de cette maison ?

– Ne t'inquiète pas pour Duncan, dit Ava en l'aidant à s'asseoir sur le canapé. Tu as froid ?

– Non, je vais bien, maintenant. Je…

Elle se passa une main sur le visage, grimaça en découvrant combien il avait transpiré.

– Regardez-moi, comme si j'étais la mère de toutes les bouffées de chaleur.

– Je vais te chercher une serviette mouillée.

– Je n'ai pas pu me maîtriser, marmonna Essie lorsqu'elle se retrouva seule avec Phoebe.

– Je sais.

– Il faudrait que je prenne mes médicaments, mais la plupart du temps je me sens bien. Là, j'étais juste inquiète ; on l'était toutes les deux. Et voilà que ça me prend alors que tu rentres, que je te sais en sécurité.

Elle tendit la main vers sa fille.

– Il s'est passé quelque chose de terrible.

– Oui, terrible, maman. J'ai des pilules pour dormir. Tu devrais en prendre une. Je ne veux pas que tu t'affoles.

– Je me sens bien, maintenant. Tu as dit que Carly, Carter et Josie n'étaient pas blessés. David non plus ?

– Non plus.

Ava revint avec une petite cuvette et une serviette.

– Assieds-toi, Ava.

Phoebe leur parla de Roy. Bien que le visage d'Essie eût de nouveau viré au papier mâché, elle ne subit pas de nouvelle attaque. Assise près d'elle, Ava ne lui lâchait pas la main. En revenant au salon, Duncan passa les tasses de thé sans piper mot ; puis il prit place dans un fauteuil tandis que Phoebe achevait son récit.

Alors Essie se releva pour aller entourer sa fille de ses bras, lui caresser la tête.

– Oh, maman !

– Ma chérie ! Je suis désolée. Quelle horreur ! Pauvre Roy ! Pauvre Roy ! Il ne servait à rien, mais il ne méritait pas une telle mort.

– Maman !

– Les gens qui ne veulent pas qu'on dise du mal des morts sont des hypocrites parce que je te garantis qu'ils en pensent du mal.

Voyant que Duncan réprimait un sourire, elle en rajouta :

– Et vous alors, si vous voyiez votre tête ! Mais la maison est bouclée et nous sommes en sécurité ici. Alors vous allez me faire le plaisir de vous reposer.

– Nous en avons tous besoin, répondit Phoebe. Je ne laisserai personne vous faire de mal.

– Nous allons tous nous reposer. Duncan, vous restez avec nous. Au moins ici vous êtes en sécurité. Viens, ma chérie. Duncan restera avec toi pour que tu ne te sentes pas trop seule. Tu dormiras mieux.

Comme Phoebe haussait un sourcil, sa mère la poussa devant elle :

– Comme si je ne savais pas que vous avez déjà partagé le même lit ! Le soleil va bientôt se lever. On pourra prendre le petit déjeuner tard, demain.

Dans sa chambre, Phoebe se laissa tomber lourdement sur le lit pour ôter ses chaussures. Puis elle s'étendit telle quelle, laissant Duncan s'allonger à ses côtés, la serrer contre lui.

– Je n'aurais pas cru que, pour notre première vraie nuit ensemble, nous resterions tout habillés.

– En tout cas, je te remercie de ne pas m'avoir laissée tomber.

Elle lui prit les mains, les posa entre ses seins.

Essie avait raison. Phoebe dormit mieux que depuis bien longtemps.

23

Sa fille blottie sur ses genoux, Phoebe se balançait comme elle le faisait lorsque Carly était encore bébé. Elle savait ce que c'était que de perdre un père, de s'entendre dire qu'il était parti et ne reviendrait pas ; le choc, le concept de la mort, impossible à percevoir pour un enfant. Cependant elle ne savait pas, ne pouvait savoir ce que c'était que de perdre quelqu'un qu'on n'avait jamais vraiment connu. Ni dans une telle violence.

Phoebe avait eu beau arrondir les angles, passer les détails trop précis, cela restait atroce, et cette histoire suinterait en elle sa vie durant comme une eau croupissante à travers un mur fissuré, qui s'élargirait peu à peu sous la pression des bavardages des voisins, des infos à la télévision, des questions des autres enfants à l'école.

Pas moyen d'y couper, de tout bloquer dans un coin de sa mémoire. Voilà pourquoi il valait mieux, comme toujours, se montrer aussi franche que possible avec elle.

– Ça lui a fait mal ? demanda l'enfant.

– Je ne sais pas. J'espère que non.

– Pourquoi il est mort alors qu'il n'habitait même pas ici ?

– Je ne sais pas exactement. C'est une question que je vais devoir éclaircir.

Carly se blottit contre sa maman.

– C'est mal, si je ne l'aimais pas ?

– Non, ma chérie.

– Je ne l'aimais pas, mais je ne voulais pas qu'il meure.

– Comme moi, exactement.

– Le grand-père de Poppy est mort, et elle est allée à l'enterrement, et elle l'a vu dans une grande boîte. Il faudra que j'aille à l'enterrement ?

– Non. Je ne sais même pas s'il y en aura un, ni où ni quand. On n'était pas… ce n'est pas de notre ressort. Si je peux me renseigner et que tu veux y aller…

– Non. Ce n'est pas grave ? Je n'ai pas envie d'y aller.

– Ça ne fait rien. Ne t'inquiète pas pour ça, ma puce.

– Et s'il te fait du mal ? L'homme qui a fait du mal à Roy, et s'il…

– Jamais je ne le laisserai faire.

– L'autre, il t'a fait du mal, insista la fillette, les larmes aux yeux. À la figure et au bras. Et, si il revenait pour te faire encore mal ou pour te tuer comme Roy ? Maman ?

– Il ne reviendra pas et ne me touchera pas. La police est là pour nous protéger. Et puis, n'oublie pas que c'est mon métier, Carly. Tu dois me faire confiance, je veille sur vous, sur mamie et Ava. Même sur Carter et Josie. On va tous faire attention. Ne pleure pas, écoute, on va dire à la police de rester, même d'entrer dans la maison, si ça peut te rassurer.

– S'il vient dans la maison, ils le tueront avec leurs pistolets ? Et toi, tu le feras ?

– Ça n'arrivera jamais, mais je te promets qu'on fera tous très attention. Et souviens-toi qu'il ne faut jamais parler aux inconnus ni monter dans leur voiture ou seulement t'en approcher, même s'ils te disent des choses très gentilles. Qu'est-ce que tu dois faire, au lieu de monter dans leur voiture ?

– Crier *non* aussi fort que je peux et m'enfuir.

– Exactement. Tu vois, on finira tous par s'en sortir parce que je vais trouver celui qui a fait ça à Roy et le mettre en prison. Et il n'en sortira jamais.

– Tu vas bientôt le trouver ?

– Je vais essayer. Et oncle David aussi. Et tous les policiers avec qui je travaille.

Rassurée, Carly gardait néanmoins la tête appuyée sur la poitrine de Phoebe.

– Tu es triste, maman ?

– Oui.

– Tu as peur ?

Dire la vérité… sans en rajouter.

– Assez pour me montrer prudente et pour chercher à savoir ce qui s'est vraiment passé. Tu sais ce qui arrive quand je travaille beaucoup ?

Un sourire étira les lèvres de la fillette.

– Tu y arrives.

– Parfaitement !

Lorsque lui parvint le coup de fil, Phoebe fut bien obligée d'y aller. Elle n'aurait pas cru qu'il lui serait si difficile de quitter sa famille. Il lui fallut se rappeler que les policiers surveillaient toujours la maison.

Elle n'était pas non plus emballée à l'idée de prier Carter et Josie de s'installer temporairement dans la demeure des MacNamara, mais il était plus sûr et plus efficace de rassembler sous un même toit les personnes qui couraient un même danger.

Dommage de déranger ainsi un couple encore en quasi lune de miel.

Cependant, ils acceptèrent de venir. Que n'aurait fait Carter pour elle ? Que n'aurait-il fait, surtout, pour assurer la sécurité de sa femme ?

Malgré tout, le matin venu, il fallait bien que chacun reprenne le cours de son existence. Travailler, faire les courses au marché, se rendre à la banque. Pendant un jour ou deux, Carly n'irait pas à l'école, le temps de s'assurer que l'enfant bénéficierait d'une protection efficace en dehors de la maison.

À présent, il lui restait à descendre annoncer qu'elle devait partir. Elle eut la surprise de trouver Duncan au salon en grande conversation avec Carter et Josie. Elle le croyait rentré chez lui pendant qu'elle montait avec Carly pour lui annoncer la mort de son père.

Quand elle entra, ils se turent et tous les regards convergèrent sur elle.

– On complote ? lança-t-elle d'un ton qui se voulait enjoué. Duncan, je ne savais pas que tu étais encore ici.

– Je préfère rester ici quelque temps. Comment va la petite ?

– Elle tient le coup. Elle est descendue voir ma mère à la cuisine. Carter, Josie… désolée de vous entraîner dans cette histoire. Je vais vous communiquer un numéro d'urgence que vous allez tout de suite enregistrer dans vos téléphones. C'est une ligne directe avec l'unité qui s'occupe de nous au commissariat. Au moindre détail suspect, n'hésitez pas à appeler. Duncan, j'aimerais que tu le notes toi aussi.

– Tu crois que ce malade s'en prendrait à nous ? demanda Josie.

– Je préfère ne courir aucun risque. Tu as un patient important, je crois ?

– Oui. Je prends la relève à son domicile, dans Bull Street, de 19 heures à 4 heures du matin. Un cancer.

– Bon, pas loin de mon commissariat ; pourrais-tu me mettre par écrit tous les détails, les noms des autres infirmières, des habitants de la maison, ton emploi du temps, ça m'aidera. Idem pour toi, Carter : les horaires de tes cours, tes réunions, tout. Duncan...

– Je ne suis pas aussi organisé.

– As-tu envisagé de prendre un garde du corps, ne serait-ce qu'à titre temporaire ?

– Tu ne crois pas que je vais me faire escorter par un malabar ! Ma maison est sécurisée, j'y ai veillé. Tu as assez de soucis comme ça. Je saurai bien m'occuper de moi-même.

– Je ne suis pas assez égocentrique pour me sentir responsable de ce qui arrive, mais ça me fiche en pétard et je te jure que je découvrirai celui qui s'en prend à ceux que j'aime. C'est pourquoi je dois y aller.

– Tu t'en vas ? s'écria Carter en l'arrêtant par le bras. Phoebe, c'est *toi* qu'il vise avant tout. En nous rassemblant ici, tu l'empêches d'atteindre aucun de nous et tu lui donnes deux fois plus de raisons de ne plus poursuivre que toi.

– Qu'il y vienne, je l'attends ! Carter, ma fille a besoin de moi. Je n'ai aucune intention de courir bêtement des risques. C'est David qui va venir me chercher, et je vais rester au commissariat. Je serai entourée de flics toute la journée.

– Ce n'est pas ça qui a empêché l'un d'eux de t'envoyer à l'hôpital, fit remarquer Josie.

– Non, mais ça ne se reproduira pas, je te le garantis. C'est même à cause d'Arnold Meeks que je dois me rendre là-bas. On l'y amène pour un interrogatoire. Il faut que j'y assiste. Mais j'ai besoin de toi ici, Carter, afin que les choses paraissent aussi normales que possible... Roy ne s'y attendait pas, ajouta-t-elle tristement. Et il n'avait aucune raison de redouter quoi que ce soit de ce genre. Tandis que nous, nous sommes prévenus, maintenant. On va s'en sortir, je vous le garantis.

– Maman a une trouille bleue.

– Je sais. Mais je compte sur vous. Et, Josie, en tant qu'infirmière, tu représentes un atout majeur à mes yeux.

– On va s'organiser, assura celle-ci. Il va falloir trouver un moyen de vivre aussi normalement que possible. Les repas, les jeux, la musique.

– Je rentrerai bientôt. Duncan, tu veux m'accompagner dehors ?

– Bien sûr.

Elle attendit de se retrouver sur le perron pour expliquer :

– Il faut que je te dise : tu ferais preuve d'intelligence et tu serais plus à l'abri si tu rentrais chez toi, si tu prenais tes distances, non seulement avec moi mais avec ma famille.

Il hocha la tête en contemplant la rue bordée d'arbres.

– Ça n'a pas vraiment aidé Roy, laissa-t-il tomber.

– Non, reconnut-elle. Mais tu gardes la possibilité d'aller où tu veux, aussi longtemps que tu veux. Tu pourrais quitter Savannah un certain temps, avec les moyens que tu as, tu n'aurais besoin de renseigner personne sur l'endroit où tu te trouves.

– Et m'enfuir honteusement.

– Ça n'a rien de honteux, et tu serais toujours le même, à Tahiti ou ailleurs.

– Je n'irai nulle part. C'est à Savannah que j'habite, et j'ai des projets qu'il n'est pas question de reporter. Et puis je ne tiens pas à laisser tomber mes amies rousses pour aller boire des cocktails exotiques. Mais ça, tu le savais déjà.

– Je l'avais compris. Je te remercie de l'exprimer de vive voix. Je suis consciente que tu sauras très bien te défendre seul, mais il n'empêche que je vais m'inquiéter pour toi. Aussi je te demande de te manifester toutes les deux heures. Un rapide coup de fil, un texto, peu importe. Mais fais-le.

– D'accord, si c'est réciproque.

Elle haussa les sourcils :

– Tu veux que je pointe toutes les deux heures ?

– Parfaitement ! Je t'appelle. Deux heures après, tu m'appelles, deux heures après c'est moi. C'est comme ça que ça marche.

Dégageant sa ceinture où était accrochée sa plaque, Phoebe commenta :

– Tu sais que tu ferais un bon flic, toi ? Tiens, voici le numéro qui nous est réservé. Sois gentil de le communiquer à tous les occupants de la maison.

Elle se retourna, observa la rue, les arbres et les voitures jusqu'au parc.

– Il pourrait être en train de nous surveiller en ce moment. Il pourrait se trouver n'importe où.

– Alors donnons-lui un petit spectacle, dit-il en l'attirant contre lui.

Elle se blottit contre son épaule, l'embrassa.

– Ne prends aucun risque, même si le danger te semble minime.

– Hou-hou !

Phoebe avait les nerfs tellement tendus que, même en reconnaissant la voix de Lorelei Tiffany, elle posa la main sur la crosse de son arme. Néanmoins, elle parvint à répondre d'une voix tranquille :

– Bonjour, madame Tiffany !

– Qu'ils sont mignons, tous les deux ! Vous vous êtes trouvé un bien bel homme, Phoebe ! Il y a quelques années de ça, je ne me serais pas gênée pour vous le chiper.

Parée de jaune poussin, la laisse, le col et la cravate du petit Maximilian Dufree assortis, elle décocha un sourire coquin à Duncan.

– Madame, rétorqua celui-ci, face à une femme aussi délicieuse que vous, c'est moi qui vous aurais volée à vos soupirants.

Elle laissa échapper un gloussement de gamine.

– Oh, vous ! Ma petite Phoebe, surveillez-le de près ! Maximilian Dufree et moi partons faire un tour dans le parc : si le cœur vous en dit…

– J'aimerais pouvoir vous suivre.

– Je vous comprends. Moi aussi je trouverais quelque chose de plus excitant que de promener un chien, si j'étais accompagnée d'un tel homme. Ciao !

– Normal, murmura Phoebe en regardant s'éloigner les deux silhouettes jaunes. Il reste des gens qui mènent une vie normale dans ce monde.

– Savannah est un monde où il semble normal de promener un chien nu en cravate jaune. L'autre jour, je l'ai vu lutiner un caniche rose. Ça doit également faire partie des choses normales de ce monde.

Lorsque David vint se garer devant eux, Duncan caressa le bras de Phoebe :

– Fais attention à toi, mon cœur.

– Ça va ? demanda le capitaine. On dirait que M. Loto veille au grain.

– Comme vous, depuis des années avec toute ma famille. Et ça fait de vous une cible, autant que lui. Vous êtes plus proche de nous que ne l'a jamais été Roy.

– Je fais attention.

– J'espère bien. Vous avez pris la place de mon père depuis mes douze ans. C'est sur vous que j'ai copié, ce sont vos conseils que j'ai suivis. Si l'autre malade me connaît, il doit le savoir.

– Et moi, dit David en lui serrant la main, je vous trouvais extraordinaire avant même de vous avoir rencontrée face à face. Je vous aime comme ma propre fille, et je ne laisserai pas ce type vous toucher.

Émue, elle se racla la gorge et préféra changer de sujet :

– Pourquoi ont-ils ramené Arnold ? Je croyais qu'ils allaient juste l'interroger chez lui.

– Ils ont bien essayé mais, quand il a balancé un direct en pleine figure à un inspecteur, ils ont préféré l'amener au poste.

– Il est trop soupe au lait pour qu'on puisse le comparer à celui qui a tué Roy avec un tel sang-froid.

– Sans doute. Mais il peut avoir un ami ou un membre de sa famille qui agisse en son nom. Suivons la procédure, Phoebe. Pas à pas.

Meeks n'avait pas demandé d'avocat. Sans doute voulait-il jouer les durs à cuire, se dit Phoebe en l'observant derrière le miroir sans tain. Fallait-il qu'il soit bête ! Pourtant, il avait été assez longtemps flic pour savoir à quel point il était vain de vouloir se défendre seul.

Il portait un tee-shirt gris et un jean, de vieilles Nike, et arborait une barbe de trois jours.

Malgré l'horreur qu'il lui inspirait encore, elle tenait à ne rien manquer de l'interrogatoire. Et, si possible, à l'orienter en communiquant ses observations aux investigateurs par micro interposé.

– Vous n'êtes pas obligée de subir ça, souffla David.

– Si, j'y tiens.

– Vous l'avez déjà affronté une fois. Vous n'avez plus rien à prouver.

– Je veux m'assurer une fois pour toutes que ce n'est pas lui qui a tué Roy.

Elle regarda Sykes et Liz le questionner à tour de rôle, le titiller, le pousser dans ses derniers retranchements. Tous trois connaissaient parfaitement leur travail.

– Vous ne pouvez nier avoir attaqué le lieutenant MacNamara, dit Sykes d'une voix tranquille.

– Tout le monde le sait.

– À mon sens, un type qui ose tabasser une femme comme ça est capable de tout.

– Faudrait faire réviser vos sens.

– Je vais vous dire ce que j'en pense, *Arnie*, souffla Liz qui s'était glissée derrière lui. Ça prouve que vous êtes une poule mouillée, du genre grosse brute capable d'exploser un pauvre type qui ne vous a rien fait. Ça vous donne une impression de puissance ? Ça vous rend *important* quelque part ?

– Je vous ai déjà dit que je ne le connaissais même pas, cet ahuri. Je n'y ai pas touché. Pourquoi j'aurais fait ça, d'abord ? Il a eu le bon goût de quitter cette salope de Mme Je-sais-tout. En fait, si je l'avais rencontré, je lui aurais plutôt offert un verre.

– Il ne représentait rien pour vous, c'est ça ? Rien qu'un outil pour mieux baiser le lieutenant.

– Pas besoin de baiser avec elle. Ça aussi, tout le monde le sait.

– Ça vous plaît de jouer les flics de location pour une bande de jeunes cadres dynamiques en costume Calvin Klein ou pour des touristes en tongs ? Tout le monde le sait, ça ?

Cette fois, sa physionomie s'assombrit. De colère mais aussi de gêne.

– C'est temporaire.

Tout en se tapotant le ventre, Sykes émit une sorte de hululement.

– Ah oui ? Vous croyez que votre papa va vous remettre le pied à l'étrier ? Mon œil ! Vous êtes fini. Il ne peut plus rien pour vous. Moi, si une salope me coûtait ma plaque, je le lui ferais payer ! Qu'est-ce que vous attendez pour nous dire où vous étiez la nuit dernière, Arnold ? Ce que vous faisiez de 22 heures à 3 heures du matin ?

– Je vous l'ai dit ! J'étais à la maison avec ma femme.

– C'est bête de mentir, non ? lança Sykes. Surtout quand votre femme n'est qu'à moitié contente de se retrouver avec vous. D'après ses déclarations, elle ne sait pas à quelle heure vous êtes rentré, mais vous n'étiez pas là à 23 heures, quand elle s'est couchée.

– N'importe quoi ! J'étais en haut, je dormais devant la télé.

– C'est elle qui a fermé la maison, elle a tout vérifié avant de se coucher. Si vous étiez là, en train de ronfler devant l'écran, où se trouvait votre voiture ?

– Elle ne l'a pas vue. Elle arrête pas de me faire chier, ces temps-ci.

– Il ment, commenta Phoebe derrière le miroir. Il n'était pas chez lui, et il se sent dans ses petits souliers.

– Elle ne peut pas non plus témoigner de votre présence le jour de la mort de Johnson. Pas de bol.

– C'était mon jour de congé, merde ! Je faisais des courses. J'avais des trucs à faire.

– C'est ça ! renchérit Liz. Du genre s'installer derrière la fenêtre d'un appartement et tirer sur un type désarmé, un ado qui se rendait.

– Allez vous faire foutre ! Je ne vais pas me laisser coller ça sur le dos sous prétexte que cette salope de MacNamara veut encore du sang ! Elle vous oblige déjà à lui cirer les bottes. Si j'avais voulu tuer quelqu'un, vous pouvez être sûrs que ç'aurait été elle.

– En tuant son ex sous son nez, en abattant Johnson alors qu'elle avait passé des heures à le convaincre, c'étaient deux bons moyens de la détruire. Vous possédez un calibre 22, vous n'auriez jamais dû laisser la balle dans cette peau de lapin.

– Quoi ? Quel lapin ? Qu'est-ce que c'est encore ?

– Là, il ne ment pas, commenta encore Phoebe. Il ignore vraiment de quoi on parle.

– Quand on aura comparé la balle avec votre arme, on pourra vous poursuivre pour harcèlement. Et fini la liberté conditionnelle ; vous irez droit en taule, quoi que votre papa puisse dire ou faire.

– Laissez mon père en dehors de tout ça.

– Vous, en tout cas, vous ne le lâcherez pas, railla Liz. Vous allez appeler papa au secours dès qu'on aura comparé la balle et le canon. Il y a aussi le serpent mort, et le rat. Vous gravissez chaque fois une marche : vous êtes passé de la poupée mutilée aux animaux, puis à Roy Squire.

– Jamais entendu parler de ce lapin !

– La poupée, souffla Phoebe à Sykes, qui fronçait les sourcils.

– Vous savez quelque chose sur la poupée, pas vrai ? Elle vous a fait sursauter.

– Pas du tout, je ne vois pas…

– Vous avez massacré la poupée, comme vous comptiez massacrer le lieutenant. Vous avez sonné chez elle une nuit pour lui laisser ce petit cadeau devant sa porte. Ensuite, ça a été le rat mort, jusqu'à Roy Squire. Tout ça sent fort la même tactique.

– Vous déconnez ! Et même si j'ai déposé une poupée chez elle, qu'est-ce que ça peut faire ? D'abord ça remonte à des semaines, depuis je ne suis plus retourné là-bas.

– Depuis que tu l'as battue dans l'escalier ? Depuis que tu lui as passé une cagoule sur la tête et que tu as déchiré ses vêtements ? Tu n'as pas d'amis ici, Arnold. Personne n'a envie de t'aider, alors tu continues à mentir. Moi, ça me fait plaisir, parce que, plus tu mentiras, plus vite tu te retrouveras dans une cellule, et ce ne sera pas pour jouer les caïds. C'est une aiguille qui t'attend !

Blanc comme un linge, Arnold s'était mis à transpirer :

– Vous dites n'importe quoi. J'ai tué personne, même pas un lapin !

– Tu avais le mobile, les moyens, l'occasion. C'est ça, continue à mentir ! Le procureur adore ça, quand un lâche gémit et ment. Il demandera la piquouse.

– Je ne connaissais pas cet enfoiré. Je ne suis pas allé à Hilton Head où vous avez dit qu'il habitait. Vous ne pouvez pas me mettre ça sur le dos.

– Laisse-nous le temps. Je n'ai pas plus apprécié que toi, Liz, le jour où ce connard s'est défilé après avoir amoché le lieutenant.

– Moi, j'avais envie de le voir s'en prendre plein la gueule. Alors cette fois-ci…

– C'est elle qui a monté ça ! s'écria Arnold. Elle veut me piéger, voilà ! J'ai trouvé cette foutue poupée chez un broc' et j'ai juste voulu lui donner envie de réfléchir un peu. J'ai tué personne. Elle veut me baiser, c'est tout. Qu'elle aille au diable ! Je ne suis jamais allé du côté de Bonaventure, cette nuit.

– Alors où étais-tu ? Prouve-le et tire-toi de là.

– J'étais chez une amie, ça vous va comme ça ? Ma femme ne veut plus rien savoir, je n'ai plus le droit de la toucher. Alors je suis allé en trouver une qui voulait bien. Et j'étais chez elle, cette nuit. Je l'ai sautée jusqu'à 2 heures du matin.

– Son nom ! dit Liz en lui envoyant un bloc-notes. Son adresse. On lui demandera comment elle s'est fait sauter.

– Elle est mariée. Il est parti quelques jours à Myrtle Beach pour jouer au golf. Alors on est allés chez elle. Il faut me laisser lui parler d'abord, lui dire que c'est grave. Si son mari apprend ça, il la jettera dehors. Vous devez lui promettre de ne pas citer son nom.

– Te laisser lui parler d'abord ? ricana Sykes. Et puis quoi encore ? Si tu dis la vérité, on la tiendra en dehors de tout ça. Vous avez l'air de vous valoir, tous les deux.

– Ma femme parle déjà de divorce, tout ça à cause de MacNamara…

– C'est ça, tout est la faute de MacNamara ! Elle t'a piégé en te forçant à la tabasser pour pouvoir ensuite t'éjecter de la police. Inscris ce nom, Arnold !

– Elle est cadre à Terrance, Inc. Il faut aller la voir là-bas, pas chez elle. Vous devez lui parler dans son bureau, discrètement. Il faut me faire cette faveur.

– Tu as perdu tout droit à une faveur du jour où tu as agressé le lieutenant MacNamara dans cet escalier, n'oublie pas ça, connard. Si tu veux sauver tes fesses, tu écris ce nom. Sinon, tu vas en taule pour violences contre un officier de police.

Tandis qu'il écrivait, Phoebe se tourna vers David :

– Ce n'est pas lui. C'est un salaud doublé d'un crétin, mais il n'a tué ni Charles Johnson ni Roy. Il n'en a ni les tripes ni la ruse.

Elle se retourna vers le miroir :

– Il ne demanderait qu'à m'atteindre encore. Il veut toujours me faire payer son éviction. Mais il n'était pas capable de m'atteindre par le biais de ce garçon ou de Roy. Il ne me comprend pas du tout, tandis que celui qui a tué ces gens, il me comprend très bien, lui.

– Nous allons vérifier la femme, voir si son alibi tient.

– Bon. Moi, je rentre à la maison. Je vais examiner ces dossiers.

Alors que Phoebe décrochait son micro, Liz sortit de la salle d'interrogatoire.

– Je voudrais te parler. Tu as une minute ?

– Oui.

Elle l'entraîna aux toilettes des femmes, s'assit au bord d'un lavabo.

– Ça a dû te faire quelque chose de voir ça.

– Oui, mais il le fallait.

– Ce n'est pas lui, Phoebe.

– Je sais. Vous avez fait du beau boulot, avec Bull Sykes. Son alibi sera sûrement confirmé. On pourra éliminer cette piste.

24

Elle décida de ne plus y penser, préférant oublier les impressions provoquées par ce nouveau contact avec Arnold Meeks. Pas le temps. De toute façon, ce n'était que partie remise, elle le savait bien. Tout cela remonterait vite à la surface et elle devrait bien finir par trouver un moyen de l'affronter.

En attendant, elle avait mille autres choses à faire.

Arrivée à hauteur de la demeure, elle se demanda pourquoi cette bâtisse lui paraissait parfois si menaçante. Pourtant, elle pouvait y passer des semaines, des mois sans rien y voir d'autre que sa maison, une jolie propriété où élever sa fille, veiller sur sa mère et recevoir ses amis. Un endroit où manger, dormir, vivre, parfois même s'amuser.

Qu'importait qu'elle n'ait pas vraiment choisi d'habiter là ? En fin de compte, il ne s'agissait guère que d'une maison de brique et de verre. Le fantôme de la cousine Bess avait disparu depuis longtemps.

Sans doute était-ce parce qu'elle n'avait pas eu le choix.

Malgré l'urgence de la situation, elle prit le temps de contourner l'édifice pour se rendre dans le jardin, loin de la voiture de police, loin de cette façade grimaçante.

Là, au moins, on avait pu prendre des initiatives, même si celles-ci provenaient à peu près toutes d'Ava. Les plantes, les fleurs, les allées ombragées, les tables, la statuaire fantasque.

Il suffisait d'imaginer ces mêmes lieux transposés au loin, à La Nouvelle-Orléans, par exemple, ou même à Atlanta ou Charlottesville.

Quelle différence cela ferait-il ?

Cela changerait tout.

Elle entendit s'ouvrir la porte de la véranda mais ne se retourna pas. Pour la réflexion solitaire, c'était raté.

Carter s'assit à côté d'elle, lui mit dans la main un verre de vin. Et ne dit rien.

Elle but la première gorgée en silence, juste accompagnée par le ruissellement de la fontaine.

– J'avais envie de bouder, avoua-t-elle.

– D'où le vin. Tu veux rentrer ?

– Non, je pensais à la façon dont la cousine Bess nous a tous piégés, et à ce que je devrais faire pour nous en sortir.

– Depuis toujours tu cherches des solutions.

– C'est vrai, tu crois ?

– Aussi loin que je m'en souvienne, oui, même avant Reuben, qui a pourtant marqué une sacrée rupture. Mais je me rappelle d'autres choses avant ça, durant ce qui était pour moi une préhistoire bien floue.

Elle posa la tête sur son épaule :

– Tout a changé du jour où papa est mort. Pour moi, la préhistoire, c'était avant ça. Elle aurait pu nous aider alors, la cousine Bess. Peut-être qu'il n'y aurait jamais eu d'épisode Reuben si elle s'était occupée de maman dès cette époque. Mais bon, inutile de spéculer…

Elle demeura un instant silencieuse, à contempler la fontaine.

– Tous les jours, maman se surpassait pour nous.

– Je sais.

– Ce devait être terrible. Pourtant elle a continué, jusqu'au jour où elle a rencontré quelqu'un qui était gentil avec elle. Ça a failli lui coûter la vie, à elle et à ses enfants. Pas étonnant qu'elle se soit mise à fermer les portes derrière elle.

– Je ne le lui ai jamais reproché.

– Non, pas toi. Moi, si, parfois. Et j'en ai tellement honte ! J'ai beau savoir ce qu'elle a vécu, ça m'énerve qu'elle ne veuille pas mettre les pieds dehors, aller au marché, au cinéma… Quand je pense que, maintenant, je ne peux même pas les envoyer, Carly et elle, se mettre à l'abri quelque part.

– Ça viendra. Il faudra qu'on la persuade de se faire à nouveau soigner. Et puis moi, je reviendrai, avec Josie…

– Vous ne seriez pas heureux, ici.

– Phoebe…

– Non, je t'assure ! Moi, je le suis, la plupart du temps. Du moins quand je n'ai pas l'impression de me trouver devant un horizon complètement bouché. Ce n'est pas Arnold Meeks qui a attaqué Roy. Je le savais déjà, avant d'assister à son interrogatoire. Mais, rien que de le revoir, ça m'a retournée. Ça m'a fait peur. Je préférerais avoir la rage au ventre, mais la peur... Alors je suis venue ici pour essayer de me calmer.

– Tu t'en tires très bien.

– C'est le plus important.

À quelques pas, un oiseau-mouche aux couleurs éclatantes battait des ailes devant des belles-de-jour accrochées au treillis du mur.

– Comment va maman ? demanda-t-elle.

– Elle fait du crochet. Avant de partir, Duncan l'a interrogée sur ses prévisions de stock et sur le coût du matériel dont elle aurait besoin. Exactement ce qu'il lui fallait pour s'occuper l'esprit à autre chose. Il est doué pour faire travailler les gens.

Elle haussa un sourcil.

– C'est un compliment ou une critique ?

– Je l'aime bien. Il a demandé son avis à Carly sur le stock. Elle a répondu avec beaucoup de sérieux.

– Et moi je l'aime plus que bien.

– Ah oui ? Et alors, ça t'inquiète ?

– Je n'ai pas dit ça. Mais je pense à Carly. Je me demande jusqu'à quel point je peux l'imposer à l'homme qui s'intéresse à moi.

– Tu ne lui imposes rien du tout ! Ça arrive sans arrêt, ce genre de situation.

– Pas comme ça. N'oublie pas qu'il y a aussi maman. Je ne peux pas déménager, la laisser seule. S'il veut de moi, il va bien devoir l'accepter elle aussi. Ça commence à faire beaucoup. Je me demande s'il m'aime à ce point.

– Pose-lui la question.

– C'est facile à dire, tiens ! Bon, merci pour le moment de détente. Maintenant, il faut que je m'y remette.

Elle se leva d'un bond, embrassa Carter sur le front.

– Merci pour le vin et le reste.

Elle trouva Josie et Ava dans la cuisine, sa mère et Carly en train d'examiner des croquis. Pour une maison en état de siège, les choses ne se passaient pas trop mal.

Demain, elle prendrait contact avec le FBI et demanderait les copies des dossiers auxquels elle avait participé.

En attendant, elle se plongea dans ceux qu'elle avait sous la main. À mesure qu'elle lisait, chaque affaire lui revenait en mémoire avec une étonnante acuité. Les années avaient eu beau passer, c'était comme si elle venait de les vivre.

Suicides, querelles domestiques, cambriolages qui tournaient mal, vengeances, gains financiers, chagrin, instabilité mentale ou émotionnelle. Tout pouvait conduire à une prise d'otages.

Parfois, on avait beau faire, les négociations échouaient. Phoebe échouait.

Elle classa les dossiers par ordre chronologique et commença du jour où elle était entrée dans la police de Savannah.

À la fin de cette année-là, elle avait perdu trois personnes. Un suicide, un otage et un preneur d'otages. Et peu importait qu'elle ait réussi à en sauver des dizaines. Elle en avait perdu trois qui lui revenaient à la mémoire comme s'ils étaient encore là la veille.

Au point qu'elle parvint à reconstituer en partie ce qu'elle leur avait dit, les arguments qu'elle avait employés, sur quel ton.

Démarche inutile, si ce n'était dangereuse, elle le savait.

Néanmoins, trois vies lui avaient échappé. Et si Roy était mort à cause de l'une d'elles ?

Elle ouvrit un nouveau fichier où elle nota les noms des morts, l'année, l'endroit, la nature de la crise. Après quoi elle répertoria ceux qui leur étaient associés par des liens familiaux, professionnels.

Elle était plongée au milieu de la deuxième année lorsque Ava vint gratter à sa porte :

– Allez, il faut venir prendre un peu l'air et dîner.

– Ça va, merci.

– Non, ça ne va pas, ni pour toi ni pour personne. Ça ne nous empêche pas d'avoir besoin de respirer, de manger et de dormir. Ta mère et ta fille veulent te voir même si tu n'as pas terminé ton travail.

– Bon, d'accord, je vais descendre. Je sais que tu comptes prendre une quinzaine de jours avec ton fils, cet été. Tu devrais avancer votre départ ; le semestre est presque terminé. Tu pourrais filer avec lui et…

– Et me mettre ainsi à l'abri ? Tu tiens absolument à ce que je me fâche ?

– Pas du tout. J'essaie seulement d'écarter une personne de cette maison – à vrai dire deux, avec Steven – pour me donner moins de souci. Tu me rendrais service en partant maintenant avec lui.

– Oui, eh bien, je ne te rendrai pas ce service. Je n'abandonnerai pas Essie et Carly, et c'est tout. Si tu étais seule en cause, je partirais effectivement, parce que tu es la femme la plus efficace que je connaisse. Au point d'en devenir parfois agaçante. Comme en ce moment.

– Et toi, tu ferais mieux de ne pas m'énerver dès le premier jour !

– Dans ce cas, je vais être claire : j'ai déjà dit à Steven d'accepter l'invitation dans la famille d'un de ses camarades. Il ne reviendra pas avant juin. Et si, alors, nous ne sommes pas revenus à la normale... je trouverai un autre moyen de l'empêcher de revenir ici.

– Autrement dit, tu ne lui as pas expliqué pourquoi tu avais si facilement accepté de le laisser partir pour le Maine.

– C'est mon enfant, comme Carly est la tienne, même s'il est plus âgé. Je ne veux pas le voir mêlé à cette histoire. Essie a besoin de moi, et si Carly a hérité de ton autonomie, ce n'est encore qu'une petite fille qui a également besoin de moi. Ainsi que toi, Phoebe, que tu le veuilles ou non. Alors, cesse de vouloir m'expédier comme si je n'étais qu'un boulet pour cette maison.

– Si je te prenais pour un boulet, je ne chercherais pas à te mettre à l'abri. Tu pourrais emmener Carly et...

Phoebe se prit la tête dans les mains :

– Et je sais que ça ne marcherait pas. Je le sais ! Mais je ne peux pas m'empêcher d'y penser. Si j'expédiais Carly, elle serait affolée, tout comme maman, d'ailleurs. Jc ne peux pas non plus laisser maman toute seule ici. J'ai besoin de toi, Ava... pourtant, j'aimerais que tu t'en ailles.

– Bon, je ne t'en veux pas, mais je resterai. On est tous un peu sur les nerfs en ce moment.

– C'est exactement ce qu'il veut.

– Voilà pourquoi tu vas venir partager un bon repas avec nous. Ça te détendra, et il en sera pour ses frais. On a du poulet rôti et j'ai montré à Josie la recette du gratin de pommes de terre.

– À cause de lui, je vais être obligée de manger deux portions de gratin !

– Je te conseillerai plutôt de garder de la place pour la tarte aux fraises.

– Mon Dieu, pourquoi me torturer ainsi ?

– Quand quelque chose me tracasse, je fais la cuisine.

Il avait réussi son coup à la perfection. Chaque minute, chaque souffle depuis l'instant où il avait fourré ce bon à rien de Roy dans le coffre de sa trop belle voiture, jusqu'à celui où il l'avait expédié en enfer par le plus joli des feux d'artifice.

Encore mieux que lorsqu'il avait abattu le petit voyou ; ça s'était passé trop vite, c'était moins spectaculaire.

Il regrettait seulement de ne pas avoir vu le visage de Phoebe quand Roy avait fait boum. Ç'aurait été la cerise sur le gâteau.

Au moins l'avait-il sous les yeux, accroché au mur de son atelier, parmi de nombreux autres portraits. Tous d'elle. Phoebe MacNamara. Rentrant chez elle après une longue journée à se mêler de la vie des autres. Devant chez elle, à discuter avec un idiot de voisin. Emmenant son sale marmot de frère au parc ou le long de River Street. Bécotant ce riche tocard avec qui elle baisait en ce moment.

Pour célébrer sa victoire, il fit sauter la capsule d'une autre bière et porta un toast :

– Alors, on transpire en ce moment, salope ? Je te jure que tu n'as pas fini d'en remplir des seaux !

Elle devait essayer de comprendre, se creuser la cervelle sur ce mystère. Qui pouvait vouloir tuer ce pauvre Roy ? Qui pouvait faire preuve de tant de cruauté ? Snif !

Comme s'il entendait sa voix ! Il partit d'un éclat de rire tellement énorme qu'il dut s'asseoir.

Dommage qu'elle n'ait pas rencontré son tocard quelques mois plus tôt. Avec un peu plus de temps, de recherche et de travail sur le terrain, il aurait pu viser le nouveau petit camarade au lieu de l'ex-mari.

Mais il allait bien trouver quelque chose. Il suffirait d'y réfléchir un peu, éventuellement de saisir les occasions qui se présenteraient, ou même de les provoquer.

– Il faut savoir regarder ce qu'on voit, murmura-t-il en levant son verre. Tu nous as établi un emploi du temps, Phoebe. Le compte à rebours a commencé. Tic-tac, tic-tac. Au dernier tic-tac, tout partira en chaleur et poussière.

Un autre visage lui vint à l'esprit. Comme elle… en feu, en sang, en fumée… Alors il pleura.

Après le dîner, sa fille couchée, Phoebe s'entretint une dernière fois avec le capitaine puis se replongea dans ses dossiers.

Elle ressentait un creux en elle, comme si on venait de lui arracher un organe vital.

D'un seul coup, elle ouvrit son téléphone mobile et appela Duncan sans même se demander pourquoi elle cherchait à le joindre.

– Je… Duncan.

– Phoebe. Je pensais justement à toi. Je me demandais si j'allais t'appeler ou te fiche la paix quelque temps. Tu es chez toi ?

– Oui. Et toi ?

– Chez moi aussi. Tu vérifiais ce que je faisais ?

– Je ne voulais pas… t'espionner.

– Attends, on recommence. J'aurais dû te demander ce qui n'allait pas, quoique ça me semble aller de soi. Tu avais autre chose à me dire ?

– Je viens de discuter avec David. Ici, tout le monde s'est installé comme il a pu, étant donné les circonstances. Je ne voulais rien leur dire, alors que… Mon Dieu ! C'est pour ça que j'ai eu envie de bavarder avec toi. Excuse-moi. J'aurais dû… autre chose.

– Qu'est-ce que David t'a dit, que tu n'as pas voulu leur répéter ?

– Tu ne t'embarrasses pas de complications. C'est ce que j'aime en toi. Il a appelé pour me dire qu'ils avaient trouvé… une seconde !

Elle écarta l'appareil de sa bouche, reprit son souffle :

– Il y avait un minuteur sur les explosifs. La télécommande, ce devait être de la frime. Ou pour tout faire sauter plus vite en cas d'imprévu. Tu te rends compte ? Il avait réglé l'explosion sur 1 h 35. Il n'avait pas l'intention de laisser sa chance à Roy. Je pouvais dire ou faire ce que je voulais, ça n'aurait rien changé.

– Il a calculé, soupira Duncan, en fonction du temps que tu mettrais à venir. Il n'a fait que jouer avec toi. Il voulait que tu voies ça, que tu sois là. Tu le sais bien.

– Il voulait que je marchande, que je l'enjôle, que je le supplie. Après quoi je devais apprendre que, de toute façon, ça n'avait servi à rien. Que ce que je ferais ne servirait jamais à rien, parce que tout était calculé d'avance. Que le compte à rebours était lancé.

– En quoi il se trompe, parce que ce que tu fais peut tout changer.

– S'il voulait me faire peur, il a réussi.

– Si tu comptais sur moi pour te rassurer, tu t'es trompée d'adresse. Qu'est-ce que tu comptes faire maintenant ?

– Je lis des dossiers et je cherche… Tu ne me dis pas d'être forte et courageuse ?

– Tu l'es déjà. Mais il y a des limites. Tu veux que je vienne ? Je lirai avec toi.

Elle tourna son siège vers la fenêtre pour contempler l'obscurité du jardin.

– Tu proposes de venir me voir pour que je n'aie pas à me sentir forte et courageuse… Ne te dérange pas, tu m'as déjà beaucoup aidée en le disant. Laisse-moi plutôt te poser une question, et n'essaie pas de me mentir, tu sais que mon métier c'est d'analyser les réponses des autres : aujourd'hui, dans la situation où nous sommes, est-ce que tu regrettes de m'avoir invitée à venir prendre un verre ?

– Dans cette situation ou dans toute autre, j'estime que c'est le geste le plus fructueux de ma vie.

Elle ne put s'empêcher de sourire :

– Disons presque le plus fructueux, après celui qui t'a incité à acheter un pack de bières et un billet de Loto.

– Ils se valent. Tu sais que tu ferais mieux de te coucher, maintenant ? Tu dois dormir.

– Oui, tu as sans doute raison.

– N'essaie pas de me mentir, toi non plus.

– Je me coucherai dans une heure ou deux. Merci de m'avoir dit ce que j'avais besoin d'entendre.

– Je suis là si tu as besoin d'autre chose.

– Bonne nuit, Duncan.

Après une courte nuit agitée, Phoebe fut tentée de rester travailler chez elle. De ne pas sortir, ainsi qu'elle l'avait déjà décidé pour Carly.

Cependant, même si elle pouvait convaincre la fillette de s'occuper dans sa chambre, Phoebe savait qu'elle s'en voudrait de se barricader ainsi, à quelques pas d'elle, et de sa mère.

Mieux valait se rendre au commissariat. Ici, il y avait tous les flics nécessaires à la sécurité de la maison. À moins qu'il ne parvienne à se faufiler en douce. Alors, il resterait l'alarme.

Elle essaya malgré tout de se maquiller et de se coiffer normalement, finit par se faire une queue-de-cheval.

Sa liste de noms commençait à s'étoffer. Elle allait commencer dès ce matin à frapper aux portes, à poser des questions, à évaluer le terrain. Sans doute aurait-elle terminé à la fin de son service. Sinon, elle resterait encore le temps qu'il faudrait.

En sortant de sa chambre, elle calcula qu'il était assez tôt pour descendre faire du café, laisser un message et sortir sans réveiller personne.

Elle s'arrêta devant la porte de Carly, jeta un coup d'œil à l'intérieur.

Sa fille était allongée en travers du lit, ses couvertures repoussées, son nounours préféré dans une main.

Satisfaite, Phoebe recula. Si elle entrait lui remonter ses couvertures et l'embrasser, elle la réveillerait. Les yeux bleus s'ouvriraient tout grands et les questions fuseraient.

Du café, et peut-être un de ces yaourts écrémés qu'elle n'arrivait pas à se convaincre d'aimer. Laisser un mot sur le réfrigérateur, passer les instructions aux flics de garde et filer.

Alors qu'elle entrait dans la cuisine, elle y trouva Essie déjà en train de s'activer.

– Je croyais que tu dormais encore, commença Phoebe, surprise.

– Et moi de même pour toi.

– Il est à peine 6 heures. Qu'est-ce que tu fais ici ?

– Et toi ? Tu es habillée comme pour aller travailler.

Phoebe la serra dans ses bras.

– Il faut que j'y aille.

– J'aurais préféré que tu restes. Non, ne m'embrasse pas comme une petite fille ! Ce serait plutôt à moi de te protéger ici. Mais comme je ne le peux pas, laisse-moi au moins te préparer du café.

Phoebe se retint de protester. Plus Essie s'occuperait, moins elle s'inquièterait.

– Je sais que tu as peur, maman.

– Évidemment que j'ai peur ! Sinon, je serais complètement idiote, alors que ce pauvre abruti de Roy a éclaté comme un ballon de baudruche. Pardon de dire ces horreurs mais je trouve que, quelque part, il ne l'a pas volé ! Seulement, maintenant, j'ai peur pour toi, ma chérie, et pour nous tous.

Elle versa le café dans une tasse, y ajouta de la crème et la quantité exacte de sucre que Phoebe aimait.

– Je sais que tu t'inquiètes parce que mon état a empiré.

– C'est vrai, maman.

– Je vais t'expliquer. Assieds-toi, que je te prépare un bon petit déjeuner.

– Je n'ai pas le temps. Je vais juste prendre un yaourt.

– Tu détestes ça.

– Je sais. J'essaie de m'habituer.

Là-dessus, Phoebe ouvrit le réfrigérateur et se servit sans conviction tandis qu'Essie se mettait à frotter la table déjà immaculée.

– J'essaie de sortir de nouveau, assura-t-elle. Mais j'ai du mal, surtout dans la véranda et sur la terrasse. Sans parler du perron… Ça me donne des palpitations. Mais ce que tu ne comprendras jamais, c'est que je me sens très bien dans cette maison. Que je ne cherche pas à savoir ce qui se passe à l'extérieur.

Phoebe mangea un peu de yaourt. Acide, comme ses pensées.

– Dans le monde ?

– J'ai mon monde ici, sur ces deux étages. Si je veux en savoir plus, j'ai mon ordinateur. Mon chou, laisse-moi te préparer des œufs.

– Ça ira. Ton café est excellent. Tu as eu des attaques de panique en mon absence ?

– Pas vraiment. Tu sais, il n'existe qu'une raison au monde qui me donne envie de franchir cette porte, c'est que cela te permette de t'en aller si tu en as envie. C'est ce que tu ferais, si j'arrivais à sortir ?

– Maman, je n'ai pas le temps de parler de ça pour le moment.

– Il n'est même pas 6 h 30, et tu dis que tu es pressée, ça t'évite de répondre aux questions.

Phoebe jeta à la poubelle le yaourt à peine entamé.

– Je ne sais pas, j'ai envie de m'en aller, rien que pour faire la nique à la cousine Bess. Elle n'avait pas le droit de te faire travailler ainsi pour ne rien te laisser ensuite.

– Elle m'a donné un endroit où emmener mes enfants lorsque j'étais désespérée.

– Et elle te l'a fait payer jour après jour.

– Tu crois que ça me faisait quelque chose ?

– Ça aurait dû.

– C'est toi qui es trop dure, Phoebe.

– Maman…

– Tu as sans doute raison. Il faut que tu agisses ainsi pour Carly. C'est bien pour ça que tu as quitté Roy, alors que tu détestes rester sur un échec, pour ça que tu es partie du FBI, parce que tu préférais les horaires réguliers de la police locale. Pour elle et pour moi.

25

Phoebe arriva assez tôt pour examiner de nouveaux dossiers. Certes, les fédéraux l'avaient obligée à se démener, mais elle connaissait assez de gens à la représentation locale du FBI pour se faufiler où elle le voulait.

Voilà plus de dix années qu'elle avait consacrées au Bureau et à la police. Presque un tiers de sa vie. Plus d'un tiers, si elle comptait ses études à Quantico.

Une décennie de travail.

Elle avait perdu quatorze personnes.

Sa mère avait raison. Elle détestait perdre. Et elle avait perdu quatorze fois en un peu moins de onze années.

Alors qu'elle se levait, elle vit Sykes franchir le seuil de son bureau.

– Lieutenant ?

– Entrez. Finalement, l'alibi d'Arnold Meeks tient debout ?

L'inspecteur fit la grimace, comme s'il venait d'avaler de travers.

– Oui. Ça colle. En plus, sa dulcinée a pour voisine une véritable concierge qui l'a vu entrer dans la maison de l'alibi dimanche, un peu avant 22 heures. Elle connaît très bien sa voiture. Il la gare quelques dizaines de mètres plus haut dans la rue, mais elle la repère chaque fois en allant promener sa chienne, Lulu.

– Bon.

– Elle a dû sortir le chien un peu avant le lever du soleil. On se demande comment les gens peuvent encore vouloir de ces bestioles si ça les oblige à se sortir du lit la nuit pour qu'elles aillent arroser les pétunias !

– Il se trouve que j'ai pas mal réfléchi à la question, ces derniers temps.

– La petite réclame un chiot ?

– Quel sens de la déduction, Bull !

– N'est-ce pas ! En attendant, Lulu est allée faire ce qu'elle avait à faire, et c'est là que sa mémère prétend avoir vu Arnold sortir, fier comme un paon, de chez Mayleen Hathaway.

– Je vois assez bien la scène.

– En tout cas, il a trouvé à qui parler avec cette grande gueule de Mayleen ; elle a peut-être des seins de déesse mais une cervelle d'oiseau. Je ne vous dis pas la scène qu'elle va lui faire ! Et il ne peut pas se réfugier à la maison où son épouse est à peu près aussi remontée. La vie ne va pas être rose pour lui, ces jours-ci.

– Et si je vous disais que, quelque part, ça me fait plaisir ?

– Je vais vérifier auprès des techniciens s'ils n'ont rien trouvé de nouveau dans la voiture de la victime, un cheveu par exemple.

– Vous verrez ça plus tard. J'ai de nouvelles ouvertures qu'il faudrait explorer. Vous pourriez m'aider. Il s'agit d'abord de rendre quelques visites, ensuite on interrogera les gens par téléphone. Je vais vous expliquer en route.

Elle allait ramasser son sac quand elle aperçut le sergent Meeks qui arrivait à grandes enjambées.

– Pourriez-vous nous laisser cinq minutes, inspecteur ?

Sykes se figea.

– Je reste, lieutenant, si vous voulez.

– Merci, mais je vous retrouve dans une minute.

Les deux hommes se croisèrent sur le seuil, les babines frémissantes, aimables comme des bouledogues.

– Je serai dans mon bureau, lieutenant, gronda Sykes sans quitter l'autre des yeux.

– Merci, inspecteur. Sergent ?

S'efforçant de garder une expression neutre, elle regarda ce dernier fermer la porte.

– Que puis-je pour vous ? demanda-t-elle, glaciale.

– Vous avez été agressée et, à cause de ça, mon fils a perdu sa plaque. Sa femme et son fils sont les premiers à en souffrir.

– Je suis navrée pour votre belle-fille et pour votre petit-fils ; ma propre famille a également souffert de me voir envoyée à l'hôpital. Particulièrement ma fille de sept ans.

– Les circonstances de vos blessures mises à part, quand on reçoit sa plaque, on en accepte les risques. Toute femme mère de jeunes enfants devrait en tenir compte avant de s'engager dans la police.

– Je vois. Et je vois également d'où votre fils tient son opinion sur les femmes dans ce métier. Autre chose, sergent ? Parce que, malgré ce que vous pouvez penser de mon plan de carrière, j'ai du travail.

Il ne laissait rien paraître de l'émoi qui devait lui ronger l'estomac. Qualité dont son fils n'avait guère hérité.

– Vous allez devoir marcher sur des œufs dans cette affaire.

– Dois-je y voir une menace ?

– Ce n'est pas mon genre. Vous avez pris des coups, vous avez encaissé, point à la ligne. Tandis que mon fils, c'est pour toujours qu'il a perdu sa plaque et sa réputation.

– Il n'est pas en prison, non plus.

– Avouez que ça vous ferait plaisir ! C'est pour ça que vous avez envoyé des enquêteurs l'interroger sur son lieu de travail ? Et d'autres le chercher chez lui sous les yeux de sa famille et de ses voisins ? Et que vous avez questionné sa femme ?

– Peu importe ce que je veux. Ce sont ses actes qui lui ont valu ce traitement, et on ne l'aurait pas traîné jusqu'ici devant tout le monde s'il n'avait pas balancé un coup de poing à l'inspecteur Sykes. À moins que vous n'ayez pas lu le rapport ? Voulez-vous que je vous en fasse envoyer un exemplaire ?

– Si on l'a provoqué…

– Trouvez-lui toutes les excuses de la terre, vous êtes son père. Mais quand vous débarquez ici en uniforme, vous représentez également votre corporation, au cas où vous l'auriez oublié. Je remarque d'autre part que vous ne faites pas état de l'interrogatoire subi par la maîtresse mariée de votre fils dans le but de confirmer son alibi. À moins qu'elle non plus n'entre pas dans vos priorités.

Cette fois, elle repéra une étincelle de surprise et de déception dans le regard de son interlocuteur. Qui eut tôt fait de s'éteindre.

– Mon fils a passé un accord avec la justice, lieutenant Mac Namara. Si vous continuez de le harceler, j'irai en informer le procureur, le commissaire et le maire.

– C'est votre droit le plus strict, sergent… Auparavant, laissez-moi vous rappeler qu'au lieu de répondre aux questions chez lui, c'est votre fils qui n'a cessé de harceler deux de mes agents et agressé mon inspecteur. Ça pourrait lui valoir une suspension de mise à l'épreuve et la prison.

Le laissant digérer l'information, Phoebe se pencha vers lui :

– Pour tout dire, sergent, j'en serais la première ravie. En attendant, je vous conseille, au lieu de venir ici en roulant des mécaniques dans l'espoir de m'impressionner, ou de jeter vos potes de golf ou de pêche dans la bagarre, de vous adresser à un avocat, parce que ce ne sont pas ses crises de colère qui tireront votre fils d'affaire.

– Si vous croyez pouvoir lui coller ce meurtre sur le dos…

– Je ne crois rien du tout. Il a été blanchi et nous suivons d'autres pistes sur l'affaire Roy Squire. C'est d'ailleurs exactement ce que je suis en train de faire. Alors, si vous voulez bien m'excuser…

– Vous n'aviez pas besoin de l'emmener de chez lui menottes aux poings.

Il paraissait las, tout d'un coup ; d'ailleurs, elle-même commençait à en avoir assez. Si la colère vous stimulait, quand elle se retirait c'était souvent pour faire place à la fatigue et à l'amertume.

– Non, et ça ne serait pas arrivé s'il n'avait pas traité l'inspecteur Alberta de connasse, entre autres, ni mis son poing dans la figure de Sykes après l'avoir menacé de le saigner comme un porc. Et si deux agents ne l'avaient immobilisé, il aurait également frappé Alberta. Votre fils a vingt-sept ans, je crois ? J'espère que, dans vingt ans, ma fille sera assez grande pour se défendre sans compter sur sa maman. La prochaine fois, allez donc trouver le bureau des affaires internes, ou le commissaire, ou le gouverneur, ou qui vous voulez, mais cessez de venir m'enquiquiner avec votre minable progéniture.

Là-dessus, elle rouvrit la porte.

– Inspecteur Sykes ? Vous venez ?

– Tout de suite ! lança celui-ci avec un sourire mauvais à l'adresse du sergent Meeks.

Elle commença par le dossier le plus ancien. Elle était alors l'agent spécial MacNamara, tout juste sortie de Quantico. Elle ne devait d'ailleurs rencontrer Roy que quelques semaines plus tard.

À l'époque elle avait les cheveux plus longs que maintenant et les nouait en chignon bas pour se donner l'air plus sérieux. Et aussi parce que ça faisait plus sexy de retirer trois épingles pour les laisser retomber dans le dos.

– Un enlèvement qui a mal tourné, dit-elle à Sykes. Une femme s'était enfuie de la maternité d'un hôpital, à Biloxi, avec une petite fille qui venait de naître. Elle s'était fait passer pour une infirmière et avait ensuite amené le bébé ici, à Savannah, dans l'espoir de le faire passer pour le sien. À la grande surprise de son mari, qui la croyait partie rendre visite quelques jours à sa sœur. Elle prétendait avoir trouvé le bébé abandonné, que c'était un signe de Dieu à son endroit, elle qui n'avait pu concevoir d'enfant en huit années de mariage et quelques milliers de dollars de traitements.

– Il l'a crue ?

– Non, mais il l'aimait.

Arrêtée à un feu rouge, Phoebe écoutait les claquements de sabots d'un policier à cheval qui entrait dans le parc.

– Quand il a vu les infos sur le rapt de la petite fille, il a compris. Il a d'abord voulu parler à sa femme, Brenda Anne Falk, trente-quatre ans. Mais elle n'a rien voulu savoir. Il ne voyait donc pas que l'enfant avait ses yeux ? Alors il a téléphoné à sa belle-sœur pour s'entendre confirmer que Brenda n'était jamais venue la voir, puis à ses parents, qui se sont affolés. Sans savoir que faire, il a voulu reprendre le bébé à sa femme.

Phoebe s'arrêta devant un immeuble de bureaux, sortit de la voiture et reprit son récit lorsque Sykes vint la rejoindre sur le trottoir :

– Elle a attrapé le revolver de son mari, le lui a pointé sur la tête en lui disant de reposer ce bébé, que c'était l'heure de sa sieste.

– Complètement cinglée.

– Plutôt, oui.

Phoebe appuya sur le bouton de l'ascenseur.

– Il avait peur que le bébé ne prenne une balle perdue, alors il a obtempéré, tout en essayant de raisonner sa femme, qui a fini par lui tirer dessus.

– Cinglée et suicidaire.

– Oui. Heureusement, elle ne lui a que troué le biceps de part en part. Et puis elle s'est enfermée avec le bébé, a tiré le buffet devant la porte. Alors, il a appelé le numéro de la permanence téléphonique qu'il avait vu à la télévision et, peu après, je suis venue en tant que négociatrice.

– Le bébé s'en est sorti ?

– Oui, sain et sauf. Il hurlait, il avait faim, mais il allait bien. En revanche, ça ne s'est pas aussi bien passé pour Brenda Anne Falk. Après plus de deux heures de négociation, je croyais l'avoir convaincue, d'autant qu'elle disait qu'il était temps d'en finir. En fait, elle voulait porter le revolver à son front et appuyer sur la détente.

Phoebe sortit de l'ascenseur, vérifia les noms sur les portes le long du corridor et ouvrit celle marquée VOYAGES COMPASS.

C'était une petite pièce aux murs tapissés de posters exotiques, meublée de deux bureaux qui se faisaient face devant un comptoir et des présentoirs de brochures.

Elle reconnut immédiatement Falk, même s'il avait un peu perdu ses cheveux et portait des lunettes. L'air concentré, il tapait sur le clavier de son ordinateur, mais Phoebe indiqua à la réceptionniste que c'était lui qu'elle voulait voir.

– Excusez-moi, monsieur Falk ?

– C'est moi. Je suis à vous tout de suite. Mais vous pouvez vous adresser à Charlotte en attendant.

– Je suis désolée mais c'est à vous que je voudrais parler, insista Phoebe en montrant sa plaque.

– Oh ! Bien sûr...

Passé le premier moment d'étonnement, il parut enfin la reconnaître et en éprouver un choc, avant de laisser remonter le chagrin.

– Je vous connais, articula-t-il. Vous étiez... vous parliez à Brenda quand elle...

– Oui, en effet. Je travaillais avec le FBI, à l'époque. Je suis Phoebe MacNamara, aujourd'hui lieutenant de la police de Savannah. Et voici l'inspecteur Sykes.

– Qu'est-ce que vous voulez ?

– Désolée, monsieur, mais est-ce que nous pourrions nous entretenir quelque part en privé ?

Il ôta ses lunettes, les déposa sur son bureau.

– Charlotte ? Pourrais-tu poser l'écriteau « Fermé » sur la porte ? Charlotte et moi sommes fiancés. Je n'ai rien à lui cacher. Elle sait exactement ce qui s'est passé avec Brenda.

Charlotte ferma et revint aussitôt. C'était une jolie femme vigoureuse d'une quarantaine d'années, qui posa une main ornée d'un diamant rond sur l'épaule de Falk.

– De quoi s'agit-il ? demanda-t-elle.

– Vous allez vous marier ?

– Dans quinze jours, vendredi.

– Félicitations. Monsieur Falk, je sais que vous avez dû affronter une terrible épreuve. Vous avez fait ce qu'il fallait et je n'ai pu vous aider.

– J'ai fait ce qu'il fallait ? répéta-t-il en serrant la main de Charlotte. Oh non, sûrement pas !

– Pete…

– Oh non ! je n'ai rien fait pour aider cette pauvre Brenda. Je savais à quel point elle voulait un enfant… du moins je croyais le savoir. Mais je n'ai pas voulu voir, ni comprendre. Je ne cessais de lui répéter que nous menions une vie agréable, n'est-ce pas, ma chérie ? Je lui avais même acheté un chat pour la consoler.

– Oh, Pete, arrête…

– Nous avons été mariés huit ans, après avoir vécu ensemble près de deux ans ; pourtant je n'avais pas compris ce qui la rongeait. Ce terrible manque. Quand elle m'a dit vouloir se rendre chez sa sœur quelques jours, j'étais enchanté. Elle allait enfin s'arrêter de nettoyer par terre ou de ranger. Comment n'avais-je pas vu que quelque chose s'était brisé en elle ? Je n'ai même pas cherché à l'aider. Elle ne pouvait pas vivre avec cette déchirure, alors que vous alliez lui prendre le bébé.

– Quelle vacherie ! commenta Sykes lorsqu'ils sortirent de l'immeuble.

– Surtout de venir lui rappeler ces moments pénibles. Que pensez-vous de Falk ?

– Il ne vous a pas reconnue tout de suite, ce qui ne serait forcément pas le cas de notre client. À moins qu'on n'ait affaire à un grand comédien, mais ça m'étonnerait. Il a refait sa vie, s'est trouvé une femme bien, a monté son agence. Je ne le vois pas tout gâcher pour aller se venger.

– Certes. Notre client suivant, géographiquement parlant, est la victime du hold-up d'une banque. Il s'agissait d'attaques en série commises par le même groupe de trois hommes venus d'Atlanta et qui se sont cassé les dents ici. Une voiture de patrouille avait repéré leur plaque. Ça a commencé par une fusillade au cours de laquelle une femme a été touchée. Après quelques heures de négociation, j'ai obtenu qu'ils la laissent sortir. Mais il était trop tard. Elle est décédée avant son arrivée à l'hôpital.

– Qu'est-ce que ça vous a fait ?

– Elle est morte, et c'est tout ce qui compte.

Elle plongea la main dans son sac pour en sortir son téléphone qui sonnait, fronça les sourcils en découvrant sur l'écran « Appelant inconnu ».

– Phoebe MacNamara.

– Bonjour, Phoebe.

Elle adressa un signe à Sykes, qui s'empressa d'ouvrir son propre appareil pour demander une triangulation.

– Qui êtes-vous ?

– Ton admirateur secret, ma belle. C'était gentil de la part de Roy d'avoir enregistré le numéro de ton mobile. Je venais aux nouvelles, voir comment tu te portais. Tu avais l'air plutôt bouleversée, ce matin, quand tu as quitté le commissariat.

Bloquant l'appareil entre l'oreille et l'épaule, elle prit son carnet.

– Vous en avez un culot de vous balader parmi tous ces flics !

Inflexions géorgiennes. Content de lui, sarcastique.

– Ça ne me dérange pas. Tu sais que Roy te prenait pour un bon coup ?

– Vous m'appelez pour me dire des cochonneries ou vous avez quelque chose d'intéressant à me raconter ?

Ma belle. Bon coup. Aime impressionner les femmes.

– Juste pour passer le temps. Et ne t'embête pas à tracer l'appel. Aujourd'hui, il suffit d'un téléphone jetable pour ne plus se faire repérer. Je n'ai pas vu ta jolie petite fille à l'école, ce matin. J'espère qu'elle n'est pas malade.

Elle laissa tomber son carnet tant sa main s'était mise à trembler. Il lui fallut exercer un effort considérable pour ravaler la rage qui tentait de la submerger.

– On espionne les petites filles maintenant ? Ce ne serait pas indigne d'un homme intelligent tel que vous ?

Tout en luttant pour conserver une intonation ferme, elle se pencha pour ramasser son carnet et se remit à noter.

Observe la maison, la famille. Veut que je le sache.

– Et si on se rencontrait pour avoir une véritable conversation ? Si on passait aux choses concrètes ?

– Ça ne saurait tarder, rassure-toi. On aura tout le temps de discuter. Tu sauras quand, comment et pourquoi, le moment venu.

– Qui était cette femme ? Vous l'aimiez ? Comment est-elle morte ?

– On parlera de tout ça. Tu sais, j'aurais pu descendre ton ami le soir où vous avez eu ce premier dîner si romantique sur son bateau ! Je le tenais en joue. Je me donnerai peut-être le feu vert la prochaine fois. Au revoir, Phoebe.

– Il a raccroché, dit-elle à Sykes.

– Gardez votre appareil allumé, on va tâcher de trianguler votre signal.

– C'est un mobile non enregistré. Il devait se déplacer pendant qu'il me parlait. J'entendais la circulation. Il a dû le jeter maintenant. Il est trop malin pour le garder.

Elle regarda autour d'elle, la petite rue peuplée de boutiques. Il pouvait être n'importe où, passer en voiture devant eux. Comment le savoir ?

Lentement, elle se redressa, relut ses notes.

– Je crois que c'est un flic.

– Quoi ?

– Il est malin mais arrogant.

– Malin plus arrogant égale flic ?

– Il veut prouver qu'il vous dépasse d'une tête. Par exemple, il a dit qu'il aurait pu « descendre » Duncan, le soir où on a dîné sur son bateau. « Je le tenais en joue. » Et aussi qu'il se donnerait peut-être le feu vert la prochaine fois.

– Comment ça… Attendez !

Sykes se détourna en écoutant son propre téléphone.

– On l'a repéré dans River Street. Il se dirigeait vers le fleuve, et c'est là qu'ils l'ont perdu.

– Il l'a jeté dans l'eau. Un petit investissement pour de gros résultats. Mais il voulait encore m'asticoter. Il n'a pas dit *j'aurais pu tuer ton ami*, mais *j'aurais pu le descendre* ; c'est un langage de flic, ou de militaire.

– Typique d'Arnold.

– Ça remonte bien avant lui et c'est plus profond que de la simple misogynie. Ça se trouve dans ces dossiers. Il est là, quelque part. Il faut que je prenne contact avec Duncan, que je m'assure qu'il a pris ses précautions. Après quoi, on lui mettra la main dessus, à cet enfoiré.

Duncan entra chez Ma Bee sans frapper. Jamais il n'avait eu besoin de frapper à cette porte-là. Il l'appela mais, comme il n'entendait ni la télévision, ni la radio, il entra dans la maison.

Si elle était là, elle serait contente d'avoir de la compagnie, comme elle disait. Elle ne recherchait pas vraiment le silence. Il traversait ces pièces sans plus de gêne que chez lui. Il finit par l'apercevoir par la fenêtre de la cuisine.

Agenouillée devant un massif, un grand chapeau de paille sur la tête et des gants de caoutchouc rose fuchsia aux mains, elle plantait ses fleurs.

Un élan d'amour le parcourut.

Elle lui avait donné une famille dont il n'aurait imaginé pouvoir faire partie, et un foyer tel qu'il n'en avait jamais connu ailleurs.

Il savait qu'il trouverait un pichet de thé dans le réfrigérateur et des cookies dans la boîte en métal ornée d'une vache. Il sortit deux verres, les remplit et déposa quelques biscuits sur une soucoupe puis emporta le tout vers la table de jardin à l'ombre d'un parasol.

Il l'entendit fredonner et reconnut *The Dock of the Bay* ; d'ailleurs elle portait un MP3 accroché à sa chemise. Sûrement, elle chantait en duo avec Otis.

Espérant ne pas la surprendre, il tendit doucement la main vers elle, mais ce fut lui qui sursauta :

– Tu n'as donc rien à faire en ce moment ?

– Je n'aurais pas cru que vous m'aviez entendu.

– Je ne t'ai pas entendu.

Comme il s'accroupissait, elle éteignit sa musique.

– Mais tu projettes toujours une ombre, ajouta-t-elle. À part ça, tu te tournes les pouces, aujourd'hui ?

– J'avais une réunion sur le projet de l'entrepôt, ce matin, et il me reste quelques autres détails à régler. Mais si on ne peut même plus prendre quelques minutes pour flirter avec l'amour de sa vie, il n'y a plus qu'à se flinguer.

Elle lui décocha un large sourire assorti d'un coup de coude.

– Le beau parleur ! Tiens, tu peux toujours flirter, si tu en profites en même temps pour arracher quelques mauvaises herbes.

Le chapeau avait beau lui protéger le visage, elle transpirait à grosses gouttes. Elle en avait fait assez comme ça par cette chaleur.

– Je ferai ce que vous voudrez dès qu'on aura flirté autour d'un thé glacé et de cookies.

– Je vais me laisser tenter. Aide-moi à me relever.

Lorsqu'ils furent installés autour de la table, ses gants roses rangés dans son tablier, Ma Bee avala une longue rasade de thé.

– Il va faire lourd aujourd'hui, commenta-t-elle. J'espère que ces détails qui te restent à régler sont prévus à l'intérieur.

– Certains, mais pas tous. Alors, vous allez la faire, cette croisière, l'été prochain ? Je vous offre celle que vous voulez.

– Je me plais trop ici. Qu'est-ce que tu as derrière la tête ? Tu n'es pas venu juste pour flirter. Tu t'inquiètes pour ta jolie rousse ? Phineas m'a dit ce qui est arrivé à son ex-mari et que tu n'étais pas loin quand ça s'est passé.

– C'était... je ne trouve pas de mots pour raconter une chose pareille.

– Diabolique. On utilise tellement ce qualificatif qu'il en perd sa signification. Tu n'as pas de mal à dormir ? Je peux te préparer une tisane, si tu en as besoin.

– Non, merci, ça ira. Vous vous rendez compte ? Ce type prétend avoir tué le gosse qui avait pris des otages dans la boutique de vins, alors que Phoebe venait de le convaincre de sortir. C'est vrai que je me fais du souci. Elle sait ce qu'elle fait, mais...

– Quand quelqu'un compte pour vous, on se fait du souci.

– Elle a enfermé toute sa famille dans leur maison de Jones Street. Sa mère... elle en a vu de dures dans la vie.

Il finit par tout lui raconter, ce qu'il savait, ce qu'il en avait déduit, ce qu'il avait observé.

Ma Bee coupa un cookie en deux et lui en passa une moitié.

– C'est pour ça que tu es venu ? Tu veux que je te dise quoi faire ?

– Non, pas vraiment. Phoebe vous ressemble beaucoup, c'est vrai. Elle sait ce qu'elle veut, s'occupe de sa famille et n'aime pas qu'on lui dise ce qu'elle a à faire ou pas. Alors, je cherche un moyen de l'aider sans la contraindre ; c'est qu'elle a un sacré caractère, et je ne voudrais pas qu'elle me flanque à la porte.

– Ouais. Je te vois venir. Tu penses que Ma Bee a trop travaillé au soleil pour aujourd'hui. Elle ferait mieux de s'asseoir et de boire un rafraîchissement. Alors tu me le prépares pour ne pas avoir à me dire de m'arrêter au risque de te faire enguirlander.

– Il y a de ça, reconnut-il en souriant.

– Tu es futé, mon garçon. Je t'ai toujours admiré pour ça. Alors, tu trouveras bien quoi faire avec ta belle. Va donc m'arracher ces mauvaises herbes pendant que je bois un autre verre de thé.

– Oui, Ma.

Alors qu'il se levait, son téléphone sonna.

– C'est Phoebe, annonça-t-il. Allô ? J'étais justement...

Tout en se versant du thé Ma Bee observait le visage de Duncan. Elle le connaissait assez pour repérer tout signe d'irritation dans son regard. Phoebe n'était pas la seule à avoir du caractère.

– J'ai pas mal de choses à faire encore, aujourd'hui. Non, je ne change rien à mon emploi du temps. Pour… Arrête, Phoebe ! Attends. Je te rappelle que tu ne parles pas à un subalterne, que je n'ai aucun ordre à recevoir de toi. Non, *tu* te calmes une minute ! Je ne vais pas modifier quoi que ce soit à cause d'un malade qui aurait éventuellement l'intention de m'attaquer quelque part dans la ville de Savannah et pourrait décider de me faire du mal, et je te garantis que je ne vais pas rentrer m'enfermer chez moi comme une femmelette hystérique.

Ma Bee baissa la tête en soupirant.

– Sexiste, et puis quoi encore ? Me mettre en garde à vue pour mon bien ? Tu rigoles ? Essaie et tu verras. Tu veux qu'on en parle ? Plutôt, oui ! Face à face. Mais pas maintenant. Pour le moment, lieutenant MacNamara, je suis pris. À plus tard.

Claquant le téléphone, il le fourra dans sa poche.

– Elle veut que j'arrête tout, que je me calfeutre chez moi comme une poule mouillée. Elle menace d'envoyer des flics me chercher pour me mettre en sécurité.

Le voyant former un numéro, Ma Bee demanda :

– Qui est-ce que tu appelles encore ?

– Votre fils, mon avocat. On va voir comment…

– Raccroche immédiatement, imbécile ! Et boucle-la. Tant que tu ne seras pas calmé, tu vas m'arracher ces mauvaises herbes.

– Je ne vais pas me laisser…

– Rien du tout ! Ni elle ni toi. Tu en parleras plus tard avec elle, de vive voix. En attendant tu ne vas pas en rajouter en mêlant ton avocat à l'affaire. Quand tu trouveras des flics devant ta porte, il sera toujours temps d'avertir Phineas. Pour le moment, le plus important c'est de dégager mon massif de ses mauvaises herbes.

Des enfants… pensa-t-elle comme il obtempérait en grognant. Les gens qui s'aimaient et se disputaient sans cesse, comme des enfants.

C'était sûrement ce qui lui manquait le plus.

26

Dans le local de l'unité, Phoebe utilisa un grand tableau blanc pour y dresser un diagramme. Tout en y ajoutant des noms, elle s'efforçait de ne pas se repasser mentalement la discussion qu'elle venait d'avoir avec Duncan.

Elle avait ajouté un autre inspecteur et un agent expérimenté à son équipe.

– Nous pensons, commença-t-elle tout en écrivant sur son tableau, que le suspect est lié à une victime féminine d'une prise d'otages, d'un suicide ou d'une quelconque situation de crise auxquels j'aurais participé en tant que négociatrice. Nous savons qu'il a choisi, enlevé et tué Roy Squire à cause de ses liens avec moi. Nous savons qu'il s'y connaît en explosifs. Nous savons qu'il s'est rendu à Hilton Head et qu'il est revenu sur Savannah dans la voiture de Roy, qu'on a retrouvée abandonnée et nettoyée de fond en comble dans le parking longue durée de l'aéroport, où nous pouvons supposer que l'attendait son propre véhicule ou, du moins, un taxi. Nous ne savons pas encore, toutefois, par quel moyen il s'est rendu à Hilton Head.

Elle se retourna :

– Inspecteur Peters, je voudrais que vous vérifiiez toutes les voitures louées à Savannah et rendues à Hilton Head. Ainsi que les allers simples en train ou en avion. Ou les allers et retours dont on n'aurait utilisé que l'aller. Il peut aussi avoir affrété un avion. Nous ignorons s'il dispose ou non de beaucoup de moyens. Trouvez ce que vous pouvez auprès des compagnies privées qui auraient emmené un client à Hilton Head la semaine dernière.

– Pourquoi est-ce qu'il n'a pas pris sa voiture pour faire l'aller et retour ? interrogea Sykes. La distance n'est pas si grande. Pourquoi utiliser le véhicule de la victime ?

– Nous l'ignorons. Il est possible qu'il n'ait pas de voiture.

– Ou, commença Nably, le nouvel inspecteur, que celle qu'il possède ou à laquelle il a accès ne soit pas équipée pour emporter un adulte ligoté et bâillonné, sur une centaine de kilomètres.

– Trop petite, conclut Phoebe.

– Ou un pick-up, sans coffre ni endroit susceptible de cacher la victime, dit Nably en tirant sur sa lèvre inférieure proéminente. À moins que ça ne l'amuse de nous voir nous creuser la cervelle.

– C'est très possible.

Elle marqua une pause pour boire au goulot de sa bouteille d'eau.

– Il est également possible, continua-t-elle, je dirais même probable, que le sujet a subi un entraînement policier ou militaire. Il sait comment nous travaillons, alors il peut s'être amusé à semer ce genre d'indices pour nous obliger à courir dans tous les sens. Il sait également comment se faufiler dans un périmètre sécurisé, il nous l'a montré avec l'affaire Johnson, et s'en aller discrètement au milieu de la cohue.

– Et s'il portait un uniforme ? suggéra Sykes. À moins qu'il n'ait eu une plaque.

– Oui. Ainsi, il pénètre partout, par exemple dans l'appartement de Reena Curtis qui venait d'être évacué ; celle-ci ne se rappelait même pas l'avoir fermé à double tour ou non. De toute façon, il y est entré. Il a choisi cet appartement, cette fenêtre. Pourquoi ?

– Parce qu'il savait qu'il ne s'agissait pas d'un angle optimum, donc convoité par les tireurs d'élite.

– Exactement. Quant aux roses sur la tombe, que nous n'avons encore pu identifier, elles prouvent son attachement à une femme, vraisemblablement morte. Voici les noms de toutes les victimes féminines des affaires auxquelles j'ai pris part tant pour la police que pour le FBI… Brenda Anne Falk, suicide. Son mari est clair. Elle avait un frère et un père, tous les deux localisés dans le Mississippi au moment de l'enlèvement et du meurtre de Roy. Pour le moment, nous n'avons aucune piste qui puisse nous mener à une quelconque autre personne susceptible d'avoir voulu la venger. Voici les autres agents cités dans l'affaire ; aucun n'a de connexion connue avec Brenda Falk.

– Il n'en a peut-être avec personne, suggéra Sykes. C'est peut-être un flic ou un agent du FBI qui a pété un câble. Il aura choisi une victime au hasard : vous, lieutenant, parce que ses voix le lui ont dit.

– Dans ce cas, il sera beaucoup plus difficile de le repérer. La victime numéro deux, chronologiquement, est Vendi, Christina. Elle faisait partie d'une organisation appelée Crépuscule, un petit groupe terroriste extrémiste. Mal organisé, sans moyens financiers. Ils avaient pourtant décidé d'investir la demeure du P.-D.G. de Gulfstream Aerospace au cours d'un dîner mondain, et de prendre une quinzaine de personnes en otages.

– Je m'en souviens ! s'écria Nably. Vous y étiez !

– En effet. Leurs exigences étaient aussi extrêmes et radicales que le groupe lui-même, et aussi peu raisonnées. Après douze heures de négociation, au cours desquelles nous avions appris qu'un des otages au moins était mort ou grièvement blessé, le commandement tactique a décidé d'intervenir.

– Vous leur aviez demandé de laisser sortir les enfants, ainsi qu'une femme enceinte, je m'en souviens.

– Et ils ont accepté, pour les deux enfants mineurs du P.-D.G. ainsi qu'une des invitées, enceinte de sept mois. Si bien qu'il ne leur restait que douze otages. Deux membres du groupe d'intervention ont pu se faufiler à l'intérieur par une fenêtre du premier étage et se sont emparés de deux des preneurs d'otage. Vendi a ouvert le feu sur les forces de l'ordre et a été abattue. Le dernier terroriste restant a été jugé et condamné. Il est toujours en prison.

Elle se rappelait très bien l'horreur de ces instants, les cris, les fusillades.

– Le père de Vendi était officier de carrière ; il a récemment pris sa retraite. Il a toujours renié les actes de sa fille et n'avait matériellement pas la possibilité de se trouver à Savannah ou à Hilton Head durant la période incriminée. Toutefois, nous avons là plusieurs connexions militaires, ainsi que d'autres, reliées à Vendi à travers les divers membre de l'organisation dissoute, Crépuscule. J'ai demandé au FBI d'examiner cet aspect précis du dossier. Il a beau nous revenir, les ressources du Bureau sur ce genre d'enquête nous feront gagner un temps précieux... Cas suivant, Delray, Phillipa, tuée durant un vol de voiture avec agression. Sa fille de cinq ans était avec elle, et les deux malfaiteurs l'ont prise en otage. On les a poursuivis jusqu'à un garage de la zone ouest. Les négociations se sont bien passées, l'enfant a été libérée et les deux hommes arrêtés. À l'époque, le frère de Delray, Ricardo Sanchez, était militaire, cantonné en Allemagne. Il vit aujourd'hui à Savannah, comme le mari. Il fait partie de la police montée.

– Je le connais ! s'écria l'agent en tenue. Rick Sanchez. C'est un type bien.

– J'espère que vous avez raison. Mais il va falloir quand même l'interroger. Je m'en occuperai. Ensuite, nous avons Brentine, Angela, tuée au cours de l'attaque d'une banque. Elle a été touchée durant la phase initiale, et les braqueurs ont refusé toute assistance médicale. Elle a succombé durant le trajet vers l'hôpital, au cours de la quatrième heure de négociation, lorsque nous avons enfin obtenu qu'elle soit relâchée. Son mari, Joshua, était en déplacement d'affaires à New York. Il s'est remarié dix-neuf mois après la mort de sa première épouse. Il a divorcé depuis. Il n'a jamais été militaire, ne fréquente personne dans la police. À part lui, on ne recense plus aucun homme qui ait bien connu Angela Brentine.

– On en a beaucoup parlé dans la presse, se souvint Sykes. Pas seulement du hold-up, mais de la femme de Brentine. Lui, il est issu d'une vieille famille de Savannah, des notables très riches. À l'époque il y a eu des rumeurs prétendant que cette mort tombait à pic pour lui éviter un divorce houleux.

– Je vais vite le rencontrer. Agent Landow ? Je voudrais que vous réinterrogiez Reena Curtis sur la fusillade de Hitch Street ; notez tous les détails qui pourraient lui revenir à l'esprit sur l'évacuation, avant, pendant et après. Voyez aussi les voisins. Emmenez un autre agent avec vous, qui vous voudrez. Inspecteur Sykes, il faudrait prendre contact avec les membres du groupe d'intervention sur cette même affaire. Je crois qu'ils seront… plus à l'aise avec vous qu'avec moi. Je ne mets personne en cause, je voudrais seulement savoir si l'un d'entre eux aurait aperçu un autre agent – en uniforme ou portant seulement une plaque – qu'il n'aurait su identifier sur le moment. Si certains se montrent réticents, je vous suggère de leur montrer les photos des lieux du crime de Bonaventure. Après que Roy a été mis en pièces.

– Je m'en occupe, lieutenant.

– Merci.

Voyant David entrer, elle ajouta :

– Allons-y, maintenant.

Le capitaine lui fit signe de le suivre dans son bureau.

– Vous en avez beaucoup fait, ces derniers temps. Avez-vous pu dormir, au moins ?

– Un peu. Mais chaque fois que je m'endors, je revois Roy enchaîné à cette tombe, et l'explosion. Je préfère m'étourdir dans l'action.

– Et la famille ?

– Je ne sais pas. Je ne pourrai pas les garder éternellement enfermés dans cette maison. Quant à moi, je dois me concentrer sur les recherches autour de ces quatre victimes féminines. On va bien finir par en tirer quelque chose, j'en suis certaine.

– Prenez quelqu'un de votre équipe avec vous.

– Ils ont chacun une tâche précise à accomplir. On a déjà dépassé le quota avec ceux qui restent chez moi, ceux qui accompagnent Josie et Carter au travail et les suivent partout.

La seule idée de cette situation la rendait malade.

– Ça ne pourra pas durer longtemps. Je sais qu'on n'a ni les effectifs ni le budget pour faire du baby-sitting à longueur d'année.

– À chaque jour suffit sa peine. Comment se porte Ava ? Tout le monde tient le coup ?

– Tout le monde, y compris Ava, fait de son mieux. Vous pourriez l'appeler ou passer la voir. Ça lui ferait du bien.

– Oui, bon… marmonna-t-il en glissant les mains dans ses poches. Au sujet des personnes à interroger, j'irais bien avec vous mais j'ai une réunion à la mairie. Si vous pouviez choisir quelqu'un du commissariat, pas forcément de l'équipe, qui prendriez-vous ?

– Sykes est solide, et c'est pour ça que je le pousse à secouer le groupe d'intervention. Liz Alberta. Je sais qu'elle est au bureau des crimes sexuels, mais elle sait écouter. Cependant, je ne sais pas si elle a beaucoup de travail en ce moment…

– Je vais vérifier. En attendant, prenez dix minutes pour téléphoner chez vous. Vous vous sentirez mieux, l'esprit plus libre.

Liz et Phoebe retrouvèrent Sanchez à Forsythe Park et s'isolèrent à l'ombre, auprès de son cheval. L'atmosphère épaisse du matin devenait oppressante, et la robe alezane de sa monture brillait de sueur.

On était assez près de la demeure des MacNamara pour que, perché sur son bel animal, il puisse observer les lieux sans que personne le voie.

La silhouette trapue, Sanchez devait mesurer un mètre soixante-seize. La mâchoire large et dure, il avait une petite cicatrice arrondie sous l'œil gauche. L'homme à la casquette, le siffleur, était-il plus grand ? Phoebe aurait dit sans doute de quelques centimètres. Mais y avait-elle assez prêté attention pour en être certaine ?

– Elle se fichait de la voiture, dit Sanchez en parlant de sa sœur. Elle voulait juste que Marissa en sorte. Elle a résisté, elle refusait de lâcher son enfant, alors ils lui ont mis un coup de couteau dans le ventre et l'ont laissée se vider de son sang au milieu de la rue.

– Vous étiez en Allemagne lorsque ça s'est produit ?

– Oui. On m'a accordé un congé exceptionnel pour l'enterrement. Ma mère, j'ai cru qu'elle allait en mourir de chagrin. Quant à mon beau-frère, il avait l'air d'un zombie.

– Vous n'aviez que dix-neuf ans quand ça s'est passé. À l'époque vous receviez une formation de spécialiste en armes à feu.

– J'espérais faire carrière dans l'armée, combattre, voir du pays. Mais après Phillipa… j'ai fini ma période de service et je suis revenu à la maison.

– Pour entrer dans la police montée deux ans plus tard.

– C'est exact. Mais pourquoi ces questions, lieutenant Mac Namara ? Celui qui l'a poignardée est toujours en prison. Ne me dites pas que vous venez m'annoncer qu'il en est sorti !

– Non. Pourriez-vous me dire où vous étiez avant-hier soir ? Entre 23 heures et 3 heures du matin ?

– En fait oui, mais je voudrais d'abord savoir pourquoi vous me demandez où j'étais au moment où on faisait exploser un homme à Bonaventure.

– Parce qu'on a fait exploser un homme à Bonaventure.

– Qu'est-ce que j'ai à voir là-dedans ?

– Je voudrais d'abord vous poser une question : vous n'avez pas dit comment votre nièce a été épargnée, le jour où votre sœur a été tuée.

– Mais si : ces salauds ont poignardé Phillipa parce qu'elle résistait. Les flics les ont encerclés dans un garage où ils s'étaient bouclés avec Marissa. Ils ont fini par se laisser convaincre de relâcher l'enfant et de se rendre.

– Qui les a convaincus de se rendre ? demanda Phoebe.

– Les flics.

Son cheval agita la tête comme pour mieux marquer l'impatience dans la voix de Sanchez qui, machinalement, lui caressa l'encolure.

– Les flics lui ont sauvé la vie. Des hommes pareils, capables de tuer une mère qui voulait sauver son enfant, qu'est-ce qu'il faut pour les empêcher d'en faire autant avec une petite fille ? Les flics ont sauvé Marissa. C'est pourquoi je suis flic.

Impossible que ce soit lui, se dit Phoebe en échangeant un regard avec Liz.

– C'est moi qui ai négocié avec les ravisseurs de votre nièce.

– Vous ?

Il en pâlit, en rougit, sa voix se fit plus grave :

– Je ne savais pas qu'il y avait eu négociation.

– Vous n'avez pas demandé de précisions ?

– Je… quand je suis arrivé… tout le monde était sous le choc. L'enterrement s'est passé dans une sorte de brouillard. Et puis il a fallu que je retourne terminer ma période. Quand je suis revenu à la vie civile, je ne voulais plus en entendre parler. Je ne voulais pas revenir en arrière. Je voulais… je voulais…

– Faire partie de ceux qui sauvaient des vies, qui aidaient les gens en détresse.

– Exactement. Quant à la nuit en question, je l'ai passée chez ma copine. Tenez.

Il sortit son carnet et un crayon :

– Voici son nom et son adresse. Est-ce que je peux faire autre chose pour vous ?

– C'est parfait. Merci, agent Sanchez.

Alors que Liz prenait le papier, il ouvrit son portefeuille :

– Marissa a dix ans, maintenant. Voici sa photo.

Toutes deux découvrirent le portrait d'une fillette aux cheveux et aux grands yeux noirs.

– Elle est superbe !

– Elle ressemble à sa mère, dit-il en tendant la main à Phoebe. Merci pour ma sœur.

– La vie est bizarre, n'est-ce pas ? commenta Liz en marchant vers la voiture de Phoebe. Tu as changé le destin de cet homme sans l'avoir jamais rencontré, sans lui avoir jamais parlé avant aujourd'hui ; pourtant, s'il est devenu ce qu'il est, c'est en partie au moins à cause de ce que tu as fait il y a cinq ans.

– Peut-être. Tout comme il est vrai qu'à cause de la perception d'un homme sur mon intervention, un autre jour, deux personnes sont mortes.

Liz vit qu'elle regardait la maison de Jones Street.

– Tu veux y aller, voir comment ils se portent ?

– Non. On va voir le mari, ne serait-ce que pour clore cette affaire. Ensuite, on essaiera Brentine.

Delray était un homme paisible au regard doux. En cinq minutes Phoebe put conclure qu'il n'aurait pas fait de mal à une mouche, alors pour ce qui était de tuer un homme de sang-froid...

Son impression fut toute différente avec Joshua Brentine.

Il les fit patienter vingt minutes à l'accueil de ses bureaux, qui donnaient sur le fleuve. Des nuages gris s'amoncelaient au nord-est. Un gros orage allait bientôt s'abattre sur la ville.

Une assistante aux lèvres rouges et aux hanches étroites les fit entrer dans un bureau qui ouvrait sur le fleuve et ressemblait davantage à un salon qu'à un lieu de travail.

Cette impression d'élégance et de puissance se reflétait sur l'homme qui paraissait taillé pour ne porter que des costumes de marque. Ses cheveux brillants ondulaient au-dessus d'un front aristocratique, et son regard d'aigle ne reflétait pas le sourire de ses lèvres.

– Excusez-moi, mesdames, pour cette attente, dit-il en leur désignant le coin salon. J'ai un emploi du temps très chargé, aujourd'hui.

– Nous vous sommes d'autant plus reconnaissantes de nous recevoir. Je suis le lieutenant MacNamara et voici l'inspecteur Alberta.

– Asseyez-vous, je vous prie. Je dois reconnaître que j'ignore ce qui me vaut la visite de deux des plus charmantes fonctionnaires de la police de cette ville.

– Il s'agit du hold-up qui a coûté la vie à votre femme ; le dossier a été récemment rouvert.

– Vraiment ?

S'adossant à son siège, il prit un air poliment étonné.

– Comment cela se fait-il ?

– Je ne suis pas habilitée à divulguer les détails d'une enquête en cours. D'après les informations contenues dans le dossier, vous ne vous trouviez pas à Savannah au moment de la mort de votre femme.

– En effet. J'étais en voyage d'affaires. À New York.

Phoebe jeta un regard circulaire sur le bureau.

– Vous devez beaucoup voyager, étant donné la nature des affaires que vous traitez.

– En effet.

– Et la banque où votre femme a été tuée, je crois savoir que vous n'y aviez pas de compte professionnel à cette époque-là.

– Non, en effet. Je ne vois pas l'intérêt qu'il y a à remuer tout ça.

– Nous ne faisons que confirmer divers éléments, et je vous prie de nous excuser de susciter ainsi de pénibles souvenirs qui ont dû vous causer tant de chagrin.

Quoique tu ne paraisses pas plus touché que ça, pensa-t-elle. *Au contraire du pauvre Falk quand il a dû revivre la mort de Brenda.*

– D'après les dépositions, il apparaît que Mme Brentine avait, elle, un compte dans cette banque et qu'elle venait, ce jour-là, le clore et retirer ses fonds. Pourriez-vous le confirmer, dans la mesure où cela remonte à plus de trois ans et que nous n'avons encore pas pu accéder aux archives de la banque sur cette transaction ?

– Que voulez-vous que je vous dise ? Angela y avait un petit compte à son nom. De l'argent de poche, dirais-je, quelques milliers de dollars. Par un terrible coup du sort, il a fallu qu'elle décide d'aller à la banque ce jour-là, au moment de l'attaque.

– Vous n'étiez pas au courant, pour ce compte ?

– Je n'ai jamais dit ça. J'ai déclaré qu'elle y gardait… sa cagnotte, si vous voulez.

– J'imagine qu'elle devait apprécier l'indépendance que cela lui donnait, commenta Liz.

– Cependant, reprit Phoebe, d'après le dossier, elle n'a plus travaillé après son mariage.

– Non, en effet.

Il avait levé une main de son accoudoir, la paume ouverte, geste que Phoebe interpréta comme un mouvement d'impatience.

– Elle avait assez à faire comme maîtresse de maison, mais aussi comme bénévole dans ses diverses œuvres charitables. Je crains de ne pouvoir vous être d'une grande utilité sur ce point. Aussi, si vous voulez bien m'excuser…

– Pourtant, retirer tout cet argent d'un coup, insista-t-elle. Ça m'a sauté aux yeux lorsque j'ai lu le rapport en fonction de l'autre enquête. C'est étonnant.

– Malheureusement, ni vous ni moi ne pouvons lui poser la question.

– C'est bien dommage. Je suppose qu'elle voulait vous offrir un cadeau ou faire une petite folie. Du genre qu'on raconte ensuite à ses meilleures copines mais pas au mari.

– Je ne vois toujours pas le rapport avec l'affaire qui vous amène.

– Vous avez raison. Je cherche la petite bête, mais c'est que ça m'intrigue. Si vous pouviez nous dire où vous vous trouviez avant-hier soir et la nuit qui a suivi, nous vous laisserions ensuite tranquille. À partir de 23 heures ?

S'ensuivit une dizaine de secondes de silence glacial.

– Je n'aime pas les implications que cela sous-entend.

– Oh ! il n'y en a aucune, je suis désolée que vous ayez eu cette impression. Vous nous aideriez en indiquant où vous étiez. Sinon…

Phoebe regarda Liz.

– Ça nous intriguerait toutes les deux, ajouta celle-ci avec un grand sourire. Et nous serions obligées de vous prendre encore plus de votre précieux temps.

– J'étais au théâtre avec une amie ; nous en sommes sortis largement après 23 heures. Ensuite, nous avons pris un verre. J'ai dû rentrer chez moi vers 1 heure. Maintenant, si vous avez autre chose…

– Trois fois rien. Le nom de votre amie. Histoire de vérifier et de ne plus vous embêter avec ça.

– Catherine Nordic, dit-il en se levant. Je vais maintenant vous demander de partir. Si vous avez d'autres questions à me poser, j'appellerai mon avocat.

– Ce ne sera pas nécessaire. Pardon encore d'avoir ravivé ces douloureux souvenirs. Merci de nous avoir consacré un peu de votre temps.

Alors qu'elles descendaient vers la réception, Liz marmonna à l'adresse de Phoebe :

– Je ne l'aime pas, ce type.

– Moi non plus. Quel crétin prétentieux ! Je voudrais bien savoir pourquoi il refusait de parler des copines de sa femme ou de son compte en banque. Dis-moi, si tu étais mariée à un homme très riche, tu ressentirais le besoin de mettre de l'argent de côté sur un compte perso ?

– En prévision de moments difficiles. Par exemple si mon riche mari décidait de me larguer ou vice-versa.

– Et si le couple ne fonctionnait pas ?

– Une copine serait forcément au courant. Je flaire quelque chose d'autre ici. Un mari pisse-froid, du genre qui veut tout contrôler, au point que tu es obligée de mettre de l'argent de côté en douce, un mari qui s'absente souvent pendant que tu traînasses à faire des bouquets ou à recevoir des copines...

– Un amant.

– Pour de charmantes fonctionnaires, on fourre un peu notre nez partout !

– Mmouais, marmonna Phoebe dans l'ascenseur. Je ne dirais pas que l'épouse décédée était l'amour de sa vie. J'aurais plutôt l'impression qu'il l'avait rayée de son existence, comme on annule une réunion. Mais, si elle avait un amant... qui sait si elle ne comptait pas s'enfuir avec lui. En emportant ses économies.

– Alors elle serait mal tombée. Son assassin et ses complices sont condamnés à perpète, mais ça pourrait ne pas suffire à son amant désespéré. Il veut faire payer quelqu'un d'autre.

– D'autant que tout le monde s'en est sorti sauf elle. Je ne disposais pas d'une équipe médicale à l'époque. Suppose qu'un type l'ait aimée à l'époque, qu'il culpabilise à l'idée qu'elle s'est rendue à la banque à cause de lui... Il faut retrouver les amies d'Angela Brentine, son coiffeur, son coach personnel. Le genre de personnes à qui se confie une femme malheureuse. Si elle avait un amant, l'une d'entre elles au moins le saura.

– Je pourrais retrouver la meilleure copine, dit Liz en sortant son téléphone. J'ai un ami aux archives. Je vais lui demander de sortir le rapport sur le mariage Brentine. La meilleure copine était sans doute demoiselle d'honneur, ou avait au moins été invitée au lunch.

– Tu es utile comme relation, toi !

– C'était ce que disait le type avec qui je vivais, jusqu'au jour où je lui ai montré la porte.

Glynis Colby était une grande perche blonde en jean et chemise de lin. Son studio de photo occupait le deuxième étage d'une maison réhabilitée, près de Greene Square. De nombreux accessoires, dont une tasse à thé géante et une armada de peluches s'entassaient le long des murs.

Elle appela Dub, son assistant, un petit jeune homme à queue-de-cheval et au sourire de chérubin, pour lui demander de servir un rafraîchissement à tout le monde.

– Je ne me suis jamais vraiment remise de sa mort. Trois ans déjà, et j'ai encore le réflexe de lui téléphoner, de lui demander son avis. Mais elle n'est plus là.

Glynis manifestait cette émotion qui avait tant manqué à Joshua Brentine.

– Vous étiez amies depuis longtemps ? demanda Phoebe.

– Depuis l'âge de quatorze ans. Glyn, Angela et Dub, la Trinité, pas sainte du tout. Nous avions décidé de devenir célèbres tous les trois ensemble.

– Je connais vos œuvres, avança Liz. Vous avez pris les photos d'une de mes amies enceinte. Elles étaient magnifiques. Si bien qu'elle est revenue vous voir avec son petit garçon. Vous avez une excellente réputation. Largement méritée.

– On se débrouille bien, n'est-ce pas, Dub ?

Celui-ci lui serra la main après avoir servi un verre à chacune.

– Angela? C'était la plus gentille du trio.

– On avait le concept de base, continua Glynis. Angela, spécialisée dans les photos de mariage, moi dans la grossesse et les enfants. Excellent moyen de fidéliser la clientèle. Sans compter qu'elle adorait les mariages, qu'elle trouvait toujours des angles inédits. Quant à Dub…

– Je devais gérer l'affaire.

– J'avais cru comprendre qu'Angela ne travaillait pas à l'époque de sa mort.

– Non. Ça ne plaisait pas à Joshua. En plus, il ne nous aimait pas. Il trouvait qu'on exerçait une mauvais influence sur elle.

– C'est moi qu'il détestait le plus. C'est un homophobe.

Glynis lui pinça le bras :

– Toi, tu aimes toujours te mettre en avant. Il me détestait autant. J'étais la pute.

– Et moi la pute gay, encore mieux. Il a rencontré Angela à un mariage sur lequel elle travaillait. La haute société, et un super profit pour nous.

– On n'avait lancé l'affaire que huit mois plus tôt.

– Elle était belle, absolument magnifique, et vraiment gentille, comme je l'ai dit.

– Et puis, elle avait un charme immense. Joshua est littéralement tombé à ses pieds. Il lui envoyait des tonnes de roses, ses préférées. Il l'emmenait dîner aux chandelles, ou en week-ends romantiques dans de grand hôtels. Six semaines plus tard, elle était fiancée. Encore trois mois et elle devenait Mme Joshua Brentine.

– C'est alors que tout a commencé, embraya Dub en faisant la grimace. Il voulait absolument qu'elle quitte son travail. Comment pouvait-elle mitrailler les gens, comme il disait, alors qu'elle aurait dû être invitée à tous ces mariages, du moins les plus importants ?

– Et puis elle avait un rang à tenir, etc. Alors, elle a fini par tout laisser tomber, pour ses beaux yeux. Elle l'adorait. Il n'aimait pas qu'elle nous fréquente, et il a commencé à nous mettre des bâtons dans les roues. Brentine s'y connaît dans l'art de la manipulation. Alors, on se voyait de temps en temps pour déjeuner ; elle ne le lui disait pas et profitait de ce qu'il n'était pas en ville ce jour-là.

– Les liaisons dangereuses, ajouta Dub.

– Quand a-t-elle commencé à voir un autre homme ?

Glynis écarquilla les yeux.

– Comment êtes-vous au courant ?

– Pourriez-vous nous en parler ?

– Ça n'avait rien de sordide. Ce n'était pas son genre. Mais Joshua voulait tout diriger à sa façon. Il ne la laissait pas être elle-même, et elle se sentait de plus en plus malheureuse. Il la voulait disponible vingt-quatre heures sur vingt-quatre, alors que lui s'autorisait toutes les fantaisies.

– Calme-toi, ma belle ! souffla Dub en caressant l'épaule de Glynis.

– Bon ! soupira celle-ci. Elle était malheureuse et il ne voulait rien laisser passer. Il a même refusé qu'elle aille voir un psy quand elle est tombée en dépression. À l'époque, elle n'avait pas un sou à elle. Il avait tout mis à son propre nom. Quand elle a compris qu'elle ne s'en sortirait que par le divorce, elle s'est mise à venir ici deux fois par semaine, et plus quand elle le pouvait. Elle préparait des mises en scène, travaillait en chambre noire, faisait des retouches numériques, enfin tout ce qui pouvait nous rendre service. Et on la payait en liquide.

– Elle a rencontré quelqu'un. Elle ne voulait pas dire de qui il s'agissait. Mais elle était heureuse.

Dub tendit un mouchoir bleu à Glynis pour qu'elle s'essuie les yeux.

– Tout d'un coup, elle semblait renaître.

– À quand est-ce que ça remonte ?

– Environ six mois avant sa mort. Elle l'appelait Lancelot.

– Comment entraient-ils en contact l'un avec l'autre ?

– Elle a acheté un téléphone jetable. C'est même lui qui le lui avait conseillé.

– Oui, elle a dit qu'il savait quoi faire et comment. Écoutez, les hommes qui lui ont fait ça sont en prison. À quoi bon remuer encore cette histoire ?

– Ça devrait nous aider pour une autre affaire. Tout ce que vous pourriez nous dire sur l'homme qu'elle fréquentait devrait nous aider.

– Bon, je crois qu'il possédait un appartement dans la zone ouest, où ils se retrouvaient. Je l'ai vue la veille du jour où ça s'est produit. Elle flottait sur son nuage. Elle avait décidé de partir, de demander le divorce. Dès qu'elle l'aurait obtenu, elle épouserait Lancelot. Elle voulait récupérer l'argent qu'elle avait mis de côté pour filer à Reno afin de s'y établir, le temps d'obtenir le divorce. Elle était pressée. Elle a toujours été pressée.

– Il faut absolument tout nous raconter de ce qu'elle a pu vous dire sur lui, dans les moindres détails.

– Je crois qu'il faisait de la musculation. Elle disait toujours qu'il était bâti comme un athlète et qu'il entretenait sa forme. Il lui donnait sans cesse des conseils.

– Les yeux bleus, se rappela Dub. Un jour, elle lui a acheté une chemise de la même couleur, disait-elle. Style rugby. Et il faisait la cuisine.

– Ah oui, c'est vrai ! Elle le trouvait tellement séduisant, quand il faisait la cuisine ! Je me rappelle que ça m'a étonnée, parce que ça ne lui ressemblait pas.

– Pourquoi ?

– Ça ne semblait pas correspondre à ce qu'elle disait de lui ; j'aurais plutôt vu une espèce de macho. Franchement, on s'inquiétait pour elle. Il semblait aux antipodes de Joshua, et on se demandait si elle n'était pas tombée amoureuse de lui par pure réaction. Passionné, rude, démonstratif. Col bleu.

– Pourquoi dites-vous « col bleu » ?

– Parfois, elle l'appelait son chevalier bleu. Mais ça venait peut-être de ses yeux. Pourtant, j'avais l'impression que c'était un travailleur.

À moins que le bleu n'ait correspondu à l'uniforme, se dit Phoebe.

– Il la poussait à quitter Joshua. Il n'aimait pas la savoir dans le lit d'un autre, même si elle ne faisait plus l'amour avec Joshua depuis longtemps. Elle disait que Lancelot devenait fou rien que d'y penser, et j'ai l'impression qu'elle aimait ça. Mais, pour moi, c'était une autre forme de manipulation.

– Elle avait besoin de respirer, reprit Dub. De se reprendre. Mais ce type lui donnait l'impression d'être une déesse, indispensable et indestructible. Rien de mal ne pourrait lui arriver tant qu'elle serait avec lui. Il le lui avait promis.

– Pourtant, elle est morte, souffla Glynis. Le pire qui pouvait lui arriver.

– Il n'a jamais cherché à entrer en contact avec vous après sa mort ?

– Non.

– Où sont ses appareils photo ? demanda Phoebe.

– Je ne sais pas. Elle les gardait chez l'homme mystère. Elle en avait deux, et il fut un temps où j'ai surveillé eBay, les prêteurs sur gage, les boutiques d'appareils d'occasion, pour le cas où il les aurait revendus. J'aurais aimé les récupérer.

– Vous sauriez les reconnaître ?

– Oui, au moins l'un d'entre eux, si je pouvais le toucher. Elle a peint un petit bouton de rose sur le dessous. Comme une signature. Elle adorait les roses roses.

– Les roses roses, comme sur la tombe où était enchaîné Roy, observa Phoebe, toute ragaillardie. Lancelot est notre suspect.

– Voilà. Il nous reste à trouver un gaillard aux yeux bleus, qui sait faire la cuisine et habite la zone ouest. Du moins, il y a trois ans.

– Un flic, qui plus est. Comment un flic de la zone ouest peut-il rencontrer la triste princesse de Gaston Street ? Elle était bénévole pour des associations charitables, participait à des soirées chic. On y trouve beaucoup de flics qui arrondissent leurs fins de mois en y servant de gardes du corps. Il faudrait vérifier qui a fait ça au cours des trois dernières années, un flic entre trente et quarante ans, qui n'a plus le temps de faire des heures sup tant qu'il planifie sa vengeance.

– Si on a vu juste, elle devait avoir son téléphone jetable sur elle quand elle s'est rendue à la banque. Ses effets personnels ont dû revenir au mari.

– Oui.

Ce détail avait échappé à Phoebe, qui remercia Liz d'un mouvement de la tête.

– Tu as raison. Il a dû tout vérifier. Il doit donc savoir. Autant le laisser un peu cuire dans son jus avant de revenir à la charge.

En montant dans sa voiture, Phoebe regarda le ciel. L'orage n'allait plus tarder.

27

– Ce pourrait être un autre responsable du maintien de l'ordre, pas forcément un policier, peut-être un militaire. Mais je suis persuadée qu'il s'agit d'un flic. Gary Cooper… le shérif. Il ne perd ni Grace Kelly ni son honneur. C'est ainsi que notre homme aurait dû vivre. Mais le jour où Angela Brentine allait reconquérir son indépendance en franchissant le pas qui allait faire d'elle l'épouse de son amant, et qu'on pourrait symboliser par un jour de noces, elle se fait tuer dans une fusillade. Tuée par des malfrats, c'est certain, mais aussi, dans l'esprit du sujet, par les citadins, puisque je suis restée là sans prendre les mesures qui s'imposaient, ou n'ai pas accepté qu'on les prenne. La lâcheté coupable, c'est aussi le thème du film.

– On ne peut vous accuser de quoi que ce soit, et surtout pas de lâcheté, maugréa David.

– Pour lui, si. Et ça l'obsède depuis trois ans. Tout le temps de ruminer, de préparer son coup. Lancelot a non seulement cocufié le roi tout-puissant, mais il a été le champion de Guenièvre. Il l'a sauvée quand Arthur ne le pouvait ou ne le voulait plus. Ce type se voit comme le héros mais, avant tout, le héros d'Angela. Et il ne peut accepter l'erreur, la fatalité du destin. Il faut que quelqu'un paie. Il faut que je paie… Ensuite, la tombe où il a tué Roy. Jocelyn Ambuceau était une jeune fiancée, morte peu avant son mariage, noyée dans le fleuve pendant un orage. On disait qu'elle s'enfuyait vers l'île de Tybee et son amant pour échapper au mariage imposé par son père. Il aime les symboles – l'ange qui veille… Angela – la tombe d'une femme qui avait voulu rejoindre son véritable amour, les roses roses. Il aime me donner des indices. Il veut que je finisse par comprendre. Sinon, sa démarche perd de son intérêt.

– Je vais vous trouver des noms.

– Joshua Brentine. Il ne voudra jamais reconnaître que sa femme le trompait. Ce serait insultant et dévalorisant. Sa fierté vaut beaucoup plus pour lui que les vies de deux inconnus ou de tous ceux qui pourraient servir de cible à l'assassin.

– Reconnaître, c'est une chose, confirmer, une autre. S'il croit que vous savez déjà…

– Non, évidemment. Merci de me le rappeler. Je pense pouvoir lui faire croire que j'en sais davantage qu'en réalité.

– Je fais vérifier le temps qu'il faudra pour obtenir les informations dont vous avez besoin.

– Merci. Je vais en profiter pour téléphoner chez moi, pour leur dire que je rentrerai tard.

Dans le corridor, elle ouvrait à peine son mobile lorsque David ressortit la tête par la porte :

– Les ordinateurs sont nases aux ressources humaines. Un problème avec le nouveau système, apparemment. Ça pourrait prendre quelques heures.

– Bon. Il reste les archives.

– Ça risque de nous coûter encore plus de temps que d'attendre la remise en route de la technologie. Rentrez chez vous, voyez votre famille, dînez. Il m'avertiront dès qu'ils auront du nouveau.

– Très bien. Si vous veniez avec moi ? Ça vous ferait du bien de dîner, à vous aussi, non ?

C'était tentant, mais elle avait l'air épuisée.

– Une autre fois. Je vais traîner chez moi avec une bière, devant un match. Si vous ne faites pas erreur, on va vite obtenir une réponse. En attendant, allez recharger les accus.

À l'instant où il sortit, David s'en voulut de ne pas avoir demandé à Phoebe de le déposer chez lui. Même s'il n'habitait qu'à trois rues de là, il aurait de la chance s'il arrivait à la maison avant que n'éclate l'orage.

Tant qu'il y était, il pouvait aussi se maudire d'avoir refusé son invitation à dîner. Il avait envie de voir comment Ava se comporterait avec lui. Envie de voir…

Mais ce n'était pas le moment, avec la crise qui les frappait, elle et les siens.

Lorsqu'ils s'étaient rencontrés, elle était fiancée. Il n'avait strictement aucune raison de tomber amoureux d'elle. Pourtant, il n'avait pu s'en empêcher ; alors il était resté l'ami de la famille. Ce bon vieux David.

À force de persuasion, il avait fini par se convaincre de ne pas l'aimer. Elle était alors mariée depuis des années, elle avait un enfant. À son tour, il avait convolé en justes noces.

Et Ava avait divorcé.

Il tombait toujours mal, avec elle. Néanmoins, il fit son possible pour l'oublier, pour vivre une vie de famille normale. Mais il savait que seule Ava occuperait à jamais son esprit.

Et voilà qu'alors que tout semblait à nouveau possible, la crise s'abattait sur elle et sur toute la famille MacNamara.

Que faire d'autre que de rester l'ami de la famille ? Ce bon vieux David qui rentrait à pied chez lui pour trouver un appartement vide et réchauffer au micro-ondes un plat surgelé. Le vent balayait le trottoir, envoyant des brindilles gifler les passants. Il se trouvait un peu bête de s'apitoyer ainsi sur son sort.

À peine parvenait-il au premier carrefour qu'un éclair traversa le ciel, puis le tonnerre fit trembler les bâtisses alentour.

Il pressa le pas en goûtant au moins la fraîcheur du vent, bienvenue après une journée aussi lourde.

Maintenant, il apercevait sa maison et s'imaginait déjà en train de faire sauter la capsule de sa bouteille de bière.

Il s'engagea dans l'allée qui menait à son perron et entendit alors le coup de Klaxon derrière lui, s'efforça de sourire en reconnaissant la rutilante voiture de sport rouge qui venait se garer le long du trottoir.

Maggie Grant, deux fois divorcée, avait envie de flirter. Souvent elle l'agaçait, mais cette fois elle l'importunait car il avait vraiment envie de s'offrir une heure rien qu'à lui.

Il lui adressa un signe et continua son chemin.

Elle klaxonna de nouveau. David enfonça la clé dans sa serrure, se retourna pour agiter de nouveau la main.

– You-hou, David ! Je suis si contente de vous voir ! J'ai besoin de l'aide d'un homme fort.

Dix secondes, se dit-il. À dix secondes près, il était chez lui, tranquille.

– Mon téléphone sonne, Maggie. Laissez-moi…

– On n'en a que pour une minute ou deux. J'ai des tas de sacs à transporter. Je n'ai pas fait attention. La pluie va tomber. Vous ne pouvez pas m'aider à rentrer tout ça avant ?

– Bon…

Il se traitait de tous les noms, mais il y allait.

– Ça va tomber dru, ajouta-t-elle. Un soir pareil, on préférerait le passer avec un ami et un bon verre de vin.

Il allait devoir décliner le verre de vin et l'amitié. Déjà les premières gouttes tombaient, lourdes et grasses. Le vent claquait avec violence et il jura lorsqu'il entendit sa porte déverrouillée s'ouvrir d'un coup. Une courte seconde, il hésita : terminer sa bonne action ou retourner chez lui et s'y calfeutrer. Alors qu'il pivotait pour céder à la seconde tentation, il aperçut l'homme debout de l'autre côté de la rue.

Casquette bleue, lunettes de soleil, coupe-vent.

Et le monde explosa.

Phoebe ne sut que penser en voyant la voiture de Duncan garée devant sa maison. Quelque part, elle en fut soulagée : maintenant, elle le savait en sécurité. D'un autre côté, elle lui en voulait toujours de s'être montré si peu coopératif ce matin-là.

En pénétrant dans la maison, à l'abri de l'orage en furie, elle perçut le rire ravi de sa fille. Difficile de rester en colère en entendant cela.

Dans le salon, Carly, Carter et Duncan jouaient par terre au Monopoly. Apparemment, la fillette était en train de battre les deux hommes à plate couture.

– Où sont les autres ? demanda Phoebe.

– À la cuisine, femme ! lança Carter avec un sourire carré.

– Tu vas voir, toi ! gronda-t-elle en lui envoyant une petite tape sur la tête. Elles préparent le dîner, je suppose ?

Sans attendre de réponse, elle se tourna vers Duncan :

– Et toi, je suppose que tu restes ?

– J'ai eu droit à une invitation en bonne et due forme. Et ne t'avise pas de me frapper moi aussi.

La lueur grise de ses yeux laissait entendre que lui-même restait assez remonté.

– On verra ça, si tu ne te tiens pas tranquille, railla-t-elle. Je suppose également que tu as accompli toutes ces choses importantes qui t'attendaient.

– Oui. Et toi ?

– C'est en cours.

– Qu'est-ce qu'il t'a fait, Duncan, maman ?

– Bien des choses. Alors pour le moment, je vais monter me changer. Carly, quand tu auras écrabouillé ces messieurs, tu penseras à mettre le couvert ? Quant aux messieurs, ils apporteront les plats et débarrasseront.

– Et ta maman, qu'est-ce qui lui reste comme corvée ? demanda Duncan à Carly.

– Je vais... répondre au téléphone ! lâcha Phoebe comme retentissait une sonnerie dans son sac.

– Phoebe MacNamara.

D'un seul coup, elle blêmit, ouvrit la bouche, recula. Duncan se précipita pour la soutenir, mais elle s'éloigna de lui.

– Qu'est-ce qui... s'est passé ? balbutiait-elle. Comment...

Elle sortit du salon.

– Comment va-t-il ? Non. Non. Où ? J'arrive.

En revenant vers eux, elle arborait déjà une expression résolue. Cependant, Duncan lisait encore la peur dans ses yeux.

– Il faut que j'y aille.

– Mais tu viens d'arriver ! s'écria Carly, dépitée.

– Je sais, ma chérie, je suis désolée.

Elle se pencha pour la serrer dans ses bras.

– Je suis désolée, répéta-t-elle. Tu veux bien aller dire à mamie de ne pas m'attendre pour le dîner ? Je rentrerai dès que possible.

– Qu'est-ce qui se passe ?

– Oncle David a eu un accident, je vais le voir.

Les grands yeux de Carly s'emplirent de larmes.

– C'est grave ?

– J'espère que non. On l'a emmené immédiatement et il est bien soigné. Mais il faut que j'y aille, ma chérie. Je téléphonerai dès que possible. Carter ?

– Je m'occupe de tout, ne t'inquiète pas. C'est un accident d'auto ?

– Non, soupira-t-elle en lui prenant le bras. Reste bien à l'intérieur. Assure-toi que personne ne sorte.

– Je t'emmène.

Elle n'émit aucune objection devant la proposition de Duncan qui l'entraînait déjà vers sa Porsche.

– Il est au Memorial, dit-elle. Ce salaud avait trafiqué la porte de David. Ils ne savent pas...

– On trouvera bien.

– Il est vivant.

Durant le trajet, elle ne cessa de tourner et retourner son téléphone sur ses genoux, comme si elle craignait qu'il ne sonne pour contredire cette dernière assertion.

– S'il a pu trafiquer sa porte, c'est qu'il a pu entrer chez David.

– Il n'entrera pas chez vous, Phoebe.

– Pas besoin. Ce n'est pas ce qui l'intéresse. Sinon, il ne tournerait pas ainsi autour de moi. Il a autre chose en tête. Mais il veut m'atteindre, m'amoindrir avant de donner le coup de grâce. Et je suis déjà terriblement atteinte, Duncan !

Sa plaque à la main, elle traversa en trombe le service des urgences, interpella la première infirmière qu'elle trouva sur sa route :

– David McVee.

– Il faut vérifier avec…

– Non. *Vous* vérifiez. Tout de suite !

– Lieutenant !

Faisant volte-face, elle avisa Sykes :

– Où est-il ? Comment va-t-il ?

– Il est en salle d'examen. Pour le moment, les médecins ne se prononcent pas. Un bras cassé, quelques brûlures, des lacérations… traumatisme crânien, c'est plus inquiétant. Sans compter d'éventuelles hémorragies internes. J'étais encore au commissariat quand l'appel est arrivé. J'ai suivi l'ambulance jusqu'ici.

– Il faut placer deux gardiens ici même, qui le suivront où qu'il aille.

– C'est fait. Lieutenant, nous avons un témoin, une voisine. Elle est très secouée, elle a subi quelques contusions qu'on est en train de traiter.

– Je veux la voir dès qu'elle sortira. Inspecteur… Bull. Je dois envoyer quelqu'un de confiance chez David, qui s'entretienne avec les démineurs, les scientifiques. Je sais que vous ne voulez pas le quitter, mais je promets de vous avertir à la seconde même où j'aurai du nouveau.

– D'accord, d'accord, marmonna-t-il en se passant les mains sur le visage. Dites-lui bien que je ne suis pas loin. Qu'il y a des flics partout.

– Promis. Merci.

– Si tu t'asseyais, en attendant ? proposa Duncan dès que Sykes fut parti.

– Je ne pourrais pas. Je dois savoir… quelque chose. Il faut que je vérifie…

Elle prit la main de Duncan en voyant soudain sortir le lit à roulettes entouré de l'équipe médicale, puis se précipita vers David. Il avait le visage tuméfié, plein de bleus et d'égratignures, une estafilade sur la tempe gauche.

– Comment va-t-il ? Où l'emmenez-vous ?

– Vous êtes de la famille ?

– Oui.

Le jeune médecin n'en ralentit pas pour autant sa course vers les ascenseurs.

– Il va en chirurgie. Hémorragie interne. On vous avertira dès qu'il sortira.

Elle fit signe aux deux agents en tenue :

– Suivez-le partout. Attendez-le devant la salle d'opération. J'arrive dès que j'aurai vu le témoin.

Alors que les portes de l'ascenseur se refermaient, Duncan tenta de la rassurer :

– Ce sont les meilleurs spécialistes en traumatologie de la ville. Il est en de bonnes mains.

– Et moi, je voudrais disparaître, jusqu'à ce qu'on me dise exactement ce qui s'est passé… On aurait dû mettre des flics chez lui. Tous ceux qui me connaissent savent ce que David représente pour moi.

– Accorde-toi un instant. Laisse-toi un peu aller.

Entre ses bras, elle se laissa effectivement aller à trembler, et s'agrippa à lui.

– J'ai tellement peur ! Je ne sais plus quoi faire.

– Accroche-toi à moi, jusqu'à ce que tu trouves.

– Reste auprès de moi, je t'en prie ! Ne me laisse pas.

– Bien sûr que non, Phoebe !

Laissant échapper un énorme soupir, elle posa la tête sur son épaule. Cela faisait tellement de bien de pouvoir se reposer sur quelqu'un de fort ! De pouvoir compter sur quelqu'un.

Elle aperçut Maggie qui sortait de la salle de soins :

– C'est la voisine de David, souffla-t-elle. Viens, on y va. Maggie ?

Entendant son nom, celle-ci chercha du regard qui avait pu l'appeler puis, apercevant Phoebe, fondit en larmes :

– C'est bon, murmura celle-ci. Calmez-vous !

Duncan les entraîna vers un coin à peu près tranquille de la salle d'attente.

– Asseyez-vous là, dit-il. Je vais chercher du café.

– Tout va bien, Maggie, assura Phoebe quand il fut parti. Arrêtez de pleurer. J'ai besoin de votre déclaration.

– David. Je suis sûre qu'il est mort !

– Pas du tout. On l'a emmené en salle d'opération, on s'occupe de lui. Pas de crise d'hystérie, je vous prie ! Respirez un bon coup. Allez ! Là ! Comme ça. Maintenant, racontez-moi ce qui s'est passé. Depuis le début.

– Je ne sais pas ! sanglota-t-elle. Je vous le jure.

– Dites-moi ce que vous savez. Vous étiez avec David, chez lui ?

– Non. Oui. Enfin, j'étais avec une amie, vous savez, Delly, que je vous ai présentée au barbecue, l'été dernier ? On est allées déjeuner et faire quelques courses. Je venais d'arriver chez moi, juste avant l'orage, quand j'ai vu David.

Elle se prit le visage dans les mains, mais Phoebe la secoua sans ménagement :

– Je sais que vous êtes bouleversée, mais il va falloir tout me raconter. Où était David quand vous l'avez vu ?

– Il allait ouvrir sa porte. J'ai klaxonné et il m'a fait un signe. Je me suis dit qu'il pourrait m'aider à décharger ma voiture, alors j'ai klaxonné de nouveau et je suis sortie pour l'appeler. Le tonnerre a retenti. David commençait à ouvrir, mais il s'est retourné. Il est tellement gentil !

À bout de patience, Phoebe fourra un mouchoir dans la main de Maggie :

– Il n'est pas entré dans la maison ?

– Il... revenait pour m'aider. Sa porte s'est ouverte toute seule. Oui, je me rappelle, c'était le vent. David avait dû juste la déverrouiller et il revenait pour m'aider. C'est alors que... oh, mon Dieu, Phoebe ! La porte a explosé.

Après s'être essuyé le visage, Maggie tordit le mouchoir comme une ficelle.

– Je ne sais pas exactement, je jure que je n'en sais rien. J'ai eu l'impression... d'être balayée. Je suis tombée. J'en ai eu les genoux écorchés, les bras... cinq points de suture. Mais David... David...

– Tiens, Phoebe ! dit Duncan en lui tendant un café. Madame ? Je vous en ai apporté un aussi.

– Oh, que c'est gentil ! Merci beaucoup ! Seigneur, je dois être à faire peur.

– Vous êtes très bien, assura-t-il en posant deux petits tubes de crème et du sucre en sachet sur la table. Je ne sais pas comment vous aimez votre café.

– Très sucré, merci. Vous êtes de la police ?

– Non, madame, je suis juste un ami. Je vais vous laisser vous entretenir avec Phoebe.

– Oh, s'il vous plaît ! Vous ne pourriez pas rester ? C'est plus fort que moi ! Dans les moments difficiles, je me sens plus en sécurité avec un homme auprès de moi.

– Maggie, voici Duncan. Duncan, si tu t'asseyais ? À nous, Maggie : pourriez-vous me dire combien de temps s'est écoulé entre l'ouverture de la porte et l'explosion ?

– Seigneur, je ne suis pas sûre ! Quelques secondes. Peut-être cinq ? Oui, c'est ça, David s'est arrêté et il venait de se retourner quand la porte s'est ouverte. Je crois qu'il voulait retourner la fermer, il a dû faire un pas ou deux vers la maison quand… Oh, mon Dieu ! S'il était resté sur place…

– Par bonheur, vous l'avez appelé ; en lui demandant de vous aider, vous lui avez sauvé la vie. Songez-y, Maggie. Vous l'avez appelé et c'est grâce à ça qu'il se retrouve là-haut en train de se faire soigner.

– Mon Dieu !

Son visage passait par toutes les expressions du choc à l'horreur, du soulagement à la fierté.

– Je n'avais pas pensé à ça. J'étais tellement anéantie, j'avais tellement peur…

– Vous avez dit être sortie, cet après-midi-là. Avez-vous remarqué quelque chose ou quelqu'un avant de partir ?

– Non. Je devais partir à midi mais je me suis mise un peu en retard, en fait j'ai démarré au quart. Et cette Delly, elle m'en veut tellement dans ces moments-là… alors je me suis dépêchée. Je ne peux pas dire que je faisais attention à ce qui m'entourait. Alors non, je n'ai rien remarqué.

– Et dans la matinée ?

– Je suis restée chez moi. J'ai passé un bon moment au téléphone avec ma mère, c'est d'ailleurs ce qui m'a mise en retard. Elle est d'un bavard ! Ensuite, je me suis précipitée vers le centre commercial.

Je ne devais avoir que quelques minutes de retard, mais Delly m'a quand même fait la tête.

Après un long soupir accablé, Maggie se mit à siroter son café.

– Et vous n'auriez pas regardé par la fenêtre en discutant avec votre maman ? Vous n'auriez pas aperçu une voiture ou un visage inconnus en vous précipitant à votre rendez-vous ?

– Je ne crois pas avoir vu quiconque, ce matin. Il faisait trop chaud pour que les gens aient envie de se promener. À part le livreur d'UPS.

Phoebe lui prit la main :

– Où avez-vous vu le livreur d'UPS, Maggie ?

– Il descendait la rue.

– Dans son camion ?

– Non. Attendez, je ne me rappelle pas si j'ai vu ou non son camion. J'étais tellement pressée ! Il m'a juste fallu une minute pour lui faire signe et lui demander s'il avait un colis pour moi.

– Je suppose que vous voyez ce livreur plusieurs fois par semaine dans le quartier.

– Sans doute. Mais ce n'était pas celui des autres fois ; celui-ci était plus jeune, plus mignon, alors j'ai crié mon nom et il a répondu que non, madame, pas aujourd'hui. Après quoi j'ai sauté dans ma voiture et je suis partie.

– À quoi ressemblait-il ?

– Euh… des cheveux noirs et une petite barbe dépenaillée. De belles jambes, fortes et longues. Je sais remarquer les beaux jeunes gens.

– Grand ?

– Je ne saurais trop dire, peut-être un mètre quatre-vingt-deux. Pas aussi grand que Duncan, mais assez costaud. Le livreur habituel est un amour, seulement il est plutôt enrobé. Celui-ci paraissait musclé.

– Quel âge ?

– Oh là là ! Je ne l'ai pas regardé d'assez près. Trente-cinq ? Peut-être un peu plus.

– Le reconnaîtriez-vous si vous le rencontriez de nouveau ?

– Je ne suis pas sûre. Il portait des lunettes noires. Mon Dieu, Phoebe, vous croyez qu'il a quelque chose à voir dans ce qui est arrivé à David ? Seigneur ! Il aurait pu me tuer en pleine rue ! Je n'étais qu'à trois mètres de là !

– Je ne sais pas, mais je vais vous demander de rencontrer notre dessinateur. Un agent va vous emmener au commissariat. Restez ici avec Duncan pendant que j'organise tout ça.

Maggie la suivit des yeux, effarée.

– Misère ! J'aurais bien pris quelques gorgées de bourbon dans mon café !

– La prochaine fois, promit Duncan, j'apporterai une flasque.

Après avoir envoyé Maggie auprès du dessinateur, Phoebe remonta au service chirurgical en compagnie de Duncan.

– UPS m'a confirmé qu'ils n'ont pas dépêché de nouveaux livreurs dans le quartier aujourd'hui. Elle a vu ce type, lui a parlé, et on dirait qu'il s'en fiche.

– Une barbe, ça se laisse pousser ou ça se rase, laissa échapper Duncan. Mais ça vous change le visage.

– Nous avons un excellent dessinateur. Il le représentera avec et sans barbe.

Au service chirurgical, on les orienta vers la salle d'attente sans leur donner d'autres informations. Il y avait là une dizaine de flics qu'elle reconnut aussitôt. Ellc s'installa dans un coin d'où elle apercevait la porte.

Et comme elle ne parvenait décidément pas à interpeller un médecin ou un infirmière pour s'entendre dire que tout allait pour le mieux, elle se résolut à faire appel à tout son optimisme avant de composer un nouveau numéro.

– Ava ?

– Mon Dieu, Phoebe, est-ce qu'il… ?

– David est en salle d'opération et, pour autant que je sache, il s'en tire plutôt bien.

– Mais qu'est-ce qui s'est passé, au juste ?

– Je ne peux pas te donner de détails pour le moment. Sache seulement qu'on le soigne.

– Je voudrais venir le voir. Tu ne peux pas m'obliger à rester ici alors que David est blessé !

– Malheureusement, si. Je suis désolée. Lui-même te demanderait ça. Mais je te promets, Ava, que tu seras la première personne que j'appellerai dès qu'il sortira. J'ai besoin de toi pour t'occuper de maman et de toute la famille. C'est très important pour moi.

– Tu sais bien que je vais le faire. Mais… je t'en supplie, dis-lui dès que tu peux que… que j'ai prié pour lui.

– C'est promis. Je t'appelle dès que j'ai du nouveau.

Une heure passa avant qu'on vienne leur annoncer que l'opération se déroulait bien.

Encore une heure, et Sykes entra pour lui donner d'autres détails :

– Un fil de détente sur la porte. Cinq secondes de délai.

– Il voulait que David entre, cela lui donnait plus de chances de le tuer. Qu'est-ce qu'il a utilisé ?

– Comme pour Roy. Ça a fait sauter la porte, les fenêtres sur le devant, une partie du toit. Le living est en bouillie. À un mètre près, on serait en train de veiller David à l'heure qu'il est.

– Il pourra envoyer des fleurs à Maggie. Et que disent les voisins ?

– La plupart travaillent dans la journée. Mais on a un témoin, un type qui avait pris sa matinée pour attendre le plombier. Comme il le guettait, il a vu le suspect remonter la rue. La description reste vague. Il n'a guère repéré que l'uniforme UPS. Toutefois, l'heure correspond à la déposition de Maggie. Vous verriez l'état de la maison, lieutenant, c'est une catastrophe !

– Et David qui l'aimait tellement !

– Je connais quelqu'un, intervint Duncan, qui fait du bon travail. Je pourrais lui demander d'y jeter un coup d'œil, si ça peut vous aider.

– Peut-être, murmura Phoebe. Ce sera toujours un souci de moins pour David. On sait comment le type s'y est introduit ?

– Il semblerait qu'il ait forcé une fenêtre à l'arrière. La porte du fond n'était pas fermée à clé, c'est sans doute par là qu'il est sorti. Ce…

Sykes se leva un instant après Phoebe alors qu'un médecin s'avançait, l'air grave.

Elle s'avança et les autres flics la laissèrent passer, car ils savaient à quel point ce pouvait être important pour elle.

– David McVee, dit-elle. Je suis Phoebe MacNamara.

Ils avaient stoppé l'hémorragie et sauvé sa rate. Il avait un rein meurtri, un bras cassé, deux côtes brisées et une commotion, sans compter les lacérations et les brûlures.

Mais son cœur tenait le coup.

Assise près de son lit, elle attendait. Et se rappelait comment lui-même s'était assis auprès d'elle, si longtemps auparavant, alors qu'elle attendait sa mère.

– Ils ne voulaient pas me laisser entrer, lui dit-elle alors qu'il dormait. Ils ne savent pas à qui ils ont affaire. Je ne bougerai pas d'ici tant que vous ne vous serez pas réveillé, tant que vous n'aurez pas dit mon nom. Alors seulement je saurai que vous êtes tiré d'affaire. Il y a plein de flics qui donnent leur sang en ce moment, en bas, pour compenser tout ce que vous avez déjà bu. Vous savez que vous devez une fière chandelle à Maggie ? Réveillez-vous, David ! J'ai tant besoin de vous ! Dites-moi mon nom.

Après une bonne demi-heure, elle le sentit frémir et ses doigts remuèrent. Elle lui caressa le visage.

– David, pouvez-vous ouvrir les yeux ? C'est Phoebe. Réveillez-vous, ouvrez les yeux.

Voyant ses paupières remuer, elle eut envie d'appeler l'infirmière, mais elle voulait d'abord s'assurer qu'elle ne se trompait pas.

– David ! Là, c'est Phoebe !

– Je sais.

Il avait parlé d'une voix faible, chevrotante, comme s'il était complètement ivre.

– Je vous ai entendue. Qu'est-ce qui se passe ?

– Vous allez bien, souffla-t-elle en lui caressant les cheveux. Vous avez été blessé, mais vous allez bien. Vous êtes à l'hôpital, avec quelques bleus, quelques bosses. C'est pour ça que vous devez rester étendu. Je vais appeler l'infirmière.

– Attendez. Que… Il pleuvait, n'est-ce pas ?

– Un énorme orage.

– Que s'est-il passé ?

– Il a piégé votre porte. Il est entré chez vous, David. Je suis désolée.

– La porte s'est ouverte.

Il ferma les yeux un instant, fronça les sourcils.

– Je me souviens, la porte s'est ouverte.

– Vous jouiez les bons voisins en aidant Maggie à décharger sa voiture. C'est pour ça que vous vous en êtes sorti. Vous voyez qu'au fond toutes les bonnes actions ne sont pas punies. Vous allez vous en sortir.

– Je l'ai vu.

– Vous… quoi ?

– Je l'ai vu. De l'autre côté de la rue. La porte s'est ouverte, et je me suis arrêté, et je l'ai vu de l'autre côté de la rue.

– Maggie l'a aperçu un peu plus tôt. Ça nous donne deux points de vue différents.

– Je le connais. Vous aviez raison, petite futée !

– David ! C'est un flic ?

– Des brigades d'intervention. Il a quitté. Viré ? Muté ? Je ne sais pas. Walker ? Non, non. Walken. J'ai pris une bière avec lui, une fois, à un pot de départ en retraite. On a parlé basket. Walken.

Il regarda Phoebe dans les yeux :

– Allez, ouste !

Elle se précipita vers la porte, appela l'infirmière.

– Il est réveillé et il commence à souffrir !

Agitant un doigt vers le gardien posté dans le couloir :

– Quant à vous, vous ne bougez pas d'un pouce, compris ? Je me fiche qu'il y ait un tremblement de terre, une pluie de grenouilles ou le Jugement dernier, vous restez là jusqu'à l'arrivée de votre relève. Et personne n'entre dans cette chambre si vous n'avez pas vérifié son identité et s'il ne vous laisse pas entrer avec lui.

– Oui, m'dame.

– Duncan !

Il venait de surgir derrière elle. Que c'était bon de pouvoir compter sur un homme !

– Je parie que ta Porsche peut battre des records de vitesse.

– Comme tu dis.

– Alors en route. J'ai un nom.

Là-dessus, elle se rua dans l'ascenseur, Duncan sur ses talons.

28

Walken, Jerald Dennis. Phoebe obtint son nom complet après cinq secondes de discussion avec Harrison. Celui-ci n'eut qu'à claquer des doigts pour lui obtenir sa dernière adresse connue.

– Il ne sera pas là ! maugréa-t-elle en fermant son téléphone. Il est trop intelligent pour ça. On va quand même envoyer une équipe pour s'en assurer. Mais je suis certaine qu'il a une autre planque. Tiens, on va là.

Elle énonça en hâte une adresse.

– Qu'est-ce qu'il y a là-bas ? demanda Duncan.

– Il s'entendait bien avec Michael Vince, un camarade avec qui il s'entraînait. Je veux parler à ce type.

Comme Duncan virait sur les chapeaux de roue, elle émit un sifflement :

– Tu sais conduire, toi !

– Oui, et je fais bien aussi le dry martini.

– Tu pourras m'en offrir un grand verre quand tout ceci sera terminé.

– Gin ou vodka ?

Elle éclata de rire.

– À toi de choisir. Duncan, quand on arrivera chez Michael Vince, est-ce que tu voudras bien m'attendre dehors ? Appeler la maison, leur dire que David s'est réveillé et que je lui ai parlé ? Qu'il va bien ?

– Je le leur dirai. Je t'attendrai.

Elle en eut les larmes aux yeux.

– J'en aurai des choses à te dire, après !

Vince habitait une petite maison bien tenue à l'entrée de la banlieue sud. Il ouvrit en pyjama bleu, l'air agacé. Air qui vira au neutre lorsque Phoebe lui montra sa plaque et énonça son nom.

– Qu'est-ce qui se passe, lieutenant ?

– Je voudrais vous parler de Jerald Walken.

– Jerry ? Voilà des années que je ne l'ai plus vu. Il est parti pour le Montana. Pourquoi ?

– Laissez-moi entrer une minute.

– Oui, mais le bébé vient juste de se calmer et je préférerais ne pas le réveiller. Ce gosse, il m'entend me gratter du bout du couloir.

– Quel âge a-t-il ?

– Six mois. Il fait ses dents, alors avec ma femme on ne dort plus. J'étais avec vous lors d'une prise d'otages, vous savez, l'affaire Johnson. Une sale histoire.

– Comme vous dites. Savez-vous où je pourrais joindre Walken ?

– Non, je n'ai plus entendu parler de lui après son départ.

– Je croyais que vous étiez amis.

– C'est vrai, du moins je le croyais.

Vince se laissa tomber sur un fauteuil du living et se mit à bâiller.

– Pardon. Asseyez-vous. Jerry devait être témoin à mon mariage, mais il est parti deux semaines avant ; il ne m'avait même pas prévenu qu'il filait sa démission. Il m'a juste envoyé un e-mail le surlendemain, où il disait qu'il allait retrouver son âme ou je ne sais quelle ânerie de ce genre. J'aurais juré qu'il était saoul s'il ne s'était pas barré si loin.

À l'évidence, ce type manquait de sommeil. Phoebe se rappelait encore ces nuits interminables où son bébé ne cessait de hurler.

– Jerry buvait beaucoup ?

– Il se cuitait de temps en temps. Avec notre métier, on a parfois besoin de se relâcher.

– Et la femme mariée qu'il fréquentait ?

– C'est quoi, cet interrogatoire ?

– Vous étiez là pour l'affaire Johnson. C'est Walken qui a tiré.

Les yeux endormis se plissèrent et il se redressa sur son siège.

– Vous rigolez, là !

– Vous avez sûrement entendu parler de l'incident à Bonaventure. C'est Walken qui a enchaîné Roy à la tombe et qui l'a tué. Aujourd'hui, c'est le capitaine McVee qui a été grièvement blessé.

– McVee ? Qu'est-ce qui s'est passé ?

– On avait relié un explosif à sa porte d'entrée. Par un concours de circonstances fortuites, non seulement le capitaine McVee s'en est sorti mais il a vu et identifié Walken. Alors si vous savez comment entrer en contact avec lui, c'est le moment de me le dire, avant que quelqu'un d'autre n'en pâtisse.

– Je vous jure que je n'en sais rien. Vous êtes sûre qu'il s'agissait de Jerry ?

– Le capitaine McVee l'a formellement identifié.

– Bon sang ! Il était plutôt limite, les derniers temps, dans son travail, mais…

– Ça vous inquiétait ?

– Oui, plutôt. Mais, vous savez, j'avais moi-même tant de choses à faire, le mariage et tout… On ne traînait pas beaucoup à la fin de la journée. Pourtant, c'était un bon flic. Il savait garder la tête froide. Il était solide.

– Il y avait une femme.

– Oui. Il s'était fourré dans cette histoire… Il n'arrivait plus à penser à autre chose. Il voulait partir avec elle dans l'Ouest, là où les hommes étaient vraiment des hommes, etc. Ils allaient s'acheter un ranch dans le Montana. Je croyais que c'était ce qu'ils avaient fait.

– Comment s'appelait-elle ?

– Il disait Gwen, ou Guenièvre. Il ne voulait la présenter à personne. Ça m'inquiétait…

– Qu'est-ce qui vous inquiétait ?

– Franchement, lieutenant, ça me gêne. On était flics, tous les deux, copains, quoi.

– Le capitaine McVee a subi plus de trois heures d'opération.

– D'accord, maugréa-t-il en se frottant la mâchoire. Écoutez, c'était juste quand il avait bu un verre de trop, ou qu'il ne l'avait pas vue depuis longtemps. Ça le rendait nerveux. Et parfois, il perdait la boule.

– Ce qui donnait… ?

– Il braillait que le mieux serait de mettre une balle dans la tête du type, le mari. C'était n'importe quoi, dès qu'il se calmait il disait qu'ils attendraient d'avoir assez d'argent pour payer le ranch. Ils savaient déjà comment l'appeler.

– Camelot ?

– Ouais, puisqu'elle c'était Guenièvre. Il était fou d'elle. Elle devait le faire marcher, et c'est ce qui l'aura rendu fou.

– Non, je ne crois pas. Il avait d'autres amis, de la famille ?

– Il s'entendait bien avec toute l'unité. Pour lui, on était ses frères, ses frères d'armes, comme il disait.

Si bien qu'aucun agent n'avait été touché lorsque le corps de Charlie Johnson avait été criblé de balles.

– De la famille en dehors du boulot ?

– Il avait… il a… je ne sais plus ce qu'il faut dire… une mère, un beau-père, mais ils n'étaient pas très proches. Je crois qu'ils s'étaient installés en Californie quand lui n'avait qu'une vingtaine d'années. Alors il est resté seul ici et il s'est débrouillé. Mais bon, c'était plutôt un solitaire. Et ça ne s'est pas arrangé quand je me suis mis avec Marijay, mon épouse. C'est là qu'il a connu cette femme et que tout a commencé à dérailler.

Phoebe se leva.

– S'il prend contact avec vous ou si vous le voyez, il faut immédiatement m'en informer. Vous comprenez ?

– Lieutenant, s'il a fait ce que vous dites, c'est qu'il a perdu la tête. Moi, j'ai une épouse et un bébé, alors vous pouvez me croire : à l'instant où je reçois des nouvelles de Jerry, vous recevez des nouvelles de moi. Pas question que je prenne le moindre risque avec ma famille.

En quittant la maison, elle sortit son téléphone, aperçut Duncan adossé à la voiture, les mains dans les poches, les yeux au ciel où les étoiles essayaient de percer de fins nuages.

Tout en s'entretenant avec le commandant, elle s'assit sur le capot ; ensuite, elle appela l'hôpital pour vérifier l'état de David ; enfin, elle communiqua ses informations à Sykes.

Quand elle eut fini, elle resta un moment immobile en contemplant elle aussi les étoiles.

– Tu es d'une patience infinie, Duncan !

– Il y a beaucoup de choses qui en valent la peine.

– D'une certaine façon, c'est aussi ce que pense Walken ; il a longtemps patienté pour en arriver là. Tu vois l'homme, dans cette maison ? C'était son meilleur ami. En fait, si je lis entre les lignes, je dirais que c'était le seul. Un solitaire brutal, qui se cuitait de temps en temps et a laissé tomber son ami lorsque celui-ci s'est marié, qui ne lui a plus donné de nouvelles depuis trois ans. Je dirais qu'aujourd'hui il n'a plus d'ami, parce qu'il n'en veut plus. Il va falloir le repérer parce qu'il se cache quelque part dans cette ville. Et ça n'est pas ma spécialité du tout. Je vais donc devoir faire preuve de patience en laissant les autres travailler.

– Chacun fait ce qu'il peut, Phoebe.

Elle se réfugia contre lui :

– J'aime David plus que mon propre père, soupira-t-elle en se frottant les yeux. Je me souviens à peine de mon père. Il me prenait sur son dos, il me chatouillait, il sentait le savon. Mais je n'entends plus sa voix et je dois regarder sa photo pour me rappeler la tête qu'il avait. Quand on me parle de père, c'est d'abord à David que je pense.

– Viens, je te raccompagne chez toi.

– Je ne peux strictement rien faire de plus, ce soir.

– Si : dormir. Demain, tu y verras plus clair.

– Tu vas rester avec moi. Tu as promis.

– Ça va de soi.

Comme il s'attendait à retrouver la chambre de Steven, Duncan fut plutôt surpris quand, après que Phoebe eut embrassé Carly, elle le prit par la main et l'entraîna chez elle.

Un doigt sur les lèvres, elle ferma sa porte à clé.

– Il va falloir me faire l'amour en silence.

– C'est toi qui manifestes, maugréa-t-il en la poussant vers le lit. Mais si tu te laisses trop aller, je te bâillonnerai.

– Essaie plutôt ça.

Se haussant sur la pointe des pieds, elle lui ferma la bouche de ses lèvres.

– Viens, soupira-t-elle. Je te veux partout sur moi, en moi, autour de moi, sous moi. Je veux être encerclée, Duncan. Pour ne plus penser à autre chose.

Il l'allongea sur le lit, éloigna les mèches qui lui collaient au visage, lui embrassa les sourcils, les joues, le menton avant de s'emparer goulûment de sa bouche.

Peu à peu, il la sentait se détendre, ses épaules qui frémissaient, son dos qui s'assouplissait. Elle leva les bras, le temps qu'il lui ôte son chemisier, lui caressa le buste, le ventre, les hanches, jusqu'à tomber sur son arme.

– Je vois que j'ai affaire à un dangereux adversaire !

– Zut ! Je l'avais oublié, celui-là.

Elle roula sur les genoux, détacha l'étui, le déposa sur la table de nuit.

– Ne me dis pas que tu le laisses comme ça, n'importe où, avec Carly dans les parages ?

– Non, j'ai un casier en haut de mon placard. Mais, comme la porte est fermée, il restera ici en attendant.

– Bon. Écoute, j'allais justement…

Il l'attira contre lui.

– Là, dit-il en s'emparant à nouveau de ses lèvres.

Ils parlèrent à voix basse tout en se déshabillant l'un l'autre. Puis ils n'échangèrent plus un mot.

Il l'entoura, exactement comme elle l'avait demandé, de son souffle, de sa chaleur, de ses caresses, de ses mouvements. Dans la nuit, elle lui caressait la peau, la goûtait, s'enivrait de son odeur et des multiples sensations qu'il savait susciter en elle. Et puis ce fut elle qui l'entoura, s'empara de lui dans sa glorieuse moiteur jusqu'à ce qu'il en soit submergé.

Il voyait ses yeux briller dans l'obscurité, la regardait le regarder à travers l'exquise fusion de leurs deux corps.

Elle aurait dû se lever, ranger son arme afin de pouvoir rouvrir sa porte, mais elle se sentait si bien ainsi, nue près de ce corps ardent, la tête encore prise de vertiges, le cœur encore battant…

Comment avait-elle pu s'en passer si longtemps ? Cette intimité, ce plaisir, ce contact ? Comment avait-elle pu se passer si longtemps de lui ? Sa conversation, son soutien, son humour, sa compréhension ? N'était-il pas extraordinaire qu'à ce moment de sa vie elle trouve quelqu'un qui lui corresponde si bien ? Physiquement, mentalement, émotionnellement.

Peut-être se sentait-elle sentimentale et mal à l'aise, cernée, tourmentée. Mais elle avait trouvé quelqu'un qui l'aidait à garder les pieds sur terre. Quelqu'un d'autre qui pouvait répondre à ses questions ou lui indiquer que faire, car elle ne s'était pas rendu compte à quel point elle était fatiguée de toujours tirer le chariot seule.

– Avec toi, je me sens plus solide, Duncan.

– C'est bien, non ?

– Pour moi, formidable, merveilleux. Peut-être que ce n'est là qu'une euphorie d'après l'amour, mais en ce moment je me sens capable de tout assumer. Et ça ira bien parce que c'est obligé.

Il ne répondit pas tout de suite, se contentant de lui passer un doigt sur l'épaule.

– J'ai réembauché Suicide Joe.

– Pardon ?

– Phin sera furieux mais ça ne durera pas. Il se soigne. Et toi, Phoebe, tu sauves des tas de vies. Dont celle de Joe. C'est ton métier. Combien de gens peuvent en dire autant ? Alors oui, ça ira bien.

– Je ne suis pas certaine de vouloir sauver celle de Walken. C'est la première fois que j'éprouve un tel sentiment, comme si, ne serait-ce qu'un moment, je n'allais pas regretter la mort de quelqu'un. Voilà des années que je n'ai plus braqué mon arme sur qui que ce soit ; je ne l'ai jamais déchargée en dehors de la salle de tir. Mais là, je sais que je pourrais, que je n'hésiterais pas, si je passais la porte et qu'il était là. Et ça ne me pèse même pas de savoir ça.

– Pourquoi voudrais-tu ?

– Parce que ce n'est pas ma vocation. Il y a longtemps, quand Reuben nous tenait, je me disais que je pourrais sortir un couteau de la cuisine, ou lui prendre son arme, pour le toucher. Le tuer, si possible, à cause de ce qu'il nous faisait. De nous garder ainsi, morts de peur, d'avoir fait couler ce sang sur le visage de maman, de faire trembler Carter. C'est la première fois, depuis cette époque, que j'éprouve de nouveau cela. Pourtant, quand tout a été fini, j'étais soulagée qu'il ne soit pas mort. Il est allé en prison, et ça m'a suffi. Personne n'était mort dans cette maison. Je ne sais pas si, quand tout sera fini, je ressentirai la même chose.

– Je ne suis pas du genre à me battre, ou disons que ça ne m'est plus arrivé depuis longtemps. Mais si Walken me tombait sous la main, là, par hasard, je lui ferais pisser le sang.

– Eh bien, nous formons un couple plutôt violent, on dirait.

– Dans un sens, oui, mais on ne cherche pas à le prouver aux autres.

– N'empêche que je vais vite enfermer mon pistolet dans sa boîte.

Joignant le geste à la parole, elle ramassa l'étui. C'est alors qu'il braqua la lampe sur elle :

– Il fallait que je voie ça : une jolie rousse nue, l'arme à la main ! Tu m'excites tellement que tu ne vas pas t'en tirer ainsi.

– Tu sais, il y a quelques heures, je n'aurais même pas cru que je pourrais terminer la journée ici, avec toi.

– Ça me rappelle que j'avais une autre question à te poser : quand tout ça sera fini, que dirais-tu de prendre un peu de vacances avec moi ?

Cela faisait tellement de bien de se voir proposer des projets aussi humains ! pensa Phoebe en rangeant son arme. Elle sourit en imaginant Paris ou Rome, Tahiti ou le Belize.

– Ça pourrait se faire, répondit-elle. Où voudrais-tu aller ?

– À Disney World.

Elle en laissa tomber le pistolet avec un petit bruit et resta devant le placard ouvert, les yeux dans le vague.

– Tu veux aller à Disney World ?

– J'en rêve depuis que je suis gosse. Parfois je m'asseyais dans mon lit et j'y pensais des heures durant. Tout semblait tellement bien se passer là-bas ! Les couleurs, la musique, la joie, les personnages de BD grandeur nature qui se promènent parmi vous. Je n'y ai pas mis les pieds tant que j'étais enfant. Après j'y suis allé, deux fois, histoire de dire que je connaissais.

Elle remit soigneusement la boîte à sa place, sur l'étagère.

– Et tu t'es senti heureux ? C'était comme tu voulais ?

– Ouais, on peut dire ça. Je suis sûr que Carly adorera. Ce doit être le plus bel endroit du monde quand on a sept ans.

Elle revint sur lui sans cesser de le dévisager, assis sur le lit, nu, les cheveux en bataille, un sourire béat aux lèvres alors qu'il rêvait non de la Ville lumière ou de vacances romaines, mais de montagnes magiques et d'éléphants volants.

– Tu veux emmener Carly à Disney World ?

– Tu peux venir aussi, si tu veux. Je t'achèterai des oreilles de souris.

Une lourde menace pesait sur eux, tout à fait réelle, très proche. Sa relation avec elle le mettait dans une position aussi périlleuse que la sienne.

– Duncan... murmura-t-elle en lui prenant la main.

Il lui décocha son sourire à fossettes :

– Phoebe.

– Veux-tu m'épouser ?

– Si je veux... c'est quoi, ça ?

Sa main avait tressailli et elle vit son expression se figer mais ne s'en offusqua pas :

– Tu es l'homme le plus gentil que j'aie jamais rencontré, et ce n'est pas rien puisque j'ai déjà Carter et David. Tu me fais rire, tu m'obliges à réfléchir. Tu es généreux, intelligent... Voilà une importante association de qualités sans lesquelles on devient presque ennuyeux. Quant à ta loyauté innée, je l'admire sincèrement.

– Tu oublies le sexe.

– Non, pas un instant. Puisque j'en suis aux compliments, sache donc que je n'ai jamais connu de meilleurs moments qu'avec toi. Ma vie est compliquée, pleine de responsabilités. Tu es le seul en qui j'aie assez confiance pour te demander de la partager. Le seul que j'aime assez pour ça. Et je t'aime, Duncan. Je t'aime tant ! Attends, attends ! ajouta-t-elle en voyant son regard changer. Laisse-moi terminer. J'aime tout ce qui se rapporte à toi, et j'avais l'intention de te le dire ce soir, sauf que je n'avais pas prémédité cette demande. Seulement voilà, je me suis perdue en plein Disney World.

– C'est Disney qui t'a inspirée ?

– Oh oui ! Je sais que nous ne nous connaissons pas depuis longtemps. Juste depuis…

– La Saint-Patrick.

– C'est ça. Alors tu as peut-être besoin d'y réfléchir et Dieu sait que ce n'est pas une chose qu'on décide ainsi, mais…

– Où est la bague ?

– La bague ?

– C'est quoi, cette demande? Tu ne m'as même pas acheté de bague de fiançailles ?

– Euh… j'ai été plutôt occupée ces derniers temps…

Il poussa un long soupir exagérément douloureux.

– Je ne sais pas si je peux prendre cette demande au sérieux sans bague. Mais je vais peut-être faire une exception pour cette fois-ci.

Il se pencha vers elle pour murmurer au bord de ses lèvres souriantes :

– Je comptais te faire ma demande à Disney World.

– Tu… c'est vrai ?

– J'avais l'intention de t'emmener faire un tour dans les tasses tamponneuses, histoire de te donner le vertige, ou de te mettre sur les genoux dans les montagnes russes, pour frapper quand tes défenses seraient amoindries. Bien entendu, j'aurais apporté une bague.

Elle le repoussa sur le lit, se coula sur lui.

– J'aime que les choses soient claires : ça veut dire oui ?

– Tu avais déjà gagné en entrant dans le studio de Suicide Joe.

Elle fit la moue :

– Pour ce que tu savais de moi à l'époque, j'aurais aussi bien pu être mariée, avec six enfants, ou lesbienne.

– Dans ce cas, j'en aurais pincé pour toi le restant de mes jours. Mais j'ai de la chance. Voilà un moment que je suis sur une piste qui m'a mené directement à toi. Tu m'as conquis, Phoebe, dès la première fois où je t'ai vue entrer, et depuis cet instant je me laisse noyer d'amour sans chercher à me raccrocher nulle part.

Il lui repoussa les cheveux derrière les oreilles :

– Je ne veux pas de complications et les responsabilités ne représentent qu'un aspect de la vie si on ne se prend pas la tête. On fera les choses comme il faut, toi et moi. Alors, oui, j'accepte ta demande en mariage même si tu ne me mets pas la bague au doigt.

Elle se posa sur lui, joue contre joue :

– Je ne t'ai même pas exposé les complications de ma vie. Je dois vivre dans cette maison. Je ne peux pas…

– J'aime cette maison. Ce n'est pas une complication, c'est une belle demeure ancienne sur Jones Street.

– Ma mère…

– Est géniale. Si je ne pouvais t'épouser, c'est à elle que j'aurais fait ma demande. Elle m'aime beaucoup… comme toutes les femmes.

– Comme tu dis… Je voulais… Il faudra que tu sois un père pour Carly.

– Tu avais intérêt à me le demander, sinon… Rassure-toi, Phoebe. Inutile de négocier. Pour moi, ça va de soi.

– J'en suis très heureuse ! Tu ne trouves pas bizarre de se sentir heureux quand tout va de travers ?

– On rétablira ce qui va de travers. On est assez doués pour ça, tous les deux.

Le regard tourné vers la fenêtre, elle reprit rêveusement :

– Le jour va bientôt se lever. Il va falloir s'y remettre.

– Profites-en, tant que tu es heureuse, pour dormir un peu.

Quand elle rouvrit les yeux, le soleil brillait et sa fille frappait à la porte. Heureusement qu'elle l'avait laissée fermée à clé !

Phoebe secoua Duncan qui grogna une phrase inaudible, puis elle sauta du lit.

– Une minute, ma chérie !

– Maman, pourquoi tu as fermé ? Ça va, maman ?

– Très bien.

Elle se précipita vers le placard pour y prendre sa robe de chambre.

– Très bien, Carly. Descends m'attendre à la cuisine, j'arrive !

– Tu as fermé ta porte, je vais le dire à mamie !

– Non ! Attends une minute.

Tout en enfilant la deuxième manche, elle courut vers la porte, passant devant Duncan qui bâillait et cherchait son jean à tâtons. De l'index, Phoebe lui fit signe de se taire puis entrouvrit la porte.

– Je dormais, ma chérie. Je suis rentrée très tard. Je descends dans cinq minutes.

– Mais ta porte était fermée.

– Oui, ce n'est pas grave. Je vais…

– La voiture de Duncan est devant la maison, mais lui il n'est ni en bas ni dans la chambre de Steven.

– Écoute, va demander à Ava de te préparer des gaufres pour le petit déjeuner.

– Duncan est chez toi ?

La gamine dansait d'un pied sur l'autre en penchant la tête pour tenter d'apercevoir quelque chose par la fente, et Phoebe en faisait autant pour lui boucher la vue.

– Il a dormi avec toi ? ajouta la voix flûtée de l'enfant.

– Pris la main dans le sac ! s'écria Duncan en ouvrant en grand. Salut, Carly !

– Salut. La porte de maman était fermée, alors je n'ai pas pu entrer.

– On est rentrés très tard, répéta Phoebe.

– Comment ça se fait que tu aies dormi dans la chambre de maman ?

– Et moi, je t'en pose des questions, le matin, avant le petit déjeuner ?

– Tu as fait un cauchemar ? Moi je viens chez maman quand ça m'arrive.

– En fait, dit-il en prenant Phoebe par l'épaule, c'est à moi de t'en poser une : qu'est-ce que tu dirais si on t'annonçait que ta maman et moi on va se marier ?

La gamine écarquilla les yeux, les interrogeant du regard, l'un après l'autre :

– Parce que vous êtes amoureux et que vous voulez dormir dans le même lit ?

– C'est ça.

– Et tu serais mon beau-papa ?

– Oui.

– Je pourrai avoir une nouvelle robe quand vous vous marierez ?

– Évidemment.

– Ma copine Dee a aussi un beau-papa, et maintenant elle a un nouveau petit frère qui s'appelle William. Je pourrai en avoir un, moi aussi ?

– Et si c'est une petite sœur, on devra l'appeler William quand même ?

Carly pouffa d'un petit rire malicieux.

– Les filles ça s'appelle pas William ! On pourrait d'abord avoir un chien qui s'appellerait William, et puis…

– N'en profite pas trop ! la prévint Phoebe.

– Attends, intervint Duncan. On ne fait que discuter.

Il s'accroupit pour se trouver face à la fillette :

– Je vais voir ce qu'on pourra faire. Si je t'en apporte un, qu'est-ce que tu me donneras à la place ?

Elle rosit, porta un doigt à ses lèvres et le posa ensuite sur la joue de Duncan :

– Rien qu'une petite bise pour un bébé et un chien ? Vous êtes dures en affaires, vous les MacNamara !

Elle pouffa encore et le rose passa au rouge tandis qu'elle se jetait au cou de Duncan pour l'embrasser avec fougue.

Jamais, pensa Phoebe en les regardant, jamais elle n'avait vu Carly se comporter ainsi avec Roy.

– Bon, conclut Duncan, j'aime mieux ça. Alors je vais passer une chemise pour que les dames de cette maison ne tombent pas en pâmoison en me voyant descendre. Tu verras, on sera bien ensemble.

– D'accord.

Elle lui décocha un sourire radieux et s'en alla en sautillant.

– On dirait qu'elle approuve. On va voir maintenant ce qu'en dira Essie… Quoi ?

Pris d'effroi, il voyait soudain Phoebe le visage baigné de larmes.

– Qu'est-ce que j'ai fait ?

Elle avait la gorge tellement serrée qu'elle ne put que secouer la tête en le prenant dans ses bras.

– On était déjà très bien ensemble sans toi, parvint-elle enfin à articuler. Mais ce sera tellement mieux avec toi !

– Tu pleures de joie ? Je préfère !

– De bonheur.

– Tant mieux. Alors… ce petit chien ?

29

Tout se déroulait comme prévu, l'endroit semblait parfait, un vrai coup de chance. À moins qu'il ne faille y voir un signe du destin. C'était Angela qui le regardait d'en haut, qui le guidait.

Ce serait aujourd'hui.

Dommage, tout de même, que McVee ne se soit pas éparpillé en mille morceaux à travers Barnard Street. Sa putain de voisine était intervenue trop tôt, mais l'enfoiré en avait quand même pris plein la gueule ; il s'était pas mal envolé, façon Superman.

Il lui avait fallu faire appel à toute sa volonté pour ne pas sortir son 9 mm et l'arroser de balles, lui et sa pute de voisine, alors qu'ils gisaient dans leur sang au bord du trottoir.

Mais, aussi satisfaisant, aussi juste que ça aurait pu être, ça risquait de gâcher le reste. Alors que la fin de la partie était en vue.

Après tout, il restait encore une chance que McVee meure. Mieux encore, il en restait une de supprimer l'amant, pour faire bonne mesure. Malheureusement, il avait fallu renoncer au projet d'exploser cette pédale de frère devant la maison où ils avaient grandi, avec une veste chargée d'explosifs.

Quelle bande de lâches ! Ils se cachaient dans cette maison, dans les jupes des femmes. Ils ne valaient même pas la peine que Walken y songe, il avait mieux à faire de son temps.

Il continua de charger son dispositif.

On devait le rechercher maintenant. Grand bien leur fasse. Dans quelques heures, on saurait où le trouver, là où il avait choisi de se rendre, à faire ce qu'il avait prévu de faire.

Avant qu'il en ait terminé, tout le monde saurait que Phoebe MacNamara avait tué un ange, aussi sûrement que si c'était elle qui avait tiré. Et quand ce serait fini, tout serait bel et bien fini.

– Il a démissionné et déménagé. Il lui restait deux mois de bail. Il a laissé un chèque.

Devant le lit de David, Phoebe énumérait les éléments de sa liste.

– Il avait deux cartes de crédit à cette époque. Aucune n'a plus connu la moindre activité en trois ans. Il n'a pris contact avec personne, ni son meilleur ami, ni son ancien supérieur hiérarchique. Il avait un compte en banque ainsi que quelques économies, au total six mille dollars et des poussières, ainsi qu'un coffre. Et il a tout récupéré le jour où il a quitté son service. Il y avait un pick-up Chevrolet de 2001 enregistré à son nom. Il l'a vendu huit mille dollars en espèces à un certain Derrick Means, un voisin de son immeuble. Nous vérifions tout ça mais n'espérons pas en tirer grand-chose. Il a également déclaré un 9 mm Smith & Wesson et un 8 mm Remington semi-automatique. Ses amis savaient qu'il possédait aussi un fusil de chasse à lunette, un Remington semi-automatique, et un pistolet de calibre 22 qui lui venait de son père.

– Il aime les armes.

– On dirait. C'est un tireur d'élite, qui a appris le maniement des explosifs durant son service à l'armée. Il a également travaillé au sein de notre service de déminage, avant de demander à être muté dans les brigades d'intervention. Il se trouve quelque part dans Savannah ou non loin de la ville mais, pour autant que nous sachions, vous êtes le seul à l'avoir vu.

Elle leva les mains :

– Je ne sais pas quoi faire. Je suis négociatrice, pas enquêtrice.

– Un casse-tête est un casse-tête, Phoebe. Il faut savoir assembler les pièces dans l'ordre.

– J'en possède quelques-unes. Il me tient pour responsable de la mort d'Angela Brentine, peut-être parce qu'il ne peut s'en prendre à personne d'autre. Il faisait partie de l'équipe, ce jour-là, David. Il était sur les lieux lorsqu'elle est morte, sa lunette orientée sur la banque ; il attendait le feu vert. Nous ne connaissions pas le nom des otages ou des blessés. Il ne savait pas qu'elle était là, morte ou mourante, alors qu'il attendait dehors et que les heures passaient.

– Inefficace, impuissant.

David ferma les yeux pour calmer la douleur qui lui martelait le crâne.

– Lancelot n'a pas sauvé Guenièvre.

– Et il s'en veut à mort. Il était là, à traîner pendant qu'elle se vidait de son sang. Pendant que je les retardais en discutant avec ses assassins pour qu'ils sortent les mains en l'air. Ils s'en sont sortis, elle est morte, à cause de mes décisions. Du moins c'est ce qu'il croit. Mais ce n'est pas ça qui va nous aider à le trouver.

– Pourquoi s'en est-il pris à Roy ?

Pense comme lui, se dit Phoebe, *mets-toi à sa place.*

– À cause de sa relation avec moi, nous avions un enfant ensemble, nous avions été mariés. L'époux… un symbole. Beaucoup plus difficile d'atteindre Brentine que Roy. Et puis Roy était à moi. Il veut détruire ce qui est à moi, comme j'ai détruit ce qui était à lui.

– Pas juste la femme, souffla David en prenant son verre pour boire à la paille. C'est l'image qu'il se faisait de lui-même qui a été détruite. Il n'a fait qu'attendre les ordres, perdu dans la masse des intervenants, au lieu de s'avancer seul dans la rue pour l'épreuve de force.

– Mais cette fois il est prêt. Il remonte la chaîne. Roy d'abord, et puis vous. Tout le monde sait que nous sommes proches. Et que je suis devenue négociatrice grâce à vous. Dès lors, je me trouvais à la banque à cause de vous.

Comme elle le voyait grimacer de douleur, elle demanda :

– Vous voulez que je fasse venir l'infirmière ? Vous devriez vous reposer, vous devriez…

– Non. Continuez. Ça me permet de penser à autre chose. Si vous appelez cette infirmière, elle va revenir me prendre du sang. Je vous jure, les hôpitaux, c'est comme un repaire de vampires. On ne vous suce jamais assez de sang.

Regrettant de ne pouvoir faire davantage pour lui, elle remonta ses draps.

– Les cadavres d'animaux pour souiller ma maison, pour saper mon impression d'être en sécurité. Un serpent, un lapin, un rat. Il vit sans doute en dehors de la ville. Sinon, il n'aurait pu tirer discrètement sur un lapin. Et puis ce serait plus intelligent, plus sûr, de vivre à la campagne. Les gens ne se préoccupent pas d'un voisin discret, éloigné. Une petite maison. Il lui faut donc un véhicule. On cherche encore par quel moyen il s'est rendu à Hilton Head. Tous les flics de la région ont reçu sa photo. Il doit le savoir. Il doit savoir que vous vous en êtes sorti, que vous l'avez vu, et que nous le recherchons.

D'après moi, il a le choix entre deux options : laisser tomber et fuir, ou en finir. Il ne va sûrement pas laisser tomber.

– Il faut vous attendre à ce qu'il s'en prenne à vous.

– C'est ce que j'essaie de faire. Savez-vous que j'ai dû ligoter la famille pour les empêcher de venir vous voir ? Et j'ai reçu l'ordre de vous donner l'ordre de venir à la maison dès qu'on vous relâchera, de façon que maman et Ava puissent vous gâter pendant que vous récupérerez.

– Elles me feront de la tarte aux pêches ?

– Promis. Quand allez-vous vous décider à donner un rendez-vous à Ava ?

– Pardon ?

– Quand est-ce que, tous les deux, vous allez cesser de vous jeter des regards en coin ? Vous êtes deux adultes divorcés, bon sang ! Je suis sûre qu'elle n'a pas fermé l'œil de la nuit.

– Eh bien, je…

– Je ne sais pas combien de fois elle m'a demandé ce matin de vos nouvelles, ou insisté pour venir vous voir, ou m'a priée de vous dire qu'elle pensait à vous.

– C'est une amie, depuis longtemps.

– David, ma mère est votre amie ! Vous n'allez pas me mentir sur ce qui aurait pu être votre lit de mort en prétendant que vous éprouvez les mêmes sentiments pour Ava que pour maman ?

– Je ne crois pas…

– Qu'est-ce que vous voulez ? Je sais repérer les émotions et les tensions. Si vous êtes trop troublé pour me le dire, et c'est si adorable de vous voir rougir, c'est moi qui vous le dirai. Vous voulez inviter Ava à un dîner aux chandelles dès que vous serez sur pieds.

Il s'agita de nouveau mais, cette fois, Phoebe put constater que ce n'était pas la douleur qui l'animait.

– Il se trouve que je pensais à elle alors que je rentrais chez moi, hier. Avant. Je me disais que le moment était mal choisi pour l'inviter.

– Le moment est à peu près toujours mal choisi.

Souriante, elle lui caressa la tête :

– J'ai demandé à Duncan de m'épouser. Il a dit oui.

David ouvrit puis referma la bouche.

– Vous ne cesserez de me surprendre, ce matin.

– Je me surprends moi-même. Toute ma vie, je l'ai attendu. Vous me mènerez de nouveau à l'autel, j'espère ? Je parie que cet homme-là saura me garder.

– Je n'en doute pas. Je suis heureux pour vous.

– Et moi donc ! Mais vous, David, voilà beaucoup trop longtemps que vous attendez. Invitez Ava à dîner, pour que votre vie commence enfin.

En sortant de la chambre de David, Phoebe retrouva Liz qui l'attendait :

– Merci encore de m'avoir laissé le temps de le voir.

– Pas de problème. Comment va-t-il ?

– Assez bien pour me rassurer un peu. Et je suis très contente que tu acceptes de faire à nouveau équipe avec moi aujourd'hui.

– Encore une fois, pas de problème. Ce Walken a tenté d'assassiner l'un des nôtres. On est tous concernés, au commissariat. Il ne pourra pas se cacher longtemps.

– Et il ne fuira pas, dit-elle en sortant dans la chaleur moite. L'orage n'a pas rafraîchi l'atmosphère. Au contraire, il l'a rendue plus humide.

– C'est comme ça, l'été à Savannah. On aime ou on n'aime pas.

Comme le téléphone de Phoebe sonnait, Liz ajouta :

– Décroche, je conduirai.

– Je crois que c'est lui.

Elle montra l'écran à Liz. Hochant la tête, celle-ci sortit son propre appareil.

– Phoebe MacNamara.

– Comment va David ?

– Bien, merci. Vous avez complètement merdé, cette fois.

– Non. Les impondérables, Phoebe. Tu connais pourtant. Ça arrive. Je sais que vous me cherchez.

– Ça n'a pas l'air de vous troubler, Jerry.

– Pas du tout. Vous ne me trouverez pas tant que je ne serai pas prêt. Tu portes un gilet pare-balles, Phoebe ?

Le cœur battant, elle poussa Liz à l'abri derrière la voiture.

– Il fait trop chaud pour ça, Jerry. Et vous ?

– Je crois que j'aurais pu t'en mettre une derrière la tête, et aussi dans celle de ta voisine brune. Mais j'ai d'autres idées. On en reparlera.

Il raccrocha et elle se retrouva au milieu de la rue, l'arme à la main.

– Il était là ! lança-t-elle à Liz. Il nous a vues entrer, ou sortir, mais je ne crois pas qu'il soit encore là. Il a dit « derrière la tête ». Il nous a donc vues entrer. Il n'est plus là.

Comme son téléphone sonnait de nouveau, elle sentit son cœur bondir dans sa gorge mais lut cette fois le nom de Sykes.

– Vous avez trouvé quelque chose ?

– Oui, un certain Grimes, Samuel, aurait loué une Toyota chez Budget, à l'aéroport, jeudi dernier. Il l'a laissée à Hilton Head samedi après-midi. Je vois une copie de son permis de conduire. C'est Walken. Les cheveux plus foncés, des lunettes, mais c'est lui. Il a utilisé une Visa. Le permis mentionne une adresse dans le Montana, mais la carte de crédit en indique une autre à Tybee.

– C'est là ! Répercutez l'adresse et les informations au commandant Harrison.

Elle grimpa dans la voiture.

– Quelle adresse, au fait ?

Ma Bee arborait un sourire béat en portant le téléphone de la cuisine sur son oreille droite.

– Dois-je comprendre que je vais en fin de compte avoir des petits-enfants blancs ?

– En fait, vous allez commencer par une petite-fille qui a déjà sept ans. Ensuite, on verra ce qu'on pourra faire. Si vous m'aidiez à trouver un diam ?

– J'adore tout ce qui brille et mon goût est renommé dans le monde entier, tu sais.

– Aujourd'hui ? J'ai deux trois choses à faire, mais je pourrais repasser vous prendre et on repartirait et…

– Et alors, je n'ai pas de voiture, peut-être, qui peut m'emmener où je veux ? Dis-moi où et j'irai.

– Je me suis dit que si je ne trouvais pas chez Mark D's sur Abercorn, je ne trouverais nulle part.

Elle émit un sifflement :

– Mark D's ? C'est le plus cher de tous !

– Ça tombe bien. Et il se trouve que j'ai déjà appelé et que M. D. en personne se fera un plaisir de nous montrer ses modèles les plus exclusifs. Parce que j'ai aussi envie de gâter Carly. Vous savez, quelque chose qui pourrait convenir à une petite fille.

– Toi, tu feras un père exemplaire. À quelle heure veux-tu qu'on se retrouve ?

– Disons autour de midi. Ensuite, si vous faites du bon travail, je vous inviterai à déjeuner.

– Je ne manquerai pas ça. J'ai trop envie de t'aider à dépenser ton argent.

La brigade d'intervention était déjà sur place lorsque Phoebe arriva. Elle trouva l'endroit bien choisi, assez éloigné de la plage, dans une vieille maison un peu délabrée.

Pour la deuxième fois de la journée, elle sortit son arme, alors que les hommes enfonçaient la porte.

– Pas de voiture, commenta Harrison. Ni de bicyclette ni de scooter.

– Ni de Walken. Il n'est pas là, mais maintenant, il n'a nulle part où se réfugier.

Sykes arriva en courant :

– Lieutenant ! On vient de recevoir le renseignement. Il a une Escalade de 2006. On a le numéro de la plaque. On l'a transmis à toutes les patrouilles.

– Bon boulot, inspecteur !

– On entre, annonça Harrison.

Walken avait dû louer la maison meublée. Vieux fauteuils, vieilles tables, sans prétention mais fonctionnels. L'ensemble plutôt propre. Le lit au carré et, sur la table de nuit, une photo d'Angela Brentine, ainsi qu'une rose rose.

L'homme se voyait comme un soldat romantique.

– La deuxième chambre est bouclée, dit Harrison. Les persiennes fermées. On vérifie s'il n'y a pas de piège avant d'ouvrir.

– C'est un peu spartiate, non ? observa Phoebe. Ça sent le QG militaire. On devrait voir le propriétaire et les gens qui vivent dans les alentours.

Elle ouvrit le placard :

– Ses vêtements sont là, bien pendus.

– Brosse à dents, maugréa Harrison. Crème à raser, articles de toilette de base dans la salle de bains. Il ne cherche pas à fuir.

– Non. Mais ça ne veut pas dire qu'il va revenir.

Elle entendit le craquement de la deuxième porte qui cédait.

– Lieutenant ? lança un des membres de la brigade. Venez voir ! On a trouvé son nid.

En traversant le corridor, elle sentit son sang se glacer. Un mur entier couvert de photos, son visage partout, avec toutes les expressions possibles. Elle debout devant sa maison, s'entretenant avec Mme Tiffany, promenant Carly dans le parc, avec sa mère dans la véranda.

Toute la famille le jour de la Saint-Patrick ; et encore elle, dans les bras de Duncan, le soir où ils avaient dîné sur son bateau, ou assise sur un banc, comme Forrest Gump, à Chippewa Park. Et toujours elle, en train de faire des courses, de conduire, de dîner.

Un frisson la parcourut et elle se retourna.

Sur le mur d'en face apparaissait un immense portrait en buste d'Angela, devant lequel il avait disposé des bougies et des roses.

Elle examina l'établi, une longue table, des planches. Dessus, méticuleusement disposés, un ordinateur portable, un scanner de police, des produits chimiques, des câbles, tout ce qui pouvait servir à fabriquer un minuteur, des bandes, de la ficelle, des outils. Elle aperçut aussi le fusil de chasse et la carabine.

– Il a pris ses armes de poing.

– Il a ici des perruques, des lunettes, des fausses barbes, du maquillage, énonça Liz. Mais pas de journal, à moins que sur son ordinateur…

– Pourquoi est-ce qu'il ne l'a pas emporté ? Ni ça, ni rien de ce qui devait tant compter pour lui. Il sait qu'on connaît son nom, qu'on a sa photo.

– Il ne pouvait être certain qu'on l'identifierait avant de t'avoir appelée, fit remarquer Liz.

– Il a toujours une longueur d'avance. Pourquoi, tout d'un coup, se posterait-il en arrière ? Il nous abandonne un équipement coûteux, facile à emporter.

Elle ramassa un appareil photo, le retourna, vit le bouton de rose gravé dessous. Celui d'Angela.

– Il comptait revenir ici, reprit Liz.

– Je ne crois pas, répondit Phoebe en remettant l'appareil à sa place. Je crois qu'il estime en avoir terminé ici et qu'il comptait bien nous y voir débouler. Mais où peut-il être ?

Elle s'approcha d'un autre mur couvert de photos de Savannah, ses banques, ses boutiques, ses restaurants, ses musées, à l'extérieur et à l'intérieur.

– Il ne fait rien au hasard. Il a toujours un objectif précis. Alors pourquoi ces photos ?

– Et où sont les autres ? interrogea Liz. Il en a détaché, leur place reste vide.

– S'il les a emportées avec lui, c'est qu'il en avait besoin. Sans doute des cibles. Ce sont des photos numériques, non ?

Phoebe reprit l'ordinateur :

– Je suis sûre qu'on les trouvera dedans. Ainsi, on saura quel lieu il vise. J'ai l'impression qu'il s'est donné le feu vert. C'est pour aujourd'hui.

Elle consulta sa montre, frémit en constatant qu'il était 10 h 55.

– C'est ça ! Comme dans *Le Train sifflera trois fois* ! Tous se passe sur le coup de midi. On a une heure pour le trouver.

Les mains dans les poches, Duncan jouait avec trois pièces de monnaie tandis que les ingénieurs en génie civil, l'architecte et Jake inspectaient l'entrepôt.

– Il va falloir presser le mouvement, Phin.

– C'est toi qui as fixé l'heure de rendez-vous, l'inspection.

– Oui, mais c'était avant.

– Si tu crois que Ma Bee t'en voudra de la faire patienter dans une bijouterie c'est que tu ne la connais pas.

Duncan consulta sa montre : 11 h 10.

– Je ferais peut-être bien de l'appeler, de lui dire que c'est reporté à midi et demie.

– Elle doit être partie, d'autant qu'elle devait voir Lou. Et devine pour lui raconter quoi ! Mais bon, on ne peut pas demander de réfléchir à un homme sur le point d'acheter une bague de fiançailles.

– Tu es passé par là.

– Oui et je ne m'en plains pas, répondit Phin en lui envoyant une claque dans le dos. Pense plutôt à tes affaires. Ma Bee et Lou sauront s'occuper si tu es en retard. Lou a dit qu'elle prendrait une heure pour déjeuner, deux s'il le fallait. Alors prépare-toi.

Phoebe faisait les cent pas devant le laboratoire où l'on examinait l'ordinateur. *Une longueur d'avance*, se dit-elle. *Il a toujours une longueur d'avance.*

– Un endroit qui ait un rapport avec elle, plutôt qu'avec moi.

Sa famille était à l'abri, elle s'en était encore assurée vingt minutes auparavant. Elle avait pu s'entretenir avec Carly, avec sa mère, même avec les flics de garde.

– La banque où Angela a été tuée reste sous surveillance, dit Liz. S'il s'en approche, on le tient.

– Ne t'inquiète pas, il le sait. Mais si c'est là sa cible, ça ne l'arrêtera pas. Il estimera avoir pris assez d'avance pour pouvoir frapper avant notre intervention. Pourtant ce serait trop facile, je crois qu'il a choisi une autre cible. Plutôt un restaurant où ils se seraient rencontrés, un hôtel, un motel, ou même un parc. Il faut avancer à coup sûr, Liz.

Elle reprit les éléments qu'elle possédait :

– Ce n'est pas par hasard qu'il a fait exploser un homme à Bonaventure, pas plus qu'il n'a choisi au petit bonheur un capitaine de police pour lui faire subir le même sort tout près du commissariat.

– Il veut de l'énorme, du tape-à-l'œil. Et quoi de plus énorme, de plus tape-à-l'œil que ça ?

Par la porte vitrée, Liz désignait les photo de l'hôtel de ville, du tribunal, du commissariat.

– Lequel des trois, d'après toi ? demanda Phoebe.

– On les met tous en alerte. Mais si ça doit avoir un rapport avec Angela, ça ne colle plus.

– Tu as raison. Il ne peut pas non plus atteindre Joshua Brentine ; d'ailleurs elle allait le quitter, donc ça en fait une cible de second ordre.

– De toute façon, la sécurité a investi sa maison et son bureau.

– Combien de temps va-t-il leur falloir pour ouvrir ces fichiers ? Même s'il les a détruits, ils se trouvent bien quelque part. C'est comme ça que ça se passe, non ? Bon sang ! On n'a plus que vingt minutes avant midi.

À midi moins dix, Ma Bee et Liz entraient chez Mark D's, se régalant à l'avance de ce qu'elles allaient voir et du déjeuner qui les attendait. Ma Bee avait enfilé ses chaussures de shopping et une robe mauve vif ; elle avait mis son rouge à lèvres de fête et quelques gouttes de son parfum français préféré.

– Tu sais, j'aurais pu me charger de cette affaire toute seule.

– C'est ça, et tout le plaisir aurait été pour vous ? Vous avez déjà fait ça avec chacun de vos garçons, tandis que c'est ma première occasion de voir comment on choisit une bague de fiançailles.

Comment trouvez-vous cet endroit ? Toutes ces lumières, tous ces scintillements, cette politesse feutrée…

– Comme ça, ils peuvent vous faire payer plus cher.

– Mais ces petits écrins noir et argent Mark D's, ça en jette ! Quand Phin m'a offert ce bracelet, à Noël, j'ai gloussé comme une gamine. Et je ne vous dis pas comment s'est terminée la nuit…

– Ouais, grommela Ma Bee, n'empêche que je ne vois toujours pas de petit-fils se pointer à l'horizon.

– On y pense.

– Pensez plus vite. C'est que je ne rajeunis pas, moi ! Mais tu as raison, on va en prendre plein les yeux en attendant Duncan.

Arnold Meeks s'ennuyait à mourir. Au fond, il n'était qu'un vulgaire vigile qui faisait le pied de grue pendant que des touristes et de riches habitants de Savannah entraient et sortaient sans s'en faire. Pourtant, les touristes étaient les pires, ils ne songeaient qu'à s'extasier sans jamais rien acheter. Tandis que les riches, la plupart du temps des salopes, prenaient des airs pincés.

Son père finirait bien par arranger les choses. Quelques boutons à pousser, quelques pattes à graisser, et il retrouverait bientôt son poste au lieu de rester à guetter les voleurs à l'étalage.

Depuis des semaines qu'il se trouvait coincé dans cette tâche humiliante, il n'avait en tout et pour tout dû intervenir que deux fois.

Qu'un enfoiré vienne donc attaquer le magasin, pour voir ! Il pourrait enfin se défouler, tout en devenant un héros. Passer à la télé.

Reprendre ce poste qu'il n'aurait jamais dû quitter.

Il eut une moue de dépit en voyant entrer les deux femmes noires. Comme si cette vieille femme en grosses chaussures plates pouvait se permettre de seulement y mettre les pieds ! La jeune était plus appétissante, quand on aimait le genre Halle Berry, et semblait sûre d'elle. Peut-être pourrait-elle sortir une carte platine. Ou bien elle voulait juste se la jouer.

Meeks inspecta les alentours.

Une dizaine de personnes traînaient autour du magasin. Trois vendeuses, qui gagnaient plus que lui avec leurs fichues commissions en faisant de la retape et en entraînant les gens à acheter des trucs dont ils n'avaient pas besoin, occupaient les comptoirs ou ouvraient des vitrines pour montrer des bijoux.

L'endroit était équipé de caméras de sécurité et d'alarmes, y compris l'arrière-boutique, où se trouvait en ce moment le patron dans l'attente de clients fortunés. Arnold avait entendu les rumeurs.

On pouvait conduire les grosses huiles dans ce petit salon pour que la populace ne les voie pas jouer avec les plus belles pièces. En revanche, s'ils voulaient être vus, on les installait à la table spéciale, dans l'angle.

Patsy, la blonde au large sourire, avait dit que Julia Roberts était entrée dans le petit salon, et que Tom Hanks avait préféré la table.

Il irait peut-être faire un brin de causette à Patsy. Son couple était fichu et, vu la façon dont les choses se passaient avec Mayleen, à cause de cette salope de MacNamara, il n'irait pas loin avec elle non plus. Il était temps de renouveler le cheptel. Rien qu'à voir la façon dont elle le regardait, dont elle ondulait des fesses en passant devant lui, il savait que Patsy lui était déjà tout acquise. Il l'emmènerait peut-être faire un tour un de ces soirs après le boulot. Pour voir comment elle se comportait au pieu.

Il regarda la porte qui s'ouvrait avec son habituel tintement, aperçut l'uniforme brun et jura intérieurement. Encore une livraison à la con. Il se dirigea vers l'importun.

Lou sortit son téléphone qui jouait *Jailhouse Rock* et adressa un clin d'œil à Ma Bee en lisant le nom à l'écran.

– Salut, beau gosse !

– Salut ma belle. Tu es avec Ma Bee ?

– On admire tout un tas de bagues de diamants. Où es-tu ?

– J'arrive, avec une sangsue pendue à mes basques et qui ne veut pas s'en aller.

– La sangsue a les mêmes yeux noirs que moi et mesure un mètre quatre-vingts ?

– Dans ces eaux-là. On sera là dans un petit quart d'heure.

– Prenez votre temps et dis à cet homme aux yeux noirs que j'ai sous les miens des boucles d'oreille en rubis qui vont le délester d'un paquet de dollars. Dans un quart d'heure, vingt minutes, ça risque de lui coûter encore plus cher.

– Dans ce cas, je prends mon temps. Il n'y a pas de raison que je sois le seul à dépenser de l'argent aujourd'hui !

La grosse aiguille approchait du douze lorsque Phoebe put enfin découvrir les photos. Elle se pencha sur l'épaule du technicien :

– J'en vois plusieurs qui étaient accrochées au mur, mais pas toutes. Ce motel, par exemple.

– À côté du centre commercial d'Oglethorpe, indiqua le technicien. Regardez, il a pris des vues de l'extérieur, du hall d'entrée et de cette chambre.

– C'était là qu'il retrouvait Angela quand il ne pouvait se rendre chez elle. Et ce restaurant, je le connais, un petit italien ! Près du centre commercial aussi. Ils ne risquaient pas de rencontrer le mari dans des coins pareils. Mais ce seraient des cibles trop minables par rapport à Bonaventure... Attendez !

Elle pointa un doigt sur l'écran :

– Là ! C'est Mark D's.

– À l'intérieur, à l'extérieur, devant, derrière. Je ne suis pas certain qu'on ait le droit de prendre des photos dans un pareil magasin.

– Sûrement pas, question d'assurance, de sécurité. Envoyez des voitures là-bas ! Liz, tâche de voir dans le dossier d'Angela quelles bijouteries elle fréquentait et liste-moi tous les achats qu'il a effectués avec sa carte de crédit dans les trois mois qui ont précédé la mort d'Angela. Allez, on file tous là-bas !

Six minutes encore avant midi. Peut-être n'était-il pas trop tard.

– Eh mon pote, tu n'as pas encore compris que les livraisons devaient avoir lieu le matin, avant l'arrivée des clients ?

– Moi, j'obéis aux ordres.

Il poussa ostensiblement vers Arnold son chariot chargé de trois gros colis.

– Et, ajouta-t-il, c'est ce que toi aussi tu vas faire si tu ne veux pas te prendre une balle dans le ventre. Boucle-moi cette porte, tête de nœud !

Posant une main sur la crosse du revolver d'Arnold, il précisa :

– J'ai un 9 mm Smith & Wesson braqué sur ton nombril. La balle y creusera un sacré trou si tu ne fais pas ce que je te dis tout de suite ; tu réfléchiras plus tard.

– Mais je te connais, enfoiré !

– Ouais, j'ai été flic autrefois. Alors on va faire comme ça.

Levant son arme, il en frappa le visage d'Arnold qui tomba à la renverse. Il n'attendit pas le premier cri des clients pour faire volte-face, les deux armes au poing. Et il sourit lorsque, comme prévu, quelque employé bien intentionné crut bon d'appuyer sur le signal d'alarme qui fit frémir l'assistance. Et bloqua les issues.

– Tout le monde à terre. Allez !

Il balança quelques balles au plafond, faisant éclater le cristal des lustres, et les gens plongèrent en hurlant.

– Sauf toi, la blondasse.

Il braqua le 9 mm sur Patsy.

– Par ici.

– Pitié ! Pitié !

– Tu meurs sur place ou tu viens ici. Cinq secondes.

Les yeux pleins de larmes, elle s'avança en trébuchant. Il lui coinça le cou sous son coude, lui posa le canon sur la tempe.

– Tu veux vivre ?

– Oui ! Oh, mon Dieu !

– Il y a quelqu'un derrière ? Si tu mens, je le saurai tout de suite et je te tuerai.

– Je… M. D., sanglota-t-elle. M. D. est dans l'arrière-boutique.

– Il a des écrans là-dedans, je suppose ? Il nous voit en ce moment. Tu ferais bien de l'appeler, blondasse. Parce que s'il n'est pas là dans dix secondes, il va perdre une première employée.

– Pas la peine.

Mark apparut sur le seuil, les bras levés. C'était un petit homme frêle d'une soixantaine d'années, à la moustache et aux cheveux blancs.

– Pas la peine de lui faire du mal. Pas la peine d'en faire à qui que ce soit.

– Ça dépendra de toi, pour commencer. Par ici. Ligote ton vigile, les mains derrière le dos.

– Il est blessé.

– Il mourra si tu ne fais pas ce qu'on te dit. Maintenant, chacun va vider ses poches, l'un après l'autre, à commencer par toi.

Il envoya un coup de pied dans l'épaule d'un homme en chemise hawaïenne et short kaki.

– Allez, tu me retournes ces poches. Le premier qui touche à son téléphone mobile, à une arme, ou seulement à un chewing-gum, je tire. Comment tu t'appelles, ma belle ?

– Patsy.

– C'est mignon. Je mets une balle dans l'oreille de la mignonne Patsy.

– Il a besoin de soins, déclara Mark, agenouillé devant Arnold. Je vais ouvrir les vitrines. Vous pourrez prendre ce que vous voudrez. La police va arriver. L'alarme.

– Ouais, c'est pratique.

Il entendait déjà les sirènes qui dominaient la sonnerie stridente de l'alarme. Plus rapide qu'il n'aurait pensé, mais c'était très bien comme ça.

– Il va falloir me couper ce boucan, mais surtout laisser le verrouillage, vu ? Si tu merdes, il y aura de la cervelle de Patsy partout sur ton beau parquet.

Il décocha un autre coup de pied à l'homme à la chemise hawaïenne :

– Debout ! Tu pousses ce chariot dans le coin nord-est.

– Je… je ne sais pas où est le nord-est.

Walken leva les yeux au ciel.

– Juste derrière, connard. Grouille ! Toi, traîne ce débile là-bas.

Il recula sans lâcher Patsy, la fit mettre à genoux.

– Prends quelques sacs d'emballage, Patsy. Tu vas ramasser les merdes que ces gens ont apportées ici, les mettre dans ces sacs et poser ces sacs sur le comptoir. Tous les autres restent face contre le sol. Non, pas toi, Mark, désolé ! Le coin nord-est. Je te vois, Patsy. Sois sage. Décroche le téléphone, Mark. Appelle la police. Tu vas leur répéter exactement ce que je te dirai. Ni plus ni moins, compris ?

– Oui.

– Bien.

Walken rangea l'arme d'Arnold dans sa ceinture, ouvrit le premier colis sur le chariot.

– Tu vois ce qu'il y a là-dedans, Mark ?

Le visage déjà blême de Mark vira au gris lorsqu'il regarda dans le colis.

– Oui.

– Il y en a encore plus là d'où ça vient. Vas-y, maintenant, appelle.

30

Phoebe se trouvait à quelques minutes de la bijouterie lorsque l'alarme s'arrêta. Elle se tenait à proximité et la brigade d'intervention se mettait en place lorsque l'appel à la police lui fut transmis.

Ici Mark D., c'est urgent. Un homme armé me tient en joue, moi et seize autres otages, dans mon magasin. Il a des armes et des explosifs ; il dit que s'il ne reçoit pas un appel du lieutenant Phoebe MacNamara dans les cinq minutes qui suivront la fin de cet appel, il tuera l'un des otages. Passé ce délai, il en tuera un nouveau toutes les minutes. Si quelqu'un d'autre que le lieutenant MacNamara tente de prendre contact avec lui par téléphone ou par n'importe quel moyen, il tuera un otage. Si quiconque tente de pénétrer dans ce bâtiment, il fera tout sauter. À partir de maintenant, le lieutenant MacNamara dispose exactement de cinq minutes.

Elle sortit son téléphone mobile.

– Donnez-moi le numéro du magasin.

– Les communications sont presque prêtes, indiqua Harrison.

– Je ne veux pas qu'il le sache, ni que je suis déjà là. Moins il croira que nous en savons, plus on gagnera de temps.

Elle composa le numéro qu'il lui indiqua, prit une inspiration et appuya sur la touche d'appel.

– Si ce n'est pas Phoebe…

Il a répondu à la première sonnerie, se dit-elle. Elle écrivit : *impatient/pressé de commencer.*

– C'est Phoebe, Jerry. On m'a dit que vous vouliez me parler.

– À toi et à personne d'autre. Celui qui m'appelle aura un mort sur la conscience. C'est ma première condition.

– Vous n'aurez affaire à personne d'autre que moi, c'est compris ? Pourriez-vous me dire comment se portent ceux qui vous entourent ?

– Oui. Ils crèvent de trouille. Ça nous a valu quelques jérémiades. Il y en a un qui va se réveiller avec un sacré mal de tête. S'il se réveille. Au fait, je crois que tu le connais, Phoebe. Arnold Meeks… Tu as dansé avec lui, je crois ?

Elle s'arrêta brusquement d'écrire.

– Attendez. Arnold Meeks fait partie de vos otages ? Il est blessé ?

– C'est ça. Il porte également un accessoire. Comme celui que j'ai fabriqué pour Roy. Tu te souviens de Roy ?

Cette fois, ce n'était plus quelqu'un qu'elle aimait, mais quelqu'un qu'elle détestait. Jolie façon de faire monter les enchères.

– Il est ceinturé d'explosifs ?

– Oh oui ! Une belle ceinture qui sautera et en emportera plus d'un si je perçois le moindre mouvement dans les parages. Je me doute que tu te fiches pas mal de l'avenir de Meeks, pas vrai ? Il t'en a fait baver, ce lâche. Alors ça te dit que je lui rende la monnaie de sa pièce ?

– Je ne vois pas pourquoi vous feriez ça. Si nous parlions plutôt de vous et moi, de ce que vous voulez ?

– On est en plein dedans. Tu as intérêt à te remuer vite, Phoebe. J'ai un petit boulot à exécuter ici. Rappelle-moi dans dix minutes.

– Vite! cria Phoebe quand il eut raccroché. Commandant, qu'on m'amène Mike Vince ici !

– C'est parti. Nous avons un visuel partiel, une dizaine d'otages au sol. On ne sait pas où sont les autres. La sécurité a bouclé le bâtiment. On a repéré un engin relié par des fils à la porte arrière.

– Surtout, n'essayez pas de le désamorcer. Il le saurait tout de suite et ça lui donnerait un prétexte pour tuer un otage. Pour le moment, il doit juste jouer avec moi, aussi longtemps que possible.

Il avait laissé une maison impeccable et des roses pour Angela.

– Commandant, ajouta-t-elle après réflexion, il n'a pas l'intention de sortir de là vivant. Pour lui, c'est une mission suicide, un sacrifice. Et sa façon de me faire payer : la perte de dix-sept otages, dont l'homme qui m'a attaquée. Je sais où il veut en venir. Il me faudra du temps pour l'en dissuader.

– On va vous installer en face, dans cette boutique de vêtements, proposa Sykes.

– D'accord. Je veux absolument toutes les informations que vous pourrez recueillir sur lui, tout ce qu'on sait ou croit savoir. Qu'on m'amène Mike Vince dès que possible. Et rejoignez-moi, Sykes. C'est moi qui parle. Personne d'autre ne doit lui adresser la parole.

Tout en courant vers la boutique, elle ne cessa de donner ses instructions :

– Il faudra me donner votre avis, me dire si je n'adopte pas un angle erroné. Il veut que je joue le jeu, il n'est pas pressé, à nous de ne pas le bousculer. Vous allez m'aider à interpréter, à écouter, enfin, tout ce qu'il faudra. Parce qu'il sait parfaitement comment nous fonctionnons et qu'il guettera la moindre de mes fautes. Il salive déjà rien qu'à cette idée.

– Il n'a rien à perdre, lieutenant.

– Non, il a déjà perdu. Ce qu'il veut, c'est me faire transpirer, avant de tout envoyer en l'air, y compris lui-même. Ce n'est pas une négociation que nous entamons. Mais, plus longtemps il croira que je le crois, plus ça nous donnera de chances de garder tout le monde en vie.

– Vous croyez qu'il savait qu'Arnold assurait la sécurité du magasin ?

– Oui.

Elle entra dans la boutique, où l'on venait d'installer sa base, parmi les robes d'été, les sacs de toile et les sandales.

– Il a dû être enchanté de découvrir qu'Arnold occupait cette fonction, l'interpréter comme un signe.

Ôtant son blazer, elle le jeta sur une chaise.

– On sait pourquoi il a choisi cet endroit, ce qu'il veut. Mais il faut jouer son jeu. Voyons l'inventaire.

Elle s'assit à une table, se prit le visage dans les mains.

– Il est froid, rationnel, déterminé. Il est suicidaire. Il veut mourir. Un suicide par flic interposé, en l'occurrence, moi. J'échoue, tout le monde meurt. Son objectif est de me faire échouer, mais seulement après avoir entamé les négociations, les discussions, le jeu.

Elle consulta sa montre. *Dix minutes exactement*, se dit-elle. Si elle appelait une minute trop tôt, une minute trop tard, il pourrait saisir ce prétexte pour tout casser.

S'efforçant de faire le vide dans sa tête, de garder son calme, elle ferma les yeux. Lorsque Liz apparut sur le seuil, Phoebe entamait le compte des deux dernières minutes.

– Ton mec, Duncan, il est juste à l'extérieur du périmètre, avec son avocat, Phineas Hector. Il veut te parler, tout de suite. C'est urgent.

– Je ne peux pas…

– Phoebe, il dit qu'il connaît deux personnes parmi les otages.

– Fais-le venir.

Une minute quinze secondes, nota-t-elle lorsque Duncan et Phin entrèrent.

– Il retient ma mère ! lança Phin. Ma femme et ma mère !

Elle reçut la nouvelle comme un coup de poing en pleine poitrine.

– Vous êtes sûr ?

– On devait se retrouver ici, indiqua Duncan, bouleversé. J'ai parlé à Lou sur son mobile quelques minutes avant midi parce que j'allais être en retard. Elles se trouvaient déjà à l'intérieur. Elles m'attendaient. Phoebe…

– Elles ne sont pas blessées. Il ne s'en est pris qu'au vigile.

Elle avait les mains moites.

– Ce sont des femmes intelligentes, elles ne commettront pas d'imprudence, ajouta-t-elle.

– S'il sait qui elles sont…

– Il ne le sait pas. Il n'avait aucun moyen de l'apprendre. Il ne s'occupe pas d'elles. Elles ne sont pas concernées. Je voudrais que vous restiez tous les deux ici. Ne dites rien, ne faites rien. Il est vital qu'il ignore qui elles sont si on veut les garder vivantes. Je vais le rappeler maintenant. Il ne doit entendre que moi. Je ne vous demande pas de sortir. Je vous fais confiance. Laissez-moi faire mon boulot, ayez confiance. Sykes, la substitut du procureur Louise Hector et sa belle-mère, Béatrice Hector, se trouvent à l'intérieur.

Elle adressa un signe à Mike Vince qui entrait :

– Je le rappelle. Il faudrait que vous écoutiez. Si vous voyez la plus petite suggestion, une question, une idée, inscrivez-les là-dessus. Ne parlez pas. Je ne veux pas qu'il entende votre voix.

– Ce n'est pas possible, lieutenant ! Jamais Jerry ne ferait un truc pareil !

– Oh si !

Après lui avoir remis un carnet et un crayon, elle composa le numéro.

– Juste à l'heure !

– Que puis-je faire pour vous à présent, Jerry ?

– Disons une voiture et un avion qui m'attendrait à l'aéroport.

– C'est ce que vous voulez ?

Elle lut la not de Sykes :

Quinze otages, menottés ensemble, en cercle, avec l'explosif au centre.

– Et si c'était ça ?

– Vous savez que je vous les procurerais. Quelle voiture voudriez-vous, Jerry ?

– Il y a cette Chevrolet Crossfire qui me tente pas mal.

– Vous aimez les Chevrolet Crossfire.

– Oui. Avec le plein.

– Je vais essayer de vous en obtenir une. Mais vous savez que vous devez me donner quelque chose en échange. Nous savons tous les deux comment ça marche.

– Rien à foutre ! Qu'est-ce que vous voulez en échange ?

– Je dois vous demander de libérer quelques otages. Par exemple un blessé, ou des enfants. Jerry, pouvez-vous me dire s'il y a des enfants avec vous ?

– Je ne touche pas aux enfants. Sinon, j'aurais commencé par la tienne. Ce ne sont pas les occasions qui m'ont manqué, depuis deux ans.

– Merci de ne pas l'avoir touchée, murmura-t-elle. Jerry, êtes-vous prêt à libérer quelques otages si je vous procure la voiture que vous voulez ?

– Sûrement pas !

Il partit d'un énorme éclat de rire.

– Qu'est-ce que vous allez me donner si je vous procure la voiture que vous voulez ?

– Rien du tout. Je m'en fous, de ta bagnole !

La main serrée sur la bouteille d'eau qu'on venait de déposer devant elle, Phoebe reprit :

– Vous dites que vous ne voulez pas de voiture pour le moment ?

– J'aurais pu fourrer une bombe dans la tienne. Réfléchis-y.

– Pourquoi ne l'avez-vous pas fait ?

– Parce qu'on ne serait plus en train de discuter ici en ce moment, bécasse !

Humeur changeante. Passe du bavardage à l'agressivité. Usage de drogue ?

– J'ai compris que vous vouliez me parler. Alors dites-moi, Jerry, ce que je peux faire pour vous aider à résoudre la situation ?

– Commence par te faire sauter la cervelle, par exemple. À ce moment-là, je laisserais partir toutes les femmes. Mais tu le fais pendant qu'on est encore en ligne, je veux entendre le coup de feu.

– Si je faisais ça, on ne pourrait plus discuter. Vous avez dit que vous ne vouliez parler qu'avec moi, que si quelqu'un d'autre essayait de s'interposer, vous tueriez un otage. Êtes-vous prêt à continuer ce dialogue avec quelqu'un d'autre ?

– Si tu crois que tu es en train de construire une relation avec moi !

– Je crois que vous avez des choses à me dire et je suis là pour les écouter.

– T'en as rien à foutre de moi ! Pas plus que d'elle.

– J'ai compris que vous m'en vouliez pour ce qui est arrivé à Angela.

– Tu l'as laissée mourir, ça revient au même que si tu l'avais tuée toi-même ! Je les tenais en joue. J'aurais pu les abattre dès la première heure, mais je n'ai pas reçu le feu vert.

Mensonge. Il doit croire les avoir tenus en joue. Il doit croire qu'il aurait pu la sauver.

– Personne ne savait qu'elle était grièvement blessée, Jerry. Ils nous ont menti, à nous tous.

– Tu aurais dû le savoir !

Fureur. Chagrin.

– Vous avez raison, Jerry, j'aurais dû le savoir. J'aurais dû savoir qu'ils mentaient.

Elle lut le dernier communiqué apporté par un messager.

– J'ai compris que vous l'aimiez et qu'elle vous aimait.

– Tu ne comprends rien du tout !

Donnez-lui raison, écrivit Mike Vince. *Ne dites pas que vous comprenez ou que vous savez. Ça le rend encore plus dingue.*

– Comment aurais-je pu ? Vous avez raison. Comment aurais-je pu comprendre un tel lien ? La plupart des gens ne font qu'y rêver. Mais je me rends compte que vous alliez être réunis, que vous auriez dû vous retrouver, Jerry. Vous auriez dû vous enfuir et vivre heureux ensemble.

– Pour ce que tu en as à foutre !

Comme il parlait d'une voix plus calme, elle adressa un signe de la tête à Vince.

– Je crois bien avoir rêvé, moi aussi, à ce que vous partagiez avec Angela. Vous savez que les choses ne se sont pas bien passées entre

Roy et moi. Il ne m'a jamais aimée comme je crois que vous avez aimé Angela.

– Elle était toute ma vie ! Si j'avais pu tirer ce coup de feu, on serait ensemble à l'heure qu'il est. Tu as sauvé les hommes qui l'ont assassinée, mais pas elle.

– J'ai échoué, pour elle autant que pour vous. Vous voulez me faire payer, je comprends. Mais en quoi est-ce que ça remettrait les pendules à l'heure ?

– Je vais peut-être bien mettre une balle entre les deux yeux de cet enfoiré d'Arnold. Ça remet les pendules à l'heure pour toi ?

Cette fois, elle prit la bouteille, mais seulement pour s'en rafraîchir le front.

– Je n'aurai pas l'impression de payer quoi que ce soit si vous le tuez, Jerry !

– Je veux que tu me supplies de ne pas le faire, comme pour Roy ! Tu entends ? Tu entends ?

Ce qu'elle entendait, c'était un cri en arrière-plan.

– Je lui ai mis le canon sur le front. Maintenant tu me supplies de ne pas tirer !

– Pourquoi voulez-vous que je m'abaisse à une chose pareille, après ce qu'il m'a fait ? Alors que j'étais la première à vouloir l'exécuter de mes mains !

– Tu sais ce qu'on dira de toi si je tire ?

– Oui. Que je n'ai pas assez insisté, peut-être même que j'ai pris cette affaire parce que je voulais qu'il meure. Seulement, voyez-vous, Jerry, je me fiche de ce que les gens diront. Vous appuyez sur la détente, il disparaît, et ça change tout ici. Ça m'enlève un grand poids. Vous savez comment ça se passe. Vous exécutez un otage, c'est à la brigade d'intervention d'entrer dans la danse. Alors vous voulez tirer ? Moi je n'y perdrai pas grand-chose. C'est ce que vous voulez, Jerry ?

– On va voir ça.

Il coupa la communication et Phoebe se reprit le visage dans les mains.

– Bon sang, lieutenant ! s'écria Vince. Vous venez de lui donner l'autorisation de tuer un otage.

– C'est justement pour ça qu'il ne le fera pas.

Seigneur, pourvu que ce soit vrai !

Voyant le sergent Meeks entrer en coup de vent, elle se leva.

– Vous croyez que je ne vous ai pas entendue ? hurla-t-il. Vous l'avez tout simplement poussé à tuer mon fils !

Alors qu'il se jetait sur elle, il ne fallut pas moins de Sykes, Vince et Duncan pour l'en empêcher.

– C'est à cause de vous que mon fils en est là ! S'il meurt, vous en serez seule responsable !

– Il n'en est pas là à cause de moi, mais s'il meurt, j'en serai effectivement responsable. Fichez-le-moi dehors !

– Quand comptez-vous lui parler des otages ? interrogea Phin en la prenant par le bras. Accordez-lui quelque chose, afin qu'il laisse les femmes sortir !

– Je ne peux…

– Ma femme et ma mère sont là-dedans, bon sang ! Il faut que vous les sortiez de là !

– Je vais le rappeler et nous allons nous y employer, jusqu'à ce que tout le monde soit libéré. Restez calme, Phin. Sinon, je vais devoir vous prier de sortir. Désolée.

– Tu vas les tirer de là, souffla Duncan en lui caressant la main. Phin, ta sœur est arrivée et ta famille la suit de près. Tu devrais aller les retrouver.

– Je veux savoir ce qui se passe !

– Je viendrai te tenir au courant.

– C'est ça, intervint Phoebe. Allez retrouver votre famille, dites-leur que votre mère et Lou vont bien. Nous vous tenons au courant. Je m'en occupe.

– Je ne m'en remettrai pas si…

– Il n'est pas question de ça. Allez, maintenant.

– Et moi alors ? soupira Duncan en le regardant partir. C'est moi qui leur ai donné rendez-vous.

– C'est Walken le responsable. Et moi, je suis chargée de les tirer de là.

Depuis le début, Walken s'y préparait, et tout convergeait maintenant vers l'instant suprême.

L'épreuve de force.

– Est-ce que je pourrais avoir du café ? demanda Phoebe en se frottant la nuque. Et une autre bouteille d'eau ? Duncan, je dois te prier de ne rien dire à Phin que je ne t'aurai pas d'abord autorisé à lui communiquer.

– J'avais compris. Qu'est-ce que je peux faire pour t'aider ?

– Écouter. Tu fais ça très bien.

Elle regarda le tableau que Sykes avait installé.

– Les émotions de Walken sont exacerbées, ce qui est normal durant cette première phase. Il recherche toujours la négociation, c'est à notre avantage. Il n'a pas l'intention d'en sortir vivant, ça c'est à son avantage. Je ne vais pas le rappeler.

Elle se tourna vers Vince :

– Il sait où me joindre, il sait comment ça fonctionne. Il aime diriger les actions, je crois, prendre les initiatives ?

– Oui.

– Il aura l'impression de diriger si c'est lui qui reprend le contact. Laissons-le faire.

– J'ai les décomptes de sa carte de crédit, intervint Liz. Cinq mille dollars, chez Mark D's, quinze jours avant l'attaque de la banque. Il a versé un premier acompte avant de disparaître dans la nature.

– Il lui a acheté une bague, dit Phoebe en consultant ses notes. J'ai la liste des effets personnels d'Angela. Elle portait au doigt un diamant serti d'or jaune, et dans son sac une alliance de brillants montés sur or blanc. Elle est morte avec la bague de Walken et ce salaud de Brentine le savait très bien. Peut-être pas avant sa mort, mais il a compris ce qui se passait quand il a eu la liste de ce qu'elle portait ce jour-là. C'est pour ça qu'il répond toujours à demi-mot.

Elle écrivait, soulignait, entourait. Comment se servir de cette information ? Le fallait-il seulement ? Le temps le dirait.

– Il croit me connaître, mais il se trompe. Moi, je le connais, et vous le connaissez, ajouta-t-elle à l'adresse de Vince. Bien des hommes qui se tiennent en ce moment, l'arme pointée sur le magasin, le connaissent. Il veut me manipuler, mais c'est nous qui allons le manipuler. Il refuse de se lier à aucun de ses otages, ils doivent lui rester de parfaits inconnus sans importance.

Allant et venant devant le tableau, elle regardait le téléphone dans l'espoir qu'il allait bientôt sonner.

– Si j'échoue, comme il le souhaite, si tous ces gens meurent, la presse va me réduire en charpie. Je ne vaudrai plus rien comme négociatrice et lui mourra de la façon la plus spectaculaire. Je l'aurai tué, à ses yeux, comme j'ai tué sa bien-aimée. Voilà ce qu'il vise.

Sous la pendule de la caisse, elle s'arrêta.

– Mais on ne va pas lui donner ce plaisir.

– Propose-lui un marché, dit Duncan. Échange-moi contre deux des femmes, Ma Bee et Lou. À ses yeux, je vaux davantage et…

– Ça ne l'intéressera pas. En outre, ni moi ni le commandant ne permettrons jamais ça.

Elle savait cependant qu'il était prêt à se sacrifier.

– Duncan, ajouta-t-elle doucement, je sais ce qu'elles représentent pour toi. Je sais ce que tu ressens.

Le téléphone sonna.

– Allez ! C'est reparti ! Allô, Jerry.

Dans la boutique, Ma Bee tapotait la main de sa voisine.

– Il ne faut pas pleurer comme ça !

– Il va tous nous tuer. Il va…

– Ça ne sert à rien de pleurer.

– Nous devrions prier, intervint un homme en face d'elles. Mettre notre espoir dans le Seigneur.

– Ça ne fera de mal à personne, commenta Ma Bee.

Cependant, elle mettait encore plus d'espoir dans les tireurs d'élite qui devaient surveiller la scène.

– Chut, reprit-elle. Vous êtes Patsy, c'est ça ? Voyez-vous, la femme à qui il parle, elle est intelligente.

– Comment le savez-vous ?

Lou étreignit la main de sa belle-mère, tout en secouant la tête.

– Elle a l'air intelligente, corrigea-t-elle. Elle saura lui donner ce qu'il veut et tout ira bien.

Ils se mesurèrent l'un à l'autre pendant près d'une heure avant qu'il raccroche à nouveau.

– Il se dérobe, commenta-t-elle. Il veut avoir le dernier mot. Il veut m'obliger à faire quelque chose, mais il n'est pas encore prêt à le demander. Ça mûrit, je le sens.

– Il prend son pied, grommela Duncan. Il adore te dire non. Pas de nourriture, pas d'eau, pas de médicaments.

– Sans doute.

– Jamais il n'en laissera sortir un, renchérit Sykes. Il ne veut rien en échange et, quand bien même, il sait quels avantages on en tirerait, quelles informations sur la situation des autres, sur la sienne, pour pouvoir l'abattre.

– On ne peut pas l'abattre, observa Vince. Il se tient dans le coin, au nord-est ; on n'a aucun angle qui mène à lui.

– Il a essayé plusieurs places, dit Phoebe. Jusqu'à ce qu'il trouve la plus sûre.

– Il faut entrer, par la porte arrière. Un assaut frontal lui donnerait trop de temps. Il faut neutraliser les explosifs du fond.

– Et s'ils commettent une erreur, déclenchent une alarme, il fera tout sauter.

– Alors tu dois l'écarter de sa retraite, conclut Duncan.

– Précisément !

– S'ils ne l'ont pas dans leur angle de tir, lui ne les voit pas.

– Exact. Je voudrais parler au commandant, savoir où le diriger, si possible.

Elle fit signe à Sykes d'appeler Harrison.

– Il faut que je sache où ils ont le plus de chances de l'accrocher et quand. Je sais que ce n'est pas la procédure habituelle, mais ils doivent me faire confiance.

– Compris.

Sykes ouvrit le micro pour prendre contact avec le poste de commandement.

Écartant ses cheveux de sa nuque moite, Phoebe faisait les cent pas dans la boutique.

– À un moment ou un autre, il va bien falloir qu'il les laisse aller aux toilettes. Il n'y a que les toilettes des employés à proximité.

Elle s'approcha du plan du magasin.

– Comment va-t-il organiser ça ? Il y a certainement pensé. C'est d'ailleurs pour ça qu'il n'a pas mis tous ses otages en cercle, qu'il en garde sous la main pour prendre la place de ceux qui bougeront. Mais ça va le distraire et il ne voudra pas me parler pendant ce temps-là.

Cette fois, ce fut elle qui téléphona.

– J'espère que c'est toi, salope !

– Ce sera toujours moi, Jerry, vous le savez. On ne doit pas mentir à un preneur d'otages, de peur de mettre en danger la vie d'innocents. Je dois me mettre à votre place, comprendre vos réactions, écouter vos demandes ou vos plaintes.

– Ouais, comme tu as compati avec les salauds qui ont tué Angela.

– C'était une belle femme. Elle vous aimait.

– Arrête tes conneries ! T'en avais rien à fiche.

– Depuis, j'ai appris à la connaître. Moi-même, je suis amoureuse, même si je ne le mérite pas. Alors je comprends ce qu'Angela pouvait ressentir à votre égard. Je comprends en partie ce que vous ressentez, parce que si quoi que ce soit arrivait à l'homme que j'aime, je ne sais pas ce que je ferais.

– Tu ne sais pas ce qu'il y avait entre nous.

– Il y avait quelque chose d'exceptionnel, comme on n'en connaît qu'une fois dans une vie. Elle portait votre bague, Jerry, quand elle est morte.

– Quoi ?

– La bague que vous lui avez achetée, dans le magasin où vous vous trouvez en ce moment. Elle devait l'adorer. Elle devait être ravie de la porter. Je voulais que vous le sachiez, Jerry, je vous ai appelé pour vous le dire, parce que ça prouve à tout le monde qu'elle était à vous.

– Tout le monde peut aller au diable.

– S'il m'arrivait la même chose, je voudrais que tout le monde sache ce que nous représentions l'un pour l'autre. Combien nous nous aimions. Et je suis sûre que c'est aussi ce que vous désirez.

Un long silence lui répondit, au cours duquel elle n'entendit plus que son souffle.

– Roy ne m'a jamais aimée, vous le saviez ? Ni moi ni notre enfant. Vous vous rendez compte ? Maintenant que j'ai quelqu'un qui m'aime…

Levant les yeux sur Duncan, elle vit qu'il la fixait et n'en ressentit que plus violemment ce qu'elle était en train d'avouer.

– Maintenant que j'ai quelqu'un qui m'aime, je vois le monde autrement, plus fort, plus clair, plus lumineux. C'était comme ça pour vous aussi ?

– Elle rendait le monde merveilleux. Et lumineux. Maintenant, il est noir.

Chagrin, écrivit-elle. *Larmes*. Prudence… Si elle le poussait trop loin dans son ressentiment, elle risquait de tout gâcher.

– Elle n'aurait jamais voulu vous voir ainsi plongé dans le noir, Jerry. Une femme qui vous aimait autant qu'Angela n'aurait pu vouloir une chose pareille.

– C'est toi qui l'as mise là-dedans. Je ne l'y laisserai pas seule.

– Elle…

– Tu vas la fermer ? Arrête de parler d'elle !

– C'est bon, Jerry. Je vois que je vous ai bouleversé. Je suis désolée. Vous savez que ça n'était pas dans mes intentions.

– Non, tu as l'intention de me parler comme à un débile jusqu'à ce que je sorte les mains en l'air. Tu crois pouvoir me manipuler comme ça ? Tu crois que je vais renoncer si près du but ?

– Je crois que vous êtes prêt à vous suicider et à entraîner ces gens avec vous.

– Ah oui ? ricana-t-il.

– Ce serait une sacrée pierre noire dans mon jardin, Jerry. Mais vous ne croyez pas que dix-sept morts, ça fait un peu beaucoup ? Si vous laissez au moins les femmes sortir…

– Allez, Phoebe, c'est nul, comme argument !

– Ça peut vous paraître nul, mais moi, je dois faire mon travail. Et je crois qu'il est temps de vous demander comment se portent les gens autour de vous.

Elle se frotta de nouveau la nuque alors qu'ils reprenaient une fois de plus la ronde des mêmes arguments : proposition et refus de nourriture, d'eau, de médicaments.

Et l'horloge d'entamer une nouvelle heure.

31

Duncan avait rejoint Phin et l'entraîna à l'écart de la famille.

– Elles vont bien. Personne n'est blessé. Elle continue de le faire parler. Je te jure que je ne sais pas comment elle s'y prend !

– Ça fait déjà presque quatre heures.

– Je sais.

Il aperçut les tireurs d'élite sur les toits, dans l'encadrement des fenêtres, derrière les portes. Et s'ils ouvraient le feu ? Et si Ma Bee et Lou prenaient une balle perdue ?

Cette idée lui tordit tellement l'estomac qu'il se plia en deux.

– Si seulement il demandait de l'argent, je…

– Je sais, souffla Phin en se penchant vers lui. Je sais, Duncan.

– Phoebe, elle… Elle lui parle sans arrêt des otages, elle ne cesse de lui demander comment ils vont, de le prier d'en libérer quelques-uns. Elle a aussi voulu obtenir des noms, mais il n'en sait rien et ça ne l'intéresse pas. J'ignore si c'est bon ou mauvais signe.

– Ça dure trop longtemps.

– Je l'ignore.

Les deux hommes joignirent leurs mains.

– Occupe-toi de la famille, reprit Duncan, moi je retourne là-bas, voir si je peux glaner d'autres renseignements ou faire quelque chose.

Malgré l'air conditionné, une atmosphère lourde et chaude régnait dans la boutique. La porte ne cessait de s'ouvrir sur d'innombrables policiers qui allaient et venaient. Le visage baigné de sueur, Phoebe examinait le tableau, relisait ses notes. Dans une tentative désespérée de se rafraîchir un peu, elle s'attacha les cheveux avec une barrette d'écaille récupérée sur un présentoir.

En buvant de l'eau à la bouteille, elle contemplait la croix qui barrait l'emplacement du magasin sur le plan.

– Nous avons des experts devant la porte arrière, annonça Harrison. Ils pensent pouvoir désamorcer le mécanisme et bloquer l'alarme.

– Mais ils n'en sont pas sûrs.

– À quatre-vingt-dix-neuf pour cent.

– Tout ça parce qu'ils s'impatientent. Vous savez aussi bien que moi que tout le monde voudrait passer à l'action. C'est le danger des longues négociations. J'ai encore besoin de temps. Il va bientôt devoir laisser ces gens bouger. Les vessies ne tiendront plus longtemps, et c'est notre meilleure chance.

– Le sergent Meeks veut savoir comment va son fils. Il faut le comprendre.

– Walken ne me le dira pas.

Phoebe se passa sur le visage une lingette que Liz venait de lui apporter.

– Répondez-lui que je tâcherai de m'en enquérir la prochaine fois, ajouta-t-elle.

– Si vous ne le faites pas bouger d'ici à une heure, je donne le feu vert aux démineurs. Il n'en sortira pas vivant, vous le savez. Le seul moyen de réduire les dégâts c'est de l'abattre.

– C'est bon ! Je tâcherai de le faire bouger ! Mais ça peut prendre du temps.

– Ça n'a déjà que trop duré, vous allez finir par commettre des erreurs. C'est pour ça qu'on travaille par roulement, Phoebe.

– Il espère que je vais commettre une erreur, l'enjeu de la partie étant qu'il n'obtienne pas ce qu'il désire. Il n'est pas disposé à y mettre fin. Parce qu'il n'a pas encore obtenu de moi ce qu'il voulait. Tant qu'il ne sera pas prêt, les gens qu'il retient seront en relative sécurité. Je saurai exactement à quel instant il se sentira prêt.

En sortant, Harrison croisa Duncan qui entrait. Phoebe haussa un sourcil en voyant arriver les paniers-repas.

– Je me suis dit que tu aurais besoin de manger.

Cette seule idée la mit au bord de la nausée, pourtant, elle devait manger si elle ne voulait pas risquer de commettre d'erreur.

– À qui le tour pour appeler ? demanda Duncan.

– Je lui laisse l'initiative.

– Bon, dit-il en la prenant par les épaules. J'ai parlé avec ta maman. Ta famille se porte bien, mais ils s'inquiètent pour toi. Cette prise d'otages passe en boucle sur toutes les chaînes télé.

– Ça fait partie de son plan, souffla-t-elle en posant un instant la tête sur son épaule. Voilà longtemps que personne ne s'était occupé comme ça de moi. Méfie-toi, je pourrais y prendre goût.

– Tu as intérêt.

– Comment va Phin… et les autres ?

– Ils sont dans tous leurs états, mais pas moi. Je sais que tu vas les sortir de là.

Pieux mensonge qu'elle accepta le cœur léger.

– Qu'est-ce que tu entends quand il te parle ? reprit-elle.

– Il va et vient, à droite, à gauche, mais…

– Mais ?

– Avant tout, je l'entends ronronner de plaisir.

– C'est vrai que tu sais écouter.

Ma Bee avait mal au dos et au crâne. La jolie blonde, Patsy, avait cessé de pleurer et restait blottie au sol, la tête sur les genoux confortables de sa voisine. Les otages murmuraient, échangeaient des paroles à voix basse, ce qui ne semblait pas troubler leur ravisseur.

Certains sommeillaient, comme s'ils comptaient bientôt se réveiller de ce cauchemar.

– Phin doit avoir peur, chuchota Lou. Il n'a dû rien dire à Livvy. Je ne veux pas qu'elle s'affole. Oh, Ma Bee, ma pauvre petite fille !

– Elle va très bien et tu le sais.

– Qu'est-ce qu'il attend pour se remuer ? Quand est-ce qu'il va se décider ?

– Je n'en sais rien, ma chérie, mais je commence à avoir envie de faire pipi.

Quelques murmures, quelques rires étouffés lui répondirent.

– Je vais demander, dit Lou.

– Non, à mon âge, je devrais avoir plus de chances. Monsieur ! Eh, Monsieur ! Nous sommes plusieurs à vouloir aller aux toilettes.

Ils lui avaient déjà parlé sans obtenir de réponse. Cette fois, cependant, il se retourna, le téléphone à la main, posa sur Ma Bee son regard vide.

– Ça fait des heures, insista-t-elle. Si vous ne voulez pas qu'on se retrouve bientôt dans une énorme flaque, il va falloir nous laisser aller aux toilettes.

– Retenez-vous encore.

– Mais…

Il leva son arme.

– Si je te loge une balle, tu ne songeras plus à pisser. Alors boucle-la !

Il n'avait pas suivi son programme. Quelque part, quelque chose avait foiré. C'était au cours de la troisième heure qu'il aurait dû envoyer les otages, un par un, aux toilettes, qu'ils en aient envie ou non. Mais il avait oublié et maintenant il devait rappeler. Alors les otages attendraient la prochaine pause, ou pisseraient sous eux.

– Et si je voulais dix millions de dollars ? demanda-t-il à Phoebe.

– Vous voulez dix millions de dollars, Jerry ?

Écoutez-la ! se dit-il. *Toujours aussi mielleuse.*

– Tu me les fais apporter et plus vite que ça !

– Et qu'est-ce que j'aurai en échange ?

– Je ne tirerai pas une balle dans la tête d'un otage.

– J'appelle ça une réponse négative, Jerry. Vous savez que si je le pouvais, encore que je ne vous promette rien, si je pouvais convaincre mes supérieurs de faire apporter ces dix millions, ils demanderaient une contrepartie positive.

– Et si je disais que, pour dix millions, j'accepterais de relâcher les femmes ?

– Vous envisageriez de relâcher les femmes pour dix millions ? Voilà qui vaut la peine d'en parler.

– Je veux !

– L'ennui, Jerry, c'est que vous avez aussi un blessé. Vous m'avez bien dit qu'Arnold Meeks était blessé.

Il jeta un regard sur le vigile allongé au sol, la bouche bâillonnée par un ruban adhésif, et le corps bardé d'explosifs.

– Il a connu des jours meilleurs.

– Avant que je puisse aborder la question d'argent, il faut m'assurer qu'Arnold Meeks est vivant et que sa blessure ne met pas sa vie en danger. Vous savez qui est son père, Jerry. Il exerce une grosse pression sur moi.

– L'enfoiré est vivant.

– Je vous crois sur parole, seulement mes arguments auraient plus de poids si je pouvais l'entendre me le dire en personne. Si je peux confirmer que j'ai entendu sa voix, ils me lâcheront un peu et je pourrai me concentrer sur les points les plus importants.

– Bon.

Il posa le combiné, se pencha, arracha l'adhésif de la bouche d'Arnold qui leva sur lui ses yeux cernés de noir.

– Dis bonjour à Phoebe, abruti !

Walken lui plaqua le récepteur entre l'oreille et la bouche, accompagné du canon de son pistolet :

– Allez, dis : bonjour, Phoebe ! C'est moi la lavette qui t'ai balancée dans l'escalier.

Le regard injecté de haine et de terreur ne quittait plus Walken.

– Vous êtes blessé ? demanda Phoebe. Grièvement ?

Arnold s'humecta les lèvres.

– Il m'a frappé de son pistolet, je crois qu'il m'a écrasé la pommette. Il m'a passé les menottes et j'ai une bombe sur la poitrine.

– Il y a un minuteur ?

– Ça suffit ! intervint Walken. Mes dix millions, maintenant !

– Vous voulez dix millions pour libérer les otages.

– Dix millions pour libérer les femmes.

– Dix millions pour libérer les femmes. Combien sont-elles, Jerry ?

– Onze. Ça fait moins d'un million par tête. Tu parles d'un marché !

– Onze femmes, que vous libéreriez si je peux vous remettre dix millions de dollars ?

– Arrête de répéter tout ce que je dis ! Je connais le truc.

– Dans ce cas, vous savez que j'ai davantage de chances de vous les obtenir si vous prouvez votre bonne foi. Si vous en libériez quelques-unes tout de suite, ainsi que les blessés ou ceux qui ont une santé précaire, je pourrais soutenir votre demande.

– Laisse tomber les dix millions. J'en veux vingt.

– N'en demandez pas trop, Jerry !

Il éclata de rire.

– Moi qui voulais te tuer, Phoebe ! Mille fois !

– Dans ce cas, pourquoi ne l'avez-vous pas fait ?

– Je ne savais pas quel moyen choisir, une balle, une bombe, ou t'enlever et te laisser crever de faim, ou te percer de trous et te voir te vider de ton sang. Mais après, c'en serait fini de toi, comme d'Angela. Tu ne mérites pas ce qui lui est arrivé. Alors, si tu venais plutôt les chercher ? Là, je les relâcherais tous.

– Vous savez qu'on ne me laissera pas faire ça.

– Si tu viens, tu sauves la vie de dix-sept personnes.

– Vous échangeriez tous les otages contre moi ? Est-ce une offre solide, Jerry, ou est-ce que vous vous fichez encore de moi ?

– Si tu ne viens pas, c'est qu'il n'y a rien derrière ton baratin.

– Et si je venais ?

– Ils ne voudront pas. Tu me prends pour un naze ? Tu crois que j'ai oublié comment ça fonctionne ?

– Non, mais vous, avez-vous oublié que vous tenez le fils du sergent Meeks, blessé qui plus est ? Il a du répondant, Jerry. Alors, vous êtes sérieux ? Moi contre dix-sept ?

– Je vais y réfléchir. Mais il va falloir que tu fasses autre chose avant.

– Que voulez-vous ?

– Tu vas sortir devant toutes les caméras de télévision pour leur raconter comment tu as tué Angela Brentine, comment tu es responsable de sa mort. Comment tu as préféré raconter ton baratin et jouer un coup plutôt que sauver sa vie.

– Vous voulez que je parle à la presse, Jerry, que je fasse une déclaration sur Angela Brentine ?

– Tu vas répéter exactement ce que je vais te dire. Ensuite, on parlera d'argent et des otages.

Il raccrocha.

Sans lui laisser le temps de se lever, Duncan la tira de sa chaise.

– Si tu penses une seule seconde à te sacrifier, je t'assomme sur place et t'enferme jusqu'à ce que tu retrouves la raison.

– Tu y as pourtant songé en te proposant, toi.

– Parce que ma mère s'y trouve, ma seule vraie mère. De toute façon, je n'ai même pas l'intention d'en discuter avec toi. Tu n'iras pas là-bas.

– On se calme ! intervint Sykes. Phoebe ne va pas se sacrifier. Ce n'est pas comme ça qu'on travaille.

– N'empêche que vous y avez cru, tous les deux ! leur fit-elle remarquer. Autrement dit, lui aussi. Il n'aurait jamais imaginé que j'allais accepter. Il était reparti dans ses divagations et je l'ai désarçonné. Parce qu'il voulait juste que j'accepte de faire cette déclaration. Ou que je refuse. Peu importe, c'est passé, maintenant. Il avait dû préparer un joli texte pour la presse et voilà qu'il envisage de se retrouver en tête à tête avec moi, si j'acceptais d'entrer dans le magasin. Alors, comment la joue-t-on, maintenant ?

– Il doit prouver sa bonne foi, dit Sykes.

– D'abord et avant tout en libérant quelques otages, avant de recevoir une réponse quelle qu'elle soit. Parce que c'était son feu vert à lui. On essaie de gagner du temps. On va faire comme si on se trouvait confrontés à une autre sorte d'opposition : je suis prête à faire cette déclaration, mais ce sont les autorités qui vont freiner des quatre fers et je serai très contrariée qu'ils mettent tellement de temps à se décider. Il a l'habitude de suivre un plan, un programme.

Elle se tourna vers Vince :

– Ce doit être le b-a ba de votre entraînement. Vous ne faites que varier autour d'un thème principal. Lui, il aime les ordres, je parie ? Il n'est pas du genre impulsif. Il préfère prévoir. Et voilà qu'au lieu de tout faire sauter comme prévu, il se voit offrir l'occasion de me regarder dans les yeux. Ce doit être tentant, non ?

– Il est fatigué, ajouta Duncan. Ça s'entend à sa voix. Et toi aussi. Il doit le percevoir aussi. Il va bientôt mettre fin à tout ça.

– Oui, cette déclaration à la presse, ce doit être son dernier acte.

Sykes leva le bras pour obtenir le silence alors qu'il écoutait sa radio :

– Activité à l'intérieur ! Pas de visuel sur le sujet, mais l'otage identifié comme le propriétaire du magasin est en train de détacher deux femmes. On les voit clairement. Une otage noire, la cinquantaine, qui se dirige vers le fond.

– C'est Ma Bee, murmura Duncan, le cœur serré.

Celle-ci se rendit aux toilettes, d'une démarche plutôt lente, faisant même semblant de boiter.

Walken l'obligea à laisser la porte ouverte, ce qui offensa profondément sa fierté de femme. Cependant, elle se soulagea tout en cherchant du regard un objet susceptible de lui servir d'arme.

Elle ne se faisait aucune illusion. Il allait finir par tous les abattre. Alors si elle pouvait l'atteindre, lui faire mal d'une façon ou d'une autre, elle ne se gênerait pas.

Mais elle ne trouva rien qu'une bouteille de savon liquide, une conque de fleurs séchées, rien qu'elle puisse jeter à la tête de cet homme.

Finalement elle sortit, la tête basse, comme il l'exigeait.

– Je suis Béatrice. On m'appelle Ma Bee.

– Ferme-la et regagne le cercle !

– Je voulais juste vous remercier de m'avoir laissée y aller la première.

– Si tu ne la fermes pas et ne vas pas t'asseoir où je t'ai dit, tu seras la dernière à y être allée.

Elle obtempéra, mais elle avait vu qu'il avait un autre pistolet, ainsi que des munitions, dans une des boîtes qu'il avait apportées. Avant tout, elle avait repéré ce qui ressemblait à un détonateur.

– Ça doit être la pause pipi, dit Sykes. Ils se rendent aux toilettes un par un. La première otage est revenue. Elle… la brigade dit qu'elle envoie des signes. Trois armes de poing, un fusil, des munitions, un détonateur, dans le coin droit du fond, non loin du vigile blessé.

– Ça, c'est du pur Ma Bee ! murmura Duncan, admiratif.

– « Vous allez nous sortir de là, oui ou non ? » finit de déchiffrer Sykes en souriant.

– Je vais le rappeler pendant qu'il est occupé à les faire bouger, annonça Phoebe.

Le téléphone sonna, trois, quatre fois. Alors qu'elle commençait à croire qu'il n'allait pas décrocher, sa voix retentit dans l'écouteur :

– Je n'ai pas envie de parler maintenant.

– Mais, Jerry, je voulais vous tenir au courant pour notre marché. Je ne peux encore rien promettre, mais… Si vous ne pouvez pas parler maintenant, je vous dirai ça plus tard.

– Quoi ? Tu ne vas pas me faire avaler que tu comptes faire cette déclaration !

– Je ne cherche pas à vous faire avaler quoi que ce soit. Je voulais juste vous tenir informé. Je ne veux pas qu'il y ait de blessé. Le chef n'aime pas les déclarations… la politique, vous savez ce que c'est. Mais je vais insister.

– Les politiciens aiment leurs boucs émissaires. Dis à ton chef que s'il ne donne pas son accord, que si tu ne te trouves pas devant ces caméras d'ici à une heure, on ne comptera plus que seize otages.

– Je vais le lui dire, Jerry. Je vais lui dire que tout ce que vous voulez, c'est une déclaration sur ma responsabilité dans la mort d'Angela, et qu'ensuite vous libérerez tout le monde. C'est ça Jerry ?

– J'ai changé d'avis. Tu vas venir. On fera ta déclaration par téléphone. Voilà ce qui va se passer, maintenant.

– Vous m'échangez contre les otages, c'est là que nous en sommes ?

– Viens me voir.

Toujours pas prêt à les relâcher.

– Le père d'Arnold s'impatiente. Il fallait s'y attendre, insista-t-elle.

– Il se fout de ce qui t'arrivera si son enfoiré de fils s'en sort.

– Peut-être, mais moi je voulais juste vous parler, Jerry. Je voudrais trouver une solution. Si ça passe par une entrevue en face à face… Mais vous savez qu'ils veulent quelque chose avant. Combien d'otages allez-vous nous donner ?

Une brève hésitation s'ensuivit et Phoebe sut qu'il s'apprêtait à mentir :

– Tu entres, ils sortent. Voilà le marché… si je décide de le respecter. Qu'est-ce que j'ai dit ? Les yeux baissés !

– Pardon ?

– Ce n'est pas à toi que je parle.

– J'allais… Attendez, on m'apporte quelque chose.

Tout en cliquant pour rendre le téléphone muet, elle priait dans l'espoir de ne pas commettre d'erreur.

– Il ne libérera personne, même si vous lui donniez tout ce qu'il réclamait, observa Sykes. Vous êtes fatiguée, vous n'entendez peut-être pas…

– J'entends très bien. Dites à la brigade de se déployer à l'arrière, mais de ne pas bouger tant que je ne leur aurai pas donné le signal. Maintenant, si j'arrive à l'éloigner assez du détonateur, ils pourront s'emparer de lui, peut-être même vivant. Allez-y, encerclez le magasin, et attendez mon signal.

– Qu'est-ce que tu fais ? demanda Duncan.

– Je joue mes atouts… Jerry ? Pardon, Jerry, vous savez comment ça se passe. Jerry, je viens d'obtenir le journal d'Angela.

– Menteuse ! Elle n'en tenait pas.

– Je ne mens pas, Jerry. Vous savez très bien que je ne parle qu'à coup sûr. C'était une femme amoureuse et elle ne pouvait dire à personne qui vous étiez ni comment se passaient les choses entre vous. Alors elle l'a écrit. Cet abruti de Brentine s'est bien gardé de nous en parler, tout comme il n'a pas dit qu'elle portait votre bague quand elle est morte. Il tenait à sauver son honneur et sa réputation. Mais on vient de procéder à une perquisition chez lui et on a trouvé ce journal. Elle vous appelait Lancelot.

Elle l'entendit qui s'étranglait.

– Lis-le-moi ! Allez ! Prouve que tu ne mens pas !

Phoebe tourna les feuillets de son carnet de notes et se mit à broder autour des informations qu'elle avait recueillies sur Angela.

– Vous lui donniez des roses roses, ses fleurs préférées. Elle en a séché une entre les pages. Elle aimait vous regarder.

– Lis-le. Je veux entendre ses paroles.

– Un prêté pour un rendu, Jerry. Je ne demande pas mieux que de vous soumettre ses paroles, mais il faut me donner quelque chose en échange.

– Lis une page, que je sache si c'est bien d'elle, et je laisserai sortir un otage.

Cette fois, elle le crut. Exploiter son avantage.

– Laissez partir cinq otages, insista-t-elle pourtant, et je vous lirai une page. Elle voulait construire Camelot avec vous. Laissez-en sortir cinq et je vous lis une page. Laissez-les tous partir et je trouve un moyen de vous apporter ce journal pour que vous puissiez le lire vous-même.

– Tu l'apportes, que je le voie. Personne ne sort avant que je sois sûr qu'il existe.

– Vous voulez que je vous l'apporte ? Je peux essayer d'obtenir cette autorisation. Si je l'apporte et que vous le voyez, qu'est-ce que vous me donnerez ?

– Trois otages. Apporte.

– Trois otages sortent si j'apporte son journal pour vous laisser le voir ? C'est ça ?

– Allez !

– Il faut que j'organise ça. Je m'adresse immédiatement à qui de droit et je vais ensuite devoir vous rappeler depuis mon mobile. D'accord ?

– Dépêche-toi !

– J'arrive.

Elle se leva, prit son téléphone mobile.

– Qu'on m'apporte quelque chose qui ressemble à un journal. Rien d'énorme. Sykes, que ce soit bien clair : quand je dirai *C'est tout ce que je peux faire, Jerry,* ce sera le signal. Exactement ces mots-là, Bull. Je ne les prononcerai pas si je vois une autre issue, si je crois qu'on peut le convaincre ou le prendre vivant.

– Ça irait ?

Duncan lui présentait un élégant carnet d'adresses à la couverture de cuir rouge qu'il venait de choisir dans une vitrine.

– Parfait. Sauf si elle détestait le rouge.

– Comment savais-tu qu'il tomberait dans ce piège ?

– C'est personnel, intime. Il s'attend à lire ses paroles, à recevoir un dernier message de sa part. Il n'avait pas prévu que les choses allaient prendre cette tournure. Alors nous avons toutes les chances d'obtenir un échange sur cette base. Il faut que je coordonne mes actes avec le commandant.

– Je te suis aussi loin que je pourrai, assura Duncan. Qu'est-ce qui l'empêchera de te descendre dès qu'il t'aura dans sa ligne de mire ?

– Il veut le journal. En plus, s'il me tire dessus, il se fera immédiatement incendier. Il est distrait. Les gens bougent autour de lui. Il n'a pas arrêté le processus des toilettes. Il est épuisé, il commence à commettre des erreurs. On doit en profiter. Commandant, je peux l'éloigner du détonateur.

Elle exposa son plan, enfilant le gilet pare-balles qu'on lui présentait.

– Une fois qu'il aura bougé, je le maintiendrai où il sera, j'essaierai même de l'attirer vers la vitrine. Quand la porte arrière sera dégagée...

– On passera par là. Ne vous en approchez pas trop ou on vous balaie sur notre passage.

– Compris.

Elle se tourna vers Duncan :

– Tu ne peux plus me suivre.

– Tu as intérêt à revenir ! marmonna-t-il en la prenant par la main.

– Promis.

En un long regard, ils échangèrent leur angoisse, leur loyauté.

– Je t'aime, souffla-t-elle en s'éloignant.

Walken pourrait très bien lui tirer dessus, s'il était assez rapide. Il y avait peu de chances pour cela, mais celles-ci demeuraient patentes. Elle s'interdit de jeter un regard derrière elle, de peur de rencontrer celui de Duncan.

Sa mère, pensa-t-elle, *sa sœur. Son amante*. Ce qui allait se passer dans les quelques minutes à suivre risquait de les lui enlever toutes les trois.

Elle sortit son téléphone, appela Jerry.

– J'arrive maintenant, annonça-t-elle. À vous de préparer les otages. Trois otages, Jerry, comme convenu.

– Je sais ce qu'on a décidé ! Je veux te voir et voir le journal avant de laisser quelqu'un sortir.

– Vous me voyez, mais vous ne verrez pas le journal d'Angela avant d'avoir laissé sortir trois personnes. Il faut montrer un peu de bonne volonté. Il vous en restera encore quatorze. Vous ne saviez pas combien de gens se trouveraient là quand vous êtes entré. Il aurait pu n'y en avoir que quatorze, au fond ! Vous n'y perdez pas au change. Vous me prouvez seulement que vous savez tenir parole. Pour trois otages, je vous montre le journal, et je vous en lis une page pour trois de plus. Ensuite, on parlera du marché. C'est honnête, Jerry !

Mensonges, mensonges, elle ne faisait plus que mentir. Et s'il s'en rendait compte ?

Dans son écouteur, elle entendit les discussions qui se tenaient au commandement : la brigade était bloquée à l'arrière, incapable de neutraliser l'alarme. Cela prendrait sans doute trop de temps.

Avance comme tu peux, se dit-elle.

– La brigade d'intervention veut voir trois otages, Jerry. Ils me bloquent et ne me laisseront pas repartir avant de les voir.

Mouvement. Trois femmes… qui marchent vers l'avant.

Elle reçut le signal et reprit sa marche, une sueur glacée lui coulant dans le dos malgré la chaleur moite qui régnait autour d'eux.

– Je suis là, Jerry. Je viens de remplir ma première part du marché. À vous de jouer, maintenant. Laissez-les sortir.

– Je ne te vois pas.

– Si je m'approche davantage, la brigade va m'encercler pour me mettre à l'abri. Je suis au sud-ouest du bâtiment, je vois la vitrine et j'aperçois une, non, deux personnes sur la droite.

– C'est malin d'avoir passé un gilet, Phoebe ! Je peux te mettre une balle dans la tête.

Il avait l'air de tellement s'amuser qu'elle en eut la gorge sèche.

– Je sais, mais c'est la règle. Laissez-les sortir, Jerry.

– Je veux voir le journal.

Elle gardait une main derrière son dos.

– J'ai tenu parole, à vous de tenir la vôtre. Ensuite ce sera encore mon tour.

Les verrous tournèrent, la porte s'ouvrit. Trois personnes sortirent qui en courant, qui en traînant la patte, en pleurant ou en criant :

– Ne tirez pas !

Des flics en gilet d'armes se précipitèrent pour les entraîner à couvert.

Du coin de l'œil, Phoebe aperçut Ma Bee et poussa un soupir de soulagement.

La mère de Duncan, saine et sauve.

– Ma fille est toujours là-dedans ! cria celle-ci. Il se cache derrière elle, derrière les autres. Il a des détonateurs. Il en a deux.

Une femme au regard affolé vint claquer la porte derrière elle.

– Ça fait trois. Montre-moi le journal.

– Très bien, Jerry. Dès que la brigade aura mis les otages à l'abri…

Finalement, elle ramena le carnet devant elle.

– J'ai le journal d'Angela.

– Ouvre-le. Ouvre et lis. Ça peut être n'importe quoi.

– Pour ça, il me faut trois autres otages.

Malgré elle, elle suivit l'usage :

– Cette fois, le blessé doit en faire partie, Jerry.

– Qu'il aille se faire foutre ! Il reste avec les autres. Tu veux le voir, Phoebe ?

Elle perçut un mouvement et Arnold trébucha derrière la vitrine comme s'il venait de recevoir un coup de pied, le teint blême, du sang séché sur le front. Et, comme Roy, le torse bardé d'explosifs.

Malgré la distance, leurs regards se croisèrent.

– Tu lis ou je lui éclate la cervelle ! Il risque d'en emporter quelques autres avec lui, et moi j'exploserai tout le monde derrière. Alors tu lis ou c'est fini. Plus de négociations.

Elle ouvrit le carnet, considéra les pages blanches. Les femmes amoureuses devaient toutes utiliser le même langage. Alors elle énonça les paroles que lui dictait son cœur :

– Je sais aujourd'hui ce qu'est l'amour. Comment aurais-je pu m'en rendre compte avant de le connaître ? Jusque-là, tout me paraissait pâle, mou, inutile. À présent que je connais l'amour, le monde brille d'éclatantes couleurs, je me sens ferme sur mes pieds, je connais la vraie vie. Il me rend réelle.

Elle ferma le carnet.

– Envoyez trois personnes de plus, Jerry, et je vous en lirai davantage.

– Non, c'est fini ! Plus personne. Tu me lis ce qu'elle a écrit. Je veux que les caméras te filment pendant que tu liras ce qu'elle a écrit.

– Jerry…

– Ta gueule ! hurla-t-il. Tu as lu ce qu'elle a écrit, maintenant tu vas faire cette déclaration, et plus vite que ça. Ou je prends une bonne femme au hasard et je la descends !

Sa rage donna un début de vertige à Phoebe. Elle s'avança et, derrière Arnold, aperçut les autres otages, dont Lou, et sa magnifique chevelure.

– Je vais le lire, Jerry.

– Je veux voir la rose, celle qu'elle a fait sécher.

Il pleurait, éperdu.

– Et si tu demandes encore un otage, je le tue, pigé ? Tu en demandes un autre et je lui colle une balle dans la tête. Tu me montres le journal, tu le lis et tu dis au monde comment tu as tué mon ange. Ensuite, ce sera fini. Fini.

La mort, qu'il désirait presque aussi ardemment que son amante. Quitte à emporter quatorze personnes avec lui.

Le regard fixe, Phoebe feuilleta le carnet.

– Elle a gardé une rose.

– Je ne la vois pas.

– Je vous la montre. Je fais ce que vous voulez. Je ne peux pas m'approcher davantage. Ils m'empêchent d'avancer.

– Deux pas en avant tout le monde ! Montre-moi cette rose, bon Dieu !

Elle se tourna, renversa le carnet une fraction de seconde. Mentalement, elle se représentait l'X du croquis. Elle aperçut Walken qui bousculait Lou pour avoir une meilleure vue. Sans le quitter des yeux, elle murmura :

– *C'est tout ce que je peux faire, Jerry.*

Allez-y !

Le coup de feu claqua dans le silence. Elle entendit à peine les cris, les appels, les galopades.

Elle vit Lou s'enfuir, arriver dans sa direction, la prendre dans ses bras avec une violence qui la fit reculer de deux pas.

– Oh, mon Dieu ! J'ai cru que j'allais mourir, qu'il allait tous nous tuer !

– Va te mettre à l'abri maintenant, Lou !

– Tu m'as sauvé la vie ! insista la jeune femme en lui prenant le visage entre les mains. À moi et à tous les autres !

– Ma Bee est par là. Rejoins-la vite !

– Tu nous as tous sauvés !

Cependant, les agents couraient dans tous les sens autour d'elles, et bientôt ce fut Duncan qui se précipita vers elle.

– Comment es-tu passé ? demanda-t-elle.

Il lui montra une plaque rutilante :

– Je l'ai volée.

Là-dessus, il prit Phoebe dans ses bras.

– Je t'aime. Il y a encore une bombe dans les parages, non ? Alors viens te mettre à l'abri. On rentre à la maison. On file à Acapulco.

– Oui, mais pour le moment, on va se contenter de s'éloigner de ce magasin et de sa bombe.

– Tu as les mains qui tremblent.

– Toi aussi.

– Pas que les mains.

– Il faut que je m'asseye, Duncan. Que je trouve un endroit tranquille pour faire le point.

À son bras, elle traversa la foule, adressant un signe de tête à ceux qui la félicitaient, pour ne s'arrêter que devant le sergent Meeks qui lui barrait le passage.

Sans rien dire, il se contenta de la regarder puis finit par s'écarter.

– Il devrait te baiser les pieds, marmonna Duncan.

– Ce n'est pas son genre, de toute façon, je m'en fiche !

Duncan la conduisit jusqu'à la boutique de vêtements, lui dégagea un fauteuil.

Elle poussa un soupir :

– Vous m'accordez cinq minutes ? demanda-t-elle à l'équipe. Le temps de m'éclaircir les idées et j'arrive.

– Pas de problème, lieutenant, dit Sykes. Sacré bon boulot que vous avez fait là !

– Oui.

Dans cette relative tranquillité elle soupira de nouveau tandis que Duncan s'accroupissait devant elle.

– Chérie, tu veux boire quelque chose ?

– Beaucoup de choses !

– Je connais un excellent pub, dit-il en lui baisant la main.

Comme s'il cédait soudain à l'émotion, il la porta à sa joue :

– Phoebe !

– Je n'ai jamais couru de réel danger, tu sais.

– Dis ça à mes tripes.

Il fait si froid ici, pensa-t-elle. Pourquoi avait-elle froid, maintenant ? Alors qu'elle gardait les mains tièdes parce qu'il les avait embrassées.

– Duncan, je n'ai jamais déchargé mon arme. Je te l'ai déjà dit. Pourtant, aujourd'hui, j'ai tué un homme.

– N'importe quoi !

– Si. J'ai donné le signal au tireur. Pas officiellement. Mais tous ceux qui participaient à l'opération savaient que je le manœuvrais pour l'attirer à découvert. Je n'avais pas le choix. Il allait…

– Je sais.

– Je n'ai pas trouvé d'autre solution ; il faudra bien que je vive avec ça sur la conscience. J'ai utilisé son amour pour Angela pour le manipuler.

Il la souleva de son fauteuil, prit sa place et l'assit sur ses genoux.

– Ce n'était pas de l'amour, c'était trop égoïste pour ça. Tu le sais très bien. Tu t'es juste montrée plus maligne que lui, un point c'est tout. Et aussi plus courageuse. Tu t'es avancée en pleine lumière alors qu'il restait caché dans son repaire, derrière des innocents.

Il lui dégagea les cheveux pour l'embrasser sur une tempe.

– Alors arrête de rester là à te lamenter égoïstement !

– Merci quand même !

– Quelle sacrée bonne femme ! ajouta-t-il en lui frottant les bras pour la réchauffer. Quand Mark D. rouvrira son magasin, on ira choisir une bague.

– Je n'ai pas les moyens, sourit-elle. Je n'avais pas compris ce que Ma Bee et Lou faisaient là-dedans. Oh, Duncan, tu leur avais demandé de t'y attendre pour qu'elles t'aident à m'acheter une bague ? Si tu étais arrivé un peu plus tôt…

– N'y pense plus. Ça ne s'est pas passé comme ça, et tout le monde s'en est bien sorti. C'est ce qui compte, non ?

– Si. Mais je n'ai pas terminé mon travail pour aujourd'hui.

– Je t'attendrai. Ensuite, dis bien à qui de droit que tu prends trois ou quatre jours de vacances.

– Pourquoi ?

– Ma femme vient de sauver la vie de dix-sept personnes, alors comment est-ce qu'on va fêter ça, d'après toi ? On va à Disney World.

Elle ne sourit pas, laissant échapper un gémissement qui s'acheva dans un éclat de rire.

– Oh, Seigneur ! Dieu merci, je t'ai rencontré !

– C'est moi qui t'ai rencontrée, corrigea-t-il. J'ai beaucoup de chance.

Elle l'entoura de ses bras, posa la tête dans son cou. Il savait l'apaiser, lui ouvrir la voie, lui offrir une épaule solide sur laquelle s'appuyer.

Elle aussi avait beaucoup de chance.

Composition : Compo-Méca S.A.R.L.
64990 Mouguerre

Impression réalisée par

CPI
Brodard & Taupin
La Flèche

pour le compte des Éditions Michel Lafon
en décembre 2008

Imprimé en France
Dépôt légal : janvier 2009
N° d'impression : 50628
ISBN : 978-2-7499-0973-8
LAF 1167